KB194378

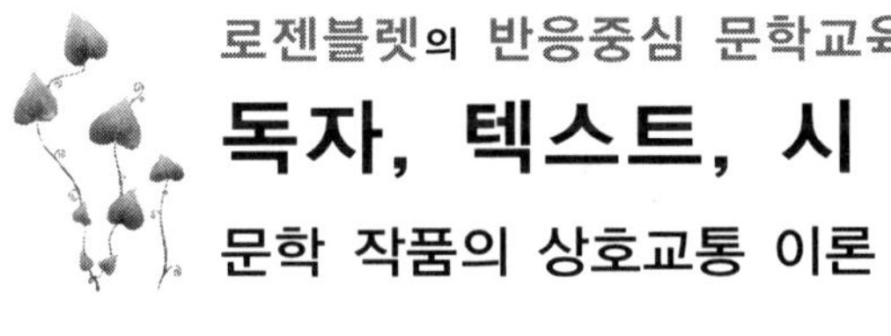

로젠블렛의 반응중심 문학교육론

독자, 텍스트, 시

문학 작품의 상호교통 이론

저자

Louise M. Rosenblatt (1904~2005)
New York University School of Education, Professor(1948~1972)

주요저서
Literature as Exploration(1938, 1968, 1976, 1983, 1995)
The Reader, The Text, The Poem: The Transactional Theory of the Literary Work(1978, 1994)
Making Meaning with Texts: Selected Essays(2005)

역자

김혜리
1960년 대구 출생
Arizona State University, 교육학 박사(2002)
서울교육대학교 영어교육과 교수

엄해영
1952년 충북 중원 출생
University of southern California, Exchange Professor(2004)
서울교육대학교 국어교육과 교수

로젠블렛의 반응중심 문학교육론

독자, 텍스트, 시

문학 작품의 상호교통 이론

The Reader, the Text, the Poem

The Transactional Theory of the Literary Work

Louise M. Rosenblatt

김혜리·엄해영 옮김

한국문화사

저자와의
협의하에
인지생략

로젠블렛의 반응중심 문학교육론

독자, 텍스트, 시

문학 작품의 상호교통 이론

인쇄 2008년 3월 10일
발행 2008년 3월 15일

지은이 루이스 엠 로젠블렛
옮긴이 김혜리 · 엄해영
펴낸이 김 진 수
편 집 문 소 진

펴낸곳 **한국문화사**
주소 서울특별시 성동구 성수1가2동 656-1683번지 두앤캔B/D 502호
전화 (02)464-7708 / 3409-4488
팩시밀리 (02)499-0846
등록번호 제2-1276호
등록일 1991년 11월 9일
홈페이지 www.hankookmunhwasa.co.kr
이메일 hkm77@korea.com
가격 18,000원

ISBN 978-89-5726-545-1 93800

이 도서의 국립중앙도서관 출판시도서목록(CIP)은 e-CIP 홈페이지 (http://www.nl.go.kr/cip.php)에서 이용하실 수 있습니다.
(CIP제어번호: CIP2008000856)

차례

역자 서문

『독자, 텍스트, 시: 문학 작품의 상호 교통 이론』(1978)은 『탐구로서의 문학(Literature as Exploration)』의 저자인 로센블렛의 중기 이후의 저술이다. 1930년대 처음 출판된 『탐구로서의 문학』이 학계에서 "불공평 대우"를 받아 왔음에도 불구하고 저자는 이 책에 담긴 정신이 비평과 교육의 혁신을 위해 반드시 필요하며 그 타당함을 입증하기 위해 많은 노력과 교육 활동을 지속해 왔다. 『독자, 텍스트, 시: 문학 작품의 상호 교통 이론』은 이런 일환의 의한 저자의 노작이라고 할 수 있다.

널리 알려있듯이 반응 중심의 접근법은 그간의 낭만주의, 신비평적 관점에 중시 여기던 작가나 텍스트 자체보다는 텍스트를 읽는 독자의 다양한 반응을 비중 있게 보는 이론이다. 지금도 창작 당시의 사정이나 창작 동기, 그 작가의 全作品中에서 점하고 있는 그 작품의 위치 등 작가에 대한 이해 그리고 텍스트 자체 이해를 위해 분석적인 해석을 요하는 과정 등은 작품 이해에 전체적인 호흡을 위해서는 필요하고 중요한 방법이라고 생각한다. 그러나 학교에서 로젠블렛의 문학관에 적극적인 이유는 설자리를 잃게 된 독자들을 제자리에 놓기 위함이며 웨인 부스가 『탐구로서의 문학』 서문에서 언급했듯이 "독자들의 다양한 반응을 무시하는 잘못되어진 독서 방법에서 벗어나야 한다는 때늦은 깨달음"에 공감하기 때문이라 하겠다.

우리는 2006년 『탐구로서의 문학』을 번역하면서 로젠블렛의 문학관이 학계에 널리 그리고 정확하게 이해되기를 바랬다. 사실 일선 교육 현장에선 그간의 신비평적 관점의 문학 교육 방법이 학습자를 문학 자체에서 멀어지게 하는 것은 아닌지 많은 우려를 했던 것도 사실이다. 학습자들이 문학 자체와 독서 경험에서 멀어지게 된다면 문학 교육의 초점인 "문학의 즐거움"을 체득할 수 없게 될 것이다. 이제 우리는 문학은 그 자체로 재미있다는 것을 보여 주어야 한다. 문학 공부를 재미있는 것으로 만들어야 한다. 본 텍스트는 텍스트와 독자의 상호 관계에 초점을 맞추면서 문학의 즐거움을 이끌어 내기 위한 대화의 방법을 보여 주고 있다. 교사는 학습자에게 작품에 대한 반응을 이끌어 내도록 격려하고 한편으론 반응을 어떻게 이끌어 낼 수 있는지를 보여 줄 수 있어야 한다. 본 텍스트의 번역을 통해 로젠블랫의 문학이론이 문학 비평과 독서 교육계에 보다 널리 알려지기를 희망한다. 그리고 이 문학 이론을 배경으로 하여 문학적 즐거움을 가르치는 좋은 교수법들이 연구되고 개발되기를 바란다.

번역 과정에서 영어교육과 김혜리 교수가 대학 국제교육원 원장 직책을 맞게 되어 어려움이 있었지만 무사히 마치게 되어 다행이라고 생각한다. 내용에 역자들의 불찰로 많은 문제들이 있을 수 있다고 생각하며 이로 인해 원저자의 문학관과 정신을 그릇되게 하게 되지는 않았는지 염려가 된다. 잘못되거나 미비한 것은 앞으로 수정 보완해 나갈 것을 약속드린다.

작업 과정에 많은 도움을 주신 학과의 동료 교수님들, 대학원생들 그리고 좋은 책으로 출판 될 수 있도록 애써주신 한국문화사 김진수 사장님과 편집부 문소진 선생에게 깊은 감사를 드린다.

2008. 3. 1.
김혜리, 엄해영 씀

서문
PREFACE

이 책의 전제는 일단 작가의 손을 떠난 텍스트는 독자가 텍스트를 문학 작품, 심지어, 때로는 예술로서의 문학 작품으로 재현하게 될 때까지는 단지 종이와 잉크에 지나지 않는다는 것이다. 그러므로 나는 이 텍스트[역주]도 스스로 살아남도록 그대로 두어야만 할 것 같다. 그러나 이어지는 지면에서 나는 나중에 "정보 추출을 위한" 독서로 규정할 것을 요청할 것이므로, 어떤 이들은 이 서문을 마지막 장을 읽은 다음에 읽는 것을 더 좋아하게 될 것 같다는 제안하면서, 관례상 서문을 제시하는 것이 모순되는 것은 아니라고 생각한다.

그러므로 이 책은 텍스트와의 "상호교통적인" 관계라는 두 가지 측면에서 독자의 기여에 중점을 두고 있다. 전통적으로 작가와 텍스트에 너무 지나친 관심을 쏟았던 비평가와 문학이론가들은 최근에 들어서야 비로소 독자를 인식하기 시작했다. 이들 중 극히 소수만이 독자의 개성이 우월하다고 주장하는 지점에 이르는 데까지 반작용을 하게 됐다. 다른 이들은 독자의 반응에 초점을 맞추었지만, 그러나 예술로서의 문학에서는 여전히 텍스트의 "바깥 저쪽에" 존재한다고 여겼다. 사실 독자는 무엇에 반응을 하는 것인가? 그는 무엇을 해석하는가? 이러한 질문들이 나로 하여금 다음에 오는 지면에서 "정보 추출 목적

역주) 이 책의 서문을 가리킴.

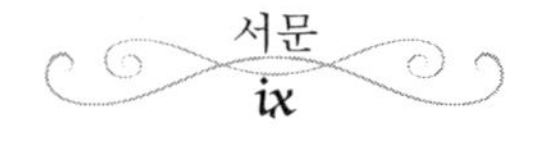

의 독서"[역주]와 "심미적 독서"에서 독자가 하는 활동의 차이를 구분하도록 유도했다.

이러한 중요한 구분은 시를 재현하는 다양한 차원에서의 과정과 예술로서의 문학에 대한 역동적인 "존재 양식"에 새로운 빛을 비쳐준다. 텍스트에 의해 제공된 개방성과 제한성을 분석하는 일은 독자와의 상호교통에 있어서 텍스트의 복잡한 역할을 분명하게 해준다. 그러므로 이론적인 토대는 해석에서의 타당성, 평가의 기준, 그리고 문학 비평과 다른 학문과의 관계와 같은 지속성이 있고 논쟁의 여지가 있는 문제들을 다루는데 있다.

여기서 밝히는 개념은 초서(Chaucer)와 셰익스피어(Shakespeare)에서 조이스(Joyce)와 스티븐스(Wallace Stevens)에 이르기까지의 텍스트들과 독자가 연관된 것을 40년 넘게 관찰하고 숙고함으로써 시험되고 조정이 되어온 것들이다. 20년 동안 "비평과 문학적 경험"에 대한 강좌에서 나는 이 연구를 체계적으로 수행할 수 있었다. 나는 텍스트를—이 중에서 많은 텍스트는 수 년 동안 반복해서 사용됐다—대학생과 대학원생들에게 제시했는데, 이들은 종종 플라톤에서 엘리엇과 그 이상에 이르는 비평의 정전을 연구하기 전에 상당한 자기 비평을 개발하는데 도움을 받았다. 내가 얻은 부산물은 여러 기법을 통해서

역주) 역자들은『탐구로서의 문학』(2006년)에서는 efferent reading을 '원심적 독서'라는 용어를 사용하여 번역하였다. 그러나 '원심적 독서'라는 말은 그 의미가 모호한 면이 있어서 이번 번역서에서는 "정보 추출 목적의 독서"라고 하였다. 그러나 이 용어도 efferent의 의미를 모두 포함하지 않을 수 있다. efferent란 이 번역서에 나오는 심미적(aesthetic)과는 대비되는 말로 비심미적 독서의 의미를 담고 있다. 자세한 '정보 추출 목적의 독서(efferent reading)'의 의미는 이 번역서 전반을 읽으면서 파악할 수 있을 것이다.

이들이 독서하는 동안에 진행되었던 증거를 수집할 기회를 가진 것이었다. 나는 변화하는 학생 구성원들과 변화하는 사회적 관습에 반응하는 관련성 및 차이점을 발견하고, 해석을 지향하는 실제적인 동향 속에서 스스로를 증명했던 과정과 유형을 분석할 수 있었다. 나의 목표는 일군의 성문화된 데이터를 모으는 것이 아니라 풍부한 통찰력의 근원에 자신을 몰입시키는 것이었다. 그러므로 그 결과로서 생겨 나온 것은 나의 관찰, 성찰과 독서에서 비롯된 정수(精髓)이다.

현대 철학자들이 우리에게 상기시켜 주듯이 관찰자는 필연적으로 그가 관찰한 것 안으로 들어가기 마련이다. 비록 나는 연역적인 기본 원리를 강조하지만, 분명 나는 이러한 연구에 지지를 받거나 아니면 버림을 받을 수도 있는 가정과 가설을 들여온 것이다. 게다가 학문으로서 문학의 역사적이며 비평적 분야에서의 철저한 훈련은 내가 자유롭게 될 필요가 있는 어떤 것에서 나온 사고할 습관을 나의 내부에 분명하게 설정해 해 주었다. 어쩌면 이 책은 단지 일련의 특별한 지적인 논제를 표현하는 것만이 아니라, 예술로서의 문학 작품에 관하여 생각할 새로운 방식을 유도함으로써 다른 분야의 사람들에게도 유사한 도움을 줄 수 있다.

이미 암시된 한 가지만 예외로 하고, 나는 새로운 전문 용어를 창조해내려는 최근의 경향을 피해왔다. 인용 또한 최소한으로 쓰려고 했다. 말하자면, 몇 년에 걸쳐 참고한 작품의 목록, 노트에 기록된 것 외에도, 어떤 면에서는 내가 도움을 받은 것만 인용하더라도 책은 너무 길어질 것이다. 나는 단지 문학 작품에 대한 상호교통적 이론이 전개 되어 나온 지적인 모체를 제안하려고 노력할 것이다.

나의 긴 학자로서의 삶을 돌아볼 때, 나는 한편으로는 초기 용어로 예술의 특이한 가치에 관한 키츠(Keats) 식의 감각으로, 또 다른 한편으로는 셸리(Shelley) 식의 사회적 기원과 사회적 영향력에 관한 감성으로 표현된, 종종 두 가지 상반되는 입장을 지지하고 조정할 지속적인 필요성을 인식하게 되었다. 소르본 대학에서 비교 문학 박사학위 논문인 나의 첫 저서 『영문학에서 예술을 위한, 예술에 대한 인식(*L'Idee de l'art pour l'art dans la littérature anglaise*)』(파리, 1931)은 이해되지 않거나 비우호적인 사회의 압력에 대처하기 위해서 19세기 영국 및 프랑스 작가들에 의해 발전된 예술을 위한 예술에 대한 이론의 연구이다. 결론 부분에서 나는 "시적 경험에 충분히 참여할" 능력이 있는 독자층을 고려할 필요성을 언급했다. 즉 독자들은 시인들과 언어를 사용하는 다른 예술가들에게 영양을 주고 자유로운 환경을 제공할 수 있었다. 콜리쥐(Coleridge)가 말했던 것처럼 이들 독자들의 텍스트는 총체적인 인간 개성에 "활기"를 가져오는 최상의 잠재성을 소유하고 있다. 여기서 이미 예술과 사회에 대한, 문학 독자들의 교육에 대한 중요성에 점점 더 강렬하게 몰입하는 단계에 이르렀다.

나의 두 번째 저서인 『탐구로서의 문학(*Literature as Exploration*, 1938)』은, 주로 바너드 대학(Barnard College)에서 영어와 비교문학을 강의했던 경험에서 나온 결과로서, 문학 교수에 대한 원리를 설명하면서 이 문제를 직접 다루었다. 이 책은 콜롬비아 대학에서 인류학과 대학원에서 보아스(Franz Boas)와 베네딕트(Ruth Benedict)와 함께 한 연구를 함께 반영했다. 그 당시 윌리엄 제임스, 피어스(C.S. Peirce), 조지 산타야나(George Santayana), 그리고 존 듀이(John Dewey)의 연구가 나의 미적, 사회적 의무를 조화시키기 위한 철학적 기반을 제공해 주었다. 듀이의 『경험으로서의 예술(*Art as Experience*)』

은 특히 이 책이 다루는 문학예술의 특별한 표현법 보다는 인간의 일상의 삶의 구조에 엮여진 미적 가치의 통찰력을 통해서 더욱더 그 흔적을 남겼다.

그러므로 『탐구로서의 문학』에서 나는 문학 경험의 이론을 교수 철학의 출발점으로 묘사했다. 일찍이 1938년에 나는 "일반 독자와 일반 문학 작품과 같은 것은 없다…… 어떤 문학 작품의 독서도 필연적으로 특별한 독자의 정신과 감성을 포함하는 개인적이고 특이한 사건이다"라고 썼다. 퍼브스(Alan C. Purves)와 비취(Richard Beach)는 『문학과 독자(*Literature and the Reader*)』(1972)에서 내가 1931년에 인용했던 리차즈(I. A. Richards)의 주요 저서인 『실제 비평(*Practical Criticism*)』에서 시작했다. 이들은 다음과 같이 쓰고 있다. "로젠블랫은 리차즈가 독자들의 의견을 분석한 집중 연구에, 독자가 텍스트에 가져오는 것은 특별한 등장인물과 상호작용하는 과정, …… 그리고 지도하는 과정 둘 다를 강조한다고 부연한다. 이러한 것이 반응, 독서 요법, 교수 방법에 관한 많은 연구에 이론적인 기반과 가설을 제공했다"고. 이들은 "독자 반응 연구는 상호교통 이론을 지지하는 경향이 있다"고 보고했다. 지면상 여기서는 단지 청소년 독자들이 단편 소설을 읽으면서 한 반응에 대한 제임스 스콰이어(James R. Squire)의 초기 분석만을 언급한다. 이러한 인용들은 먼저 나온 책(제2판은 1968년에, 런던에서는 1970년에, 제3판은 1976년에, 그리고 제4판은 1983년에 출판되었다)[역주]과 이 책과의 상호 관계를 보여줄 수 있다. 그 이상의 교육적 주제는 피하면서 나는 예술로서의 문학의 성숙되고 더 충분히 개발된 이론과 비평에 대한 함축된 의미를 제시하는데 집중한다.

역주) 『탐구로서의 문학』을 가리킴.

상호교통적 접근은 도전을 견디어 내고 중간에 개입된 몇 년에 의해서 초래된 생명을 유지하는 물건을 통합했다. 예를 들면, 내가 해외정보기관의 서유럽 지구의 부회장이었던 2차 세계대전 동안, 텍스트에서 의미를 유도해내는 문제는 선전 분석의 형태와 나치가 지배하던 미디어에서 나온 경제적, 사회적, 정치적 정보의 유도를 취하게 되었다. 그 결과 나는 "직관적 독서"와 내용 분석과 같은 기법 사이에서 발생하는 차이를 예리하게 의식하게 되었다. 이러한 대조는 비평적 방법과 비평적 이론에 관한 나의 이후의 사고에 영향을 주었다.

나의 접근법에 원래 우호적이었던 반응 이후에는, 2차 세계대전 후, 소련의 인공위성 스푸티니크(Sputnik) 발사 후의 지성주의가 대학과 비평 학계에서 신비평의 특별히 우세한 분위기를 조성하였다. 이들 심미적 조상들에 대한 연구는 나로 하여금 형식적 가치에 대한 그들의 관심에 동조하고 그들의 분석 기술을 찬탄할 채비를 갖추도록 했다. 이들의 경험은 항상 이들의 이론보다 더 나았다. 나는 이들의 관점에서 자라 나온 대상으로서의 시에 대한 개념과 작가와 독자에 대한 무관심에 반대했다. 나는 다양한 교육위원회의 위원으로서 수업과 논문을 통해서 상호교통적인 견해를 계속해서 지지했다. 주로 학교에서, 또 교사가 되기를 준비하고 있는 민주주의에 대한 교육적인 필요성을 직면하고 있는 사람들 사이에서 동조하는 이들이 지속적으로 이어졌다. 내가 종종 독자를 인정하는 외로운 목소리로 간주되었기 때문에 어떤 이들은 1968년에 출판된 『탐구로서의 문학』 2판을 신비평의 우세가 끝이 나는 증거로서 또 독자가 회복되는 증거로 해석했다. 아이러니하게도 나는 신비평과의 그네처럼 왔다갔다하는 환상에 사로잡히지 않았기 때문에, 여기서 상술된 상호교통 이론은 독자만을 전적으로 중요하게 만드는 최근의 노력을 거부한다.

언어학에서 구조주의 학파와 변형문법 학파가 출현했을 때, 이들 학파들이 언어 예술의 실제적인 실행과 관련된 것들에 대해서 기대했던 것만큼 제공하지 못한 것은 분명했지만 보아스와 함께한 언어학에서의 나의 연구는 나로 하여금 수용적이 되도록 했다. 오그덴(Ogden)과 리차즈의 『의미에 관한 의미(*The Meaning of Meaning*)』에서부터 시작해서 의미론은 비록 언어의 미학적인 확장을 다루는데 아주 성공적이지는 않았지만 더 적절해 보였다. 내가 이후에 지적하듯이 심리언어학, 사회언어학과 광범위하게 표현된 기호학은 새로운 가능성을 제공한다.

교육에 대한 관심은 사회과학에서의 연구와 특히 발달 과정을 연구하는 피아제와 브루너와 같은 심리학 연구에 대한 지속하는 관심을 강화했다. 가끔은 다양한 영향을 받은 흔적들이 아주 선택적인 형태를 띠며, 계속되는 시기에 분명하게 되었다. 예를 들면, 생산적 사고를 주장하는 베르트하이머(Wertheimer)와 같은 형태심리학자, 특히 르윈(Kurt Lewin)과 같은 위상 수학자가 여기에 해당된다. 또한 개성의 구조와 상징적 표현에 대해서 지나치게 엄하게 체제화하고 있기는 하지만 분명 프로이드도 여기에 포함되는데, 이는 고돈 알포트(Gordon Allport)와 플로이드 알포트(Floyd Allport)가 내세우는 좀 더 성향이 비슷한 접근법과는 대비가 되고 있다.

이러한 비평에 의해 제안된 절충주의는 내가 문학에서의 심리학을 제시하고 있지 않으며 또한 정신 분석학적인 공식과 같은 독서에 대한 일련의 특별한 심리학적 원칙도 적용하지 않고 있다는 사실을 강조한다. 언어 습득의 관점에서 뇌의 반구의 관계에 대한 근본적인 문제들이 여전히 논쟁이 되는 이러한 시점에서 일련의 심리학적인 원칙의 배타적인 적용이 감소할 수도 있다. 인식론에 대한 아메스-캔트릴(Ames-Cantril)의 실험에 기반한 상호교통적인 심리학은 어느 정도까지는 그 개방성 때문에 아주 가치 있어 보인다. 기준이 되는 것은 이런 저런 다른 분야에서의 개념이 각각의 남성과 여성이 문학 작품에 대한 체험을 바탕으로 한 재현의 모델을 고안하기 위한 도구를 제공하느냐는 것이다.

철학적 사상의 연속적인 파동에서 생기는 잔여물을 평가하는 것은 어렵다. 계몽의 중요한 원천은 철학과 과학에 있어서의 방법론에 대한 학제간의 의제가 되었다. 그리고 나는 몇 해 동안 이 집행부의 구성원이 되었으며 제임스(William James)의 100주기 기념사업을 하는 그 해의 사무 간사가 되었다. 나는 논리적 실증주의에 대한 부정적인 반동에 대한 분명한 효과와 화이트헤드(Whitehead), 러셀(Russell), 비트겐스타인(Wittgenstein)과 평범한 언어 철학자들, 특히 라일(Gilbert Ryle)과 오스틴(John Austin), 그리고 존 설(John Searle)과 같은 다양한 사상가의 작품에 대해서 가졌던 관심을 회상한다. 현상학자들은 나의 관심을 불러일으키지 못했는데 이는 아마도 피어스, 듀이, 제임스(후설이 그의 영감을 얻었던 학자)가 성향이 다른 이상적인 기본구조가 없는 문학적 경험에 적절하게 보이는 것은 무엇이라도 나를 위해서 미리 고려해 주었기 때문이었다. 실존주의는 주로 말로(Malraux)와 사르트르(Sartre)의 초기 문학 작품을 통해서 나의 특정한 주안점을 강조했다. 초기의 요점에서부터 이러한 선택적인 과정은 자연적이고 사회적인 환경과의 호혜적인 관계 속에서의 인간의 지각에 관심이 있는 듀이식의 반이원론의 지도를 받아왔다. 듀이와 벤틀리(Arthur F. Bentley)의 철학적 서한이 출판되었을 때 나는 1950년 4월 20일의 서한에서 벤틀리가 듀이에게 내가 "문학에 대한 『아는 것과 알려진 것(*Knowing and the Known*)』을 응용하는 일에 관해서 너무 흥분하고 있었다"고 말했다는 것을 알고는 즐거웠다. 이들의 책은 나의 상호교통에 관한 용어를 제공했다.

여기서 좀 더 충분히 전개된 몇몇 아이디어는 『대학영어(*College English*, 1964년 11월호)』에서 "이벤트로서의 시"로, 『교육적인 기록(*Educational Record*, 1968년 여름호)』에서 "사건이 일어나는 방식"으로, 그리고 『독서 행동 저널(*Journal of Reading Behavior*, 1969년 겨울호)』에서는 "상호교통적인 독서 이론을 향하여"라는 제목으로 출판되었다.

나는 나와 함께 텍스트로부터 자신들의 문학 작품을 재현해낸 수백의—좀 더 정확하게 하자면, 수천의—독자에게 감사한다. 나는 또한 뉴욕대학의 리스카(Mitchell A. Leaska), 미국 영어교육협회(National Council of Teachers of English)의 전 사무 간사인 스콰이어, 카네기 멜론대학의 스타인버그(Erwin Steinberg), 시카고대학의 밀러 주니어(James E. Miller, Jr.), 그리고 친절하게도 원고를 읽어준 모든 분께 진심으로 감사의 뜻을 전한다. 충분치는 않지만 가장 중요한 상호교통적인 관계를 상징하는 역사학자이자 철학자인 나의 남편, 라트너(Sidney Ratner)에게 이 책을 바친다.

로젠블렛
뉴저지의 프린스톤에서
1978년 3월

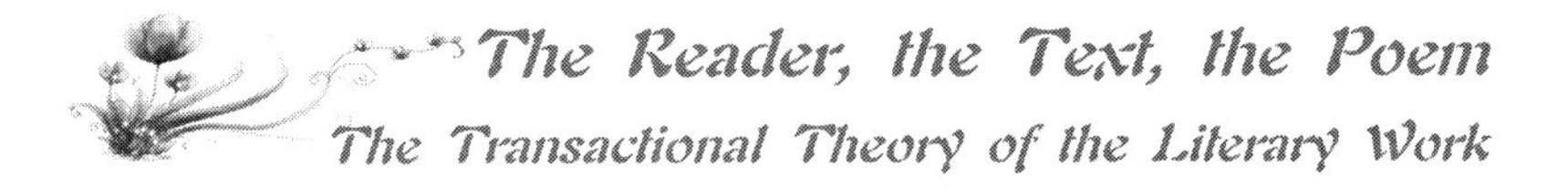

1장

보이지 않는 독자

THE INVISIBLE READER

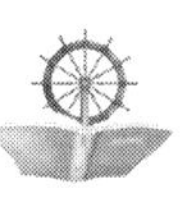

플라톤에서 현대에 이르기까지 이어져온 긴 문학의 이론사는 분명 널리 알려진 주안점의 변화를 기록하고 있다. 나는 이러한 변화를 개관하기 위해서는 한 작은 장면을 시각화하는 것이 도움이 된다는 것을 알았다. 즉 나는 어두운 무대 위에서 작가와 독자가 자기들 사이에 책—시, 극 또는 소설의 텍스트—을 두고 서 있는 이들의 모습을 본다. 스포트라이트가 둘 중의 한 쪽에 너무 밝게 집중적으로 비추고 있어서, 다른 한 쪽은 사실 보이지도 않고 서서히 사라지고 있다. 수세기에 걸쳐서 책이나 작가 중의 어느 한 쪽이 주로 중요한 조명을 받아온 것이 분명해지고 있다. 독자는 그림자로 남아서, 모든 의도와 목적은 보이지 않게 되는 것을 당연하게 받아들이는 경향이 있어 왔다. 엘리슨(Ralph Ellison)의 주인공처럼, 독자도 "내가 보이지 않는 것은 단지 사람들이 날 보기를 거부하기 때문이라고 생각해"[1)]라고 말할지도 모른다. 여기저기서 이론가들이 독자를 심각하게 받아들이기 시작했을 수도 있다. 그리고 스포트라이트가 때때로 독자 위에 머무는 경우도 있었지만, 실제로 독자는 오랫동안 관심의 중심부에 있지 못했다.

물론 작가와 독자는 모두 고전주의와 신고전주의 사고가 이런 저런 형태로 수 세기 동안 지배했던 통찰력의 주변으로 내몰리는 것을 당연하게 받아들여져 왔다. 시인의 개성, 그의 시작(詩作) 동기, 시인이 작품을 창작해내는 과정, 작품이 쓰여진 상황에는 거의 관심이 기울여지지 않았다. 초점은 "현실"의 반영으로서의 문학 작품에 맞추어졌다. 말하자면, 일차적인 관심은 작품과 작품이(논쟁이 될 만큼) 어느 정도로 모방 또는 반영이 된 질서 있고 영구적인 형태를 갖춘 바로 그 영역과의 관계에 있었다.

그런데 18세기 말 경에 이르면서, 시인과 작가는 찬란하게 눈에 띄는 화려한 존재로 출현하게 된다. 질서정연한 실존의 내부에 있는 신념이 현상 세계의 배후에서 시들어가는 후기 로크(John Locke)의 철학적 분위기에서는 강조점이 시인과 시인의 감수성으로 이동해 간다. 예를 들면, 워즈워드(Wordsworth)와 콜리쥐(Coleridge)는 시란 무엇인가? 라는 질문을 시인이 무엇인가? 라는 질문과 상호 교환할 수 있다는 것을 알았다. 전통적인 논리에 의하면 모방적인 관점이 표현으로서의 예술의 관점에 자리를 내어주었다는 것이다. 시인과 그의 작품과의 관계가 일차적이었다. 그러므로 작가의 개성과 삶을 구체화하는 것으로 간주되었던 문학 작품은 종종 작가의 전기나 동시대의 문서로서 또는 문학 사조사의 기록문서로 주로 다루어지게 되었다. 심지어 현실에 대한 관심을 계속 가지고 있는 듯하게 보였던 사람들도 궁극적으로 작가의 우위를 인정했던 것이다. 심지어 자연주의자인 졸라(Zola) 조차도 예술 작품을 "조화를 통해서 보여지는 것(un coin de la creation vu a travers un temperament?)"[2)]이라는 말로 표현하지 않았던가?

그러므로 독자는 남의 말을 엿듣는 보이지 않는 사람의 역할을 하도록 남겨지게 되었다. 예를 들면, 스튜어트 밀(John Stuart Mill)은 시인을 심지어 독자와 의사소통을 하려고 노력하는 의무에서 자유롭게 해주면서, 그의 의미심장한 이론을 논리적인 결말로 이끌었다. 밀은 시를 "본질상 독백"이며, "우연히 엿듣게 된"[3] 독백이라고 선언했다. 우리는 단지 예이츠(Yeats)의 개인적인 상징체계 또는 밀의 선언이 얼마나 예언적이었는지를 알아보기 위해서는 종종 "자신들에게 말하고 있는 시인들"이라는 부류에 들어갈 만한 최근의 시인들 정도만 고려할 필요가 있다. 부상하고 있는 산업사회가 작가에게 환영받지 못하는 사회적, 도덕적 제한을 부여했을 때, 시적 창의력에 우월함을 부여하고 독자를 은근히 무시하는 이런 관점은 "예술을 위한 예술"[4] 이라는 투쟁적인 외침에 의지하도록 하였다.

어떤 독자들은 시인의 특권을 인수함으로써 중간 단계에서 탈출구를 찾아냈다. "명작에서 자신의 영혼에 대한 모험"[5]을 통해서 자신의 개성을 표현하려고 노력함으로써, 인상주의 비평가의 독자로서의 역할은 예술가의 역할에 병합됨으로써 흐릿해졌다.

시인과 시인의 감성에 집착하는 것에 반대했던 20세기에 일어났던 반동은 독자에게 아무런 도움을 가져다주지 못했다. 오히려 독자는 훨씬 더 가혹할 정도로 눈에 띄지 않게 되었다. 리차즈는 실제로 자신의 아주 독창적인 작품에서, 영감(inspiration)에 대한 과학적이고 문학적인 근원에 의존하면서 독자가 수행하는 성과를 연구했다.[6] 중세의 지배적인 비평적 어조를 따르는 형식주의 비평가들은 이러한 관점은 거부하고, 정확한 문학적 분석을 하는 자신들의 방식을 개발하는 일에서만 주로 리차즈의 비평을 수용했다. 그러나 이들은 언어의 자기 충족적인 유형, 또 문학적 장치의 자동화된 구조로서 "작품 그 자체"에 대해서 강조했다. 예술가의 자주성을 목적으로 하는 예술을 위한 예술에 대한 이들의 주장은 예술 작품 그 자체에 대한 자주성으로 해석되었다. 비평가의 이상은 작품을 "외적인" 관심과는 별도로 작품을 분석하는 것이었고, 이것은 시인과 독자 둘 다로부터 분리된다는 것을 의미했다. 좀 더 순수한 이론가에게 독자에 대한 관심은 작품의 완전성에 경솔하게 배신하는 행위로 연결되는 듯 보였다.[7)]

그러나 내가 이미 인정했듯이, 분명 독자가 지난 수세기 동안 전적으로 경시되지 않았다는 것에는 이의가 제기되어야 할 것이다. 실제로 독자가 아주 처음부터 인식이 되지 않았던가? 플라톤이 그의 이상국가에서 시인을 정중하나 단호하게 추방했을 때, 그것은 그가 청자에게 미칠 도덕적으로 유해한 시의 효력을 두려워했기 때문이 아니었던가? 아리스토텔레스는 청자에게 미칠 명백한 정화작용이 있는 영향력을 비극의 한 범주가 되게 함으로써, 즉 "이러한 감성에 적절한 정화의 효과를 초래하는 연민과 공포를 사용해서" 이 문제를 함축적으로 논박하지 않았는가? 호레이스(Horace)는 수세기에 걸쳐서 시의 목적은 독자에게 "교훈을 주고 즐겁게 해주어야" 한다는 학설을 제시하지 않았는가? 이러한 견해는, 셸리가 "시의 옹호(Defence of Poetry)"에서 아주 웅변적으로 증명했듯이, 심지어 낭만주의의 전성기 동안에도 많은 이들을 통해 이어져온 견해가 아니었던가? 이는 예술을 위한 예술이라는 반동을 낳게 했던 빅토리아 시대의 사람들이 가졌던 독자에 대한 교훈적이고 도덕적인 관심이 아니었던가? 수세대에 걸친 검열에서 이루어진 성과가 독자에 대해서 보여주는 불안감을 입증하고 있지 않은가? 물론 이 모든 질문에 대한 대답은 "예"라는 사실이다. 그러나 이러한 것들이 독자는 주로 보이지 않았다는 나의 주장을 무력하게 하지 않는다.

비록 독자가 때때로 살짝 보이긴 했지만, 스포트라이트는 능동적인 역할을 수행하는 그에게 초점을 맞추지 않았다. 이론적인 논의는—아리스토텔레스의 『시학(*Poetics*)』이나 호레이스(*Horace*)의 『서한집(Epistles)』에서처럼—독자에게서 멀리 떨어져서 필요로 하는 효과를 생산해내는 수단으로 즉시 방향을 돌린다. 다시 말하면, 텍스트가 삶의 어떤 양상을 다루어야 하는지 다루지 않아야 하는지, 작가가 어떠한 기교적인 전략을 채택해야 하는지, 혹은 작가가 어떠한 수준의 통찰력을 가져야 하는지 등이다.

감성과 창의성에 대해서 강조한다는 것에서 특히 독자의 독특한 역할을 설정하도록 기대되어질 수 있다. 기본(Edward Gibbon)은 롱자이너스(Longinus)로부터 "새로운 종류의 비평"을 배운 것에 대해서 기뻐하였다. 즉 롱자이너스는 호머를 읽은데 대한 그의 느낌을 아주 선명하게 말했기 때문에 다른 사람들에게 그 느낌을 전달할 수 있었을 정도였다![8] 그러나 롱자이너스조차도 고상하거나 "장엄한" 문체를 생산해내는 텍스트에 들어있는 요소를 주로 분석하는데 초점을 맞추었다. "강력한 감성의 넘쳐흐름"에 대한 낭만주의자들의 선입견도—예를 들면, 워즈워드, 콜리쥐, 포우의 여러 글에서 나타난 것처럼—독자에 대한 특정한 의식을 가지도록 인도했다. 내가 이미 지적했듯이, 여기서도 또한 관심은 곧장 시인이나 시인이 창작한 텍스트로 돌아가버린다. 그리고 낭만적인 특성은 궁극적으로 그의 비평 그 자체가 예술작품이 되기를 열망하는 주로 페이터(Walter Pater)를 연상하게 되는 일종의 인상주의적인 시도를 하도록 이끌었다.

따라서 우리가 문학 이론의 영역을 개관한 것처럼 독자는 종종 언급되기는 하지만 무대의 중심부는 넘겨받지 못했다. 이유는 간단하다. 독자에게는 그것이 좋든 나쁘든, 작품의 영향을 수동적으로 수용하는 역할이 주로 주어지기 때문이다. 어떤 의미에서 독자는 "청자" 또는 "독서하는 대중"과 같은 그런 집합적인 부류로서 해석되는 어떤 집단의 구성원으로 대접받고 있을 때에 조차도 아직 보이지 않고 있는 것이다. 그러므로 독자들은 셰익스피어의 청자의 연구, 18세기의 중산층의 독서 대중의 출현에 대한 보고서, 또는 20세기의 소설의 범주와 각각의 범주에 해당하는 독자의 유형에 대한 분석에서처럼 주로 하나의 집단으로 간주된다. 개별 독자가 각자의 특별하고 특이한 활동을 수행하고 있다고 거의 인정되어 오지 않았다. 수동적인 "청자"로서의 독자의 개념과 내가 독자에 대해서 주장하는 일종의 가시성 간에는 큰 차이가 있다.

지난 몇 년 내에 스포트라이트는 독자의 방향으로 움직이기 시작했다. 때때로 여기에 대한 반작용은 미학적 이론에 반대하기보다는 신비평의 사회 정치적 함축성에 더 많이 역행하고 있었다. 때때로 독자의 역할 회복은 다소 극단적인 주관주의나 프로이드주의의 형태를 취한다. 그러므로 작가의 텍스트에 몰두하는 이들은 독자를 "시"의 영향을 받는 백지상태로 보았다. 이에 대한 반작용으로 다른 이들은 텍스트를 독자가 가져오는 내용을 기다리는 공란으로 본다. 다음 장에서 계속되는 논의에서는 이러한 두 극단을 거부하면서 텍스트를 만나는 독자에서 출발해서 이 만남에서부터 생겨나는 근본적인 문제에 대처하기 위해서 진행된다. 목표는 작가, 텍스트, 독자라는 전체 장면이 주목의 대상이 되도록 인정하는 것이 될 것이다. 우리는 특히 이제까지 경시해온 배역 중의 하나인 독자에게 특별히 관심을 가질 것이다.

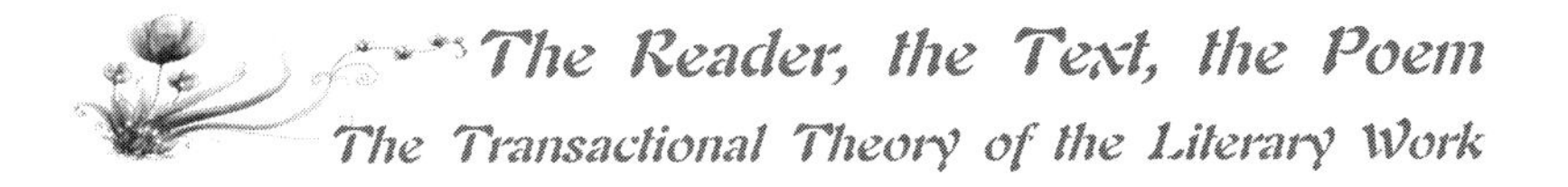

The Reader, the Text, the Poem
The Transactional Theory of the Literary Work

2 장
이벤트로서의 시
THE POEM AS EVENT

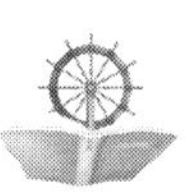

독자 역할에 대한 본질은 독자들이 낯선 텍스트를 만날 때 이들에게 주목함으로써 귀납적으로 접근하는 것이 가장 좋을 수 있다. 나는 지난 25년간 독자들이 이해에 도달하는 과정을 연구한 많은 사례 중의 하나를 선택할 것이다. 영어과 대학원생들인 남녀 학생 한 집단에게 텍스트가 주어졌다. 이들은 자신들의 이름은 익명이 보장될 것이며, 텍스트를 읽기 시작한 이후 가능한 한 빨리 반응 쓰기를 시작해야 한다는 말을 들었다. 이들은 자신들이 읽고 있는 것에 관해서 깊이 생각하지 말고, 단지 그들에게 떠오르는 것은 무엇이든 적도록 요청받았다.

이 방법은, 독자의 의견이 한 주에 걸친 수업에서 텍스트에 대한 깊은 성찰과 반복적인 독서에서 나온 최종 결과물을 제시하는 리차즈의 선구적인 연구인 『실제 비평(*Practical Criticism*)』에서 보고한 것과는 달랐다. 내 목표는 오히려 이 학생들이 실제 시험적으로 첫 번째 해석에 접근했던 경로를 찾아내는 것이었다. 텍스트에는 작가의 이름이나 그 외에 신원을 확인할 수 있는 것은 없었다. 작가가 누구인지 알거나 그 작가의 작품을 이전에 알고 있다면 반응 과정을 가속화시킬 수도 있겠지만, 나는 독자가 지면 위의 텍스트만으로 시작해야 할 때 일어나는 것에 관심이 있었다.

비록 독자들은 그들이 맨 처음에 한 반응에는 주목하지 않았지만,

적어도 초기의 반응 중 몇 가지는 지적했다. 이들의 지적은 발달 과정에서의 여러 단계에 대한 보고서가 된 것으로 드러났다. 나는 이들이 다음에 제시하는 프로스트(Robert Frost)의 4행시 해석을 해 나가면서 분명하게 보여준 몇 가지 유형의 반응과 단계를 인용하고자 한다.

상당히 공평하네요

연극이 거의 무한대로 공연하는 것 같아 보이네요.
배우들이 다투는 것 같은 사소한 일에는 신경쓰지 마세요.
내가 단지 염려하는 것은 태양이지요.
조명이 잘못되는 일만 없다면 괜찮을 겁니다.

It Bids Pretty Fair

The play seems out for an almost infinite run.
Don't mind a little thing like the actors fighting.
The only thing I worry about is the sun.
We'll be all right if nothing goes wrong with the lighting.[1)]

학생들이 시의 첫 부분을 언급한 예문 중에서 두 개를 살펴보면, 처음에는 혼돈이 있었음을 반영하고 있다. 한 학생은 "처음 읽고서는…, 전혀 이해할 수 없었어요."라고 썼다. 또 다른 학생은 다음과 같이 언급했다. "나는 하나의 인상을 불러일으키기 위해서 이 문장들을 함께 모으려는 노력과 각 문장을 개별적인 실체로 다루거나, 심지어는 각 문장을 무수한 글자의 그림으로 취급하다가, 또 어떠한 경향이든지 각각의 문장이 나를 다루도록 나 자신을 맡기도록 하는 등의 생각으로 분열되었다."

다른 독자들은 이러한 단계를 통과할 때까지 기다린 다음, 다음과 같은 전형적인 요지를 기록한 것이 분명한데, 예를 들어보면 다음과 같다. "나에게 이 시는 영화 제작이나 정통극에 관심이 있는 사람들 사이에서 일어난 대화의 일부로 보인다." "후원자를 격려하고 있는 극의 연출가 같아 보인다." "아마도 감독이 연출가에게 편지를 쓰고 있는 중일 것이다."

이러한 글들은 미완성된 문학적 반응을 반영하면서도 아주 높은 단계의 유기적 구조를 제시한다고 말할 수 있을 것이다. 각각의 단어와 문장의 의미에 어울리는 모형을 찾으려는 모색이 분명히 부가된 것이다. 누가 말하고 있는가? 어떠한 상황에서? 누구에게? 와 같은 질문들은 이러한 최초의 시험적인 해석에서 이미 추측된 것이다.

다음의 독자는 의식의 또 다른 단계나 종류를 드러낸다. 즉 이 반응은 다른 반응처럼 시작했지만, 곧 이 텍스트가 시로 읽혀야 함을 의식했다는 것이 다음 예문에서 분명해진다. "이건 영화 제작이나 정통극에 관심이 있는 사람들 사이에 일어나는 대화의 단편으로 보인다. 다시 생각해보니 운율[역주]이 있어서 이 글이 시라는 것을 보여준다." 이러한 인식은 리듬에 주의를 기울일 목적을 가지고 텍스트를 다시 읽도록 유도했다. 이들 행은 처음에는 단순히 대화, 즉 두 화자 사이에 일어나는 의견의 교환 정도로 읽혀졌음이 분명하며, 그 결과 리듬이 있는 패턴 또는 구조를 이해하려는 노력 없이 읽었던 것이다.

역주) 여기서 운율은 원시의 1행과 3행의 마지막 단어 "run"과 "sun"이 각운(-un)을 이루고 있으며, 2행과 4행의 "fighting"과 "lighting"이 각운(-ing)을 이루고 있음을 말함.

한 독자는 처음부터 둘째 행에 초점을 맞추고 있었다. 즉 "먼저 이 글은 극장의 특성에 관한 다소 냉소적인 글로 보였다(나 자신의 경험이 시시한 언쟁을 마음속에 그려보도록 얼마간 나를 강요하고 있었다)." 이 독자는 나중에 그가 아마추어 연극에서 남자 주인공 이었으며, 그때 리허설에서 성질이 까다로운 여자 주인공 때문에 어려움을 겪었다고 설명했다.

몇몇 독자는 첫 두 행이 불러일으키는 아이디어에 몰두해서 나머지는 경시했다. "이러한 간결한 생각은 불안한 감독이 무관심한 연출가를 회유하려고 노력하고 있는 대화에서 골라낸 것 같은데…. [그런 다음 독자는 분명히 극장에 관한 지식에서 이끌어낸 연쇄적인 연상에서 떠난다.] 또한 공연 전 마지막 리허설 기간 동안 필라델피아나 뉴헤이븐(New Haven)에서 시험 공연을 했고, 이 시점에서는 성질이 노골적이 되어, 한때는 비위를 잘 맞추어 주었던 성격이 이제는 거친 기질이 된 것 같아 보인다."

그러나 대부분의 독자에게는 태양에 관해서 언급하는 제3행은 첫 두 행에서 임시로 했었던 반응을 수정해야 할 필요를 야기했다. 계속되는 반응에서는 "다시 생각해보니," "두 번째 읽어보니," "또 다른 생각은"과 같은 구절이 나타난다. 한 독자는 이 문제를 "셋째 행이 가장 혼동이 되는 것 같다. 만약 내가 후원자에게 이야기하고 있는 연출가의 논리에 집착한다면, 이건 말도 되지 않는다."고 기술했다.

연극에 관해서 이야기하고 있는 감독 또는 연출가일 것이라고 분명한 의견을 제기했던 많은 독자들은 이것을 즉시 합리적으로 태양에 대해서 염려하는 상황으로 개작하려고 시도했다. "난 실제로 태양(좋은 날씨)에 의존했던, 천정이 없는 엘리자베스 시대의 극장을 상기합니다.” “여름 극장에서의 생활에 관한 것 같아 보인다. 이게 여름 극장인가요? 그러면 태양보다는 오히려 비에 대해서 염려해야 할 것 같은데요.”

시를 읽기와 반응을 쓰는데 주어진 짧은 시간 내에 많은 독자들은 태양에 의존하고 있는 연극의 성공여부에 관한 이런 실제적인 설명을 찾아내는 문제에서 자신들을 전적으로 자유롭게 할 수 없었다. 한 반응은 “이 글은 아주 문학적인 글인 것 같다.”고 이렇게 인식하면서 마무리한다.

다른 사람들은 다른 접근의 필요성을 재빨리 다음과 같이 인식하게 되었다. “그러나 잠시 후에 암시된 무대는 분명 세상, 배우들, 그리고 세상 사람들을 보여주기 시작한다.” “다시 생각해보니, ‘모든 세상이 무대’라는 연극의 은유를 쓰고 있네요. 삶은 다툼이 있음에도 불구하고 계속되지만, 만약 ‘빛’(도덕적인 빛? 영적인 빛?)이 없으면 연극은 계속될 수 없죠. 그러면 ‘태양’은 무엇을 의미하는가? 야외 공연인가? 무대 조명에 관한 전문 용어인가? 어쨌던, 우리가 아직도 그 ‘빛’(태양 또는 빛의 근원인가? 자연인가? 신인가?)을 가지고 있는 한 전쟁, 불화 등등은 그렇게 중요하지 않다.”

분명 여러 독자들이 “무한대로(infinite)”라는 단어와 나머지 행들의 회화체 어조 사이의 대조에 놀랐다. 이들이 태양이 빛을 제공하는 그런 종류의 연극에 관해서 경이로워 하도록 유도되었을 때, 무한대의 개념은 분명 이들로 하여금 이 세상에서 인간에 의해서 오랫동안 상연되어온 위대한 극을 생각하도록 준비시킨 것이다. 게다가 어떤 사람은 가능한 한 많은 상징을 압축해 넣는 것이 필요하다고 느끼고, 또한 “태양”에 대한 또 다른 단계에서의 의미를 찾으려고 노력했다.

소수의 독자들은 이 세상에 있는 사람의 생명을 거의 영원의 관점에서 조망하는 것이 가능하고, 그렇게 함으로써 전쟁과 같이 중요한 사건을 "사소한 일"로 여길 수 있었던 시의 화자인 "나"에게서 올림피아 신에게서 볼 수 있는 초탈한 모습을 감지했다.

다음의 인용에서는 한 독자가 열거했던 반응의 범위가 나타난다. "마치 연극의 연출자가 후원자를 격려하는 것 같아요…. 막 다른 생각이 났어요. 말하자면, 첫 행은 세상은 항상 여기에 있을 것이다. 둘째 행은 항상 다툼이 있을 것이다. 우리는 그것에 대해 너무 많이 걱정하지 말아야 한다. 셋째 행은 수소 폭탄에 관해서 염려하고 있어요." 여기서 우리는 또한 독자가 가진 원폭에 의한 파국에 대한 잠재된 공포가 태양에 관해서 "염려"하는 인용문에 의해서 어떤 식으로 활성화되었는지 알 수 있다. 다른 독자들도 유사한 연상을 했지만 "과학자의 업적"과 그것의 위험에 관하여 라는 식의 좀 더 보편적인 용어로 표현했다.

또 다른 독자에게는 태양과 관계되는 그 무엇에 관해서 언급하는 것이 무한한 시간의 심상으로서 번즈(Burns)의 시구 "바닷물이 다 마를 때까지(Till a' the seas gang dry)"를 회상하도록 의식을 일깨웠다. 이렇게 함으로써 인간이 하는 "염려"는 아이러니하다는 것을 느끼게 하고, 태양의 긴 생명이 가진 배경을 고려할 때 인간이 가진 갈등의 하찮음을 가르쳐준다.

이상의 반응들은 완성된 해석으로 제시되지 않았기 때문에 우리는 여기에서 이 텍스트에 대한 반응을 평가하는데 관심이 있는 것이 아니라는 것을 기억하자. 여기에 인용된 글은 독자가 4행시를 해석하면서 도달하려고 노력하는 과정에서 요점을 메모한 것이라는 점이 고려돼야 한다. 이 독자들은 만족할 만한 독서가 완결되었을 즈음이면 종종 경시되거나 잊혀질 수 있는 바로 그러한 단계에서 일어나는 것을 표현하도록 요청받은 것이었다. 이 시를 선택한 것은 이 시가 너무 쉽게 그런 자동화된 동화작용을 허용하지 않았기 때문이다. 작가의 이름을 밝히지 않은 것도 같은 이유에서였다. 이러한 종류의 메모에 관심을 가지는 이유는 (그리고 내가 수 십 년간 수행해온 유사한 다른 독자 반응 연구에 대한 관심도) 이러한 글들이 독자와 텍스트 사이에 능동적인 상호작용을 하는 동안에 진행되는 것에 관한 약간의 단서를 우리에게 제공해준다는 사실에 있다. 이와 같은 것은 마치 우리가 영화에서 다양한 순간의 "정지된 화면"에서 느린 동작의 영상을 재구성하고 있는 것과 같다. 이러한 메모는 독자가 그 단계에서는 어디에 있는지를 지시한다. 우리는 현재의 목적을 달성하기 위해서 그 복잡한 과정이 얼마나 완전하게 드러나게 될지에 관해서는 염려할 필요가 없다. 독서 과정에 대한 어떤 일반적인 논의에 실체를 부여하기 위해서라면 프로스트의 4행시에 대한 이러한 몇몇 반응에서도 충분히 나타난다.[2)]

먼저, 각각의 독자는 능동적이며, 이미 만들어진 메시지를 기록하는 공테이프가 아니다. 독자는 텍스트에 대해서 반응을 하는데 있어서 자신을 위한 시를 만들어내는데 능동적으로 참여하였다. 그는 자신의 과거의 경험을 언어적 상징을 사용해서 끌어내어야 했다. 그는 자신에게 일어났던 여러 대안적인 지시 대상에서 선택해야 했다. 이러한 것을 하기 위해서, 그는 이러한 지시 대상이 그 안에서 연결될 수 있었던 어떤 상황을 찾아야 했다. 그는 텍스트의 초반부를 후반부의 관점에서 재해석하는 것이 필요하다는 것을 알았다. 그는 마지막 부분을 읽고 전반부와 후반부를 상호 연결시킬 때까지는 사실 첫 행을 제대로 읽지 않았던 것이다. 의미를 만들어내는 문맥, 인물, 단계와 같은 이런 저런 통합하는 요소가 독자에게 그 자체를 제시함에 따라 일종의 왔다 갔다 하는 뒤섞임이 있었다.

게다가 우리는 독자가 자신들의 외적 세계에서 기호가 지시하는 것, 즉 그들의 지시 대상에 관심을 기울일 뿐 아니라, 단어와 단어의 지시 대상이 그들 안에서 재현했던 심상, 감정, 태도, 연상에도 관심을 기울인다는 것을 알게 된다. 일종의 태양에 좌우되는 연극으로 돌리려고 하는 시도는 어느 정도 이치에 맞게 보이는 무언가를 만들어내 놓은 것 같다. 이러한 중간 반응은 실제로 이미 재현된 생각과 느낌, 연상과 태도를 주로 융화시키려는 노력의 양상이었음을 보여준다. 예를 들면, 인간 삶에 관한 은유로서 연극을 의식하고 연극을 보기 위해서 태양을 우주와 시간의 배경이 되도록 제안하는 것은, 그런 용어에 의해서 창조된 어조와 관련한 심상 또는 본질과 같은 그러한 것들 덕분에 감성의 본질에 주목함으로써 주로 도달하는 것 같다. 총체로서의 인간과 전쟁 또는 천문학적인 시간의 개념은 이런 식으로 분명하게 떠오르는 "의미"에 대해서 독자가 하는 공헌의 일부가 되었다.

텍스트에 대해서 독자가 주의를 기울이는 것은 외적인 추론이든, 내적인 반응이든지, 언어적 상징들과 연결되어 있었던 그의 과거의 경험 속에 있는 특정 요소를 활성화시킨다. 의미는 **독자가 이러한 상징들을 지각할 때**[역주] 표상된 것들 간의 관계에서 생겨나는 그물망에서 발생할 것이다. 이 상징들은 이러한 감흥, 심상, 대상, 생각, 관계 등에

역주) 원서는 이탤릭이나 이 번역서는 고딕체로 씀. 이하 같은 방식으로 적용했음.

주의를 돌리는데, 이렇게 하기 위해서 독자는 실제의 삶이나 문학에서 이것들과 더불어 자신의 과거 경험에 의해 창조된 특별한 연상이나 감수성으로 단단히 갖춘다. 어느 정도까지의 반응의 선택과 조직화는 독자가 자신의 삶의 흐름에서 끌어내오는 전제, 예상, 또는 가능한 구조의 지각에 따라 결정된다. 그러므로 문학적 과정이라는 가공하지 않은 자료로 형성한 것 그 자체가 독자의 특별한 세계인 것이다.

그러나 텍스트는 독자로 하여금 독자가 배우의 다툼이라는 생생한 회상을 할 수 있었던 것처럼 이전의 전제와 연상에 비평적이 되도록 유도할 수 있다. 독자는 텍스트와 관련되지 않은 자신의 과거 경험의 요소를 텍스트에 투사했으며, 텍스트에 일관성 있는 통합을 하지 못할 여지가 있다는 것을 발견할 수 있다. 또는 텍스트에 의해 제공된 어떤 자극에만 전적으로 반응할 다양한 이유를 찾지 못할 수도 있다. 그러나 이 시점에서 우리의 토론에서 가장 중요한 것은 텍스트에서 독자가 시를 창조하는 것은 능동적이고, 자기 지시적이며, 자기 수정적인 과정에서 나와야만 한다는 사실에 있다. 우리는 이렇게 짧은 4행시조차도 전적으로 순서에 의한 양식, 즉 한 구절씩 또는 한 행씩 해석해나가지 못하고, 통합적이고 일관성 있게 분석하기 위한 노력을 하면서 의미와 어조를 미묘하게 조정과 재조정을 하게 되었는지 살펴보았다. 텍스트 자체가 독자로 하여금 이러한 자기 수정적인 과정을 거치도록 유도한다.

심지어 프로스트의 4행시에 대한 이러한 기본적인 반응은 우리로 하여금 텍스트를 구성하고 있는 독특한 유형을 가진 기호의 두 가지 중요한 기능을 분명히 보도록 해 준다. 첫째, 텍스트는 독자의 관심에 초점을 맞추는 자극제*이므로 언어적 기호와 연결된 개념인 과거 경험의 요소들이 활성화 된다. 둘째, 독자가 재현된 것에 대한 선택, 거부, 그리고 순서를 안내할 가설을 추구함에 따라 텍스트는 독자의 관심의 최전방에서 수용된 것을 조절하도록* 도와준다.

현대 비평 이론에서의 상당한 혼란이 종종 서로 상호 교환적으로 사용되는 용어인 "시"와 "텍스트" 사이의 의미론적인 구분에 의해서 제거될 것이다. 교사들은 학생들에게 "시를 읽어라"고 말하며, 또 현대 비평가들은 시, 작품, 텍스트를 구별하지 않고 쓴다. 아마도 비평 용어에서 이렇게 고착되어온 혼돈을 바꾸기를 기대하는 것이 유토피아일 것 같아 보이지만, 적어도 현재의 토론에서는 아래에서 하는 구분 정도는 준수해야 할 것이다.

"텍스트"는 언어학적인 상징으로 해석될 수 있는 한 쌍 또는 일련의 기호를 의미한다. 나는 텍스트는 단지 지면 위의 잉크 자국이나 심지어 공기 중에 발화된 음향 진동이 아니라는 것을 분명히 하기 위해서 이렇게 다소 완곡한 어법을 사용한다. 언어적 또는 청각적 기호들은 이것들 너머의 어떤 것을 지시함으로써 잠재적으로 인식될 수 있는 덕분에 언어적 상징이 되고 또 단어가 된다. 그러므로 독서 상황에서 "텍스트"는 상징의 역할을 할 능력이 있는 활자화된 기호로 생각될 수 있다.

"시"는 텍스트에 능동적으로 관여하는 독자를 전제로 하고, 독자가 특별한 쌍의 언어적 상징에 대한 자신의 반응을 구성하는 것을 언급

* 이 용어들은 독서 과정의 두 양상을 제시하기 위해서 사용되었으며 전통적인 자극-반응 모델에서 끌어낸 것이 아니다. 독자가 텍스트에서 찾고 있는 것에 주목할 것. (아래 참고)

한다. 여기서 "시"는 "문학 예술 작품"의 전체 범주를 의미하고, "소설" "드라마" "단편소설"과 같은 문학을 의미하는 용어이다. 이렇게 대용어를 쓰는 것은 종종 시가 문학에서 가장 응집된 형식이고, 다른 장르는 주로 시간이 좀 더 확장되며, 좀 더 느슨하게 통합되기 때문이다. 특히, 금세기에 울프(Woolf)나 조이스(Joyce)의 소설, 또는 고백시를 쓰는 시인을 보더라도 이러한 구분을 없애는 것은 당연한 것이다. 나는 어떤 특정한 장르에 대한 더 장대하거나 더 미미하게 "시적임"을 암시하지 않고서 독자와 텍스트 간의 미적인 상호교통의 전체 범주를 언급하는 데에 "시"라는 용어를 사용할 것이다.

따라서 시는 시간 속에서 이벤트로서 간주되어야만 한다. 시는 어떤 대상이나 이상적인 실체가 아니다. 시는 독자와 텍스트가 화합해서 서로 영향을 미치는 동안에 일어난다. 독자는 텍스트에 자신의 과거의 경험과 현재의 자신의 존재를 가져온다. 텍스트의 정돈된 상징에 의한 자기 작용의 힘에 의해서 독자는 자신이 가진 자원을 집합해서 잡다한 기억, 생각, 감정으로부터 자신이 시로 간주하는 새로운 질서, 새로운 경험을 결정한다. 이것은 인간으로서 그에게 중요한 어떤 상황으로부터 반영되는 그의 인생 경험에서 지속되는 과정의 일부이다.

텍스트의 안내 하에 독자에 의해서 형성되는 경험으로서의 시의 개념은 이름, 즉 제목이 하나의 실체, 하나의 대상과 같이 한 가지를 지시해야만 한다는 것을 당연하게 생각하는 풍조를 극복하지 못하는 사람들에게 충격을 준다. 그러나 우리가 『햄릿(*Hamlet*)』이나 『모비딕(*Moby Dick*)』과 같이 어떤 책의 제목이 독자와는 상관없이 언급할 수 있는 것에 대해서 생각하려고 노력할 때, 작가 자신이든지 다른 사람이든지 상관없이 "작품"은 사라지고 만다. 이 때 책의 제목은 어떤 독자 또는 청자가 언어적 상징으로서 해석하고 이들의 안내 하에 예술 작품을 만들기 위해서 시, 소설 또는 연극으로 만들어 주기를 기다리고 있는 단순히 정리된 지면 위에 있는 한 세트의 검은 흔적 또는 공기 중에서 진동하는 한 쌍의 음을 지칭한다.

우리는 배리모어(Barrymore) 주연의 햄릿, 길거드(Gielgud) 주연의 햄릿, 니콜슨(Nicholson) 주연의 햄릿에 대해서 이야기한다. 우리는 배우가 자신의 목소리, 자신의 신체, 자신의 몸동작, 즉 간단하게 말하면 배우 자신의 해석을 텍스트의 언어에 불어넣는다는 사실을 받아들인다. 심지어 우리는 스티븐스(Wallace Stevense) 시의 독자처럼 전적으로 침묵하고 감정의 동요 없이 남아 있지만, 연극배우는 우리 각자가 텍스트의 독자로서 해야 하는 것을 단지 연기라는 궁극적인 표현으로 전달하고 있지 않는가?

집은 고요하고 세상은 조용하였다.
독자는 책이 되었고; 그리고 여름 밤은

책이라는 의식적인 존재와 같았다.
집은 고요하고 세상은 조용하였다.

마치 책이 없는 것처럼 단어들이 언급되었다,
독자가 지면 위에 기대고 있는 것을 제외하고는.

The house was quiet and the world was calm.
The reader became the book; and summer night

Was like the conscious being of the book.
The house was quiet and the world was calm.

The words were spoken as if there was no book,
Except that the reader leaned above the page.[3)]

셰익스피어의 대본의 페이지 위에 기대고 있는 독자는 그의 내면의 귀로 단어의 소리와 시행의 리듬을 들음으로써 상징에 반응해야 하지 않은가? 독자는 극을 창조할 수 있도록 이러한 소리들이 지시하는 것을 생각과 행동으로 보여야 하지 않는가? 감독처럼 독자도 햄릿 뿐 아니라 모든 등장인물들의 행동, 몸동작, 속도를 제공해야 하지 않는가? 그리고 독자는 그것이 시, 소설, 드라마 등 어떤 종류의 텍스트에서라도 재현이라는 유사한 연기를 해야 하지 않는가?

나는 때때로 독서 과정을 예시하기 위해서 드라마 텍스트를 언급한다. "드라마는 읽기 위한 것이 아니라 상연하기 위한 것이다"라는 불평이 나올지도 모르겠다. 드라마가 주로 궁극적으로 상연되기 위해 쓰여졌다는 생각을 거부하지 않지만, 그래도 나는 **드라마는 상연되기 전에 읽혀져야만 한다**고 주장한다. 말하자면, 첫째는 자신이 의도한 작품을 재현하는 작가에 의해서, 둘째로는 감독과 배우들에 의해서 읽혀져야 하는데, 이들 감독과 배우들은 텍스트를 해석하기 전에 내가 다음 장에서 좀 더 분명하게 밝히기를 바라는 과정을 통과해야만 한다.

심지어 텍스트의 재현에 대한 더 좋은 유추를 음악 공연에서 할 수 있을 것이다. 시, 소설, 또는 드라마 텍스트는 음악 작품과 같다. 작곡가이든 시인이든, 작품을 창작한 예술가는 다른 사람들을 위해서 이들이 예술 작품을 생산해 내도록 인도하기 위해서 기록을 해 놓은 것이다. 어떤 이들은 음악에서든 문학에서든, 연주가는 작품의 작가에 의해서 정해진 정확한 음을 순응적으로 두드림으로써 작품에 대해서 투명해야 한다고 말할 수도 있지만, 현대 작곡가들은 우리에게 "연주가의 개성에 대한 압도적인 역할"을 상기시킨다. 즉 "정직하다는 것은 나로 하여금 기록된 페이지는 단지 근사치라는 것을 인정하도록 만든다. 그리고 이는 작곡가가 자신의 정확한 생각을 지면위에 얼마가 근접하게 전사할 수 있었는가를 표시할 뿐이다. 이 시점을 넘어서면 해설자는 자기 자신이 알아서 해야 한다."[4] 게다가 문학 독서에서, 심지어 연주가가 연주하는 키보드는 바로 자기 자신이다. 단어와 자기 자신의 경험과의 연결로부터, 자기 자신의 기억의 창고로부터, 그는 작품 즉 텍스트에 의해서 상징화된 적절한 요소를 새로운 경험 즉 예술 작품을 구축하기 위해서 끌어내야만 한다.

소설가 포울스(John Fowles)는 "개인의 시각적 기억에서 나온 반응"에 대해서 이야기하면서 독자의 기여를 인정한다. 즉, "소설의 한 문장 또는 한 단락은 각각의 독자 안에 있는 다른 심상을 불러일으킬 것이다. 작가와 독자 간의 이렇게 필요한 협동, 즉 한 쪽이 제안하고, 다른 한 쪽이 구체적으로 만드는 일은 언어적 형식이 가지는 특권이다."[5]

"시"는 독자와 "텍스트" 사이에 설정된 살아있는 회로 안에서 존재하게 된다. 독서 과정의 각 구성 성분은 전기 회로의 요소처럼 다른 구성 성분의 존재 덕분에 기능을 한다. 특별한 독자와 특별한 텍스트가 특별한 시간과 장소에 존재한다. 이들 중 어떤 것이라도 변화하면, 다른 회로, 즉 다른 이벤트라고 할 수 있는 다른 시가 발생하는 것이다. 독자는 자신의 관심을 상징과 이러한 상징이 의식으로 결정화 되어 나오도록 돕는 일에 초점을 맞추게 된다. 발화된 소리 또는 지면 위의 잉크 자국과 같은 어떤 단어라도 시를 만들어내는 것이 아니라, 이 단어에 대해서 구조화된 반응이 만들어 낸다. 독자에게 시는 텍스트와 상호작용하는 동안에 살아서 체험된 것이다.

이해하기 쉬운 표현을 쓰자면 독자는 텍스트 안에 있는 의미를 "찾아낸다"는 것이다. 이것은 적어도 부적절한 의미를 부과하는 것은 거부한다는 장점을 가지고 있다. 즉 독자는 텍스트와 관련해서 방어할 수 없는 연관을 갖고 있다는 생각이나 태도를 투사하지 않아야 한다. 그러나 어떤 이는 그가 자기 자신의 내부에 있는 언어적 상징을 위한 의미를 "찾아낸다"고 충분히 공정하게 말할 수 있다. 실제로, 의미를 전적으로 텍스트에서만 찾아낸다는 것과 독자의 마음에서만 의미를 찾아낸다는 이 두 공식은 다 잘못된 것이다. 의미의 발견은 두 가지, 즉 작가의 텍스트와 독자가 그 텍스트에 가져오는 것을 모두 포함한다.

우리는 단순히 텍스트를 보고서 시를 예측할 수는 없다. 이를 위해서는, 독자 또는 특별한 속성을 가진 독자들이 인정되어야만 한다. 예를 들면, 작가가 텍스트를 창작하고 있을 때의 독자로서의 작가, 몇 년 뒤에 그가 자신의 텍스트를 읽을 때의 작가, 작가와 비슷한 교육과 경험적 배경을 가진 그의 동시대인, 그와 다른 배경을 가진 동시대인, 특별한 장소, 시간, 환경에서 살고 있는 동시대인들, 이런 것들이 인정되어야 한다. 그러므로 텍스트와 독자는 모두 각각의 독서에서 시로 확장되는 것에 대해서는 필수적인 양상이나 요소라고 할 수 있다. 텍스트는 유형을 만들고 한계를 정하지만, 텍스트는 궁극적으로 화학적 요소와 같은 작용을 한다. 즉 텍스트 그 자체는 시, 소설, 드라마라는 특별한 이벤트를 생산해내기 위해서 다른 요소와 합성됨으로써 동화된다.

우리 후기 낭만주의자들은 작가의 모습을 텍스트 뒤에서 보는데 익숙해져 있다. 내가 이미 언급했거나 언급하려고 하는 어떤 것도 텍스트는 외적인 것이고, 작가의 창의적인 활동에서 나온 시각적인 결과물이라는 것을 부정하지 않는다. 이는 또한 작가의 텍스트에 대한 중요성을 부정하지도 않는다. 최근에 들어서야 텍스트 분석에 대한 지대한 관심을 이해하고 인정할 수 있는데, 이는 작가가 다른 것이 아닌 바로 이런 단어들을 독자의 역할을 지도할 단서로서 선택했기 때문이다. 아마도 작가와 그의 창작물 간의 결속에 몰입하거나 텍스트 그 자체에 대한 집착 때문에 독자의 창의성이라는 생각에 대한 의혹이나 저항이 있었으리라. 하지만 일단 작가의 창의적인 활동이 끝나면, 다른 사람들에게, 심지어는 작가 자신에게도, 남아있는 것은 텍스트라는 것을 기억해야만 한다. 시를 부활시키기 위해서는 항상 독자가 필요하다. 비록 그 독자가 단지 작가 자신뿐이라 하더라도.

비평 이론과 실제는 모두가 독자가 역동적이고, 개인적이며 독특한 활동을 가져온다는 것을 인식하지 못함으로 인해서 고통을 당하고 있다. 많은 현대의 비평가들과 교사들은 자신들이 텍스트와 동일시할 수 있는 요소를 토론할 때 그들은 분명 "객관적"이 되고 있다고 생각한다. 이들은 자신들의 이론적인 가설에 심지어 "시"의 가장 객관적인 분석도 그들 자신들이 그것을 재현시킴에 따라 작품의 분석이 된다는 사실에 대한 인식은 포함하지 않는다. 따라서 비평가들이 한 분석도 텍스트에서 나온 작품에 대한 자신들의 재현에서 나온 감정에 대해서 이들의 각각의 독자에게 평가받아야 한다. 심지어 엘리엇조차도 1956년에 동시대의 비평가들에게 문학 해석에 있어서의 개인적인 속성을 상기시키는 일이 필요함을 발견했다. 즉 그는 "사실 나는 해석의 상당한 가치는 그것이 내 자신의 해석이 되어야 하는 것이 아닌가 하고 생각한다. 이 시에 관해서는 알아야 할 것이 많은 것 같고, 학자들이 어느 것이 내가 명확한 오해를 피하도록 나를 도와 줄 것인지를 가르쳐 줄 수 있는 것에 관한 많은 사실이 있을 것이다. **그러나 나는 타당한 해석은 내가 텍스트를 읽을 때 동시에 내 자신의 감정에 대한 해석이 있어야만 한다는 것을 믿는다.**"[6)]

독자의 삶에서 이벤트로서, 또한 독자와 텍스트의 만나는 지점에서 초래되는 과정 안에서 재현된 것으로 보여진 "시"는 문학의 체계적인 이론에 중심이 되어야만 한다. 나는 우리가 앞에서 문학적 이벤트의 살아있는 과정이 되게 함으로써 문학적 경험의 본질을 좀 더 깊이 들여다보고 문학적 이론과 비평적 실제라는 문제를 위한 암시를 탐구하기 위해서 시도할 것이다.

내가 문학에 대해서 제기하는 문제들은 훨씬 더 폭넓은 철학적이고 이론적인 분야에 이들의 뿌리와 이와 상응하는 것을 갖고 있다. 예를 들면, 지식 이론, 언어의 이론과 철학, 언어학적(또는 일반 언어) 철학들이다. 나의 문학 이론은 필연적으로 그렇게 더 광범한 토대를 갖고 있으며 특히 언어 이론과 인간이 어떻게 자연 세계와 관련이 있는지에 관한 견해와 연결한다. 지난 반세기는 인간적인 요인을 제거하고 "객관적인" 사실로 해석될 수 있는 것에 집중하려고 노력하는 논리적 실증주의와 행동주의와 같은 지적인 학파와 이런 저런 방식으로 인간의 의식을 통합하려고 추구하는 실용주의, 현상학, 실존주의, 정신 분석과 같은 다양한 동향 사이에 늘어나고 있는 틈을 목격했다. 나의 긴 생애동안 나는 일관되게 후자 진영에 속해 있다. 나는 독자와 텍스트를 출발점으로 삼음으로써 특별한 문제가 이 체제를 요구함에 따라, 개념적인 체제에 대한 논의를 도입할 것이다. 다음에서 "상호교통(transaction)"이라는 용어를 사용한데 대한 설명은 이런 유형을 따르며, 몇몇 보다 광범한 이론적 문제들을 독서 행위에 연관시킴에 따라 이들을 지시하는데 도움이 될 것이다.

독서 과정을 토론하는데 있어서 우리는 수정을 경험하고 있는 다른 학문에서처럼 일상적인 용어와 우리 언어의 바로 그 구조 안에 내재하는 면밀히 검토되지 않은 가설로부터 자신들을 자유롭게 할 필요가 있다. 일상적인 표현이 실제 독서 이벤트의 속성을 타당하게 하도록 시도하는 것은 어려운 일이다. 우리는 독자가 텍스트를 해석한다고 말할 수 있다. (독자가 텍스트에게 영향을 미친다.) 또는 텍스트가 독자의 내부에 반응을 생산해낸다고 말할 수도 있다. (텍스트가 독자에게 영향을 미친다.) 이러한 각각의 표현은 하나의 고립된 요소가 다른 고립된 요소에 의해서 행동의 단일 노선을 암시하기 때문에 실제 독서 과정을 왜곡시킨다. 독자와 텍스트의 관계는 순차적인 것이 아니다. 그 관계는 상황, 즉 각 요소가 다른 요소의 상황을 규정하는 특정한 시간과 공간에 있는 이벤트인 것이다.

듀이(John Dewey)와 벤틀리(Arthur F. Bentley)가 개발한 "상호교통적"이란 용어가 내가 제안하려고 시도해온 독서 과정의 역동성이라는 관점에서 가장 적절해 보인다. 제임스(William James)와 피어스(Charles Sanders Peirce)에서 그 근원을 찾을 수 있고 듀이가 그의 전 생애를 통해서 다양한 표현으로 사용해온 이 철학적인 접근법은 20세기 사상계의 많은 영역에 파문을 던졌다. 듀이와 벤틀리는 다른 요인들 간의 "상호작용"과 같은 현상의 이중적인 표현에 반대하려고 애썼는데, 이는 상호작용이 고립되고, 자기 봉쇄적이며, 서로서로에게 영향을 미치는 이미 정의된 실체를—상투적인 예를 사용해서 설명하자면 당구공이 서로 부딪치는 식으로—암시하기 때문이다.

듀이와 벤틀리는 상호교통적이라는 말을, "확장적으로 지속적으로 함께 볼 수 있는 권리로 언급되며, 상당히 많은 부분은 마치 타협할 수 없이 분리된 것처럼 관례적으로 언급되는 것[7)]"으로 제시했다. 그러므로 "알려진 것"은 "아는 사람"을 전제로 하며, "알고 있다는 것"은 특정한 개인과 특정한 환경 사이에 일어나는 상호교통이다. 제임스의 사상에서 이러한 견해의 뿌리를 찾고 있는 벤틀리는 이것을 다음과 같이 말하고 있다.

> 좀 더 깊이 연구하기 위해서 우리는 유기체와 환경을 공동의 상호작용 안으로 받아들이면서, 이 둘 간의 차이를 구분한다.
>
> 그러나 우리는 유기체와 환경을 우리가 이들을 마치 우리의 특별한 연구 이전에 분리해서 알고 있었던 것처럼 받아들이지는 않지만, 우리는 그들의 상호작용 그 자체는 연구의 주제 문제로 받아들인다. 우리는 이것을 상호작용(interaction)과 구분하기 위해서 상호교통(transaction)이라고 명명한다. 우리는 유기체가 환경에 작용하는 것으로도 아니고 환경이 유기체에 작용하는 것으로도 보이지 않는 사물 그 자체를 이벤트로서 관찰한다.[8)]

따라서 "상호교통"은 그 구성 요소 또는 요인이 한 쪽이 다른 쪽에 의해서 규정되고 또 규정하는 전체 상황에 대한 양상이라고 말할 수 있는 진행 중인 과정을 나타낸다.

일찍이 듀이(1896년)는 단순 자극-반응 모델을 거부하고 어떤 의미에서는 살아있는 유기체가 그것이 반응하려고 하는 자극을 그것의 환경에서 선택한다는, 즉 듀이 자신이 개발했던 상호교통적인 견해에 중심이 되는 개념을 지적했다. "아직까지는 자극이 아닌 어떤 것이 … 이렇게 지속되는 활동 안에서 계속되고 있는 것을 지지하는 관계 덕택에 자극이 된다…. 이것은 유기체가 이미 몰입하고 있는 것에 의해서 자극이 된다."[9]

유기체가 이미 획득된 습관, 전제, 기대에 따라서 조직하기 위해서 선택하고 시도하는 것은 이 유기체가 또한 반응하는 환경이 된다. 피아제(Jean Piaget)는 "모든 유형의 삶에 보편적인 과정 또는 활동"에 대한 유사하게 상호교통적인 그림을 그리는데, 이것은 유기체가 그것이 속해 있는 환경의 본체 또는 에너지와 각각 상호작용하면서 스스로 그것이 속해 있는 것들에 동시에 순응시키면서 어떤 식으로든 이것들을 자기의 물리 화학적인 구조가 요구하는 사항에 맞추는 과정이다.[10]

일군의 심리학자들은 듀이의 공식이 인식론에 관한 자신들의 연구에 너무나 적절하다는 것을 발견하고 스스로를 "상호교통적 심리학자"라고 칭했다. 이들의 실험은 후에 캔트릴(Hadley Cantril)에 의해 더욱 발달된 아메스(Adelbert Ames)의 광학 연구를 기반으로 한다. 예를 들면, 아메스-캔트릴 실험 중의 하나에 참가한 사람은 방이 실제로 사다리꼴 즉 약간 변형되어 있음에도 불구하고 그 방을 직사각형으로 "본다." 그 참여자는 명확하게 구조화 되어 있는 자극과 대면하고 있지만, 그 단서를 방에 대한 자신의 과거 경험에 따라서 선택하고, 조직하고 또한 해석한다. 그는 자신이 다른 곳에 있는 것으로 해석하여 벽에 부딪치고, 거기에 실지로 있지도 않은 벽 쪽으로 막대기를 휘두른다. 때로는 재조정해야 하는 혼란스러운 기간이 요구된다. 이러한 실험은 얼마나 많은 인식력이 과거의 경험과 기대에 따라서 단서를 선택하고 조직하는데 의존하는지를 증명한다. 인식은 수정될 수도 있지만, 이는 인식하는 사람과 환경 둘 다가 기여하는 상호교통적인 과정의 확장을 통해서 수정될 것이다.[11)]

최근의 생태학에 대한 관심 또한 상호교통적인 공식의 가치를 설명해준다. 인간을 그가 살고 있는 환경에 의해 영향을 받거나 영향을 주는 분리된 개체로 보는 것은 생태학적인 과정에 아무런 덕도 되지 않으며, 듀이가 초기에 사용한 용어를 빌리자면, 그 과정 안에서 인간과 환경은 한 쪽이 다른 한 쪽에 의해 규정되고 또한 규정하는 전체 상황의 일부가 된다.

생태학적인 용어로 말하자면, 텍스트는 개인이 반응하는 환경의 요소가 된다. 좀 더 정확하게 하면, 독서 이벤트 중에 텍스트가 개인을 위해서 환경을 형성해 준다. 객관적인 것과 주관적인 것 사이의 예리한 경계 설정이 부적절하게 되는 것은 이들이 독자는 텍스트를 바라보고 텍스트는 독자에 의해서 활성화된다는 오히려 똑같은 상호교통의 양상이기 때문이다. "주관적인" 반응은 상호교통의 반대쪽에 있는 "대상"을 전제로 하고 문학 작품의 독서와 비평을 특징짓는데 있어서는 양쪽을 모두 사용하는 것은 피하는 것이 더 좋다.

독서 과정에 있어서 상호교통적인 표현은 어떠한 독서 이벤트에서도 독자와 텍스트라는 이 두 요소의 근본적인 중요성을 강조한다. 개인은 그가 한 쌍의 언어적 상징으로서 구성하는 텍스트와의 관계 속에서 그의 활동에 의해서 독자가 된다. 지면 위의 흔적의 세트인 물리적인 텍스트는 그것을 해석할 수 있고 그것을 통해서 작품의 세계에 도달할 수 있는 독자와의 관계 덕분에 시 또는 과학적인 공식에 관한 텍스트가 된다.

상호교통적인 견해는 과거 경험에 기반을 둔 흥미, 기대, 갈망이 개인이 의식하는 것에 영향을 미치는 심리학자의 지속적인 관찰에 의해서 강화된다. 이것은 예를 들면, 인지하는 사람이 자신의 해석을 로르샤흐 테스트(Rorschach Test)[역주]의 잉크자국과 같은 형태가 없거나 "구조화되지 않은" 자극에 대한 자신의 해석을 투사하는 상황에 제한되지 않는다. 상호교통적 심리학자들이 증명했듯이 인지하는 사람은 심지어 자신의 과거 경험과 습관이 결정하는 방식 안에서 구조화된 대상이나 환경을 인식한다. 요약하면 인식된 것은 인식자의 기여와 자극 모두를 포함한다.

예를 들면, 현대 언어학적 원리는 발화와 "언어 수행"[12] 간의 차이를 전개하는데 있어서 상호교통적인 강조를 하는 방향으로 또한 이동해오고 있었다. 말하자면, 모든 통사론적인 요구에 대처하는 단어 세트로 된 문장은 아직도 단지 "한 줄로 엮어진 단어들," "한 줄로 엮어진 소리," "발화"인 것이다. 따라서 문장은 다른 문맥에서는 다른 것을 의미할 수 있다. 특별한 상황에서 특별한 문맥 속에서 같은 언어와 의사소통의 법칙들을 공유하는 화자와 청자가 있을 때 발화는 언어 수행이 되며, 이것은 또한 내가 구분하는 텍스트(발화)와 시(언어 수

역주) 스위스의 로르샤흐(H. Rorschach, 1884-1922)가 고안한 성격 검사법으로 잉크의 얼룩무늬를 해석하게 해서 성격을 판단함. "로르샤흐 잉크자국 검사"라고도 함.

행) 사이의 차이를 강화한다.

언어는 규칙에 지배된다는 사실은, 이러한 사실과 함께 독립적인 연구를 인정하는 형식적 특징을 가지는 성향을 가져온다. "이러한 언어수행에 있어서의 역할에 대한 연구 없이 순전히 형식적인 특성에 대해서만 하는 연구는 경제적인 상거래에서 통화와 신용의 역할에 관한 연구를 하지 않고서 경제에서의 통화와 신용 체계에 관한 형식적인 연구를 하는 것과 같을 것이다."[13] 이러한 유추는 특별한 독서 행위에서 어떤 문학 텍스트가 가지는 독자와의 관계에 대해서는 관심을 가지지 않고서, 그 텍스트에 대해서 하는 형식적인 분석에도 적용된다.

비록 언어학자들이 구어에 주로 그들의 관심을 국한시키는 것 같아 보이더라도, 이들의 언어수행에 대한 개념은 독서 행위에 관련될 수 있다. 정보 이론에서 사용되는 "화자-암호화-전언-해독-청자"[14]라는 잘 알려진 기본 공식은 화자-청자 관계에 대한 일반적인 견해를 요약해준다. 말하자면, 화자는 청자에 의해서 해독될 수 있도록 언어적 상징("전언"으로 명명해서 혼동이 되고 있는)을 암호화하고 선택한다. 독서에 있어서, 전언은 내가 "텍스트"라고 명명한 것을 구성하는 작가에 의해서 써진 즉 인쇄된 상징에 의해 대변될 수 있을 것이다. 혼란스러운 점은 단지 이 공식을 채택해서 "화자"를 "작가"로, "청자"를 "독자"로 대치하는 것이다. 이러한 대치는 어떠한 실재 독서에서도 작가가 떨어져 나왔다는 사실을 숨기고 있다. 오로지 작가가 쓴 텍스트와 독자만이 남아있게 된다.

물론 어떠한 독서 이벤트라도 따로 고립시켜서 언급한다는 것은 분석을 위해서만 유용한 가상의 이야기를 정하는 것이다. 실제로 언어 수행에 대한 유추가 지시하는 것처럼 어떠한 독서 행위도 복잡한 사회적 연계에서 나온 결과이다. 언어는 사회적으로 생성되고 사회적으로 생성력이 있는 현상이다. 분명 어느 누구도 어느 언어의 체계에 대한 사회적 매체(그것이 음성 텍스트이든지 문자 텍스트이든지 상관없이)를 소유하지 않고는 작가가 될 수 없다. 그리고 문자 예술 그 자체가 사회적 관례인 것이다. 영감을 받은 캐드먼(Caedmon)과 문학의 자연발생설에 관한 다른 신화가 있음에도 불구하고, 작가들은 먼저 주로 자신들이 속한 문학의 언어학적, 문학적 관례를 흡수하는 독자(또는 구전 문학에서는 청자)가 되었다.

그러나 언어가 가진 매력의 일부는—실제로는 정수라고 할 수 있는—각각의 특이한 개성과 특이한 상황이 포함하고 있는 모든 특별한 어조를 가진 각 개인에 의해 내재되어야만 한다는 사실이다. 그러므로 언어는 일단 기본적으로는 사회적이며 극도로 개인적이다. 다시 말하면, 인간 삶의 상호교통적인 견해는 여기서 전적으로 작용하고, 독서 행위의 상호교통적 견해는 단지 아주 드물게 복잡함을 지닌 모든 인간 활동, 특히 언어학적 활동에서의 기본적인 상호교통적인 특성의 실례이다.[15)]

화자는 청자에게 많은 비언어적인 단서, 예를 들면, 강세, 음조, 억양, 리듬, 그리고 대면하고 있다면 표정이나 몸동작과 같은 것들을 제공한다고 종종 지적되곤 한다. 따라서 작가는 이러한 것들을 대신할 언어적 대치물을 찾아야만 한다. 그러므로 청자와 달리 독자는 화자 즉 작가를—작가의 소리, 어조, 리듬과 억양, 등장인물을 통해서 표현되는—**텍스트에서 자신이 해독해 내는 것의 일부로** 생각할 필요가 있다는 것을 발견한다. 실제로 작가와의 관계는 독자와 작가의 텍스트 사이에서 일어나는 상호교통이 된다.

텍스트 읽기는 독자의 인생사의 어느 특정한 시점에서 특정한 상황에서 특정한 시간에 일어나는 이벤트이다. 상호교통은 과거 경험뿐만 아니라 독자의 현재의 상황과 현재의 관심 또는 열중하고 있는 문제를 포함할 것이다. 이러한 점은 지면 위의 인쇄된 흔적은 심지어 다른 독자들과의 상호교통 덕택에 다른 언어적 기호가 될 수 있는 가능성을 시사한다. 지식이 알고 있는 사람과 이미 알려진 것을 연결 짓는 과정인 것처럼 시도 대상 즉 실체로서가 아니라 독자와 텍스트 간의 상호 관계가 이루어지는 동안에 체험해내는 능동적인 과정으로 고려되어야 한다. 이러한 경험은 삶의 어떤 다른 경험과 마찬가지로 사고의 대상이 될 수도 있지만 작가 또는 독자와 상관없이 존재하는 어떠한 실체의 의미로서의 대상과 혼돈이 되어서는 안 될 것이다.

상호교통적인 견해는 독자가 자신의 외부에 있는 어떤 것과 단절된 자신의 "정신"에 너무 편협하게 집중되어 있는 것으로 오해될 수 있는 위험이 있다. 텍스트는 단지 종이와 잉크 그 이상이라는 것을 기억해야 한다. 상호교통은 기본적으로 독자와 독자가 단어들이 지시하는 것으로 의식하는 것 사이에서 일어난다.* 여기서 모순이 되는 것은 독자는 자신의 세상에 대한 기억에서 시각적이거나 청각적인 자극이 그에게 나타내는 것을 재현해야만 하지만 여전히 그는 자신의 외부에

---

* 벤틀리는 "'망막의 이미지'에 대한 이야기(The Fiction of 'Retinal Image')"를 논의하면서 다음과 같이 말한다. "우리가 얻는 것은 인식을 부가하고, 대상을 부가한 시각이 아니라 시각적 효과이다. 그리고 이것은 감각으로서가 아니라 보여진 것, 지각하는 경험, 이러한 지각하는 효과로서 얻는 것이다. 이러한 사실은 또한 독서 과정의 시각적 양상에 적용된다. 우리가 얻게 되는 것은 의미가 부가된 언어적인 기호를 지각하는 것이 아니라 독서 경험, 즉 바로 이런 독서 효과인 것이다.

있는 세계의 일부로서 계속되는 작품을 의식한다. 텍스트의 물리적 기호는 독자로 하여금 자기 자신과 자신의 개인적 세계를 초월해서 지각되는 어떤 것에 대한 언어적 상징을 통해서 도달하게 한다. 내부와 외부 세계 사이에 놓여있는 경계선이 무너지고, 예술로서의 문학은 그렇게 자주 언급되어온 것처럼 우리를 새로운 세계로 인도한다. 이러한 것은 우리가 문학과 인생에서 우리의 미래의 만남으로 이끌어 갈 경험의 일부가 된다.

이것은 필연적으로 단지 시를 읽는 가장 광범위한 견해 중의 가장 간단한 초기의 표현 방법이었다. 독서 과정의 많은 양상과 비평 이론의 많은 문제들이 아직도 논의되지 않은 채 남아 있다. 다음 장에서는 이러한 문제에 대한 해답을 제시할 것이고, 그 중에서도 다음과 같은 문제를 제기한다. 즉 시적 경험을 산출하는 독서 이벤트를 다른 종류의 독서와 어떻게 구분할 것인가? (3장). 텍스트로부터 시적 경험을 불러일으키는 과정에서 독자가 하는 활동은 무엇인가? (4장). 텍스트는 상호교통에서 어떤 역할을 하는가? (5장). 만약 문학 작품이 시간 속의 이벤트라면 『햄릿』이나 『황무지(*The Waste Land*)』와 같은 작품에 대해서는 어떻게 의견을 모을 수 있는가? (6장). 어떻게 독자가 작품을 해석해 낼 수 있는가? 감상하기 위한 목적에서, 문학적 비평의 목적, 문학적 분석, 문학사적인 차원에서 시의 상호교통적 본질에 함의된 것은 무엇인가? (7장). 이상에서 제기된 문제가 단순하지 않은 것은 독서 과정의 상호교통 이론이 이 책의 마지막 장에 이르기 까지는 충분히 전개되지 않을 것이라는 사실에 있다.

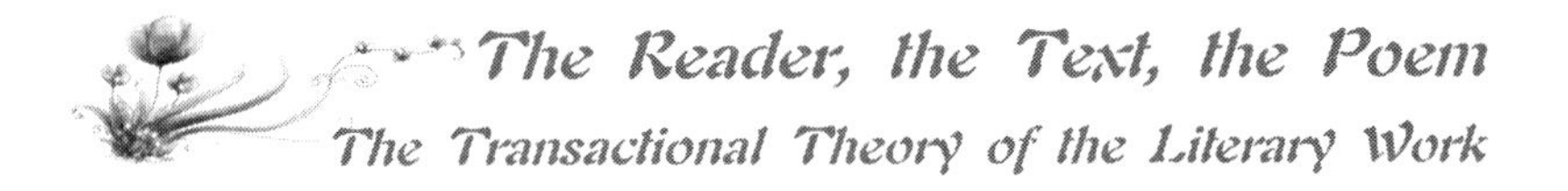

3장

정보 추출 목적의 독서와 심미적 독서

EFFERENT AND AESTHETIC READING

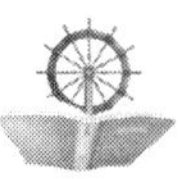

앞 장에서는 단순히 독자와 프로스트의 4행시와의 만남이라는 "이벤트(사건)"에 시라는 것이 필요하다고 가정하였다. 앞서서 지적한 것처럼, 독자는 그 페이지에서 시를 재현해내는데 몹시 적극적이었다. 그러나 이제는 '어떤 텍스트를 읽던 간에 독자는 적극적이지 않은가?'라는 질문을 해 보아야만 한다. 모든 독자는 신문을 읽는 사람이든, 과학과 관련된 텍스트를 읽는 사람이든, 요리책을 읽는 사람이든, 책 속에서 그 작품을 재현해내고 있지 않은가? 물론 답은 어떤 텍스트를 읽던 간에 독자는 과거 경험을 적극적으로 끌어내어 코드화된 상징들로부터 "의미"를 불러일으켜 내야한다는 것이다. 그렇다면 시와 과학적인 글과의 차이, 극본과 신문기사와의 차이는 어디에 존재하는 것일까? 예술로서의 문학 작품을* 다른 유형의 언어 표현이나 의사소통 활동과 구별해내는 일은 이론적 문제로서 끊임없이 대두

---

* 아리스토텔레스가 제기한 모든 종류의 예술로서의 문학 작품을 지칭할 단 하나의 용어는 없다는 불평은 아직도 해결되지 않고 남아있다. 영어에서 "Literature(문학)"라는 용어는 유동적인 것으로 잘 알려져 있다. 이 용어는 때로는 단순히 인쇄된 것이라면 그 어떤 것도 지칭하고, 때로는 글이 수준 높은 것임을 지적하기도 하며, 어떤 때에는 오로지 예술 작품만을 명시한다. 나는 다소 번거롭지만 "예술로서의 문학 작품"이라는 구절로 돌아 가야할 필요성이 있다는 것을 발견했다. 이 용어를 간결하게 표현하기 위해서 계속되는 지면에서는 "시(the poem)"가 일반적으로 예술로서의 문학 작품을 표현하는데 종종 사용될 것이다.

되어 왔다. 이 장에서의 과제는 주로 지금까지 제기된 독자의 활동에 대한 관점을 좀 더 심화 발전시켜 봄으로써, 그리고 시를 읽어내는 활동이 다른 독서 활동들과 어떻게 다른지를 보여줌으로써 그러한 질문에 대답하는 것이 될 것이다.

과거에는 이 질문에 대한 답을 전적으로 텍스트 안에서 구하고자 하는 경향이 있었다. 생물학에 관한 책을 읽는 것과 예이츠의 "비잔티움(Byzantium)"을 읽는 결과가 다르다면 그것에 대한 설명은 전적으로 텍스트 안에, 즉 "맥락"이나 문장 구조, 구문 및 은유법의 유무 등과 같은 것들 안에 존재한다고 생각하는 것이 일반적이었다. 텍스트는 말할 필요도 없이 모든 독서 행위에 있어서 필수불가결한 요소이다. 그러나 우리가 이미 살펴보았듯이 논리학자들의 표현을 빌리자면, 텍스트는 어떤 특정한 작품을 재창조해 내는데 있어 필요조건이기는 하나 충분조건은 아니다. 텍스트란 어떤 독자가 페이지 상의 기호들에 대하여 언어적인 상징으로 반응을 보이기 전까지는 그저 종이와 잉크로 이루어진 물체에 지나지 않는다. 이것이 바로 심미적인 것과 비심미적인 것을 구분짓는 요소들을 텍스트에서만 구하려고 하는 사람들이 결국 부분적이거나 자의적인 해답에 도달하게 되는 이유이다. 그들은 이와 같은 다양한 종류의 독서 활동들을 하는 동안 텍스트에 대한 독자의 관계는 반드시 강조되어야 한다고 생각한다.

여기에서 우리는 우리의 질문거리를 고쳐서 질문해볼 필요가 있다. "독자는 이러한 다양한 독서 활동에서 어떤 일을 **하는**가?" 이 질문에 대한 해답을 구했을 때에만 어떤 유형의 텍스트가 심미적인 활동에 특히 열전도성을 가지고 있는가를 묻는 것이 현실성이 있게 될 것이다. 결국 우리는 복잡한 연속성을 다루게 되겠지만 먼저 두 종류의 독서 활동 사이의 구분을 명확하게 지어볼 필요가 있다.

독자는 심미적인 독서와 비심미적인 독서를 할 때 매우 다른 활동들을 수행한다. 독서라는 이벤트가 일어나는 동안 독자의 의식의 초점이 서로 다른 곳에 모아진다는 점이 우선 크게 다르다.

비심미적인 독서를 할 때에는 독자의 주의가 독서 활동 뒤에 찌꺼기로 남아있게 될 것들에 우선적으로 맞추어진다. 즉 얻어질 정보라든가, 어떤 문제에 대한 논리적인 해결책, 수행되어야 할 행동들과 같은 것들이 그 대상이 된다. 극단적인 예를 들어보자. 독이든 액체를 막 삼킨 아이의 어머니가 있어서 병에 붙은 라벨을 미친 듯이 읽으며 투여되어야할 해독제를 찾으려고 한다고 치자. 그 어머니는 실제로 도움이 되는 목적에 사용될 정보를 얻기 위하여 가능한 한 빨리 읽기의 목적을 도달하려고 한다. 낱말들이 가리키는 것, 즉 명시된 대상, 개념, 행위 등에만 관심이 있을 뿐이다. 이들 개념들이나 리듬, 소리, 낱말들을 보고 떠오르는 생각들에 대한 자신의 개인적인 반응들은 그녀에게는 중요하지 않다. 그리고 실제로, 그러한 것들을 무시하면 할수록 더욱 더 객관적이고 투명해져서 더욱 더 효과적으로 읽게 된다. 그의 온갖 신경은 읽기를 마치게 되면 활용하기 위해 받아들여야 할 것에 집중되게 된다.

라벨을 읽는 어머니의 읽기 활동처럼 동기 부여가 강하게 되고 있지 않지만 그럼에도 불구하고 본질이 같은 읽기 활동으로는 역사책이나, 조리 방법, 신문 기사, 대수방정식이나 화학 공식 읽기 등이 있다. 독자가 인쇄된 말이나 기호들에 반응하면서 그의 주의력은 바깥쪽으로, 말하자면, 읽고 난 후 파악해야 할 개념들, 시험해 보아야 할 개념들, 해보아야 할 행동들로 쏠리게 된다.

이러한 유형의 독서를 지칭하기 위해서 독자의 주된 관심사가 독서에서 무엇인가를 끌어내려고 한다는 점에 착안하여, 나는 "추출하는(efferent)"이라는 용어를 선정하였다. 이 말은 라틴어 "efferre," 즉, "가지고 떠나다"라는 말에서 파생되었다.* 이 용어는 오해를 불러일으키기 쉬운 함축적인 의미를 적게 가지고 있다는 점에서 "도구적(instrumental)"이라는 용어보다 적절한데 대개의 경우에 있어서는 "심미적(aesthetic)"이라는 용어와 대비를 이룬다고 할 수 있다. 하지만 도구적이라는 말은 어떤 비심미적인 독서 활동 유형에는 맞지 않는 어떤 목적을 이루는 도구처럼 쓸모 있는 상태를 의미하기도 한다. 수학자가 방정식을 읽을 때라든지, 화학자가 화학 공식을 깊이 따져볼 때에는 실용적인 목적을 마음 속에 두고 있지 않다. 그저 그들의 정신을 개념들이나 공식의 답안에 집중할 뿐으로, 이들 개념과 공식은 그들의 읽기 활동을 통해서 "밖으로 표출"된다. 게다가 나는 모든 심미적인 읽기 활동이 나중에 쓸모가 있을지 아니면 적용해볼 가능성이 있는지와 같은 인식에 완전히 배치되는지 아니면 그러한 인식을 완전히 배제하고 있는지를 확실할 수 없다. 이러한 이유들 때문에, 좀 더 중립적인 용어인 "밖으로 표출되는(efferent)"이라는 말이 독자의 비심미적인 활동을 설명하는데 있어 보다 더 분명하게 사용될 수 있는 것 같다.

이와는 반대로 심미적인 독서에 있어서는 독자의 일차적인 관심이 독서 활동이 실제로 이루어지는 **동안**에 일어나는 일들에 있다. 법전을

* efferent: "중심되는 기관 또는 구역에서 파생된 형용사. 라틴어 *efferēns*에서 파생된 프랑스어 *efférent*로 가지고 떠나다를 의미하는 efferre의 현재 분사형." 출처: *American Heritage Dictionary of the English Language.*

읽으면서 무엇인가를 끌어내려고 하는 독자와 마찬가지로, 예를 들어, 프로스트의 "자작나무(Birches)"를 읽는 독자는 단어들이 가리키고 있는 이미지나 개념, 주장 등을 해독해 내야 함에도 불구하고, 이들 단어들과 이들 단어들이 가리키는 대상들이 독자 자신의 마음 속에서 불러일으키는 연상 작용이나 감정, 태도, 그리고 생각에도 주의를 기울인다. 자신에게 "귀를 기울이면서," 독자는 이런 요소들을 하나의 유의미한 구조로 종합해 나간다. **심미적인 독서 즉 미를 추구하는 독서에 있어서는, 그 특정 텍스트와 관계를 하는 동안 자신이 겪게 된 것에 독자는 직접적인 관심을 쏟는다.**

독자가 처해 있는 두 가지 입장, 즉 그가 의식의 초점을 모으는데 있어서의 두 가지 방향에 대한 이와 같은 구분이 암시하는 것은 바로 동일한 텍스트라도 의도를 가지고 어떤 것을 추출해 내거나 또는 심미적으로 미를 추구하기 위하여 읽혀질 수 있다는 인식이다. 누구나 다 아는 예를 들어보면, 수학자는 자신의 기호들을 대상으로 어떤 의미를 추출해 내려고 하는 추상적인 조작 활동으로부터 심미적인 멋 즉, 자신의 해답이 갖는 "세련미"를 추구한다. 다시 말하면, 우리는 "그리스 항아리에 부치는 송가(Ode on a Grecian Urn)"라는 텍스트를 읽고 거기에서 이끌어 낸 것에 대한 질적인 체험에 주의를 기울일 수도 있고, 그 텍스트의 구문을 의도적으로 분석하는데 주의를 기울일 수도 있다.

독서에 대한 최근의 언어심리학적인 연구는 두 가지 독서 유형에 따른 독자의 활동들 사이의 차이점에 관한 나의 주장을 뒷받침하고 있다.[1] 실험자들은 우연하게도 독서를 할 때 "소리로 변환하는 과정"이 존재할 것이라는 생각을 실험해 보는데 관심이 있었다. 즉, 먼저 언어 상징을 단어의 소리로 변환하고 그리고 나서 그 단어가 갖는 의미로 변환하는 과정의 존재 여부를 검증하고자 했던 것이다. 그들의 주장에 따르면 독서는 단어의 소리를 무시하고 시각적인 상징과 의미 사이의 직접적인 연결에 의존할 수도 있다. 여기에서 독서의 속도라는 요소가 제기되고, 속독이라는 것을 부차적으로 언급하는 일은 이와 같은 논의들이 단지 어떤 의도를 가지고 무엇인가를 끄집어내려는 정보 추출적인 독서만을 고려하고 있다는 점을 확실하게 만든다. 그 이상의 어떤 실험 결과가 시각적인 상징으로부터 해석해 나가는 과정을 밝혀낸다 하더라도 결국 정보 추출을 위한 독서와 심미적인 독서에 대하여 내가 주장하고 있는 구분을 뒷받침한다. 왜냐하면 결과적으로 나타나는 정보라는 최종 결과를 향해 온통 몰아가는 그러한 종류의 독서만이 극단적인 속도의 혜택을 받을 수 있고, 단어들의 소리에 상관없이 완성될 수 있기 때문이다.

여기에서 소설책 한 권을 몇 분 만에 읽을 수 있다고 주장하는 속독 광고의 모순이 대두된다. 이는 그저 무엇인가를 얻어내려는 의도적인 독서일 뿐이다. 텍스트를 단순히 소설이라고, 어떤 예술로서의 문학 작품이라고 읽지는 않았을 것이다. "구성(plot)"을 간략히 요약한 것도 독자들에게는 완전한 텍스트와 마찬가지의 역할을 할 수도 있었기 때문이다.

일반적인 독서 활동에서 좋은 독자들이 사실상 상징적으로 표기된 단어들의 소리를 무시할 수 있거나 실제로 무시하는 경향이 있다면 심미적인 독서를 위해 필요한 것은 어떻게 다른지를 깨닫게 만드는 훨씬 더 많은 이유들이 될 것이다. 어떤 텍스트들에서는, 가령 드라이저(Dreiser)의 소설이나 서툴게 번역된 톨스토이(Tolstoy)의 소설과 같은 텍스트들에서는 독자가 자신의 내면의 귀에 들리는 단어들의 소리(물론, 소리에 상응하는 것들을 감각적으로 분별하는 것이 무엇이든지간에 그러한 것들을 비유하는 말)에 주의를 기울이는 것에 대하여 많은 보상을 받지 못한다. 그러나 독자가 심미적인 체험을 하고자 하는 대부분의 텍스트에서는 소리 요소에 대한 관심이 어쩌면 어떤 역할을 할 수도 있다. 등장인물의 "목소리"를 대충 인식하는 것에서부터 밀턴(Milton) 시구가 갖는 교향악 같은 조화로움을 완전하게 인식하는 것에 이르기까지 관심을 기울이는 정도의 차이는 있을 테지만 말이다. 그리고 이러한 선택적인 관심이라는 문제가 단어가 갖는 소리에까지 적용된다면 예술 작품에 대한 경험이라는 것을 이루는 텍스트로부터 재현되는 다른 모든 것들에는 얼마나 많은 것들이 더 적용될지 분명하지 않은가!

제2장에서 논의한 4행시의 독자들이 이러한 심미적인 독서의 특성을 잘 보여준다. 각각의 언어적 상징들에 대하여 사전적인 의미를 알아내는 능력 및 각각의 행들을 다른 말로 고쳐서 말하는 능력까지 있었지만 그들은 한 편의 시를 만들어내지는 못했다. 그들이 보여준 어떤 독서 활동에서는 이러한 의도적인 또는 비심미적인 성격이 드러났다. 독자는 시를 만들어내기 위해서 이러이러한 특정 순서로 나타나는 이러이러한 특정 단어들이 자신의 내부에서 어떤 감흥을 불러일으키는지에 대하여 보다 광범위하게 주의를 기울였어야 했다. 마음속의 귀에 들리는 단어들의 소리나 리듬에 주의를 기울여야 했고, 과거에 이들 단어들을 만나면서 느꼈던 이들 단어들에 대한 인상과 서로 다른 삶과 문학적인 상황 속에서 그 단어들이 가리키는 대상에 대해서도 주의를 기울여야 했으며, 감정, 소리의 울림, 느낌, 생각, 그

리고 연상 작용이 주는 뉘앙스에도 주의를 기울여야 했다. 심리 상태를 감지하고, 느끼며, 상상하고, 생각하고, 종합하는 동안, 심미적인 태도를 가진 독자는 이러한 과정이 이루어지는 동안에 어떤 일이 일어나는지 파악하고, 자신이 틀을 세워가는 경험, 그래서 텍스트라는 형태로 상징화되어 있으나 자신에게는 시나 이야기 또는 한 편의 연극이 되어 가는 복잡한 경험의 구조에 집중하는 것 이외에는 어떠한 욕망도 느끼지 않는다.

아마도 셰익스피어식의 서정시, 말하자면 "푸른 숲 나무 아래에서(Under the Greenwood Tree)"를 읽는 것이 시를 재현하면서 의식 속에 펼쳐지는 내용 자체에 독자는 왜 주의를 집중해야 하는지, 그 필요성을 가장 분명하게 보여주는 것 같다. 그러한 시에는 앞으로 사용할 것에 대비해 요약해 놓거나 기억해야 할 만한 것들이 거의 없다. 여기가 바로 의도적으로 무엇인가를 끄집어내려는 입장을 거의 뒷받침하지 못하는 부분이다. 모든 문학 작품에서 본질적으로 나타나는 심미적인 입장이 갖는 특성이 여기에서 분명히 나타난다. 시로부터 끄집어낼 수 있는 이익이라는 것은 독서가 실제로 진행되는 동안 단어들의 특정한 패턴에 따라 자신들의 의식 속에서 활성화되는 것들에 독자가 순간순간 기민하게 반응하는 데에 존재한다.

키츠(Keats)는 자신의 소네트 "리어왕을 다시 읽기 위해서 앉으면서(On Sitting Down to Read King Lear Once Again)"에서 이렇게 쓰고 있다.

> …다시 한 번, 파멸과 열정적인 육체사이의
> 치열한 분쟁을

나는 소진되도록 겪어야만 한다.

.....Once again, the fierce dispute
Betwixt damnation and impassion'd clay,
Must I burn through[2)]

예술로서의 문학 작품이 갖는 특별한 표시는 그것이 정말로 독자들에 의하여 "소진되도록" 경험된다는 데 있다. 소네트의 마지막에서 글 속의 인물은 연극을 재연하는데 완전히 몰입하여, "불 속에서 소멸되고 있음"을 말하고 있다. 그는 또, 이러한 강렬한 경험을 함으로써 실제 생활을 위해 자신이 새로워져, "[자신의] 욕망을 향해 날아오를 수 있는 새로운 불사조의 날개"를 얻게 될 것이라는 역설을 이야기한다. 예술 작품을 특별한 종류의 체험된 경험으로 간주하고 내부 지향적인 주의 집중이라는 점에서 심미적인 경험을 형성하는 것이 우리를 예술과 삶이라는 지지할 수 없는 대치 관계에서 건져낸다.

텍스트에 의해 만들어진 경험의 질과 구조에 몰입하는 것은 독자가 하디 집안 아이들(the Hardy Boys)[역주]의 모험담이나 『리어왕(*King Lear*)』의 고뇌에 매혹되었는지의 여부에 따라 일어날 수 있다. 이 둘 중 어느 한 경우에 있어서도, 내가 보기에는 텍스트가 예술로서의 문학 작품의 근거를 제공하였다. 작품이 좋은지, 나쁜지 아니면 좋지도 나쁘지도 않은 것인지를 어떻게 결정할 것인가는 또 다른 문제로서 나중에 다루게 될 것이다. 게다가 동일한 텍스트를 가지고도 다른 심

역주) 하디 집안 아이들(The Hardy Boys)은 모험을 다룬 십대를 위한 탐정 · 모험 시리즈 소설인 『하디 소년들(The Hardy Boys)』에 나오는 두 주인공 프랭크(Frank Hardy)와 조(Joe hardy) 형제를 가리킴.

미적인 반응 처리를 하게 되면 다른 종류의 경험이나 다른 수준의 경험을 하게 되기도 한다. 이것은 독자의 천성이나 마음 상태, 또는 과거의 경험에 달려있다. (우리가 언제나 작품에 "매혹"되는 것은 아니다.) 매우 중요한 문제들이 이와 같은 텍스트와 독자들의 다양성으로부터 파생되며, 나중에 이 문제들을 직접 다루어볼 것이다. 그러나 이러한 다양성에 따른 문제들도 예술 작품을 재현하는데 심미적인 입장이 필수적이라는 것을 부정하지는 않는다.

그렇다면 심미적인 독서와 비심미적인 독서에 대한 구분은 궁극적으로는 독자가 하는 일, 즉 텍스트와 관련하여 그가 취한 입장과 그가 수행한 활동에서 생겨난다. 스펙트럼의 한쪽 끝부분에 위치한 의도적으로 무엇인가를 끄집어내려는 독서 활동을 하면서 독자는 언어 상징들에 대하여 개인적이고 질적인 반응을 될 수 있는 대로 많이 보이지 않고, 그보다는 상징들이 가리키는 것, 즉 자신이 찾고 있는 최종 결과에 도움이 될 만한 것, 즉 정보, 개념, 행동 지침 등, 읽기가 끝나면 자신에게 남겨질 것들에 집중한다.

반면에, 스펙트럼의 다른 끝부분에 위치한 심미적인 독서 활동에서는 독자의 일차적인 목적이 독서 활동이 **이루어지는 동안**에 달성된다. 겪어내고 있는 실제적인 경험에 그의 관심이 고정되기 때문이다. 이러한 활동은 텍스트에 의하여 생성된 모든 범주의 반응들이 의식의 한가운데로 들어오도록 만들고, 이들을 재료로 삼아 그는 자신이 예술로서의 문학 작품이라고 생각하는 것을 선택하고 엮어 나간다.

문학적인 경험에 대한 대부분의 논의는 사람들이 경험의 실체라고 말하는 것들, 즉 서정시 속에 나타나는 감정의 격렬함, 소설 속 인물들이나 사건들의 세계, 연극에서의 대화나 행동이 갖는 긴장감 등에 관하여 이루어지고 있다. 나는 어떤 식으로도 이런 관심사들이 갖는 중요성을 최소화하려고 하지 않고, 오히려, 그러한 중요성을 강조하려고 한다. 나는 다만 그런 관심사들에 대한 선행 조건을 주장하고 싶을 뿐이다. 즉 독자는 키츠의 "우울에 대한 송가(Ode on Melancholy)"가 주는 내면의 반향을 지각하는 방식에 따라 개념으로서의 감정이 아닌 텍스트가 신호로 알리고 있는 실제적인 경험들에 주의를 기울인다. 제임스(Henry James)의 『대사들(*The Ambassadors*)』을 읽으면서 등장인물의 유형이나 개략적으로 잡아볼 수 있는 복잡한 구성(plot)에 대하여 분석적으로 분류하기보다는 그 작품 세계가 갖는 실제적인 특질들에도 주의를 기울인다. 또 『오델로(*Othello*)』를 읽으면서 설명해봄직한 질투라든지 죄책감 및 인간의 성향 등에 관하여 막연하게 추상화하기보다는 순간순간마다 실질적으로 참여해 보는데 관심을 기울인다.

결국 예술로서의 문학 작품을 이야기할 때 독자가 설명하려는 것은 무엇일까? 시나 소설 또는 연극이라고 명명된 경험을 창조하기 위해서 독자는 자기 내면의 자원들을 끌어내지 않았던가? 키츠의 시어들이 갖는 영향력에 대한 반응을 살필 수 없다면, 그리고 삶이나 언어에 관하여 자신의 과거 경험으로부터, 그러한 것들이 아무리 보잘것없어 보일지라도, 셰익스피어의 텍스트들이 갖는 위대한 구조와 그것들이 가리키는 것들에 반응하는 실체를 찾지 못한다면, 그에게는 어떠한 송시도, 어떠한 『오델로』도 존재할 수 없다. 예술로서의 문학 작품이 지속되기 위해서는 독자가 자신과 텍스트 간의 상호교통에 대하여 주의를 가능한 한 충분히 기울여야만 한다.

독자가 기울이는 주의력의 초점이라는 이러한 요소가 갖는 중심적인 중요성은 시에 대한 콜리쥐의 유명한 말에서 추측할 수 있다. "독자는 계속해서 앞으로 나아가야 한다. 단순히 또는 주로 호기심이라는 기계적인 충동에 의해서 그렇게 하거나 최종적인 결론에 이르려는 조급한 열망에 의해서 그렇게 하기보다는 **여행 자체가 주는 매력 때문에 고양된 정신의 유쾌한 활동에 의해서 앞으로 나아가야 한다.**"[3] (고딕체 부분은 추가됨) 독자가 자신의 주의를 내면에 숨어있는 "여행 자체"에 대한 자신의 경험으로 돌릴 때에만 시라는 것이 생기게 된다.

무엇보다도 예술로서의 문학 작품을 재현하는 텍스트를 읽는 독자는 하나의 연주자이다. 피아니스트가 소나타를 연주하는 것과 같은 의미에서 텍스트로부터 그것을 읽어내기 때문이다. 연주자라는 유리한 입장에서 보았을 때 자주 인용되는 페이터(Walter Pater)의 말 즉 "모든 예술은 음악이 갖는 조건을 열망한다."[4]라는 말은 새로운 의미를 띠게 된다. 이를 "형태"와 "내용"이 완벽하게 융합된 것으로 해석하려는 노력은 사람들이 "순수시"를 추구하도록 만들었다. 무어(George Moore)나 말라르메(Mallarmé) 같은 사람들은 언어 예술(verbal art)에서 의미를 제거함으로써 소리가 감각을 주도하거나 셰익스피어의 시어에서처럼 감각이 최소한의 역할을 하는 시를 높이 평가하였다. 이것은 음악적인 예술을 축소시키고, 문학적인 예술이 갖는 본질적인 특성, 즉 무엇인가 외부에 존재하는 것들, 가리키는 대상들이나 그러한 대상들의 의미 등을 지칭하는 상징들로 구성되어 있는 매체나 언어 등의 언어 예술이 갖는 본질적인 특성을 무시하는 것 같다. 심미적인 과정에 대한 나의 견해로는 의미적인 요소가 희생되어야 할 필요는 없다는 것이다. 모든 예술은 음악적인 상태를 동경한다. 하지만 이것은 모든 개념들이나 지시 대상을 배제한다는 뜻이 아니라, 주된 관심사가 음악적인 활동 자체에 있다는 것, 즉 **연주하는 동안** 자신이 만들어내고 있는 것에 연주자가 몰입한다는 의미이다. 연주를 멈추고 나면 우리에게 남겨지는 것이라곤 희고 검은 악보뿐이다. 이것이야말로 예술로서의 문학 작품을 읽는 독자가 추구해야 할 "음악의 상태"가 아니겠는가? 텍스트로부터 작품이 재현되는 과정에 완전히 몰입하여 텍스트가 전개되어 감에 따라 경험하게 되는 것을 지각하고, 명료화하며, 구조화하고, 음미한다. 어쩌면 페이터가 제안하고 있는 것처럼 음악에서 이러한 일을 성취하기는 가장 쉬울런지도 모른다. 그러나 마찬가지로 예술로서의 문학 작품에서도 단어들이 가리키는 것들을 그 자리에서 직접적으로 겪게 되는 모든 것들 중 끝까지 살아남는 경험의 총체와 분리하여 생각할 수 없다.

내가 앞에서 설명한 것처럼 심미적인 태도는 단순한 몽상이나 일련의 자유로운 연상 작용들과 혼동되어서는 안 된다. 터무니없는 상상으로 빠지기만 하는 텍스트 읽기 방법은 글을 처리한다는 입장에서 보면 읽는 것이 전혀 아니다. 글을 처리한다는 개념은 **텍스트와의 관계 및 그것에 대한 끊임없는 인식**을 강조한다. 텍스트 속의 단어들에 집중하는 일은 어쩌면 무엇인가를 얻어내기 위해 하는 독서를 할 때보다도 문학적인 경험을 하는 동안에 훨씬 더 열심히 할 지도 모른다. 그리고 더욱이 독자는 이러한 단어들이 어떤 특정한 줄거리 속에서 불러일으키는 것들 모두에 주의를 기울여야 한다. 화재가 발생하면 소화기 사용 방법을 읽고 있는 사람은 단어가 "불"인지, "불꽃"인지, "연소"인지에는 신경을 쓰지 않을 것이다. 그러나 심미적인 태도는 특별한 시각적이며 청각적인 특성들을 가지고 있는 기호로서 **그리고**

상징으로서 단어들을 인식하도록 만든다. 마음 속에 남아있는 것들이 끊임없이 단어들과 연결되어야 한다고 느끼는 것이다.

이것이 바로 자주 인용되는 종교적인 의식과 예술을 비교하는 일이 왜 몇 가지 문제점들을 불러일으키는지를 설명하는 이유들 중의 하나이다. 그러한 비교는 드라마의 역사에서 그리고 인간의 활동으로서의 예술의 기원을 고찰해볼 때 유용하다. 하지만 우리는 독서 과정이 너무나 복잡하기 때문에 종교적인 의식과의 비교가 가능한 한 생각나지 않도록 만드는 관점들을 견지해야 한다. 순간에 몰입하는 것과 같은 요소는 종교적인 의식에서도 나타난다. 하지만, 이러한 상태를 불러일으키는 매개체는 본질적으로 소모적이라고들 말하기도 한다. 이것으로부터 반복되는 것이 상대적으로 하찮은 것이며, 심지어는 많은 종교적인 주문들에 나타나는 단어들도 이해할 수조차 없다는 문제가 제기된다. 그러므로 고어(archaic)나 사어(dead language)에 나타나는 성가들은 종교 의식적인 기능을 수행했을 것이다. 단어들에 내재해 있는 주문적인 요소들에 크게 의지하는 스윈번(Swinburne)과 같은 시인들은 자신들의 문학적인 목적을 종종 위배하는 경향이 있다. 주문적인 효과가 시어들의 지시적인 기능에 적절한 주의를 기울이지 못하도록 만들었기 때문이다. 예술에 대한 다양한 철학들에서 주기적으로 강조되고 있는 개념들은 지금 내가 특별히 강조하려고 하는 요소들을 구별해내는데 도움이 될 수 있다. 예술 경험의 주된 특징이라고 할 수 있는 관조(觀照, contemplation)는 그러한 것을 나타내는 표현 중의 하나이다. 예를 들어, 그것이 맞는 것처럼 보이는 이유는 관조하는 것이 관찰자나 관객의 태도와 관계되기 때문이다. 쇼펜하우어(Schopenhauer)가 주장하는 "의지 없는" 관조 상태는 실제적이고,

자유 의지를 행사하는 성향을 가진 심미적인 관조와는 분명히 대조가 된다. 그러나 이것은 근본적으로 하나의 부정적인 구분일 뿐이다. 비바스(Vivas)가 말한, "자동적인(intransitive)" 읽기라는 표현도 비슷한 부정적인 의미를 내포하고 있다. "물리적인 거리"라는 개념 역시 실용적인 목적과는 동떨어져 있는 관조의 상태를 가정하고 있다. 그러나 심미적 활동이 갖는 관조적이고, "자발적(autonomous)"이라는 특성은 그러한 부정적인 해석보다 더 많은 것을 요구한다. 어쩌면 이러한 이유 때문에 듀이는 칸트(Kant)의 심미적인 관조라는 개념이 너무 수동적이라고 생각했을지도 모른다. 비록 칸트의 또 다른 주요 개념인 즉 '**무목적적 합목적성**(Zweckmässigkeit ohne Zweck)'이라는 개념이 좀 더 역동적인 함축적 의미를 가지고 있기는 하지만 말이다.

다시 말하면, 이러한 표현들에서 무엇이 관조되고 있는가라는 문제에서 활동의 본질에 대한 문제가 해결되어야할 필요성이 생긴다. 예술적인 관조의 특성에 대하여 좀더 긍정적으로 구분한 개념들에는 강한 집중력과 강화된 내적 의식과 같은 인식들이 있다. 하지만 여기에서 다시, 예를 들어, 식물학자가 자신의 식물 표본들에게 보이는 강한 집중력은 어떻게 배제시킬 것인가? 도구적이고, 과학적인 관조를 할 때에는 인지되고 있는 것에 대한 실용적이거나 조작가능한 시사점들을 제외하고는 모든 것을 잘라버려야 할 필요가 있다는 것을 주장하는 것조차 과학적인 관조와 심미적인 관조의 차이를 규정한다는 점에서 여전히 부정적이다.[5] 이러한 점이 심미적인 집중은 마음속에 살아남아있는 질적인 경험에게로 주의력의 방향을 전환시킨다는 점에서 비심미적인 사색과는 다르다고 주장하는 이유이다.

심미적인 관조의 "대상"은 다른 성질을 갖는다. 특히 독서에서 얻어지는 심미성에 대해서는, 그림이나 조각상과 같은 어떤 "예술적인 대상"을 감상하는 것이 심미적인 관조의 전형적인 예로서 통상적으로 제시되고 있는 점에서 혼동을 일으킨다. 하지만 『공간 속의 새(*Bird in Space*)』라고 명명된 브랑쿠시(Brancusi)의 유명한 조각과 같은 어떤 "대상"에 대하여 강하게 몰두하는 일은 우리가 알고 있듯이 두 가지의 서로 다른 활동을 수반할 수 있다. 세관의 직원은 의도적인 견지에서, 세금을 메겨야 할 금속 덩어리로만 볼 것이고, 반면에 미술 비평가는 그 작품의 선, 질감, 색, 마음속에서 일어나는 연상 작용 등에 대한 자신의 반응 양상에 주의를 기울이고, 그러한 것들을 심미적인 체험으로 구조화시킬 것이다.[6)]

심미적 체험의 전형적인 예로서 독서 활동 자체를 활용하는 것이 훨씬 덜 혼란스러울 것 같다. 그렇게 된다면, 심미적인 관조의 "대상"은 그것이 조각상과 같은 물리적인 대상이든, 아니면 언어 기호들의 집합이든 간에, 받아들이는 사람이 예술적인 자극에 반응하는 것이라는 점이 분명해진다. 독자는 텍스트로부터 재현해낸 것을 자신의 것으로 형상화해나가는 과정을 고찰해본다. 이러한 과정은 수동적인 관조와는 거리가 멀다.

끊임없이 대두되는 또 다른 주제로는 예술 작품과 "현실 세계"를 구별하는 문제가 있고, 때로는 작품의 허구성이라는 말로, 때로는 작품의 풍부한 상상력이 갖는 특질이라는 말로 표현되기도 한다. 그러나 그러한 현실과 허구의 구별은 예술 작품을 구분하기에는 충분하지 않다. 예를 들어, 독자가 어떤 인물, 셜록 홈즈가 실제로 존재했었다고 생각하는지의 여부는 도일(Conan Doyle)의 텍스트가 예술적인 문학 작품이 되었는가라는 문제에 답하는 데는 별로 중요하지 않다. 우리는 시저(Julius Caesar)가 현실 세계에 존재했었다는 사실을 이성적으로 확신한다. 하지만 이것이 셰익스피어 드라마 텍스트에 의하여 의식 속에 재현되는 것들에 대해 독자가 취하는 태도에 영향을 미치지는 않는다. 좀더 정확하게 표현하자면, 텍스트로부터 문학 작품을 재현하는 동안 시저가 "현실 세계"에 존재했었는지는 무의미하거나 부차적인 문제가 된다. 독자는 이러한 경험을 하는 동안 추출해낸 통찰력을 나중에 역사적인 실제 인물에 적용해보기도 할 것이다. 그러나 여기에는 비심미적인 태도가 포함될 것이다.

심미적인 입장은 "현실"과 일정한 거리를 두고 있다고 생각한다. **왜냐 하면** 경험은 언어라는 매개 없이 직접적으로 관찰되는 이미지나 상황, 등장인물, 그러한 인물들의 행동 등에 의해서가 아니라 단어들에 의해서 생성되기 때문이다. 단어들이 불러일으키는 것들에 의식적으로 주의가 모아진다. 이것은 실제 현실이라고 알려진 것과 상응하는 것처럼 느껴질 수도 있다. 사실주의는 그러한 판단에서 파생된다. 그러나 그러한 사실주의는 실재성과 혼동되지 않는다.

콜리쥐는 매우 효과적인 표현인 "허구에 대한 자발적 믿음"이라는 자신의 말을 사용하여 자신과 워즈워드가 『서정 민요집(*The Lyrical Ballads*)』에 대한 기고문들을 어떻게 분배하였는지를 설명하였다. 콜리쥐는 초자연적인 것들을 다룰 예정이었고, 따라서 독자의 의혹을 완화할 장치를 실행시킬 필요가 있었다.[7] 그러나 워즈워드는 일상적인 것들에서 신선한 매력을 찾아내고, 초자연적인 것에 상응하는 감정을 불러일으키려고 노력하면서, 독자가 자신의 일상적인 태도들, 이 경우에 있어서는 실재성에 대한 자신의 태도들을 유보시키도록 이끄는데 역시 관심이 있었다. 콜리쥐의 표현을 모든 유형의 시와 실제로 모든 문학 작품에 자주 확대 적용하려는 경향은 생각건대 텍스트에 의하여 사실적이거나 "자연스러운" 경험들이 제공될 때조차 독자의 태도를 구별해야할 필요성에 대한 인식을 반영한다. 눈의 망막에 맺히는 상을 해석하는 것은 아메스(Adelbert Ames)가 우리에게 가르쳐준 대로 간단한 일이 아니다. 우리 앞에 놓여있는 3차원적인 의자의 모습이 사실은 실들을 이리저리 배열하여 놓은 것임을 우연히 발견하기도 한다. 말하자면 어떤 텍스트의 존재는 다행스럽게도 자극들을 교묘하게 배열해놓은 것을 우리가 실제로 다루고 있다는 사실을, 우리들의 경험이 생생하게 음미될 수도 있다는 사실을, 그러나 그의 실재성과의 연관성은 특별한 것이고, 보류되어 다른 수단에 의하여 결과적으로 해결되어야할 문제라는 사실을 우리에게 알려주고 있다.

예술 작품을 재현하는 것은 그 자체가 현실 세계에서 일어나는 경험의 한 형태이고, 다른 형태의 경험들과 연관 지을 수도 있다. 때로는 마음 속에 끝까지 살아남아 있는 기억들이 진짜라고 느껴지기도 한다. 사실적인 소설에서처럼 말이다. 때로는 대안적인 가능성들을 경험한다는 것이 그것으로부터의 탈출처럼 느껴지기도 한다. 말하자면 그것을 역사라기보다는 예술로 만드는 것은 텍스트와의 어떤 특정한 종류의 관계가 끝까지 마음 속에 살아남게 되면서이다.

"상상력"이라는 용어는 후기 로크주의(post-Lockean) 시기에 예술과 너무 밀접하게 연결되었고, 문제점들도 야기시켰다. 존재하지 않는 사물이나 사건들의 이미지를 재현하는 인간의 능력은 전혀 경험해보지 못했거나 결코 존재한 적이 없었던 것일지라도 예술에 있어서 중요한 요소라는 것은 의심할 여지가 없다. 담화나 언어적인 텍스트에 의해서 생성된 경험들에 있어서는 특히 중요하다. 하지만 이러한 상상하는 능력은 예술에만 국한되는 것이 아니라 모든 종류의 언어적인 의사 소통의 기본이 된다. 때로는 언어의 본질로 간주되기도 하는데, 그것은 현존하지 않거나 지금껏 일어난 적이 없었던 사물이나 사건들을 우리가 다룰 수 있도록 만들어준다. 어떤 독서 활동에서든, 역사를 읽든, 과학을 읽든, 법적, 철학적 신념을 읽든 간에, 상상력은 필요하지 않던가? 독서를 하면서 독자는 언어 상징들이 가리키는 지시 대상들을 마음 속에 그려내며 새로운 개념들을 생각해 보아야 할 필요가 있지 않은가 말이다. 그러나 과학에 관한 독서를 할 때에는 상상함으로써 얻어진 경험의 즉시성(immediacy)보다는 의도적으로 끌어내고자 하는 이론적인 시사점들이나 현상들 간의 관계에 주로 주의력이 모아진다. 다시 말하면 "상상력"이라는 용어는 심미적인 태도뿐만 아니라 의도적으로 추구하는 태도에도 모두 적용되고, 더 나아가서는 독자가 갖는 관심의 특정한 초점에 의해서 구분되어야 한다.

허구적인 것이나 상상에 의한 것은 현실 세계에 의존하고 있는 것으로 종종 간주된다. 허구적인 것에는 감각적인 경험의 세계에서 이끌어낸 요소들이 많이 포함되어 있기 때문이다. 여기에서 다시, 어쩌면 지나치게 예리할지도 모르는 또 하나의 구분이 이루어진다. 즉 철학자들, 심리학자들 및 문화 인류학자들은 우리가 "현실"로 받아들이는 것들 중 얼마나 많은 것들이 인간이라는 유기체와 문화에 대한 가설들에 의하여 구조화되었는가하는 문제를 우리가 생각해보도록 만들었다. "현실" 세계에 대한 우리들의 시야는 과거의 "현실"뿐만 아니라 허구나 상상의 세계로부터 우리가 가져오는 것들에 종종 의존한다. 문학은 특히 현실과의 관계라는 면에 있어서 혼동을 유발한다.

말은 문학 작품의 매개체이고, 우리들의 일상 생활에서 사용되고 있다. 게다가, 우리가 살펴본 대로 말은 음악의 소리와는 달리 자신의 외부에 존재하는 무엇인가를, 종종 실생활과 유리되어 존재하고 있는 어떤 것을 가리킨다. 여기에서 인생에 대한 어떤 글감들을 시에서 다루거나 사용하던지 간에 시 또한 어떤 분리된 존재를 "저 밖 어디엔가" 갖고 있다고 생각하고 싶은 마음이 든다. 스티븐스(Wallace Stevens)는 시에 대한 이러한 관점을 거부하였다.

> 운문은 시의 주제
> 이곳에서 시가 비롯되고
>
> 이곳으로 귀결된다. 그 둘의 사이에,
> 비롯되고 귀결되는 사이에 존재하는 것은
>
> 현실에서의 부재,
> 있는 그대로의 사물들, 혹은 그렇다고 우리가 말한다.
>
> 그러나 이들이 분리되어 있을까? 그것이
> 시를 위한 부재일까?
>
> 거기에 참모습들이 존재해야 하는데... 태양의 푸르름
> 구름의 빨강, 흙은 느끼고, 하늘은 생각하지 않을까?
>
> 이러한 것들로부터 받아들인다. 어쩌면 주고 있는지도 모른다,
> 만물들의 교감 속에서.[8)]

Poetry is the subject of the poem
From this poem issues and

To this returns. Between the two,
Between issue and return, there is

An absence in reality,
Things as they are. Or so we say.

But are these separate? Is it
An absence for the poem, which acquires

Its true appearances there, sun's green,
Cloud's red, earth feeling, sky that thinks?

From these it takes. Perhaps it gives,
In the universal intercourse.

스티븐스의 시는 두 가지 유형의 인식, 두 가지 경험 양식을 가늠해 보고 있다. 그는 시 속의 세계와 현실을 동등하게 다루거나 이들이 서로 다르고 자율적이라는 이유로 이들이 서로 관련이 없다고 생각하는 등의 일반적인 오류에 빠지지 않는다.

현실과 운문의 상호작용에 대한 이와 같은 이미지에는, 현실이라 불리는 어떤 것과 시라는 두 가지 개체 사이의 관계 그 이상의 것이 포함되어 있다. 스티븐스의 시는 단순히 이들을 당연시하고 있지만, 작가나 독자도 또한 포함된다. 시라는 텍스트를 짓는 동안 현실에 대한 작가의 인식이 연결고리가 된다. 읽기 관계에 있어서는 독자가 현실이라 불리는 어떤 것에 대한 감각을 가지고 온다. 시어들은 그러한 현실을 가리킨다. 이것은 텍스트라는 정형화된 말들의 자기 작용에서 "풍부하면서도 이상한" 어떤 것으로 변모할 수도 있다. 이렇게 독자는 "실제" 세상과 시적 세상 사이의 "보편적인 소통"에서 하나의 연결고리가 된다.

텍스트 자체에서 시적이거나 심미적인 본질을 추구하는 사람들은 종종 일상적인 구문, 평범한 화법 및 문법성과 같은 데서 파생되는 문제들을 강조하게 된다. 일상적인 화법에서 벗어나는 일은 실제로 문학적인 표준에서는 자주 있는 일이지만, 이들 중 어떠한 것도 운문이나 다른 문학 작품들에 있어서 필수불가결한 것은 아니다. 시에서 종종 볼 수 있는 다른 특질들, 두운이나 각운에 나타나는 소리의 반복 등도 역시 마찬가지이다. 우리가 특별한 "시적인" 표현이라는 인식을 거부하게 되면 텍스트의 그러한 다른 측면들을 필수불가결하며 운문을 구별하는 요인으로 만드는 것은 불가능하다는 것을 알게 된다.

파격적인 문체나 다른 문체상의 장치들을 때로는 "시적"이라고들 말하는데 그 이유는 그러한 것들에 "관심이 쏠리기" 때문이다. 그러나 단순히 단어 자체들뿐만 아니라, 그것들에 내재하는 질적인 반응을 유발할 수 있는 잠재성도 독자의 주의를 "재현"시킨다. 그와 같은 인상적인 문체상의 또는 형식적인 장치들의 존재는 독자가 심미적인 입장을 취하도록 만드는 한 가지 방법이기는 하지만 어떤 장치도 필수불가결하지는 않다.

독자의 역할을 강조하는 것도 어떤 면으로든 텍스트의 중요성을 경시하는 것은 아니다. 독자가 심미적인 입장을 취할 때 확실히 어떤 텍스트는 주의력에 대한 보답을 다른 것들보다도 더 크게 해주기도 한다. 신문 기사들에 대하여 심미적인 입장을 취한다거나 라디오를 조립하는 방법에 대하여 심미적인 입장을 취하는 것도 가능하기는 하다. 하지만 대개는 득이 되지는 않는다. 따라서 맥쿠엔(Rod McKuen)의 텍스트는 예이츠의 텍스트에 비해 그럴 가능성이 비교적 적다. 보통 문학적인 경험은 실제로 보다 복잡하며, 보다 함축적인 의미를 많이 가지고 있고 보다 강렬한데, 이것은 어떤 문학적인 장치나 형식상의 특질들이 존재하기 때문이다. 하지만 어떤 규준에 대한 구문상의 파격 및 각운이나 두운과 같은 것을 텍스트에 도입하는 것만으로는 그에 대한 심미적인 가치를 끌어올리기에 충분할 리가 없다.

마찬가지로 어떤 이들은 어떤 특정한 주제나 테마에서 운문의 본질을 찾으려고 하였다. 비록 텍스트의 "내용"이 문학적인 경험에서 일차적인 역할을 하는 것이 보통이지만, 내용을 그것이 녹아들어가 있는 형식과 분리시킬 수는 없다. 포우(Poe)가 아름다운 젊은 여성의 죽음이 그러하다고 생각했던 것과 같이 어떤 본질적으로 시적인 내용이나 테마를 추구하는 것은 잘못된 것 같다. 특정한 테마가 좋은 위대한 문학 작품 속에서 아무리 자주 다루어진다고 해도 그들의 존재가 운문이라는 것을 보장해주지는 않는다. 시적으로는 다루어질 수 있지만 도구적으로나 과학적으로 다루어질 수는 없는 어떤 주제를 생각해내기란 불가능한 것 같다. 마찬가지로 『신곡(*The Divine Comedy*)』이나 『마의 산(*The Magic Mountain*)』이라는 텍스트를 읽으며 언어학적이나 사회학적인 정보를 구하려고 하는 사람은 예술 작품을 이끌어내지는 않을 것이다. 이들의 정보를 추출하려는 태도가 그렇게 하는 것을 막는다.

지금까지 텍스트와의 관계에 대한 극단적인 유형들을 비교해 보았다. 사실상 정보 추출적인—과학적이거나 설명적인—독서를 이 쪽으로, 심미적인 독서를 저 쪽으로 구분하는 엄격한 선은 전혀 존재하지 않는다. 한 끝에 있는 비심미적인 독서가 서서히 변하여 다른 끝의 심미적인 독서에까지 이어지는 어떤 연속선을 생각하는 것이 좀 더 정확하다. 텍스트에 대한 독자의 입장, 즉 그가 주의를 기울이고 있는 것, 그의 "심리 상태"가 의식의 한 가운데로 받아들이는 것을 허용하거나 차단해 버리는 것들은 서로 대립하는 양 극단 사이의 방법들이 가지 각색인 것만큼이나 다양하다.

문학 이론에 있어서 끊임없이 대두되는 문제들 중의 하나가 성서의 이사야서나 에머슨(Emerson)의 에세이, 또는 기번(Gibbon)의 『로마제국 쇠망사(*Decline and Fall of the Roman Empire*)』와 같은 작품에서 제기되었다. 예술로서의 문학이라고 일반적으로 정의하는 것은 이러한 작품들을 분류하는데 만족스러운 근거를 제공하지 못한다. 작가의 의도나 방법, 텍스트에 나타난 언어장치들, 내용상의 허구성이나 장엄함 또는 감정에 호소하는 정도 등과 같은 문제들에 기초하여 심미적인 것과 비심미적인 것을 구분하는 일로는 그러한 작품들을 포괄하기가 불가능하다. 예를 들어, 웰렉과 워렌은 필수적인 요소로 허구성을 꼽았으나 『문학의 이론(*Theory of Literature*)』에서는 완전히 포기하고 위에서 언급한 것들과 같은 작품들을 고려의 대상에서 제외시켰다.[9] 그러나 독자가 텍스트와 관계하는 동안 취할 수 있음직한 어떤 연속성 있는 입장들이라는 인식은 그와 같은 작품들을 체계적으로 이해하기 위하여 제공되고 있다.

한 독자와 텍스트가 만나는 개개의 사건들은 독특한 것이기 때문에 기번이나 에머슨의 텍스트를 그냥 보기만하고 좀 더 최근의 작품인 로렌 아이젤리(Loren Eiseley)의 『끝없는 여행(*The Immense Journey*)』을 인용하며, 그 작품을 스펙트럼의 어떤 특정한 곳에 배치하는 것은 불가능하다. 그러나 우리는 위에서 인용된 것들과 같은 텍스트들은 대개가 그러한 연속성의 중간의 어떤 부분엔가 떨어지는 문학적 경험들을 만들어내는 경향이 있다는 것을 알고 있다. 차이점들은 의식의 한가운데로 받아들여지는 요소들의 범위 안에 내재한다. 즉 창의 덧문을 넓히느냐 좁히느냐의 문제인 것이다. 독자는 텍스트라는 최종적으로 외부에서 가져오는 것에 주로 초점을 두면서도 자신의 내부에서 일어나는 질적인 반응 양상들도 대개는 감지한다. 이러한 경험적인 자각은 텍스트에서 추출해낸 정보의 습득이나 실제적인 활용 사례들과 혼합되어 결과적으로 생기는 작품에 "문학적" 가치를 부여한다. 독자의 주된 관심은 일반적으로 독서 후에 얻어지는 정보에 있지만 그와 동시에 독서라는 실제 경험적인 측면 및 그를 통해 얻어지는 만족도 인식하며, 그러한 것들에 주의를 어느 정도는 기울이기도 한다. 나중에 그 정보를 엄밀하게 과학적으로 테스트해 봄으로써 버려버리거나 수정하기도 하겠지만, 그는 그 작품이 제공하는 "문학적인" 경험은 계속해서 간직하게 될 것이다.

많은 텍스트들이 다양한 독자들에 따라 그러한 연속선상의 어떤 서로 다른 지점에서 경험될 여지가 있고, 같은 독자라 하더라도 서로 다른 상황 속에서는 다른 경험을 할 수 있다. 동일한 텍스트라도 어떤 의도를 가진 말이나 시적인 경험 등과 같이 다양하게 재창조될 수 있다. 예를 들어, 어떤 작품들은 본래는 종교적이거나 권고하는 내용이라고 간주되었기 때문에 주로 의도적으로 어떤 목적을 가지고 읽혀졌으나 다른 상황 하에서나 다른 절박한 욕구를 가진 사람들에 의해서는 예술 작품으로 경험될 수도 있다. 성서의 이사야서와 아가서는 많은 현대 독자들에 의해서 이런 식으로 변모되었다. 링컨의 게티스버그(Gettysburg) 연설도 반응에 있어서 그러한 변화를 겪고 있는 듯하다. 물론 변화는 독자의 태도 즉 텍스트에 대한 어떤 차원의 반응이 그에게 가장 중요한가에 따라 일어난다. 종교적이거나 정치적인 시사점들이 계속해서 나타나겠지만 일차적인 중요성은 텍스트를 읽는 동안 말들이 만들어내는 생각이나 감정의 질을 인식하는데 있다. 즉 링컨의 연설을 심미적인 입장에서 읽는 것은 우리의 연속선상에 있어서 『줄리어스 시저(*Julius Caesar*)』에 나오는 안토니우스(Mark Anthony)의 연설을 읽는 것에 가까운 어느 곳엔가 자리를 잡게 될 것이다. 그러므로 또한 어떤 역사학자들은 헤로도투스(Herodotus)에서 파크먼(Parkman)에 이르기까지, 비록 이후의 연구에 의해서 대체되기는 하였으나 어쩌면 그들이 제공하는 정보를 얻기 위해서보다는 직접적인 경험적 가치들을 위해서 지속적으로 읽혀지고 있는 것 같다.

이러한 모든 것은 비심미적인 독서, 정보를 추출하거나 견문을 넓히는 것을 독서의 기본적인 형태로 생각하는 일반적인 경향에 의문을 품게 만든다. 독자는 자동적으로 시선을 바깥쪽으로 돌려 단어들이 가리키는 지시 대상들을 바라보기 때문이다. 언어는 그러므로 기본적으로 객관적인 매개체이고, 정서적이고 감각적이거나 "느낌"에 호소하는 요소들이 소위 글자 그대로의 의미에 첨가되어 있다고 간주된다. 그렇다면 심미적인 상태는 이차적인 것이라고 볼 수 있다. 이러한 관점에 따르면 복잡한 독서 작용들은 비심미적인 것에서부터 시작하여 연속선상의 심미적인 끝으로 발전되어 나간다고 할 수 있다. 이는 과학적인 텍스트를 읽을 때에는 개인적인 태도들이나 연상 작용들을 적극적으로 배제시켜야 한다는 사실을 무시한다. 일부 학문 분야에서 특별한 상징 체계를 사용하는 것이나 일상적인 언어 사용과는 분리된 코드나 용어를 사용하는 것은 그러한 개인적인 반응들을 배제하기 위한 보조 수단일 것이다. 그러나 독자가 그렇게 배제시키거나 포함시키는 일을 수행하는 것으로 보여야만 한다.

어쩌면 우리는 차라리 대부분의 독서 행위를 우리들의 연속선상의 중간 정도에서 맴돌고 있는 것쯤으로 생각해야할 수도 있다. 그렇게 하는 것이 어떤 독자는 텍스트에 대한 자신의 복합적인 반응들을 스펙트럼 상에서 어떤 의도를 가지고 정보를 얻으려고 하는 방향으로든 아니면 그저 아름다움을 추구하는 방향으로든 의식의 중심을 옮기면서 무수히 많은 복잡한 방식으로 처리하는 법을 배워야 한다는 사실을 있는 그대로 인정하는 것이다.

듀이는 일상적인 삶과 예술 사이의 단절을 부정하고, 어떤 경험, 어떤 심미적인 경험이란 규정되고, 강화되며, 완성되는 평범한 일상적인 경험일 뿐임을 강조하였다. 일상적인 삶과의 밀접한 연속성에 관한 그의 주장은 부족한 점은 많았지만, 심미적인 경험의 특징인 깊어지는 인식에 대한 강조를 배제하지는 않았다. 듀이는 어디에선가 차를 홀짝거리며 마시는 사람이 컵의 모양을 또한 즐기지 못하도록 막을 것은 아무것도 없다고 말한다. 그러나 우리가 반드시 덧붙여야 할 것은 그가 느끼는 즐거움이 당연시될 수 없다는 점이다. 즉 그는 손안에 있는 컵의 윤곽선에 대한 자신의 반응에 주의를 돌려야만 한다. 만약 심미적인 요인이 일상의 삶 속에 존재한다면, 예술과 삶 사이의 단절을 회복함이 없이, 순전히 실용적이거나 참고적인 것으로부터 직접적으로 경험된 질적인 양상들에게로 관심, 주의력 또는 인식의 어떤 전환이 이루어졌기 때문이라는 것을 우리는 인정해야할 필요가 있다. 이렇듯 주의의 초점이 의도적으로 구하고자 하는 것과 아름다움을 추구하는 것 사이를 오락가락하는 행위는 의심할 여지없이 통상적으로 인정되고 있는 것보다 우리들의 일상 생활 속에서 훨씬 더 특징적으로 나타난다. 마찬가지로, 우리들이 하는 대부분의 독서 활동에서도 텍스트에 의해서 활성화되는 하나의 반응 양상으로부터 또 다른 반응들로 주의의 초점이 이리저리 왔다갔다하는 움직임이 나타난다. 그러므로 어떤 특정한 독서 행위를 우리의 연속선상에서 어떤 위치에 둘 것인가는 두 가지 입장 중의 어느 하나에 대한 상대적인 강조 또는 발생 빈도수의 문제이다.

실제 문학 경험 즉 "심미적"이라는 명칭에 어울리는 경험들에 다양한 요소들이 들어와 예술적인 경험임을 식별해낼 수 있는 특질이라고들 너무나도 자주 생각되고 있는 완벽한 평형의 순간을 깨뜨린다. 한 가지 자주 인정받고 있는 점은 독자가 텍스트가 제공하는 모든 단서들에 반응을 한다거나 그러한 단서들을 완벽하게 이해하지 못할 수도 있다는 것이다. 즉 그러한 경험은 완전하지 않을 수도, 어쩌면 완벽하게 통합되지 못할 수도 있다. 둘째, 독자가 자신의 과거 삶에 의지하여, 본문상의 기호들의 안내를 받으며 작품을 형성해나가는 재질을 판단하기 때문에 독특하며 때로는 관련이 없는 선입견, 편견 및 오해가 생겨난다. 그러한 방해 요소들은 경험을 중단시키고, 심지어는 텍스트와 관련이 없다고 느껴질 때조차 함축적인 의미를 제공하고, 의미를 전환시키며, 의미의 전달을 방해하여, 그러한 경험의 완전성 및 본래의 모습을 감퇴시킨다.

하지만 절대적으로 완전한 구조라는 것이 우리가 심미적인 경험에 대하여 논할 수 있기 전에 성취되어질 필요는 없다. 나의 해답은 독자가 어떤 활동을 하고 있는지 그 활동의 유형들을 알아보고, 이를 자신의 반응들을 바탕으로 구체화시켜 나가는데 얼마나 집중하고 있는지에 대한 다양한 집중력의 단계의 문제로 이해하며 텍스트에 상당하는 것으로 인식하는 것이다. 전체적으로 보면 심미적인 성향의 독서에 있어서 독자가 경험된 의미보다는 현재 습득하고 있는 정보를 더 중요시 하는 순간들이 끼어들 수도 있다. 그러므로 비록 통합되어 작품을 이루기는 하지만 텍스트의 각 부분들은 질적인 관심을 받지 못할 수도 있고, 독자에게 배경지식을 제공하거나 개념적인 얼개를 제공하기 위해 도입되어, 좀 더 직접적으로 경험되어지는 작품 속의 부분들에 필요한 토대가 될 수도 있다. 19세기 소설들에 나타나는 도입부분의 챕터들은, 스콧(Scott)의 소설에서처럼 좀 더 의도적인 입장을 취해야만 했는데, 현재 제공되고 있는 정보를 기억함으로서 소설 속에 나타나는 실제 사건들을 이해하는데 활용될 수 있도록 한 배려였다.

하지만 여기에서조차 필딩(Fielding)의 『톰 존스(*Tom Jones*)』라는 작품 속에 산재하고 있는 수필 같은 챕터들은 말할 것도 없고, 심지어는 카뮈의 『페스트(*The Plague*)』와 같은 작품의 첫머리, 정보를 제공하는 챕터들에서조차 현재 습득하고 있는 주요 정보나 개념들과 아울러, 독자는 또한 태도들, 즉 이야기를 풀어나가는 인물의 어조나 성격에 대한 느낌을 발전시켜나가며 주의를 기울임으로써 그러한 것들을 단순히 인식하기보다는 경험하고, 그렇게 함으로써 현재 재현되고 있는 경험의 질을 높인다. 어조나 실질적인 내용의 질을 나타내는 다양한 지표들은 텍스트를 이루는 이들 각 부분들에서 우선 현재 언급되고 있는 것들과 실제적으로 받아들여지는 것에 대해 관심을 가져야 할 필요가 있음을 암시한다. 그러나 독자는 지배적으로 나타나는 심미적인 입장을 받아들일 필요가 있음을 이미 감지하고, 따라서 개념이나 정보들은 독자가 인물이나 다음에 이어질 사건들에 대한 적절한 심미적인 태도를 취하는데 필요한 준비 활동으로 간주된다. 우리가 여기에서 다루고 있는 것은 정도의 문제이다. 대조적으로 전문적인 과학 서적에서는 의도적으로 무엇을 구하고자 하는 입장이 두드러지게 나타나기 때문에 텍스트에 의하여 재현되는 어떠한 질적인 경험도 부적절하고 혼란스러운 것으로 얼마든지 도외시해 버릴 수 있다.

독자들은 어떤 입장을 취하고 있는지 대개는 깨닫지를 못하기 때문에 이러한 선택적인 요소는 텍스트나 콘텍스트 즉 맥락 상에 어떤 부적절한 점이 있지 않는 한 대개는 의식 속으로 떠오르지 않는다. 현대언어학회(Modern Language Association)에 제출된 한 논문에서 발표자는 8살짜리 남자아이가 이야기를 듣는 동안 보여준 반응에 대하여 이야기하였다. "그렇지만 토끼들은 주머니에서 시계를 꺼내 들고 뛰어 돌아다니지는 않아요!" 여기에 대한 대답은 "조용히 해! 이 이야기에서는 그렇게 해."라는 것이었다. 발표자의 목적은 문학 작품을 읽는 동안 판단을 유보해야할 필요성을 강조하고자 하는 것이었다. 판단을 유보하라는 충고가 적절하기는 하나(이러한 말투를 문제삼는 사람도 있을 수 있겠지만) 그것이 소년이 처한 문제의 핵심을 파고 들고 있는 것은 아니다. 토끼들이 시계를 가지고 다니지 않는다는 그의 말은 전적으로 옳다. 그의 진짜 문제는 목적적인 태도를 가지고 이야기를 듣고 있었다는데 있다. 그러한 유형의 듣기나 읽기에서는 모든 것을 맹목적으로 받아들이기를 거부한 행동, 즉 그의 "비판적인 독서"는 칭찬을 받아 마땅할 것이다. 독서를 마치고 난 뒤에도 여전히 남아있어야 할 정보를 명확히 밝히는 것에 목적이 있기 때문이다. 판단을 유보하는 것, 즉 콜리쥐의 “허구에 대한 자발적인 믿음”이 정말로 필요하기는 하였으나 무엇보다도 먼저 필요했던 것은 초점의 변화였다. 그렇게 함으로써 그 남자아이는 그 순간을 살아가는데 만족하고, 현실에서 도움이 되는 것과의 연관성에는 신경을 쓰지 않고 이야기를 충분히 즐기는데 모든 주의를 기울였을 수도 있었을 것이다.

그 어린 남자 아이가 정신의 습관, 우리가 그것을 판타지라고 부르든 아니면 상상력이라고 부르든 간에, 그러한 습관을 계발시키지 못했다는 점, 어쩌면 잃어버렸을지도 모른다는 점은 이상한 일이다. 그것은 많은 어린 아이들이 언어를 처음 사용하게 되는 한 부분을 이루는 것이 틀림없기 때문이다. 다음의 예는 그러한 상상력이 결여된 무미건조한 태도가 어떻게 양성되게 되었는지를 설명하는 데 도움이 될 것이다. 초등학생들을 위한 읽기 워크북 시리즈에서는 3학년 책에서 시가 처음 다루어진다. 그 시는 소 한 마리가 냇가에 서있는 것을 묘사하고 있는데, “이 시에서 여러분은 어떤 사실을 배울 수 있습니까?”라는 표제로 도입되었다. 불행하게도 여기에서 어린이들이 텍스트를 하나의 시로 읽지 않을 것이라는 점은 분명하다. 질문 자체가 정보를 추출하고, 사실을 수집하는 태도를 처음부터 갖도록 가르치고 있기 때문이다. 이것은 강조되어졌어야만 할 것들, 즉 시라는 것을 나타내는 외면적인 단서들, 즉 넓은 여백, 정형화된 시행들, 운율이 있는 시어들과 같은 것들이 심미적인 입장을 취해야 함을 알려주는 기호들이라는 것 등의 단서들과는 명백하게 모순된다. 그들의 관심은 시어들이 그들에게 보고, 듣고, 느끼고 생각하게 만드는 것들에 모아졌어야만 했다.

어떤 이들은 기질상의 이유인지 아니면 어렸을 적부터 그러한 환경에 노출되었기 때문인지는 모르겠으나 심미적인 입장을 본능적으로 혹은 직감적으로 취하는 것 같다. 그러나 어쩌면 이러한 구분이 당연시되는 경향이 있고, 분명하게 이루어지지도 않기 때문에 많은 이들이 심미적으로 읽는 법을 전혀 배우지 못할 수도 있다. 그러한 사람들이 운문이라는 것을 상당히 바보같은 사회적인 관습정도로 생각하는 경우가 종종 있다. 어째서 소들에 관한 정보를 직접적으로 주지 않는 것일까? 그들은 우선 운문이라는 것이 특별한 유형의 경험의 원천이라는 것을 배우지 못했다. 그들은 그 자체를 읽는 동안 이루어지는 질적인 반응들에 주의를 기울이도록 안내를 받지 못했다. 여기에서 발생하는 문제는 환경적인 영향력들 즉 가정, 학교, 사회적인 압력들이 어느 정도까지 아이들로 하여금 언어를 목적적으로 다루는데 주의를 집중하도록 이끌고, 풍부하게 녹아들어가 있는 인지적-정의적인 매트릭스 즉, 복잡하게 얽혀있는 회로망을 의식의 주변으로 밀어내는가 하는 것이다.

"의미에 대한 의미"와 인간의 삶 속에서 차지하고 있는 언어의 위치는 금세기 동안 점차적으로 철학자들, 심리학자들 및 사회 과학자들의 관심을 받게 되었다. 지난 수십 년간 후설(Husserl)과의 직관론, 스키너(Skinner)의 행동주의 이론, 피아제(Piaget)의 유전인식론, 또는 비트겐슈타인의 "일상적인 언어 접근법" 등 거의 정반대되는 입장에서 이 문제에 접근하는 이론들과 학파들이 봇물처럼 쏟아졌다.

브리지먼(P.W. Bridgman)은 의미라는 것을 "조작적으로" 규정되는 것, 즉 단어들이 상징하는 일을 수행하거나 행동하는 등과 같은 것들에 의해 정의되는 것이라고 말하면서 의미에 대한 중요한 표현을 만들어냈다. 이것은 과학적으로 정확한 의미들로 이루어진 의사 소통을 평가하는데 유용한 기준을 제공한다. 즉 우리는 잴 수 있는 측정 도구를 가리켜 보임으로써 "야드"라는 것이 무엇을 가리키는지 동의할 수 있고, 심지어는 민주주의라는 것까지도 조작적으로 정의해볼 수 있다. 그러나 일부의 초기 논리적인 실증주의자들과 같은 사람들은 조작적 정의가 갖는 이러한 중요성을 극단적으로 강조함으로써 그렇게 규정될 수 없는 것은 모두 "넌센스"라고 불렀다. 행동주의 심리학자들도 유사한 편협성을 보여주었는데, 개인의 의식이 궁극적으로 어떤 식으로든 "객관적인" 의미론적인 활동들에조차 관계한다는 사실을 다루기를 거부하였다.[10)]

역설적으로 말하면, 언어학자들과 비평가들은 최근까지도 의미와 개인적인 의식이라는 문제로부터 멀리 떨어져 있었다. 물론 언어학자들이 그것을 몰랐던 것은 아니었다. 그러나 구조 언어학자들은 연구의 대상을 말로 표현되는 텍스트나 인쇄된 형태의 텍스트에서 좀 더 쉽게 연구될 수 있는 외면적인 언어 행위로 발현되는 언어에만 한정시켰다. 그들은 이론적인 구성체 즉 실제적으로 사람들에 의해서 발현된 언어, **빠롤(parole)**과는 대비적으로 소쉬르(Saussure)가 **랑그(langue)**라고 규정한 언어 사용자들이 공유하고 있는 기호들의 체계만을 다루고 있다고 주장하면서 문제를 얼버무렸다.[11)] 그리고, 우리가 살펴본 대로, 신비평가들(the New Critics)도 "감정적인 오류"와 주관주의에 빠질 것을 우려하여 어떤 허구적인 실체, 자율적인 "시 자체," "언어적인 상징"에 대한 특질들을 분석하는데 한정하였다.

다음 분야들에서조차 논리 실증주의자들의 편협함으로부터 벗어나고자 하는 일반적인 경향이 나타난다. 평론 분야에서도 형식주의자들의 교리가 갖는 무미건조함에 대한 반발이 널리 퍼져가고 있고, 신비평가들이 잡았던 주도권도 과거의 일이 되고 있다. 언어학 분야에서는 언어의 구조가 의미를 고려하지 않고도 연구될 수 있다고 하는 행동주의자들의 인식은 특정한 제한된 유형의 언어 행위에만 잘 적용된다는 것이 밝혀졌다. 변형문법이론 연구자들은 모국어 화자가 갖는 "언어 능력"의 "직관적"인 근거를 점차 강조하게 되면서 개별화자가 독특한 문장들을 발화하는데 있어서 창의성이라는 개념을 도입하고, 심지어는 내재적인 언어 개념들 및 보편적인 언어가 존재한다는 가설을 세워야할 필요가 있음을 깨달았다.[12] 모든 시계추의 움직임 같은 반전들에 반드시 동의하지는 않더라도 인간적인 요소를 빼낼 수 없다는 사실을 기꺼이 인정하려는 추세가 증가하고 있다는 사실은 환영할 만한 일이다.

심리언어학이 하나의 학문 분야로 대두된 것은 그 자체가 바람직한 신호고, 심리언어학적인 연구로 처리에 의한 접근 방식을 강화하기 시작하고 있다. 최근의 한 논문은 "인간이 갖고 있는 문제로서의 언어"에 대하여 등한시되고 있는 다양한 양상들을 강조하기 위하여 계획된 한 출판물의 일부분으로서 다음과 같이 명시하고 있다. "청자가 어떤 문장을 듣는 동안 하는 일에 대한 지난 20년 간의 심리언어학적인 연구를 통해서 우리는 청각적인 자극이 갖는 특성과 청자가 문장을 해석하는 것 사이의 상관관계가 단순하지 않다는 사실을 이해하게 되었다. 청자는 자신이 듣고 이해한 것에 적극적으로 기여하고, 이러한 기여 행위가 이해라는 문제를 어려우면서도 재미있는 것으로 만든다."[13] 독자의 활동들은 적어도 내가 앞의 장들에서 주장한 것처럼 일상적인 대화에서 청자들이 하는 활동들과 나란하다고 생각될 수 있다.

언제나 언어적인 상징과 그것이 가리키는 대상 사이에는 인간이라는 매개체가 존재한다. 아무도 이러한 관계를 부정하는 사람은 없다, 실제로는 상징과 지시 대상만이 흔히 인정되고 있기는 하지만 말이다. 언어적인 상징은 우리가 낱말의 지시 대상이라고 부르는 것과 독자를 어떤 식으로든 연결하는 무엇인가를 독자의 내면에서 활성화시킨다. 일부 최근 사상가들의 극단적인 직관론이나 주관론에 빠지지 않고, "의식"이라는 것을 구체화시키지 않으면서도, 언어를 배우는 학생들은 언어의 사용과 관련된 추상화하고 개념화하는 활동들이 그것들이 녹아들어가 있는 감정의 흐름과 어떻게 관련되고 있는지를 더욱 깊이 탐구해야 한다.

언어 과정의 복잡한 속성은 이러한 각도에서 연구되기 시작하였다. 단어들이 갖는 "정의적 의미 공간"을 결정하는 방법들이 (예를 들어, 오스굿(Osgood)의 의미의 차이 등) 실험되고 있다.[14] 아이들의 언어 습득에 대한 연구들은 어떤 초기 단계가 존재한다는 것을 제안하기에 이르렀다. 이 단계에서는 단어의 형태가 "나중에 지시, 감정, 연상 작용 등과 같은 부분적인 과정들로 분화하게 될 과정들이 독특하게 융합되어 있다. 그러므로 초기의 지시 범주는 그 단어에서 연상되는 것들의 네트워크와 구별되지 않는다."[15] 게다가, 감정적인 의미는 정의적인 반응 패턴들이 명확하게 내적, 표현적 요소로 간추려지기 전까지는 그와 같이 뒤섞여있는 지시적-연상적인 과정들과 융해될 것이다. 간단히 말해서, 아이들은 다양한 반응들을 선별하는 것을 배워야만 한다. 비고츠키(Vygotsky)와 피아제(Piaget)에 의한 연구들도 의미의 다양한 구성 요소를 구별하는 내적인 과정을 제안하고 있는데 이러한 과정은 산만하게 흩어져 있는 지각과 감정의 네트워크라는 본래 맥락 속에서 아이들에 의해 수행된다.[16] 비록 심리 연구자들의 관심이 대개는 수학적이거나 논리적인 사고의 발달에 쏠리고는 있지만 우리들의 목적에 대한 중요한 점은 개개인의 "주관"이 활동의 중심, 즉 의식에 전해주는 다양한 구조들 간의 매개체로 간주된다는 것이다.

따라서 우리는 언어 조작이 경험의 매트릭스, 즉 경험의 회로망 안에서 수행된다는 개념을 다시 받아들일 수 있게 됨을 깨닫는다. 제임스(William James)는 심리학에 관한 그의 위대한 선구적인 연구에서 생각의 흐름을 "자아에 대한 의식의 일부"라고 언급하고 있다. 이러한 흐름이라는 비유는 여전히 감각, 감정, 태도, 개념, 및 축적되었거나 잠재되어 있는 기억들의 끊임없는 흐름을 제안하는 가장 좋은 방법인 것처럼 보인다. 제임스가 소개한 "선택적 관심"이라는 개념은 내가 강조한 문학적 경험의 특수성이라는 표현에서 유용하게 쓰인다. 먼저, 관심의 초점 또는 입장을 선택하고, 두 번째로 텍스트에 관련된 반응들을 선택하는 것이 포함된다.

제임스는 외면적인 세상을 다루는데 있어서와 자신의 내면적인 삶 모두에 있어서 인간이라는 생물의 이러한 선택적 활동을 강조하고 있다. 제임스가 사고의 흐름에 대하여 가정한 주된 특성들 중의 하나는 그것이 특정한 생각들이나 의식의 요소들에 흥미를 제공하는 지속적인 과정이고, 그래서 일반적인 의식의 흐름과는 독립되어 있는 것처럼 보인다는 것이다. "그것은 다른 것들을 배제시킬 만큼 이들 대상들의 어떤 부분에 관계가 있으며, 그러는 내내 단어 속에서, 그것들 중에서 기꺼이 받아들이거나 거부하는 등의 **선택**을 한다."[17] 이것이 바로 정보를 추출하려는 독자가 필요한 최종 결과나 나머지를 제외하고는 모두 걸러버리는 일에 대하여 내가 말할 때의 느낌이다. 마찬가지로 심미적인 독자는 언어 상징에 대한 자신의 반응에 보다 충분히 주의를 기울이고, 어떤 것들이 관련된 개념, 느낌 및 태도의 구조 속에 짜여 들어갈 수 있는지를 선택한다. 그는 이것이 복잡하게 뒤섞여 있는 일반적인 의식의 흐름과는 독립적으로 존재한다고 느낀다. 한마디로 말해서 텍스트가 상징하고 있는 시라고 느끼는 것이다.

이들 개념들은 내가 전개해나가고 있는 문학적 경험의 본질이라는 표현을 뒷받침한다. 상징과 지시 대상을 중간에서 매개하는 개개인의 의식에 대한 인식은 모든 독서, 특히 심미적인 독서를 이해하는데 필수적이다. 환경과 거래를 한다고 하는 개념은 독자와 텍스트가 관련되어 있는 과정에 대한 모델을 제공한다. 모든 것들이 어떤 의미에서는 다른 것들에 대한 환경이 된다. 양방향의, 좀 더 낫게는, 순환하는 과정을 가정할 수도 있다. 그러한 과정에서 독자는 텍스트로부터 이끌어낸 언어 자극들에 반응하나 그와 동시에 자신의 반응의 요지를 제공하고 구성하기 위하여 자신의 축적된 경험과 감수성이라는 자원들을 선택적으로 끌어내기도 해야 한다. 이러한 새로운 경험으로부터 문학 작품이 형성된다.

선택적 관심이라는 개념은 내가 정의를 내리고 있는 심미적 경험의 중심을 이룬다. 그것은 또한 모름지기 의식적인 선택이라는 인식을 없애는데도 유용하다. 선택적인 과정이 텍스트에 의해서 제공되는 복합적인 가능성들에 대한 반응들을 가늠하는데 작용하고, 그렇게 함으로써 관련있는 의미와 지금 겪고 있는 경험적인 과정에 일치하는 인식의 정도를 결정한다. 여기에서 내가 의도적 또는 심미적 입장이라고 명명한 표현들이 파생된다. 그러한 용어는 어떤 특정한(의도적이든 심미적이든) 방식으로 반응할 준비가 되어있음을 암시하기 때문이다.

이러한 복잡한 선택 활동이 일어나는 경험의 매트릭스 또는 사고 및 감정의 흐름이라는 개념은 순전히 개념적인 함축적 의미들로부터 "의미"를 해방하고, 오히려 경험된 것으로서의 의미라는 견해를 허용하는 근거를 제공한다. 텍스트를 읽는 독자는 자신의 개성과 경험을 바탕으로 시각적인 기호들에 반응함으로써 시를 만들어낼 뿐만 아니라 자신이 형성해나가고 있는 바로 그 작품에 주의를 모으기도 한다. 자신과 텍스트가 가리키는 것 사이의 생생한 순환이라는 이러한 인식 안에서 그는 스스로 시라고 생각하는 경험된 의미를 경험한다. 이러한 경험이 갖는 중요성은 다음 장에서 좀 더 충분히 다루게 될 것이다.

여기에서 제시되고 있는 문학적 경험이라는 관점은 최근 수십 년간 비판적인 이론을 주도하는 경향이 있었던 많은 가설들을 거부한다. 그 중의 하나가 독자의 반응을 다루기 위해서는 필연적으로 순수한 주관주의와 "순수하게 정의적인" 운문의 개념으로 돌아가는 것이다. 그것을 명명한 가장 영향력 있는 말로써 "감정적 오류"라고 하는 꼬리표 아래 독자의 반응에 대한 관심은 여러 해 동안 비평 분야와 교육 분야에서 거의 금기시되었다. "감정적 오류는 시와 그 시에서 얻어지는 결과(시란 **무엇인가**와 무엇을 **하는가**) 사이에서 발생하는 혼란의 상태이다. …그것은 시가 가지고 있는 심리적인 효과들로부터 비판의 기준을 끌어내려고 하면서 시작되고, 인상주의와 상대주의로 귀결된다. 그 결과는… 시라는 것 자체가, 엄밀한 비판적 판단의 대상으로서, 사라져버리는 경향이 있다."[18] 여기에서 근본적으로 잘못된 전제 즉 시라는 것을 분리되어있는 "대상"이라고 보는 것은 제6장에서 좀 더 다루게 될 것이다. 이 시점에서 특히 나의 관심을 끄는 것은 독자가 기여하는 것에 대한 주장이 "순수한 정의주의" 즉 사고에 반대되는 감정, 인지적인 것에 반대되는 정의적인 것이라는 선입견을 만들어낸다는 인식을 떨쳐버리는 것이다. 예를 들어, 이러한 관점을 옹호하는 어떤 사람은 나의 입장이 "나, 나의 내장 그리고 『햄릿』"과 같은 유형에 집중하게 될 것이라고 주장하였다. 오든(Auden)은 예이츠의 죽음을 애도하는 자신의 애가에서 이러한 논점에 꼭 어울리는 명쾌한 반론을 제기하고 있다.

이제 그는 수백의 도시 안에 흩어져있다.
그리고 오롯이 퍼부어지는 낯설은 애정들
또 다른 종류의 숲속에서 그의 행복을 찾기 위해서
그리고 외국의 양심의 법전들 아래서 처벌받으며
죽은 자의 말들은
산 자들의 용기 속에서 수정된다.

Now he is scattered among a hundred cities
And wholly given over to unfamiliar affections:
To find his happiness in another kind of wood
And be punished under a foreign code of conscience
The words of a dead man
Are modified in the guts of the living.[19]

오든이 같은 시에서 표현하고 있는 것처럼 "시인이 자신의 숭배자들이 되었다"는 것을 인식하는 것이 반드시 시인의 말을 읽는데 있어서 무책임한 감정주의를 묵과하는 것은 아니다. 시 그 자체를 특별한 유형의 경험으로 인식하는 것도 "비판의 기준"을 정하는 요소가 되지는 않는다. 우리는 독자와 텍스트 사이의 상호교통을 시작하는데 있어서 단순히 비평 이론에 대한 모든 다른 문제들을 접근하는데 필요한 기본 조건들, 즉 어떠한 기준들에 의해서 하나의 독서 활동이 다른 활동보다 더 타당하다고 말하는지와 같은 것들을 말할 뿐이다.

여전히 많은 영향력을 가지고 있는 "객관적인" 비평가들의 순수한 감성으로서의 예술이라는 허수아비를 공격하려는 적극적인 자세 또한 정보 추출을 위한 독서와 심미적인 독서로 내가 구분하고 있는 것이, 한편으로는 지시적이거나 인지적인 것과, 이에 대하여 또 다른 정의적이거나 감성적인 언어 사용을 구분하는 것과 동등하다는 오해를 유발할 수도 있다. 나는 이것을 거부하는데 그 이유는 언어를 가장 지시적으로 사용한 것처럼 보이는 것조차도 언제나 존재하는 감정의 매트릭스 안에서 처리되고, 비심미적인, 정보 추출을 의도하는 입장은 인식의 주변으로 밀려나기 때문이다. 더 중요한 것은 예술 작품을 재현하는 독자가 언어적인 상징의 정의적인 영향력에만 관심을 기울이는 것이 아니라 대개는 다른 차원의 의식의 핵심으로서 자신들이 인지적으로 받아들이는 것에도 주의를 기울여야한다는 것이다. 바로 그렇기 때문에 심미적인 것과 비심미적인 것 사이의 구별은 정의적이고 인지적인 요소들이 있느냐 없느냐에 있는 것이 아니라 독자의 의식의 일차적인 초점과 방향에 있다.

따라서 처리적인 관점은 감성의 강도나 정도를 예술 작품의 즉, 심미적인 독서의 존재의 기준으로 삼는 신낭만주의적인 경향을 공유하지 않는다. 히틀러라는 사람에 대한 글들은 독자에게서 강력한 증오의 감정을 일으킬 수 있다. 예를 들어, 그러나 이것은 여전히 의도를 가진 독서로 하여금 거리로 뛰쳐나가 집단적인 행동에 가담하게 만들 수도 있다. 성서의 이사야서나 게티스버그 연설과 같은 경계선상에 있는 경우들에 대하여 앞에서 내가 한 이야기는 지시적인 요소들과 정서적인 요소들이 있느냐 없느냐에 관한 것이라기보다는 텍스트로부터 그가 재현해낸 것에 대한 독자의 입장과 관계가 있었다. 독서라는 연속선에 관한 모든 개념은 이러한 구분을 부정한다. 우리가 살펴본 대로 카슨(Rachel Carson)의 『침묵의 봄(*Silent Spring*)』을 읽는 것은 독자가 검증할 수 있는 생태학적인 지식을 추구하고 있다는 점에서는 일차적으로 인지적이라고 할 수 있을 것이다. 그러나 이것이 반드시 읽기의 과정 동안에 단어들이나 단어들이 가리키는 대상들에 의해서 생겨나는 정서적인 요소들에 대한 자각이 존재하지 않을 것임을 암시하는 것은 아니다.

셰익스피어의 서정시나 말라르메의 시집 『주사위 던지기(*Un Coup de Dés*)』를 읽는 데는 극단적인 심미적 입장이 필요하다고 할 때, 이러한 시들이 순전히 감성적이라는 사실을 암시하는 것으로 해석되어져서는 안 된다. 그러한 작품에서조차 인지적인 요소가 존재하고 이러한 점에서 최소한 개개의 단어들은 분명한 지시 대상을 갖는다고 할 수 있다. 심미적인 입장이 필수적인 이유는 단순히 실제적으로 독자가 인지적인 요소들을 구조화시키는 유일한 방법이 경험된 의미에 일차적으로 관심을 보이는 것이기 때문이다. 그러나 예를 들어, 소네트와 같은 것은 강한 관념적 구조를 가질 수 있고, 그러한 관념의 구조는 정의적이고 인지적인 요소들을 통합하는 중요한 수단이 될 수도 있다. 가장 훌륭한 예술로서의 문학 작품들이 무어(Georgy Moore)와 다른 사람들이 "순수한 운문"이라고 부른 것들을 보여주는 예임을 제안하려고 하는 것도 아니다. 그와는 반대로, 내가 보기에는 많은 훌륭하고 위대한 시들은 훌륭하고 위대한 이야기나 소설 및 극본도 역시 강력한 인지적, 지적, 관념적 요소를 가지고 있는 것 같다. 독자의 심미적 활동의 특징은 정확하게 말해서 이러한 요소들에 따로따로 반응하는 것이라기 보다는 좀더 정확하게 말해서, 인지적인 것과 정의적인 것이 융합하여 경험되어진 동일한 경험을 이루는 다양한 측면으로 이해함으로써 거기에 특별한 의미와 질을 부여하는 데 있다.

시라는 것이 무엇에 "관한" 것이고, 소설이란 무엇을 "말하며", 인간의 의미, 단어들에 대한 "감각", 그것들이 "이 세상에서" 가리키는 것에 대하여 이해하는 것은 중요한 요인이며, 심미적인 태도가 주어졌을 때 독자가 받는 정의적인 영향력과 분리하여 생각될 수 없다. 심미적 태도라는 개념은 엘리엇의 많은 논쟁을 불러일으키는 "통합된 감성"이라는 개념과 조화를 이룬다. 내가 이해하기로는 엘리엇은 여러 차례에 걸쳐 감정을 낭만적으로 미화하고 "메시지"에 빅토리아풍의 선입견을 갖는 것에 대하여 반발하였다. 심미적인 태도를 취하는 독자는 텍스트에 의하여 자신의 내부에서 활성화되는 모든 요소들에 주의를 기울일 수 있고, 감정과 사고의 융합체, 인지적인 것과 정의적인 것의 융합체를 발전시킴으로써 통합된 감성을 이룩해낼 수 있다. 이를 통하여, 그는 『리어왕(*King Lear*)』이나 『엠마(*Emma*)』 또는 『황무지(*The Waste Land*)』와 같은 텍스트에 상응하는 경험을 구성하게 된다.

나는 이번 장에서 특히 비심미적, 즉 정보 추출을 위한 독서와 심미적인 독서를 구분해보는데 관심을 두었다. 예술로서의 문학 작품의 본질을 이해하는데 필수적인 개념들도 살펴보았다. "선택적 관심"이라는 개념은 심미적인 태도나 정보 추출적인 태도를 취하는 것을 가능하도록 만들고, 특정한 세부 사항들에 대한 관심을 조정하는 일을 한다. 그리고 무엇보다도 중요한 것으로 "심미적인 독서"의 특징은 독자가 자신의 관심을 텍스트를 가지고 충분하게 경험해 본 융합체에 돌리는데 있다. 그 방법은 문학을 처리하는 동안의 독자가 하는 복잡한 활동들을 여러모로 고찰해 봄으로써 입증되었다.

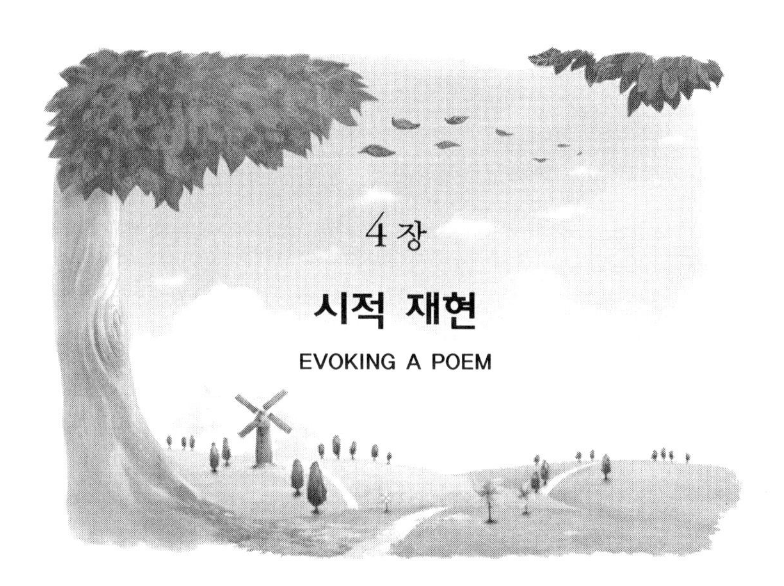

4장

시적 재현

EVOKING A POEM

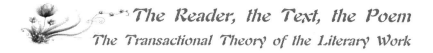

어떤 독서 활동을 하든 그에 대한 반응을 보이는 데는 적어도 두 가지 흐름이 있다. 지금까지 우리는 독자가 시나 소설 또는 연극을 텍스트로부터 재현에 내는 일에 전력을 기울여 왔다. 이러한 작업은 보통 모든 독서 과정을 망라하는 것으로 생각된다. 일단 작품이 재창조되고 나서야 독자 평론가(reader-critic)가 그것에 반응하고 평가하며 분석할 수가 있는 것 같다. 하지만 비판적인 반응들이라고 하는 것이 순전히 창작 다음에 일어나는 활동이라고 해서 독서 과정을 작품의 창출에만 한정시키는 것은 실제 독서에서 일어나는 상호교통을 지나치게 단순화시키는 단점이 있다. 우리가 예술 작품을 만들어 내는 동안에도 우리는 그 작품에 반응하고 있는 것이다. 동시다발적으로 일어나는 감정, 태도, 생각들의 흐름이 텍스트가 인도하는 대로 그 작품을 읽어나가는 동안 일깨워진다. 이번 장에서는 독자의 활동 중에서 일부 주요 측면들을 스케치해 보려고 한다. 놀라우리만치 복잡한 독서 과정을 불가피하게 단순화하기는 하겠지만 말이다.

이러한 양면적인 반응의 흐름이 항상 분리된 것으로 이해되는 것은 아니다. 형태를 드러내는 작품에 대하여 나타나는 반응은 단순히 평상시와 같은 마음이거나, 받아들이는 분위기, 찬성할 수도 있고, 믿을 수 없다고 느낄 수도 있다. 그러한 반응은 순간적이며, 말초적이고, 작품 그 자체인 것처럼 느껴지는 어떤 특성과 조합되기도 한다. 때로는 반응이 좀더 의식적인 형태를 취하기도 한다. 잠재적인 반응들의 범주와 반응들의 세기 및 명료성의 정도가 갖는 범주의 크기는 무한할 정도로 방대하고, 때문에 반응들은 텍스트가 갖는 특징뿐만 아니라 개별 독자의 특성에 따라서도 더욱 달라진다.

일단 독서 과정이 이렇게 복잡하다는 것을 인정하고 나면 명확성이라는 면에서 이러한 측면들을 분리해서 다루는 것이 가능해진다. 서로가 독립적으로 존재한다는 것은 절대로 불가능하지만 말이다. 이 장에서는 먼저 예술로서의 문학 작품을 재현하는데 관련된 활동들 중의 일부를 보다 자세하게 설명해 볼 것이다. 그렇게 된다면 이러한 과정들을 동시에 일어나는 반응들의 흐름에 결부시키는 것이 가능해진다.

독자의 역할은 보통 작가가 훨씬 더 자세하게 탐구한 활동들에 대한 이러 저러한 일반적인 유추 활동을 통해서 정해진다. 하지만 우리는 독자의 중요성을 옹호하려고 노력하는 일에 있어서 작가가 맨 처음 창조해낸 것을 복제해낼 뿐인 반사된 영광을 독자에게로 돌려서는 안 된다. 예를 들어, 때때로 사람들은 독자는 작가가 의도한 본래의 감성과 정신 상태를 되살리고자 노력한다고들 주장한다. 이러한 주장은 작가가 탈고한 최종 텍스트가 그것이 싹트던 때의 충동과 같다고 보고, 이리저리 모색해 보며, 발전시키고, 시행착오를 거쳐 수정해가면서 맨 처음 그 텍스트를 쓰게 된 동기가 바뀌어가기도 하는 대부분의 창작활동이 갖는 특징을 무시해 버린다. 브라운(Fanny Browne)에 대한 키츠의 사랑이나 예이츠의 죽음에 대한 오든의 감정은 시를 만들어낼 수도 있었다. 그러나 결과적으로 나타난 텍스트는 진화를 거쳐 작품 나름대로의 특징을 갖게 되었다. 작가가 작품을 쓰는 동안 사용하는 언어의 성질과 작가가 따르거나 수정하려고 하는 문학적이고 문화적인 관례들도 중요한 역할을 한다. 이 외에도 텍스트를 통하여 궁극적으로 표현되는 감정과 사상 자체가 더욱더 발전되기도 하고 심지어는 변형되기도 한다.

독자는 작품을 재창작하면서 작가가 했던 창작의 역할을 재현한다고 보는 관점은 표면적으로는 좀 더 타당성이 있는 것처럼 보인다. 그러나 이것마저도 실상을 무시하기는 마찬가지이다. 시인이 겪는 창작의 고통의 최종 결과가 바로 텍스트, 즉 언어기호들의 패턴이다. 독자가 시작하는 곳은 바로 이곳이다. 텍스트에 대한 그의 관계는 작가가 갖는 텍스트와의 관계와는 다르고, 좀 더 겸허하나 다행히도 좀 더 널리 일반화되어있는 그런 능력에 의존한다. 우리가 살펴본 바에 따르면 각각의 독자는 그의 앞에 놓여진 기호들이 어떤 체계적인 언어구조를 상징한다고 가정할 때 일관성이라고 하는 극히 중요한 원칙을 모색해가면서 이러한 특정 순서로 제시되어 있는 이러한 특정 단어들에 대한 자신의 내적인 반응들을 보여 나간다. 그는 스스로 시나 소설 또는 연극이라고 이해한 난해하고 경험적인 구조를 발전시켜나간다. 그는 작가의 언어가 항상 자신을 인도하고 있음을 언제나 의식한다. 또 그는 의사소통이 이루어지고 있다는 느낌, 때로는 정말로 작가와의 교감마저 느낀다. 그러나 이것은 독자 자신이 갖는 독특한 형태의 문학적 창조성 때문이다. 따라서 작가와 독자의 활동들 간의 차이점들은 비슷한 점들만큼이나 주의를 요한다. 그럼에도 불구하고 작가의 창작과정과 유사하다는 사실은 독자의 임무를 규정하는데 있어 일이 진행되는데 바탕이 되는 기준선을 제공하기도 한다.

『문학 평전 (*Biographia Literaria*)』 중 유명한 13장에 나오는 창작

과정에 대한 콜리쥐의 논의는 지금도 여전히 타당하다. 콜리쥐에 의하면 시적인 상상은 모든 인간의 지각 속에 들어있는 원시적인 창작 과정 속에서 꽃핀다. 여기에서 그는 감각 기관이 얼마나 기여하고 있는가를 강조하는 심리학과 철학에서 이루어낸 최근의 성과들을 예측하였는데, 이러한 개념은 우리가 알고 있는 대로 상호교통적 접근의 근간을 이룬다. 우리는 보통 인식이라는 행위의 결과로 이루어지는 조직하고 구성하는 과정 즉 시각적인 단서들을 짜 맞추어 해석해내는 과정을 알아차리지 못한다. 아마도 신호를 잘못 읽어냈을 때에만, 예를 들어, 저만치서 다가오는 사람이 친구라고 생각했는데, 모르는 사람이라는 것을 알게 되었을 때와 같은 경우에만 알아차리게 되는 것 같다. 또는 검정색과 흰색으로만 되어 있는 체커 보드를 응시할 때 주의력을 옮길 때마다 우리는 패턴이 변하는 것을 "본다." 콜리쥐는 조작이라는 것이 단순히 기억된 요소들을 짜맞추거나 유형화하는 것이 아니라 유기적이며 생명력 있게 종합하는 것이라고 생각했다. 즉, "조작은 재창조하기 위해서 녹여내고, 풀어헤치고, 두루 퍼뜨린다. 또는 이러한 과정이 불가능해지는 곳에서는 모든 사건들에 대하여 여전히 이상화하고 통합하고자 애쓴다. 심지어 모든 사물들이 본질적으로 고정되어 있고 죽어있다 하더라도 이러한 조작은 본질적으로 없어서는 안 될 중요한 것이다.[1)] 현대 심리학자들은 상상력이라는 용어 자체를 당혹스럽게 여기기도 한다. 이 낱말에서 심리학계의 오래된 관점이 연상되기 때문이다. 그러나 콜리쥐의 기본적인 통찰력은 여전히 설득력을 가지고 있다.

"내부로부터 스스로를 발전시켜감에 따라 형성되며, 완전히 발전하게 되면 외적인 형태를 완벽하게 갖추게 된다"는 유기적인 형태에 대한 개념은 콜리쥐가 말하는 시적인 상상력의 중심을 이룬다. 그에 따르면 셰익스피어는 "어떤 개념에 따른 상상력을 활용하여 내부로부터 생각의 싹을 키워나갔다." 결국 문예 창작은 기본적으로 선택하는 것이다. 시가 시인의 원고 속에 기록되기 위하여 모두 완성된 채로 갑자기 솟아오르든 수십 번 고쳐서 변형판과 수정본이 존재하든 간에 언어의 공급원에서 선택하는 과정이 존재했다. 아무리 희미해서 거의 느끼지 못했더라도 무엇인가 그러한 선택을 하는 길잡이가 되었음에 틀림없다. 어떤 느낌이나 감정, 태도 또는 생각이 바뀌어 가는 동안 생각을 표현하는데 꼭 필요한 말을 선택하고 의미를 흐리게 만들거나 약화시키는 말들은 과감히 버려버리도록 만들었던 것이다. 여러 곳에서 콜리쥐는 복잡다단한 것을 효율적인 통일체로 줄여나가고 일련의 생각들을 어떤 하나의 지배적인 생각이나 느낌을 바탕으로 수정해가는 능력을 강조한다. 어떤 문학 작품의 기원에 대한 작가의 설명들과 "시를 만들어가는" 것에 관련된 증거는 대개는 텍스트를 수정해 나가는 과정에서 찾아볼 수 있고, 작가는 보통 시행착오를 거치며 끊임없이 노력하여 그러한 구성해가거나 통합해가는 욕구를 성취하고 더 나아가서는 그러한 성취에 만족한다.[2)]

어떤 작품이 갖는 유기적인 통일성은 콜리쥐에 따르면 시인의 상상력이 갖는 통합하고 창조하는 능력이 외면적으로 표출되어 우리가 볼 수 있다는 신호이다. 유기적인 통일체라는 이러한 비유는 적어도 플라톤과 아리스토텔레스까지 거슬러 올라가나, 주로 낭만주의자들의 유산으로서 현대 비평의 교리 중의 하나였다. 그러므로 더욱 더 기이한 것은 어떤 시를 재현하는데 있어서 독자들이 종합하고 유기적으로 구성하는 활동들은 일반적으로 작가들처럼 제대로 된 평가를 받지 못하고 있는 것이다.

시각적인 인식의 과정과 일차적인 상상력 사이의 유사성은 독서 과정에도 적용된다. 비록 독서 과정이 단순한 인식의 행위보다는 훨씬 더 복잡하긴 하지만 말이다. 우리는 독서를 하면서 신호나 단서들을 인지한다. 그러한 신호나 단서들은 이러한 경우에는 언어적인 상징의 형태로 제공되는데 이런 상징들은 프린트된 기호들로부터 끌어내어진다. 그리고 우리는 "그러한 단서들을 조합"하여야만 한다. 가장 단순한 독서 행위에도 창조적인 요인이 존재한다. 더욱이 콜리쥐는 시적인 상상과 일반적인 인식의 차이가 시인의 상상에 의한 종합 행위가 갖는 유기적이고 생명력 있는 본질에 있다고 보았다. 따라서 예술로서의 문학 작품을 만들어내는 독서 활동 역시 단서들을 단순히 짜깁기하는 것 이상의 무엇인가가 필요하다. 우리가 살펴본 대로 미학적인 입장에 따라 차별적으로 제공된 요소들을 가지고 독자는 자신의 반응들을 나름대로 종합하여 조직하고 음미해나간다. 이것이 그에게는 시인 것이다.

독서 과정이 갖는 이러한 능동적이고 통합적인 측면은 그동안 대부분 무시되어 왔다. "어떤 규칙이 밖으로부터 주어진다면 시란 더 이상 시가 아닐 것이고, 그저 하나의 기계적인 기교로 전락할 것이다"라고 콜리쥐는 말하였다. 이로 본다면 시나 소설 또는 연극을 함께 나누고자 하는 독자는 선택하고, 종합하며 해석하는 독특한 작업을 결국 감내해야만 한다. "정보 이론" 연구에서 알 수 있는 바와 같이 가장 평범한 언어적인 의사소통 행위를 해석하는데 있어서조차 시행착오와 같은 실험적인 요소가 존재한다. 하물며 예술로서의 문학 작품을 해석할 때는 이러한 활동이 창조적인 모험의 수준으로까지 끌어올려지기 마련이다. 이러한 점에서 상상력이라는 "구현의 정신" "통합하는 마술 같은 힘"을 콜리쥐는 시인에게 있다고 생각하였지만 결국 독자에게도 있다고 할 수 있다.

콜리쥐가 제안한 것처럼 실제로 시뿐만 아니라 일반적인 언어활동에도 자연 발생적인 창조라는 이러한 특성이 많이 나타난다. 심리언어학자들은 단순한 문장 발화에서 나타나는 하찮은 표현에 관심을 보인다. 이것은 어떤가? 그들은 묻는다. 우리가 어떤 문장을 시작할 때, 그 문장이 어떻게 끝나게 될지 뚜렷하게 의식하지 못하지만 일관성 있는 방식으로 끝을 맺고 있지 않은가?[3] 언어학자들이 상기시켜주듯이, 화자는 "언어 능력"을 가지고 있다. 우리가 나중에 이러한 우리의 문장이 갖는 구조와 의미 조직을 분석해 볼 수도 있겠지만 이것은 별개의 하위 활동으로서 문장 자체를 만들어 내는 일과 혼동되어서는 안 된다. 마찬가지로 작가는 자신의 작품을 계획하고, 분석하며, 수정할 수 있다. 하지만 이것을 실제적인 창작활동, 즉 "상상이라고 하는 구현의 정신"의 인도 아래 수행되는 활동들과 혼동해서는 안 된다. 콜리쥐는 다음과 같이 말한다. 즉, 셰익스피어에서는 "모든 것이 자라고, 변화해가며, (창조된다); 각각의 문장, 각각의 단어가 거의 다음 문장, 다음 단어를 낳고, 작가의 의지가 사이사이 녹아들어가 끊임없이 이어지는 연결고리가 되었으며 별개의 행위를 나열해놓은 것이 아니다."[4]

독자는 그에 못지않게 인식의 문턱의 아래에서 이루어지는 창작의 과정에 몰입한다. 그는 결과적으로 나타나는 이미지, 개념, 정신 상태, 심지어는 신체적인 상태까지도 인식한다. 이러한 일들은 그의 독서를 통해서 이루어지지만, 개개의 반응이나 자신의 눈이 페이지를 훑어

나가는 동안 지속되는 선택과 종합의 과정의 대부분은 알지 못한다. 화자, 즉 말하는 사람처럼 그도 물론 읽기를 멈추고, 실제적인 문학 경험으로부터 주의를 돌려 단어들이나 문법 및 일어날 수 있는 다른 반응들을 분석하기도 한다. 우리는 여전히 이러한 분석적인 활동과 경험된 문학 작품을 혼동해서는 안 된다.

책을 숙독하는 사람은 왕왕 글에 최면이 걸린 것처럼 자신 앞에 놓여 있는 프린트된 페이지를 제외하고는 모든 것을 깡그리 잊어버린다. 알아차릴 수도 있을 법한 다른 것들, 즉 어떤 신체적인 감각이나 어떤 소리 등도 완전히 차단되고, 자신 앞에 놓여진 기호들이 의식으로 불러들이는 것에만 주의를 기울인다. 그러나 지나가는 자동차의 소음이 관련이 없는 것처럼 끝없이 이어지는 낱말들의 자극아래 샘솟는 이미지나 느낌, 생각들 중에는 관련이 없는 것들도 있다. 따라서 선택하고 수정하며 확장시켜가는 끊임없는 과정 속에서 관련이 있는 것과 관련이 없는 것을 분류하는 민감한 과제가 부여된다.

텍스트를 이루는 구어적인 상징들은 언어 체계의 일부분으로 그 언어를 공유하는 모든 이들에 의해서 공통적으로 받아들여진 지시 대상들이 듣는 이들이나 책을 읽는 독자들 안에서 재현될 가능성을 가지고 있다. 이것들을 독자는 아마도 현실 상황이나 독서 중에 사용된 언어들과 과거 경험들을 바탕으로 이해해나가는 것 같다. 그러나 특정한 언어 상징들을 과거에 접해본 경험은 단순히 사회적으로 용인된 내용들과 그에 따른 암시적인 의미들을 독자들이 구체적으로 깨닫게 해줄 뿐만 아니라 그 자신 만이 갖는 어떤 특정한 느낌이나 중요성도 구체적으로 파악하도록 도와준다. 예를 들어, "집(home)"이라고 하는 모든 사람들이 공통적으로 가리키는 어떤 말이 있다고 하자. 개개인은 이 말을 특정한 삶의 상황들 속에서 그리고 말로든 글자로든 갖가지 특정한 언어 상황 속에서 배우게 된다. 따라서 그 단어에 대한 일반적인 사용 방법은 개별적인 기반을 가진 각자에 따라 구현되고 그것은 독자들마다 달라진다. 언어가 갖는 이러한 특질, 즉 본질적으로는 사회적이면서도 항상 개별적으로 내면화되는 특질은, 문학적인 경험을 함께 공유되면서도 유독 개인적인 무엇인가로 만든다.

시인은 어떤 낱말이 다른 낱말들과 내적으로 연결되는 어떤 텍스트를 만들어낸다. 우리가 옹호하는 상호교통적인 관점에서 보면 그렇게 하고 있는 것이 낱말들이 아니라는 것을 알 수 있다. 리차즈의 말을 빌리자면, 비록 낱말들이 필수불가결하다 하더라도 서로를 "상호작용"하게 만드는 것은 그들이 아니다. 독자는 심미적인 입장을 결정하고, 작가가 말을 가지고 만들어놓은 것에 대한 자신의 반응을 상호작용, 즉 선택하고 종합한다. 이렇게 하기 위해서는 독자도 "형태를 갖추어가는" 건설적인 활동을 지속적으로 수행해 나가야 한다.

사전을 편찬하는 사람들은 사전에 어떤 특정한 구어적인 상징과 관련된 서로 다른 가능한 지시어들과 그러한 지시어들이 갖는 암시적인 의미들을 기록하려고 한다. 독자는 텍스트에 들어 있는 다른 말들이 만들어내는 맥락 안에서 이러한 의미 중에서 어떤 것이 과연 적절한 것인지에 대한 안내를 구하고자 한다. 게다가 낱말들이 이렇게 특별히 배열되는 데서 어떤 특별하고 새로운 의미들이나 함축적인 의미들의 변화가 나타나기도 한다(콜리쥐는 문맥에 따라 결정되는 그러한 현상이 높은 수준으로 나타나는 것을 진짜 성공한 예술 작품이 갖는 특질로 보았다). 텍스트가 긴밀하게 짜여지면 짜여질수록 반응을 종합하는 것을 정제해야 할 독자의 필요성도 커진다. 독자는 우리가 살펴본 바에 의하면 특히 심미적인 독서를 함에 있어 소리와 단어들의 일차적인 언급에 매달리면서도 본래의 의미, 연상되는 것들 및 느낌의 톤 등이 미묘하게 상호작용하는 것에도 주의를 기울여야 한다.

사람들은 어떤 글의 첫머리의 몇 줄, 몇 문장 또는 몇 쪽을 해독해 나가고 글의 윤곽에 대한 감을 잡아나가기 시작하여 그 안에서 다음에 따라 나올 것들을 배치해 나간다. 이러한 밑바닥에 잠재하고 있는 것이 바로 이러한 말의 덩어리가 페이지 상에서 어떤 특정한 패턴과 순서에 따라 놓여져 있고 적절히 통일되거나 통합된, 아니면 적어도 일관된 경험일 가능성을 가지고 있다는 가정이다. 사람들은 다음에 나올 어조, 주제, 생각, 테마, 글의 종류에 관하여 어떤 기대치를 서서히 발전시켜 나간다. 각각의 문장, 각각의 구절, 각각의 단어는 어떤 정해진 방향으로 발전할 가능성에 대한 신호이고, 다른 것들을 배제시킴으로써 예측의 범주를 제한하기도 한다. 독자가 텍스트로부터 유추해낸 것은 특정한 종류의 개념이나 함축적인 의미 또는 태도를 어떤 수준까지 받아들이도록 돕는다. 어쩌면 사람들은 이것이 어떤 부분의 기억을 일깨운다든지, 어떤 축적된 경험이나 지식 및 느낌을 재현시킨다고 생각할 수도 있다. 읽기가 진행되어가면서 그러한 기대치가 채워지거나 아니면 어긋나게 됨으로써 생기는 반향이나 결과에 주의가 집중되게 된다.

그렇다면 가장 넓은 범주에서 볼 때 독서 과정에 대한 기본적인 범례는 단서들에 대한 여러 가지 반응으로 구성된다고 할 수 있다. 즉 무의식적으로 표출되거나 심미적인 어떤 입장을 취한다든지 글의 구성에 대한 잠정적인 얼개나 글의 구성에 대한 길잡이 역할을 하는 원칙들을 발전시켜 보고, 심화된 반응들을 선택하고 종합하는데 영향을 주는 예측을 미리 해본다든지, 예측한 내용들을 만족시키거나 강화하는 활동 또는 그러한 예측이 어긋나 때로는 얼개를 수정하고 때로는 필요하다면 다시 읽어보며 더욱 심화된 또 다른 예측해 보는 활동들이 포함된다. 또한 모든 것이 잘 흘러간다면 텍스트에 대한 읽기를 마치고, 최종적인 종합이나 구성을 완성하기까지 이르는 일련의 활동이 포함된다.

이야기(narrative) 속에서 "다음에 무슨 일이 생길지 알고자 하는" 욕구야말로 독서 과정에서 나타나는 앞을 향해 전진해가는 기본적인 움직임을 가장 확실하게 설명해주는 것 같다. 다시 말하자면 텍스트는 적어도 독자의 흥미를 효과적으로 끌어내고 잡아둔다고 한다. 물론 이야기를 풀어나가는 것뿐만 아니라 다른 종류의 자극들도 그러한 흥미를 자아내고 지적이고 정서적인 요소들을 모두 구현한다. 실제로, 흥미라는 말은 텍스트에 의해서 야기된 긴장감, 의문점, 호기심, 또는 갈등에 대한 어떤 해답을 얻기까지 버티어내려는 독자의 욕구에게 붙여진 이름인 것 같다. 이렇듯 문제를 해결하고 마무리하려는 욕구는 독자가 정보를 구성하는 활동에 추진력을 제공한다. 우리가 형태감(a sense of form)이라고 부르는 것도 그러한 과정에서 나타난다. 예측을 하게 만들고, 어떤 정점이나 결말을 향해 나아간다. 예를 들어, 리듬, 운율, 각운 등은 인지된 요소들이 반복될 것을 예측하거나 반복되는 패턴에 관한 변이 형태를 알고 있어야만 찾아낼 수 있다.

어떤 행위에 대하여 시작, 중간, 끝이 필요하다고 한 아리스토텔레스의 말이 여기에 잘 들어맞는 것 같다. 흥미진진하며 동정심이나 공포감에 카타르시스를 더한다는 비극에 대한 그의 이론은 카타르시스를 순화로 이해하든 아니면 정화로 이해하든 간에 흥미를 일깨우고 문제를 해결하는 패턴의 특별한 형태로 간주해도 될 것 같다. 이미 말했던 것처럼 이러한 모든 구성 활동의 기저에는 텍스트가 일관성 있는 경험에 필요한 근거를 제공한다고 하는 가정이 자리 잡고 있다. 내가 위에서 개략적으로 설명한 과정을 독자가 무리 없이 진행시켜 나간다면 구성은 "저절로 이루어지는" 것 같다. 때때로 독자는 구조를 파악하기 위하여 글을 빨리 읽어 나가며 시가 갖는 어조나 분위기, 목소리를 느껴보거나 이야기에서의 전반적인 흐름을 파악하기도 한다. 좀 더 천천히, 모든 세부 사항과 좀 더 세밀한 차이점들에 까지 주의를 기울이며 글을 다시 읽어보기 전에 말이다. 그렇게 하지 않는다면 기대감은 채워지지 않고 궁금한 점도 답을 얻지 못하여 그러한 모든 것이 "형태를 갖추게 되거나" 아니면 "순간"의 깨달음이 있기 전까지는 많은 것이 보류 상태에 있어 독서 행위가 갖는 이러한 측면에 대해 말하는 문구들을 인용할 수 없을 지도 모른다. 만약 그러한 조합, 그러한 통합의 과정이 궁극적으로 일어나지 않는다면 그 원인은 아마도 텍스트에 약점이 있거나 독자 측의 실패 때문일 것이다. 스턴(Laurence Sterne)의 『트리스트럼 샌디(*Tristram Shandy*)』에서처럼 최근의 일부 프랑스, 미국 작품에서는 문제의 해결을 바라는 독자의 희망을 저버리는 것이 "작품 구성의 원칙"이 되고 있다.

"실마리" 또는 "단서"라는 말은 독자가 반응하는 텍스트 상의 신호들을 지칭하는 가장 일반적인 용어로 사용되었다. 우리는 다양한 유형의 단서를 분류하려고 할 때 보통 언어에서부터 시작한다. 우리가 논의한 대로 독자는 시각적인 기호 체계에 대해서 뿐만 아니라 언어의 음소 및 구문 체계에 대한 능력도 갖추고 있어야만 한다. 단어들이 상징하는 것, 다시 말해서 비록 약간 막연하기는 하지만 많이들 쓰는 용어를 사용할 경우, 의미상의 "코드"도 또한 분명히 여기에 포함된다. 텍스트에 들어있는 어휘나 주제가 갖는 문학적인 "코드"와 문학적 전통의 양상들도 미학적인 입장을 결정하는 신호가 되고, 독자가 어떤 특정한 장르, 예를 들어 시나 연극과 같은 장르를 구성해가도록 일깨워준다. 또한 구어적인 상징들은 사회 생활에 관한 개념들을 중심으로, 또 그러한 개념들로부터 형성된 개념과 태도들의 구조를 활성화시킨다. 대부분의 독자들은 문학적인 코드 내에서 거의 자동적으로 기능하고, 이러한 인간적인 문제들을 반성하는 것에서부터 시작하려는 성향을 가지고 있다.

우리는 독자에 의해 재현된 세계에 적용되는 다른 많은 코드의 분류체계나 그 이상의 것들 즉 개념이나 가치의 체계를 인류학자나 사회학자들에게서 빌려오기도 한다.[5] 그러한 것들 중에서 가장 흔한 것으로는 우주에 대한 가설, "인간의 본질"에 대한 가설, 사회 구조에 대한 가설, 남자와 여자, 아이와 어른의 역할에 대한 가설, 도덕적, 사회적, 종교적인 규범 등에 관한 가설들이 있다. 텍스트는 우리들에게 그러한 코드들의 총체적인 네트워크를 제공하며, 이러한 코드들은 작품 속의 등장인물과 상황들 속에서 암시적 또는 명시적으로 구현된다. 독자는 자신 속에 내재되어 있는 문화에 의존하여 자신의 것과는 많은 점에서 다를 수 있는 또 하나의 세상을 텍스트로부터 끌어낸다. 더욱이 텍스트는 작가의 성격과 그가 갖는 코드들의 일면을 보여주기도 한다. 따라서 문학을 처리하는 데는 적어도 두 세트의 코드, 즉 두 세트의 가치들 간의 상호작용이 나타날 수 있으며, 어쩌면 어느 정도는 항상 존재한다고 할 수 있다. 심지어는 작가와 독자가 동일한 문화를 공유하고 있을 때조차 그들이 같은 시기에 같은 사회 집단 속에 살며, 텍스트가 그 문화를 직접적으로 반영하고 있을 때조차 개별적인 인간이라는 특이함이 이러한 상호작용을 만들어 낸다.

텍스트가 다른 시대나 다른 장소에 살고 있는 작가에 의해서 즉 다른 문화 속에서 저술되었다는 사실 때문에 파생되는 문제는 그러므로 대개가 여느 문학에 관한 논의 속에 내재하고 있는 긴장감의 극단적인 예일 뿐이다(6장에서 우리는 작가의 의도에서 파생되는 문제들에 대한 몇 가지 대안적인 접근을 생각해보고, 7장에서는, 작가의 코드와 독자의 코드들 간의 관계가 갖는 중요한 시사점들을 탐구해 볼 것이다).

"틀(framework)"이라는 아주 일반적인 용어가 독자들이 갖추고 있어야할 복잡한 구성 원칙들을 가리키는데 사용되어 왔다. 책을 읽기 시작하면 많은 다양한 선택들이 동시에 이루어진다. 우리가 살펴본 대로 언어적인 단서들(예를 들어, 어법이나 구문 등) 및 내용상의 단서들은 어떤 입장을 취해야할 지에 관한 예측을 하게 만든다. 심미적인 입장을 취하는 듯하다면 기대되는 장르에 관한 여러 가지 단서들이 눈에 띄기 마련이다. 예를 들어, 제2장에서 우리는 몇몇 독자들이 처음에 프로스트의 4행시를 시라고 파악하지 못했기 때문에 결국 그들의 관심(또는 예상)을 다른 곳에 맞추고 입장을 바꾸어 다시 읽어야 했던 것을 본 적이 있다. 다른 사람들은 시각적 단서, 즉 넓은 여백과 활자화된 행의 수에 반응을 보였다. 우리는 그들이 주제나 상황, 배경, 등장인물 또는 목소리와 같은 감각들을 차례차례 시험 적용해 가면서 4개의 행들에 서로 잘 어울리면서도(그 안에서 틀을 제공하는) 일관성이 있는 "의미"를 찾아나가는 것을 보았다. 상황, 배경, 등장인물 및 계속될 이벤트에 대한 예상을 자극할 부수적인 사건들과 같은 단서들이 이야기의 시작을 알리는 신호가 된다. 다른 단서들, 무엇보다도, 시각적인 단서들, 즉 페이지상의 낱말들의 배치 등은 산문으로 된 소설이 시작되는지 아니면 극본이 시작되는지를 알려준다.

과거에 겪어본 문학적 경험들은 무의식적인 안내자로서 장르를 예측하고 세부 내용에 주의를 기울이며 패턴을 구성하는 유형들을 발전시켜나가는 원동력이 된다. 각각의 장르, 즉 개별 작품의 종류(예를 들어, 14행의 소네트나 특정 인물이나 사물을 노래한 송시, 탐정 소설, 악당들을 소재로 한 소설, 심리소설 등)를 이해하기 위해서는 독자들이 각 장르가 갖는 사회적 약속들을 알고 있어야 한다. 즉 일단 독자가 이러저러한 어떤 기대감, 다시 말하여 그의 입장을 정하게 되면 그가 반응하게 되는 세부 내용이나 그가 자신의 반응을 처리하는 방법도 달라진다. 전통적인 주제나 테마, 그러한 주제를 다루는 방법도 구성과 배경을 이해하는 지침이 되고, 그러한 구성과 배경에 비추어 텍스트에서 무엇이 새로운 것이고 무엇이 본래부터 있던 것인지를 구별할 수 있다.

독자는 또한 이러한 과정을 시작하면서 어떤 특정 부류의 인물이 갖는 특정한 목소리라고 느껴지는 발화에 반응을 보이기도 한다. 말하고 있는 것을 듣고 있는 텍스트 속의 인물이나 독자-청자(reader-listener)에 대한 태도에 관한 단서가 텍스트 안에 녹아있다고 느끼는 것이다. 예를 들어, 어조나 관점에 대하여 생각해 볼 때 나타날 수 있는 무수한 예들 중에서 단 2가지만 생각해 본다면 그 사람이 지금 듣고 있는 말을 중립적이고 개인 감정을 섞지 않은 적어도 직설적인 발언으로 표현된 것에 귀를 기울일 믿을만한 류의 청자일까? 아니면 아이러니한 함축적 의미에 귀가 솔깃한 청자일까? 에 관한 단서들을 텍스트에서 찾아내는 것이다.

기억은 이러한 선택, 종합, 구성의 과정에서 중요한 역할을 한다. 내가 여기에서 말하는 것은 단순히 독자가 텍스트에 가져오는 언어적인 기억이나 생활에 관련된 기억이 갖는 포괄적인 역할을 가리키는 것이 아니라 독서를 하는 동안 독자가 텍스트에서 유추해낸 것들을 생생하게 기억하는 방법에 대한 것이다. 어떤 시점에서든 항상 앞에 나왔던 "기억"들이 반영되어, 다음에 이어질 것들에 의해 활성화될 준비가 되어 있으며, 심화된 의미들을 이끌어 낼 수 있는 맥락을 제공하는 마음 상태를 독자는 가져온다. 반복, 메아리, 공명, 반사, 연결, 축적되는 효과, 대조, 또는 놀라움에 대한 인식은 더 뚜렷하게 나타나든 아니면 그렇지 못하든 간에 기억을 돕는 기반으로 감정, 생각, 상황, 인물, 줄거리를 체계화하는데 즉 간단히 말해서 예술 작품을 재현하는데 필요하다.

포스터(E. M. Forster)는 독자에게 기대되는 요구 사항들에 따라 소설의 유형을 분류하는 칭찬받아 마땅한 노력을 하면서 "호기심"을 독자가 "이야기(story)"를 읽을 때 필요한 특질로 분류하였는데, 이야기에서는 "그리고 나서는?" "그 뒤에는?"과 같은 질문에 답하는 사건이 단순한 시간적인 흐름에 따라 제시된다. "기억"과 "지능"은 "구성" 즉, 인과관계에 의해 결정된 일련의 사건들이 있는 소설을 읽을 때 필요한 능력으로 분류되었다. 확실히 이들 유형과 같은 서사체는 각각 호기심에 호소한다거나 아니면 기억이나 지능에 호소한다는 점을 기준으로 규정될 수도 있을 것이다. 그러나 이러한 구분이 가장 단순한 서사체 즉 아리스토텔레스의 말을 빌리자면, "행위"들을 가장 단순하게 꿰어 연결시킨 것을 읽을 때조차도 독자가 어느 정도의 구성 능력, 더 나아가서는 앞에서 일어난 일에 대한 어느 정도의 기억력을 갖고 있어야만 한다는 사실을 흐리게 해서는 안 된다. 그리고 호기심은 다음에 무엇이 올지를 알고자 하는 욕구라는 점에서 인과관계상 가장 복잡하고 여러 가지 가치가 복잡하게 얽혀있는 소설을 읽을 때에도 나타난다. 글을 처리하는 관점을 갖게 되면 다른 텍스트들이 제공하는 다양한 질과 복잡한 자극들을 인식할 수 있게 된다. 그러나 그와 동시에 단순한 허구적인 서사체나 다른 장르임을 보여주는 텍스트를 가장 순진하게 읽을 때조차 나타나는 복잡성을 무시하지도 못하게 된다.

숙련된 독자에게는 이러한 일들 중의 많은 부분이 이미 습관처럼 되어버려 반응하고, 종합하며, 다시 조정하고, 내 것으로 받아들이는 끊임없는 흐름 속에서 지속적으로 이루어진다. 그러한 압력 하에서는, 언어적 상징에 대한 부적절하거나 혼동을 일으키는 지시 대상들은 보통 무시되거나 의식 속으로 떠오르는 것이 허용되지 않는다. 같은 영역의 경험 속에서 나왔기 때문에 꼭 들어맞거나 같은 종류의 느낌을 공유하는 지시 대상들은 의식적으로 선택하지 않더라도 보통 "생각난다." 극단적인 예를 든다면, 야구 용어인 "집(home)"은 이를테면, 성서의 전도서에 나오는 "그러다가 영원한 집으로 돌아가면 사람들이 거리로 쏟아져 나와 애곡하리라"라는 구절을 읽을 때 의식적으로 거부되어야할 필요가 없다.

때로는 엠프슨(Empson)이 그렇게 장황하게 지적하고 있는 것처럼 다른 지시어들이나 연상되는 말들이 동시에 떠오를 수도 있고 "모호성"에 의하여 텍스트와 관련하여 끝까지 남게 된 경험에 깊이와 복잡성을 더해준다. 독서를 하는 동안 그러한 많은 것을 가리키는 지시어들과 연상되는 말들이 떠오르게 되면 받아들이거나 거부해야할 필요가 여전히 남게 된다. 여기에서 자주 인용되는 엠프슨의 구절 즉 셰익스피어의 소네트 73번 중 넷째 행에 대하여 그가 연상한 것에 대한 논쟁이 야기된다.

> 그대 나에게서 지나간 세월을 보리라
> 누런 잎들이, 다 져버리거나, 단지 몇 잎이라도,
> 추위에 맞서 떨고 있는 저 가지들 위에 매달려 있을 때,
> 방금 전까지도 고운 새들이 노래하던 텅 빈 폐허가 된 성가대석.
>
> That time of year thou may'st in me behold
> When yellow leaves, or none, or few, do hang
> Upon those boughs which shake against the cold,
> Bare, ruined choirs, where late the sweet birds sang.

엠프슨은 다음과 같이 말한다.

> 왜 이러한 비유를 사용하였는지 여러 가지 이유를 생각해 볼 수 있다. 폐허가 된 수도원의 성가대가 노래하는 장소라는 점, 그것들이 한 줄로 앉는 것과 관계 있으며, 나무로 만들어져 있고, 장식 따위로 조각되어 있다는 점, 숲과 같은 것 밖으로 우뚝 솟아 있고 꽃이나 나뭇잎 같은 그림이나 스테인드글라스로 채색된 머물러 갈 수 있는 건물로 둘러 싸여 있다는 점, 지금은 모든 것들로부터 버림받아 겨울 하늘같은 회색 벽들만이 남아 있으며, 소년 성가대라는 말에서 느낄 수 있는 차가움과 자아도취적인 매력이 소네트의 글감에 대한 셰익스피어의 감정과 잘 어울린다는 점, 그리고 다양한 사회적이고 역사적인 이유들

(신교도 주도의 수도원 해체라든가, 청교도의 공포) 등, 이러한 것들이 잘 조화되어 있어 이들의 흔적을 찾아내기가 지금은 어려운 것 같다. 이러한 이유들 및 소네트에서 언급된 장소에 관련된 더 많은 비유들이 모두 그 행의 아름다움을 살리기 위하여 결합되었으며, 그들 중에서 어떤 것이 가장 또렷하게 마음속에 떠오르는지 알 수 없다는 점에 일종의 모호성이 존재한다. 분명히 이것은 효과를 극대화하고 풍부하게 하기 위한 모든 활동의 일부이고 모호성이라고 하는 은밀하면서도 창의적인 생각들이 시의 근간을 이루고 있다.[6)]

세 번째 판본(1956년)의 서문에서 엠프슨은 신교도가 수도원을 해체했다고 자신이 위에서 언급한 부분에 대한 반대의견들에 대답을 해야 할 필요가 있음을 깨달았다. 그는 "약간의 역사적인 배경을 생각해보는 친숙한 과정을 보여주려 했을 뿐"이고, 그 마지막 행은 "수도원의 해체라는 것을 전혀 생각하지 않더라도 여전히 훌륭하다"고 주장한다. 그러나 이것은 이러한 연상 행위가 역사적으로나 사회학적으로 아무리 타당하다 하더라도 특별히 이 소네트에 들어 있는 이 특정한 행에 기여하는데 있어서 과연 타당한지, 아니면 주어진 내용의 의미를 강화시키고 있는지의 문제를 생각해보게 만든다. 따라서 셰익스피어와 동 시대를 사는 사람이든 아니면 20세기를 사는 독자에게든, 대안이 있다면 다음과 같은 것들이 될 것이다. 1) 역사적인 연상 행위를 의식의 한가운데로 받아들이고 그것을 일차적 수준의 의미와 연관지어보는 것. 2) 그것을 부수적인 연상 행위, 즉 소네트의 중심이 되는 생각이나 태도에 정서적으로 어울린다 싶은 함축적인 의미로 간주하는 것. 또는 3) 그러한 연상 행위가 부적절하거나 오히려 방해가 되고 어울리지 않기 때문에 억누르고 배제시키는 것이다. 그러한 결정들은 끊임없이 그리고 많은 경우에 있어서는 자동적으로 이루어지고 있다.

많은 경우에 있어서 십중팔구는 잠정적으로 길잡이의 역할을 하거나 내용을 구성해가는 원칙이 관련된 개념이나 연상 작용을 활성화시킨다. 그러나 앞에 나온 내용과 관계없거나 조화되지 않는 요소들이 나타나면 정서적으로든 "감각"적으로든, 한 발 뒤로 물러서서 다시 읽으며 글의 맥락 안에서 새로운 안내 지침을 탐색하는 노력이 이루어지기도 한다. "텅 빈 폐허가 된 성가대석(bare ruin'd choirs)"를 읽고 엠프슨이 정치적인 연상을 떠올린 것과 같은 일은 의식 속으로 불러오는데 있어 선택의 문제를 일으킬 것이며, 수많은 대안들에 대한 반성의 과정을 거친 후에야 결합이나 선택이 구체화될 것이다. 그렇지만 일반적으로 무엇을 선택할지는 논리적인 분석에 의해서보다는 의식을 구성하는 요소들에 대한 선택적 주의력에 의해서 좌우된다. 이를 테면 정치적인 연상이 왜 채택되지 못했는가에 대한 문제는 나중에 반성적 사고를 통해서 분석적으로 설명될 수 있다. 첫째 행은 인물의 나이에 초점이 맞추어져 있고 다음 행들이 생각의 빈 자리를 채워나가거나 자세히 설명할 것이라는 예상을 하도록 만들고 있고, 둘째와 셋째 행에서는 자연의 힘, 즉 시간의 흐름, 추운 겨울, 각 요소들의 효과 등에 기인하는 쇠락과 부패의 이미지가 그려지며, 이러한 이미지는 늙은 나이에 어울리는 느낌이나 생각을 불러일으킨다. 따라서 수도원들을 몰수한다고 하는 개념은 다른 종류의 (정치적인) 파괴 상태로 옮아가는 것이기 때문에 시간의 흐름에 기인하는 자연적인 노쇠 현상과는 준비된 연결고리가 없어 다른 연상된 관념들이 불러일으키는 감정이나 태도와는 섞이지 않는 불협화음을 이룬다는 점들이

지적될 수 있을 것이다. 그러나 엠프슨도 동의하겠지만 이러한 논리적인 설명은 엠프슨 자신의 많은 분석에서와 같이 실제로 이루어지는 선택하고 종합하는 과정과는 다르다. 위의 인용문에서 엠프슨이 언급한 어떤 생각이 "가장 또렷하게 마음속에 떠오르는지"를 알기가 어렵다는 사실은 모순되지 않는 연상 작용을 의식의 초점 속으로 불러오는 것에 대하여 내가 말하고자 했던 것이 무엇이었는지를 암시한다.

분명히 텍스트 자체 그리고 독자가 텍스트에게 가져오는 것들에 의하여 좌우되는 무수한 다른 요소들이 의식적인 선택과 무의식적인 선택 모두에 영향을 미친다. 주의를 기울이는 정도에 대한 조절도 이루어질 것이다. 물론 텍스트가 달라지면 복합적인 수준의 연상 작용을 일으킬 가능성도 달라진다. 게다가 암시하는 것들과 연상되는 것들이 주는 미묘한 분위기를 감지하는 동안에 개념이나 태도들의 중심 구조를 견지하는 정도에 있어서 독자들도 분명히 크게 달라진다. 문학적인 시대가 달라질 때마다 독서를 하는 일반적인 습관들도 또한 이러한 점에서 달라진다. 최근 몇 년 동안에 모호성, 긴장감, 역설, 재담 등이 어떻게 발전되어왔는지 그 실상을 살펴보고 엠프슨의 작품은 단지 하나의 중요한 실례임에 주목해야 한다.

우리가 살펴본 바에 따르면 이러한 모든 활동들은 단순한 직선적인 발전 양상을 보이지 않는다. 텍스트를 펼쳐감에 따라 앞에서 기억된 요소들에 새로운 것들을 연결시킴으로써 누적되고 강화되는 효과만 나타나는 것이 아니다. 때로는 역방향의 흐름도 나타나 앞에서 이해했던 내용들이나 강조된 사항들 또는 태도들이 수정되기도 한다. 심지어는 틀이나 구성 원칙을 완전히 바꾸는 긴급 사태마저도 있을 수 있다. 때로는 틀을 수정한다고 하는 바로 이러한 행위가 작품이 갖는

"의미"를 이루는 중요한 측면이 되기도 한다. 스위프트(Swift)의 "겸손한 제안(A Modest Proposal)"이 머릿속에 떠오르는데, 정말로 모든 풍자를 이해하려면 이중적인 구성 원칙을 알아야할 필요가 있다.

현대문학 단편선집에 자주 등장하는 단편 소설인 잭슨(Shirley Jackson)의 "제비뽑기(The Lottery)"는 독자의 활동에 대하여 상당히 단순한 예를 보여준다고 할 수 있다(그럼에도 불구하고 독자의 활동 자체는 여전히 아주 복잡하다). 글을 시작하는 첫 문단에서는 어떤 이야기인지 독자들의 기대를 불러일으키는 어조나 주제와 같은 전형적인 단서들이 주어진다. 사람들은 전체적인 배경이 어느 조용한 마을이며, 날씨 좋은 어느 날, 마을 사람들은 평상시에 하던 일들을 잠깐 멈추고 관행으로 이루어지는 제비뽑기를 하러 가게 된다는 전반적인 상황을 이해하게 된다.

> 6월 27일의 아침은 맑게 개었고 햇빛이 찬란했다. 한여름의 따스함이 신선하게 느껴지는 날이었다. 꽃들은 흐드러지게 피어 있었고 풀밭은 몹시 푸르렀다. 마을 사람들은 10시경부터 우체국과 은행 사이의 광장에 모이기 시작했다. 어떤 마을에서는 사람들이 너무 많아서 제비뽑기가 2일이나 걸렸기 때문에 6월 26일부터 시작해야 했지만, 이 마을은 고작 300여명 정도였으므로 제비뽑기를 하는데 두 시간도 채 걸리지 않았다. 그래서 아침 10시에 시작했다면 마을 사람들이 집에 가서 정오만찬을 할 수 있을 정도로 때맞추어 끝날 수 있었다.[7)]

이러한 틀 안에서 독자는 기분 좋게 그려지고 있는 그림을 강화시키고 확대시키는 세부 내용들을 점점 더 많이 합쳐 나간다. 마을 사람들이 풀밭에 모인다. 어떤 이들은 띄엄띄엄 모여 관행적으로 이루어지는 이 행사에 대해 수다를 떨고 있다. 허친슨(Hutchinson) 부인은 자신이 막판에 도착한 것에 대해 농담까지 한다. “내가 지금 씽크대에 설거지를 남겨두고 오게 할 셈은 아니었지요? 그렇죠 조우?” 어느 시점에서부터인가 독자들마다 정도가 다르기는 하겠지만 세부 내용들에 있어서 앞에 나왔던 상당히 느긋하고 객관적인 그림 속으로 몰입할 여지가 점점 더 줄어들기 시작한다. 제비뽑기에 당첨되는 것이 독자 자신들이 기대했던 것만큼 그렇게 기분 좋은 일이 아닌 것 같다는 생각이 점점 더 늘어난다. 그리고는 그러한 모든 것들이 무엇을 향해 가고 있었는지를(“당첨자”인 허친슨 부인이 돌팔매질을 당해 죽게 되는 일) 깨닫게 되면서 충격을 받게 된다. 전에 읽을 때에는 중립적이거나 유쾌하다고 느껴졌던, 혹은 읽는 동안 독자가 간과했던 차례로 일어나는 사소한 일들이 차례차례 다시 생각나면서 그 일들이 제비뽑기가 희생의 제물을 바치는 의식을 준비하는 것이었음을 이제 알게 된다. 예를 들어, 늙은이 워너(Warner)가 흥얼거리던 “6월에 제비를 뽑으면 곧 옥수수가 풍작이겠지”라는 짧은 노래는 강조하지 않더라도 인류학에 관하여 지식이 있는 모든 독자들의 기억을 되살리게 할 것이 틀림없다. 이제 되돌아보니 그것은 이러한 제비뽑기를 희생양을 제물로 바침으로써 곡물의 풍작을 기원하는 원시적인 의식, 즉 한때는 의미가 있었으나 지금은 관습의 타성 밖으로 밀려나 있는 의식과 연결 짓는 단서였음이 눈에 들어온다. 이것은 마치 어떤 사람이 체커보드에 있는 하얀 사각형들에만 주의를 기울이며 무늬를 꾸며나가다가 이제는 검정색 사각형들이 주를 이루도록 다시 만들어야만 하는 것과 똑같다.

거의 아무런 생각 없이 독자는 전통적인 잔인한 의식을 받아들이는 마을 사람들의 일상 생활을 체험했다. 많은 성인 독자들에게 있어서 이와 같은 충격적인 깨달음은 이야기가 던져주는 "의미"가 되었고 극히 개인적인 방식으로 느끼고 있음을 나는 알게 되었다. 자주 제기되는 문제가 있다. 그것은 '우리들의 문화 속에서는 이와 유사한 비정함과 잔인한 일상을 얼마나 관용하고 있는가?' 하는 것이다.

내용을 조직하려는 독자의 습관을 "이용"하는데 잭슨(Jackson)이 사용한 방법과 이 이야기가 상대적으로 단순하다는 사실은 우리가 달성하고자 하는 목적에 특히 유용하다. 잭슨이 택한 결말은 독자로 하여금 지금까지 그가 끌고 온 과정 전반을 되돌아보고 자신이 예상했던 것들이 어떤 세부 내용들은 연결시키며 다른 것들은 무시하거나 경시하도록 그를 어떻게 유도해나갔는지를 깨닫게 만든다. 어떤 영화를 느린 동작으로 다시 돌리는 것처럼 그는 그러한 "재응시" 또는 재구성이 필요 없이 단도직입적으로 전개되는 독서 활동들에서조차 그가 관계하고 있는 그러한 과정에 대한 무엇인가를 볼 수 있다. 즉, 틀이 배경, 상황, 어조 및 조각 맞추기에 들어맞는 세부 사항들에 주의를 기울이는 독자의 성향 등이 잠정적으로 만들어지고 서로 동화될 수 없는 세부 사항들이라서 종합적인 틀을 재구성해야 할 필요가 다시 생길 때까지는 시험적으로 사용된다. 이처럼 잠정적으로 종합하고 수정하는 행위는 그다지 격렬하지는 않더라도 모든 독서 활동, 특히 생각이나 감동 및 느낌의 미세한 부분에까지 주의를 기울이는 심미적인 독서 활동에서 지속적으로 이루어진다. 이러한 활동의 대부분은 독자가 작품을 재현하는데 온갖 신경을 쓰는 동안 의식의 주변에서 이루어지는 것 같다.

물론 때로는 독자들이 자신이 잠정적으로 설정해놓은 틀을 포기하기 보다는 오히려 다루기 어려운 세부 사항들을 무시해 버리는 일도 있다. 어쩌면 그는 쓸 만한 구성 원칙을 전혀 찾지 못할 수도 있다. 내가 지금까지 설명한 과정은 생물학에서 병리학이 발달함에 따라 건강에 좋은 기능들이 밝혀지게 된 것처럼 그러한 잘못된 독서를 통해서 의미가 명확해지기도 한다. 리차즈는 『실제 비평(*Practical Criticism*)』에서 텍스트를 공정하게 다루지 못하게 만드는 많은 이유들을 분류하고 있다. 이들 범주들은 대부분 독자의 태도나 반응 양상(예를 들어, "엉뚱한 연상 행위 및 상투적인 반응," "감상적인 생각 및 억제," "기술적인 전제 조건 및 비판적인 선입견" 등)이 갖는 일부 측면들을 설명하고 있다. 아이러니하게도 리차즈의 해석에 대한 높은 규준은 신비평가들에게 직접적인 영향을 주었으나 그러한 오독 행위를 몰아내고자 노력하면서 그들은 웬일인지 텍스트에 초점을 맞추고 독자는 무시하였다. 독자들의 실패를 강조하다보니 만약 독자들이 성공한다면 그것은 내가 지금까지 개략적으로 설명한 내용인 자신들의 반응을 긍정적으로 처리함으로서 성취된다는 점을 잊어버리는 우를 범하게 된 것 같다.

독서를 하면서 아이들이 저지르는 실수에 대한 최근의 연구들에서 좀더 발전적인 결과가 제시되고 있다. 밝혀진 바에 따르면 잘못 읽는 것은 대개가 개별 단어를 착각해서 라기보다는 잘못된 방향으로 인도하는 기대감이나 틀을 발전시켰기 때문이라고 한다. 때로는 올바른 틀을 파악함으로써 그 텍스트에 실제로 나오는 단어뿐만 아니라 그 말에 잘 어울리는 다른 단어를 대체하는 일도 일어난다. "잘못된 단서"에 대한 이와 같은 연구는 주로 무의식적으로 표출되는 독서에 관계된 것이기는 하지만 독서 과정에 대한 나의 관점을 잘 뒷받침해주

고 있다.[8]

독자가 기여하는 것 즉 기억의 주머니, 소위 그가 텍스트에 가져오는 것들의 중요성과 그러한 것들이 독서 과정의 모든 측면에 끼치는 영향력을 디킨슨(Emily Dickinson)의 시를 읽어보면 알 수 있다.

나는 **파리** 한 마리가 윙윙거리는 것을 들었다. **내**가 죽었을 때
방안에 깔린 **적**막함은
몰아치는 **폭**풍 **사**이에 느껴지는
공기 중의 **적**막함 **같**았다.

주위의 **눈**들, 눈물은 마를 대로 말라버리고,
그리고 **숨**들을 **꼬**옥 죽이고 있다.
바로 그 **최**후의 시작을 위하여, **왕**께서
임재하여 증인이 되실, 그 **방**에서

나는 나의 **유**품들을 유언으로 남겼다. **넘**겨버렸다.
나의 **몫** 중에서
양도할 수 있는 부분을, 그리고 그때에
거기에 **파**리가 한 마리 끼어들었다.

파란 색으로, 불확실하게 더듬거리는 **윙**윙 소리
불빛 그리고 나 **사**이에서
그리고 나서 **창**들은 열리지 않았고, 그리고 나서
나는 보려고 했지만 볼 수가 없었다.[9][역주]

I heard a Fly buzz—when I died—
The Stillness in the Room

역주) 볼드(Bold)체는 시의 원문에서는 대문자임.

Was like the Stillness in the Air—
Between the Heavens of Storm—

The eyes around—had wrung them dry—
and Breaths were gathering firm
For that last Onset—when the King
Be witnessed—in the Room—

I willed my Keepsakes—Signed away
What portion of me be
Assignable—and then it was
There interposed a Fly—

With Blue—uncertain stumbling Buzz—
Between the light—and me—
And then the Windows failed—and then
I could not see to see—

수년 동안 나는 많은 학생들을 관찰하였다. 학부생이든 대학원생이든 그들은 이 텍스트를 접하면서 끼어들어온 곤충에 대하여 독자들의 연상 작용이 갖는 중요성에 충격을 받았다. 나는 여기에서 각각의 해석 내용 전체에 대하여도 언어적인 단서들을 가지고 텍스트 속의 상황, 즉 예를 들어 애곡하는 친구들 혹은 친척들에 둘러싸여 죽어가는 사람에 대한 느낌을 창출해내는 대단히 복잡한 과정에 대한 증거자료를 장황하게 설명하고 싶지도 않다. 그보다는 이러한 특정한 사실들과 섞여 있는 일반적인 태도나 개념들을 상세하게 설명하고자 한다. 부연 설명을 하거나 규범적인 독서란 이런 것이라는 설명을 할 작정도 아니다. 그보다는 오히려 시를 재현하는 동안 일부 독자들이 보여준 대조적인 경험들의 폭넓은 변화의 움직임과 구조에 대하여 윤곽을 그려 보려고 한다.

어떤 식으로 연상되던 간에 시를 열어가는 첫 행이 죽음과 파리를 나란히 배치한 점에서 예사롭지 않은 것은 사실이다. 이 작품의 나머지 부분은 과거로의 회상으로 느껴지고 죽음이 오기 전까지의 순간들을 되짚어가고 있다. 어떤 이들에게는 첫 서술에 등장하는 파리가 그저 대수롭지 않은 약한 생물일 뿐이다. 제1연에서 나타나는 적막한 이미지는 격렬한 동요의 순간들 사이에 감지되는 극도의 정적으로 느껴지고 어떤 격렬한 일이 뒤이어 일어날 것이라는 예상을 하도록 만든다. 이것은 "구세주"를 숨죽이고 기다리는 긴장감으로 이어진다. 경이로운, 어떤 이들에게는 신과 같은 장엄한 죽음이 강림하는 것이다. 모든 세상적인 이해 관계를 던져버리는 것, 침상 곁의 모든 관례적인 비탄의 표현들을 경우에 어울리지 않는 것으로 중지시키는 것은 어떤 압도적이고 중대한 사건이 있을 것이라는 기대감을 팽팽하게 고조시킨다.

"그리고 그때에" 즉, 이처럼 기대감이 최고조로 증폭되는 시점에서, "거기에 파리 한 마리가 끼어들어" 하찮고 나약하며 평범한 어떤 것이 자아내는 어처구니없는 '격조 저하의 분위기(anticlimax)'를 이끌어낸다. 나머지 행들에서도 실망스럽기는 마찬가지이다. 실제로 어떤 부분에서는 이러한 실망스러운 결말이 더욱 강화된다. 이 시에서 반복적으로 나타나는 "그리고 나서"라는 표현은 초기의 경외감으로 가득 찬 기대감에서 초라한 결말로 바뀌는 전환점이라는 느낌을 더욱 강하게 만든다. 마지막 행에 나오는 "나는 보려고 했지만 볼 수가 없었다."라는 구절은 우리에게 익숙한 "읽으려고 했지만 볼 수가 없었다." 라는 구절과 비슷한데, 보고자 노력하는 행위와 실제로 보는 행위를 구분함으로써 단순한 신체적인 감각이 상실되어가는 동안에 어떻게 느껴지는지의 느낌을 강하게 살리고 있다.

그런데 내 제자들 중 많은 학생들은 "파리"라는 단어를 보고 더러움, 세균, 부패를 강하게 연상하였다. 그들은 첫째 행에서 죽음에 대한 생각과 혐오감이라는 강한 느낌을 연결시켰는데, 이것은 다음에 뒤따라 나오는 행들에 영향을 주며 시종일관 양면적인 가치를 제공한다. 앞으로 오실 "왕"에 대한 현재로써는 긍정적인 느낌의 기저에는 추악한 부패에 육신을 내맡긴다는 암시가 깔려있으며, 부패물을 먹고 사는 파리가 그 징조가 된다. "그리고 그때에"라는 글귀는 이러한 음울한 예감이 들어맞았음을 나타낸다.

처음부터 파리에 대해 중립적인 반응을 보였던 학생들에게는 "파란색으로, 불확실하게 더듬거리는 윙윙 소리"를 내는 생명체는 보통 그것의 나약함, 어느 정도는 동정심을 불러일으키며 심지어는 연민의 느낌마저 갖게 만드는 이미지를 갖고 있었다. 그러나 여러 번 읽게 되면서 알게 되듯이 그 행에 대하여 처음부터 혐오스럽다고 반응한 사람들의 부정적인 느낌은 변하지 않는다. 독서가 갖는 상대적인 타당성의 문제는 차후에 논의하기로 한다면* 여기에서 우리는 독자가 텍스트에 가져오는 것들이 두 가지 흐름의 반응들, 즉 텍스트를 재현하는 것과 텍스트에 반작용을 일으키는 두 가지로 귀납된다는 것을

* 해석의 타당성이 갖는 모든 문제가 그러하듯이, 디킨슨 자신의 독서가 어떤 것이었을까도 역시 타당한 질문이다. 그러나 이들은 별개의 문제이며, 6장과 7장에서 다룬다.

알아차릴 수 있다. 첫째 행에 부정적인 반응을 보인다면 그 작품의 구조 자체가 영향을 받기 때문에 마지막 연은 실망스러운 용두사미가 되는 것이 아니라 크레센도(점점 세게)가 되어 첫째 행에 의해서 유도된 상호모순적인 기대감을 충족시키게 된다. 물론 개인들의 독서 방법이 무수히 다르다고는 하더라도 이 경우에 있어서는 두 가지의 근본적으로 다른 시를 경험하게 되는 것이다. 심지어는 시의 구조조차 독자가 시에 가져오는 것에 따라 바뀌게 되는 것이다.[10)]

디킨슨의 텍스트가 갖는 다른 많은 요소들도 경험된 시가 갖는 재질 속에 녹아들어갈 몹시 다양한 반응을 일으킬 비슷한 잠재력을 가지고 있다. 몇 가지만 언급한다면 죽음에 대한 생각, 세상적인 재물을 유언으로 나누어주는 것이 갖는 이미지, 슬픔에 대한 관례적인 표현방식, "임재하여 증인이 된다"는 말이 갖는 종교적인 혹은 법률적인 의미, "왕"에 대한 긍정적이거나 부정적인 태도, 죽음과 조물주와 천국에 대한 개념을 같은 것으로 생각하는 경향, 이것 아니면 저것에 초점을 맞추는 경향 등이 그러한 요소들에 속한다. 여기에서 문학에 대한 현학적인 지식, 예를 들어, 디킨슨의 다른 작품이나 다른 작가들이 쓴 작품들을 알고 있다든지, 디킨슨이 사용한 대문자들에 대한 이해 또는 그가 노골적으로 사용한 일반적인 구문으로부터의 일탈 등과 같은 지식의 차이에서 기인하는 독서 내용들의 차이를 논할 필요는 없는 것 같다. 내가 이 텍스트를 다룬 이유는 텍스트 자체가 시를 읽는 극히 복잡한 과정을 개념적으로 다루는데 도움이 되었기 때문이다.

우리는 지금까지 "작품"을 모험심 강한 독자나 비평가가 이해하도록 "저쪽에" 존재하는 객체라고 보는 인식에서부터 시작하여 예증을 하기까지 정말로 먼 길을 왔다. 지금까지 나는 시나 소설 또는 연극을 읽는 어떤 과정이 텍스트 상의 기호들에 상응하는 구조화된 경험이라고 간단하게 설명하였다. 이제 사람들은 이러한 경험이 어째서 심사숙고하며 주목해야할 "객체"가 되는지 그 이유를 이해할 수 있다. 제임스(William James)는 사고의 흐름에 관해 이야기를 하면서 우리에게는 주의력의 초점이 되는 것은 무엇을 막론하고 객관적인 실재성을 가지고 있다고 생각하는 경향이 있음을 언급하였다.[11] 물론 이것은 우리 손에 들려있는 책이나 창밖의 나무라는 것이 우리의 망막에 맺히는 상이라는 점에서 사실이다. 우리는 그것들이 "저쪽에" 있다고 "본다." 시나 연극 또는 소설에 우리의 주의력을 모으면서 우리가 그러한 외면적이고 "객관적인" 실재성에 대하여 혼란을 일으키지 않는 것은, 말하자면 어떤 이야기에 대한 이미지나 특성들에 우리가 주의력을 쏟더라도 우리가 텍스트를 처리하는 과정에서 그러한 것들의 실재성에 대한 윤곽이 잡혀지기 때문이라는 것을 우리가 알고 있기 때문이다. 그렇다면 늘상 무시되기는 하지만 이러한 텍스트의 재현은 동시에 일어나는 가끔씩은 문학적 상호교통에 대한 특성과 영향력에 크게 기여하는 동시에 일어나는 반응의 흐름에 대한 "대상"이 된다.

드러나는 작품이 갖는 어떤 양상에 대한 독자의 반응이 어떻게 작품으로 통합되어 이해되는지에 대한 또 다른 비교적 단순한 예를 들어보자. 『리어왕』의 첫 장면에서 자기 중심의 늙은 왕이 딸들을 불러들여 자신에 대한 그들의 사랑을 선언하도록 시키는 것에 대하여 여러 세대에 걸친 내 제자들은 비슷한 반응을 보였다. 그들은 거의 예외없이 권위적인 아버지라고 하는 전통적인 이미지에 대하여 어느 정도 비난하는 태도를 보였다. 그들은 코델리아(Cordelia)가 언니들의 알

랑거리는 사랑의 선언에 경쟁하기를 거부한 데에 공감하였으며, 남편에 대한 사랑도 인정해야 하는 사람에게 있어서 아버지에게로 돌려야 할 사랑의 양에 관하여 코델리아가 한 말에 감탄하였다. 그들은 코델리아가 결점이 없다고 보았고, 거만한 아버지의 지혜 없음으로 인한 무고한 희생양이라고 생각했다. 브래들리(A. C. Bradley)는 20세기 초에 활동하면서 이러저러한 반응에 대하여 보고하였다.[12] 그에 따르면 어떤 독자들은 코델리아의 과묵함이 상황이 요구하는 것에 나서서 맞서지 못하는 실수를 하도록 만들었다고 느꼈다. 그녀는 아버지가 끔찍이도 사랑받고 있다고 안심시킬 수도 있었을 것이라고들 했다. 어떤 보상 때문에 경쟁하는 것처럼 보이는 것은 거절하면서도 말이다. 다른 여주인공들, 예를 들어 데스데모나(Desdemona) 같은 이들은 천성적으로 이러한 일을 하는 데 능란했다고 브래들리는 말한다. 그는 텍스트 속에서 코델리아가 유별나게 수줍었고, 자존심이 강했으며 사람들과 어울리지 않고, 말수가 적었으며, 말을 하더라도 거의 알아들을 수 없고, 자신의 사랑을 표현하지 못하는 사람이었음을 보여주는 요소들을 지적하고 있다. 그러한 수줍은 반응은 일련의 연속되는 사건들이 리어왕의 과실에 의해서 뿐만 아니라 잘못을 저지르고 있는 늙은 아버지에 대한 코델리아의 융통성 없는 태도에 의해서도 전개되고 있는 점에서 비극을 이중적인 것으로 만든다. 사람들은 부모의 권위와 효도에 대하여 다른 태도를 갖고 있는 독자들이 리어왕과 코델리아의 말과 행동에 다르게 반응했다고 말할 수도 있다. 그러나 실제로는 이러한 찬성이나 반대의 태도가 그 장면이 주는 "의미"에 영향을 주는 것 같다. 게다가 첫 번째 장면에 대한 판단의 방식이 다음에 이어지는 모든 것, 특히 당연하게도 코델리아와 그녀의 운명에 관련된 장면들에 각기 다른 영향을 준다. 이러한 경우에는 재현의 과정을 동시에 일어나는 반응의 흐름에서 분리해내기란 쉽지 않게 된다.

등장인물이 재현되는 방식의 차이에 따라서도 독서 과정의 양 측면 간의 경계선이 불분명해진다. 어떤 학자들은 독자가 등장인물들과 그들의 경험들에 감정이입을 하며 공감하거나 동일시하는 경향을 갖고 있다고 강조한다. 한편 문학 작품을 대하는 독자를 작품 속의 사건들에 직접적으로 관계하지 않는 구경꾼으로 보는 학자들도 있다. 그는 현실 속에 존재한다. 사실 이러한 인식들은 상호배타적이지 않다. 텍스트는 참여적인 태도이든 관자적인 태도이든 그것이 제공하는 자극에 따라 크게 달라진다. 그러나 똑같은 텍스트가 제공되었을 때조차도, 독자들이 보인 감정이입의 정도는 달랐다. 심지어 똑같은 작품 안에서도 독자는 같은 인물이나 다른 인물들에 대해서 동일시에서부터 적의에 찬 구경꾼의 태도까지 다양한 태도를 취하기도 하였다. 어떤 경우에는 독자가 재현되어진 태도나 경험과 자신이 하나라고 느끼기도 한다. 어떤 서정시 속의 "나"는 독자 자신이다. 온갖 신경이 머릿속에 떠오른 이미지나 불러일으켜진 감정으로 쏠려, 마치 그 자신이 시어들을 뱉어내고 있는 것 같다. 또 어떤 때에는 디킨스 소설 중에 나오는 장면들을 자신이 지켜보고 있다고 느끼기도 한다. 미코버(Micawber)[역주]의 거드름을 피우는 모습에 웃기도 하고, 핍(Pip)의 행동이 타당한 것이었는지 아닌지를 판단한다. 다시 말해서 독자는 때로는 이런 태도를, 때로는 저런 태도를 취하며, 어떤 등장인물과 자신을 동일시하고 다른 등장인물 속에서는 어떤 일가친척의 모습을

역주) 디킨스(Dickens)의 『데이빗 카퍼필드(*David Copperfield*)』에 나오는 인물

발견하기도 하고, 또 어떤 경우에는 냉정하게 앉아서 어떤 제삼자에 대하여 판단을 내리기도 한다.

감정이입을 하는 역량과 윌리엄 제임스가 특별히 언급한 것처럼 의식의 흐름 속에서 다른 요소들에게로 주의력의 초점을 옮기는 능력은 확실히 모두 등장인물들과의 밀접함이나 거리감과 같은 이러한 감정에 영향을 준다. 어쩌면 우리가 어떤 인물과 동일시하는 감정은 재현과 반응이 비교적 완벽하게 통합되는데서 비롯될 지도 모른다. 그러한 인물은 어떤 자격도 필요 없고 질문거리나 의심도 불러일으키지 않는다. 반면에 우리의 선입견이나 우리의 욕구, 우리 자신의 의식적인 혹은 무의식적인 잠재력에 꼭 들어맞는다.

우리 자신이 단순히 구경꾼이라고 느낄 때조차도 우리는 여전히 참여자이다. 나는 과거에 문학에 대하여 "대리(vicarious)" 경험을 제공한다고 쓴 것을 지금은 후회한다. 이 말은 "다른 것을 대신하다(substitute)"라는 뜻으로 라틴어에서 파생되었고 내가 보기에는 우리가, 예를 들어, 다른 사람이 지은 범죄에 대한 처벌을 대신해서 받는 사람에 대해서 말할 때 적절한 용어인 것 같다. 그러나 문학 작품 속에서 우리가 대신해주고 있는 사람은 아무도 없다. 우리는 줄리엣이나 레오폴드 블룸(Leopold Bloom)[역주]과 같은 등장인물의 대리인도 대체품도 아니다. 우리는 텍스트가 이끄는 대로 우리가 창조해낸 작품의 세계 안에서 살고 우리 자신의 본성 속에 내재하고 있는 새로운 잠재력을 발견해간다. 여기에서 현재 우리가 재현해내고 있는 것들에 대하여 동시 다발적으로 일어나는 반응들에서 찾아볼 수 있는

역주) 제임스 조이스(James Joyce)의 소설 「율리시스(Ulysses)」의 주인공.

모든 가능한 미묘한 차이들과 함께 독서 과정이 복잡한 측면들로 이루어진다는 의견을 제시해볼 필요가 생긴다. 나는 이 경우에 있어서 용어의 사용에 영향력을 행사하고 싶은 생각은 없다. 그러나 문학 작품이 단순한 대용품 또는 심지어는 "가상"의 경험이라고 암시하는 것에 제동을 걸고, 그것이 우리 자신의 기질과 세계의 범주를 확장시키는 독특한 형태의 경험으로 우리 스스로가 직접 겪어내는 것임을 주장하는 것이 중요하다고 믿는다.

동시에 일어나는 반응들의 흐름은 다양한 방식으로 표현된다. 독자는 때때로 텍스트를 읽어나가다가 잠시 멈추고 유추해본 경험을 그냥 좀더 충분히 기억해보거나 생겨난 이미지들이나 마음 상태의 질을 음미해보고 파악된 관계들을 밝혀보며, 함축된 의미들이 무엇인지 생각해 보기도 한다. 체계를 잡아가다가 깜짝 놀랄 수도 있다. 독자가 예상했던 것들이 빗나갔기 때문이다. 예를 들어, 어떤 등장인물이 텍스트에서 준비되어지지 않은 방식으로 행동을 할 수도 있다. 아니면 텍스트는 인간의 행위에 관하여 독자가 상호교통에 가져온 것들과 전혀 다른 가설들을 암시할 수도 있다. 동반하는 반응들은 그러므로 분명해지는 작품에 대한 깊은 사고의 단계로 이어지고 이러한 활동은 재현하는 과정과는 명백히 분리된다.

텍스트와의 상호교통에서, 예를 들어 『오델로』라고 하자. 독자는 등장인물들을 마음속에 그려보고 그들이 표출해내는 생각이나 감정들에 동참해보며 계속해서 일어나는 사건들을 하나의 줄거리로 엮어낸다. 이러한 과정을 겪어내면서 사람들은 긴장감이나 어떤 예감을 느끼게 된다. 사람들은 어떤 인물, 말하자면, 이아고(Iago)와 같은 인물에 대한 이미지를 단순히 형성해가기만 하는 것이 아니라 부정적인 구성 요소로서 연극에서 갈등과 긴박감, 긴장감을 제공한다고 느끼기도 한다. 우리는 보통 이것을 이아고가 나쁜 인물이라고 느낀다라고 표현한다. 독자는 이아고에 대하여 두 가지 수준에서 반응을 보이기도 한다. 그를 전체 그림에서 나타나는 어두운 색이라고 생각하면서도, 한편으로는 그에 대하여 어떤 감정, 즉 그가 꾸며내는 나쁜 술수에 대한 놀라움이나 어쩌면 그의 냉혹함에 대한 비뚤어진 경외감 같은 것을 느끼기도 한다. 이런 반응이 그 인물의 극적인 기능과는 무관하다는 것을 알면서도 말이다.

또는 텍스트에 사용된 실제적인 기교가 언어적인 기교이든 아니면 드라마적인 기교이든 간에 주의를 끌 수도 있고 느껴지고 있는 효과들을 내게 된 요인들이 무엇이었는지, 즉 텍스트가 갖는 기교적인 특성 때문이었는지, 신선한 이미지 때문이었는지, 미묘한 리듬 때문이었는지, 아니면 사회적인 관습으로부터의 일탈 때문이었는지를 인식하거나 심사숙고해 보기도 한다. 기교에 대한 체계적인 분석, 예를 들어, 독서를 하고 나서 텍스트를 "철저하게 연구한다"라는 표현에서처럼 신비평가들이나 구조주의자들이 좋은 예가 되는 그러한 분석을 여기에서 이만저만하게 언급하려는 것이 아니다. 그보다는 단어나 구절 또는 행위에 대한 한층 강화된 인식 즉 전체 독서 경험 중에서 책을 읽어나감과 동시에 일어나는 부분인 작가의 전략을 파악하며 감탄을 한다든지(아니면 이에 반하여 그것에 대해 짜증을 낸다든지) 하는 것에 대해서 말하고자 한다.

여러 가닥의 반응들이 때로는 동시에 일어나기도 하고 때로는 함께 엮어 들어가기도 하며 때로는 상호작용하기도 한다. 그렇다면 문학적 경험이 갖는 역학 관계에는 첫째, 독자가 텍스트와 하는 대화가 포함된다고 할 수 있다. 그가 작품의 세계를 창조해내기 때문이다. 우리는 지금까지 독자의 활동들을 얼마간이나마 추적해왔다. 그는 단서들에 반응을 보이고 가장 두드러지게 표출되는 잠재적이거나 심미적인 입장을 취하며 기대감을 바탕으로 한 얼개들을 발전시켜가고, 느끼고, 통합하고, 조직하고, 재구성한다. 둘째로는, 재현되고 있는 작품에 대하여 동시에 일어나는 반응들의 흐름이 있다. 동의하고, 반대하고, 즐거워하며, 충격을 받기도 한다. 머릿속에 그려지고 있는 세계를 받아들이기도 하고 거부하기도 한다. 끝까지 견지되는 무엇인가에 대한 이론적인 근거를 마련하기도 한다. 또한 텍스트에서 나타나는 기교적인 특징들이 유쾌한 것이라든지 아니면 불쾌한 것이라든지 하는 인식도 있을 수 있다.

"즐거움"은 전통적으로 예술이라는 개념과 관련지어 생각되었으나 텍스트 내에서 그것 특유의 기원들을 규명해봄으로써 심미적인 즐거움을 규정하려는 시도들은 결론을 보지 못했다. 그러한 문제들을 다루는 것이 현재 논의하고 있는 것의 목적은 아니다. 다만 내가 제안하고 싶은 것은 어쩌면 심미적인 즐거움의 많은 부분이 내가 지금까지 스케치해온 다양한 활동에서 파생되는 만족감에 기인하지 않을까 하는 것이다. 독자의 주된 목적은 텍스트가 가지고 있는 가능성들에 가능한 한 충분히 참여하는 것이다. 그러나 전체 문학적 경험에서 느껴지는 흥미와 활력 및 느낌의 대부분은 문학적인 활동을 잉태하고 보호하는 생각과 느낌이라는 지극히 개인적인 활동 속에서 비롯된다. 그리고 이러한 기반이 되는 것은, 물론 독자 개개인의 성격과 그들 나름대로의 경험하는 세상이다.

시종일관 나는 "재현"이라는 용어를 사용하여 텍스트의 안내를 받으며 작품을 완성해가는 체험하는 과정을 설명하였다. 나의 목적은 독자가 작품을 재현하는 것과 그렇게 재현된 것에 대한 그의 해석을 구별하는 것이다.

해석이라는 것이 텍스트의 의미를 파악하는 것이라고들 말하는 경향이 있다. 이런 식의 해석은 독자의 활동이 갖는 본질을 덮어 감춘다. 기호들을 처리하면서 그는 그것들을 언어적인 상징으로 변환시키며, 그렇게 감지된 기운을 바탕으로 자신에게는 "작품"인 경험된 의미를 구성해나간다. 우리가 살펴본 대로 이것은 시간의 흐름에 따른 과정이다. 독자는 궁극적으로 작품에 대한 자신의 느낌을 구체화시킨다. 그는 회상해 보기도 하고 부분 부분들을 되새겨 보기도 한다(우리는 모두 에피소드나, 등장인물, 심지어는 마음 속의 귀에 메아리가 되어 울려 퍼지는 목소리로 전달되는 대사까지 다시 생각해 내려고 한 적이 있지 않는가?). 이러한 모든 것을 재현한다고 말할 수 있으며, **독자가 해석한다는 것이란 바로 이것을 말한다**. 해석에는 작품에 대한 체험에서 나온 재현의 본질을 어떤 식으로든 자세하게 설명해보려고 하는 노력이 일차적으로 포함된다.

독자가 독서 과정에서 나타나는 재현과 반응이라는 두 부분에 그저 만족하며 이들 둘의 역동적인 활동들이 끝남과 동시에 관심을 완전히 전환시켜 더 이상 생각하지 않기도 한다. 어쩌면 이것이 바로 우리가 거의 즉시 잊어버리는 탐정 이야기나 순전히 "도피"하기 위해서 읽는 다른 몇몇 종류의 텍스트들을 읽을 때 일어나는 일인지도 모르겠다. 그러나 많은 경우 또는 대부분의 경우에 있어서는 경험한 것을 반성해보고 해석해 보려고들 노력한다.

7장에서는 해석의 과정에 대하여 좀 더 자세하게 다루어보고 독서 과정에 대한 이러한 관점이 일반 독자들과 비평가들에게 던져주는 시사점들이 무엇인지를 알아볼 것이다. 그렇게 하기에 앞서 텍스트의 역할을 규명해보고 문학 작품을 처리한다고 하는 관점에 대한 이론적인 반론들에 대하여 조금 알아보는 것이 필요하다.

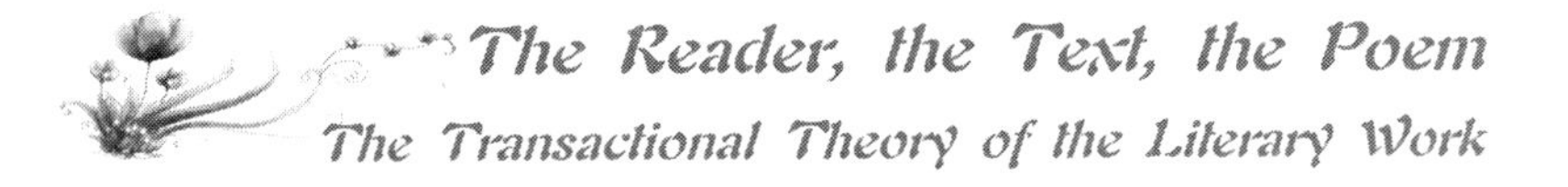

5장

텍스트: 개방성과 제한성

THE TEXT: OPENNESS AND CONSTRAINT

비평가들이 문학의 기쁨을 기념하고픈 마음이 생길 때 이들은 종종 우리들에게 유명한 시나 소설, 극의 훌륭한 첫 줄이나 문장을 상기시킨다. 우리 모두는 분명히 어떤 명작 또는 좋은 작품의 서두에 강하게 끌려서 텍스트의 통제 하에 거의 무력하게 되어 책을 읽어나가게 되는 것 같다. 독자의 활동을 자유로운 것과는 전혀 상관없다고 생각하는 사람들이 있다. 이들의 표현을 빌리자면 텍스트가 지배하고 있어서 텍스트의 지시에 움직이는 거의 세뇌된 것 같은 독자는 텍스트에 덮여 가려져 있다. 전혀 예상치는 못했지만 너무나 완벽한 단어들이 특별하고 특이하게 조합되어 있어서 사람들의 고조된 흥미의 강도는 실제로 종종 너무나 강렬해서 텍스트를 전적으로 신뢰하도록 요구하는 것 같아 보인다. 비록 문학적 상호교통에서 그 본질적 요소를 분명히 하면서도 앞 장들은 독자의 겉으로 드러나 보이는 수동성이 얼마나 혼동하기 쉬운 일인지 우리에게 보여주었다. 이 장에서 나는 텍스트의 한계와 개방성 양 쪽 모두의 측면에서 텍스트에 좀 더 전면적으로 초점을 맞추고자 한다.

작품의 유일한 절대 권력자로서의 텍스트에 대한 개념은 담화는 본질적으로 지시적이거나 정서적인 것이라는 이제는 상당히 평판이 떨어진 개념과 유사하다. 문제를 먼저 전체 텍스트의 문맥에서 고려하는 것을 계속하기 전에 담화의 관점에서 보는 것이 유용할 지도 모르겠다. 사피어(Edward Sapir)가 몇 년 전에 지적했듯이 대부분의 담화는 "실제로 의식의 모든 요소처럼 연상된 감성 색조(feeling-tone)를 가지고 있다."

> 감수성은 한 세대와 다른 세대간의 차이뿐만 아니라(이것은 물론 개념적인 내용에서도 사실이며) 각각의 개인적인 연상에 따라서 한 개인과 다른 개인 간에도 현저하게 차이가 나며 실제로 개인의 경험이 그를 형성하고 그의 분위기가 변함에 따라 한 개인의 의식 안에서도 시간에 따라 변한다. 사회적으로 수용되는 감성 색조, 또는 감성 색조의 범위가 있다는 것을 분명히 하기 위해서 많은 단어들이 개인적인 연상의 힘을 넘어서 있지만 감성 색조들은 아주 변화가 심하며, 아무래도 파악해내기에 힘든 것이다. 감성 색조는 중심되고 주요한 사실에 대한 견실함을 거의 가지고 있지 않다.[1)]

그리고 사피어는 예술을 위한 단어들의 이러한 주관적인 분위기의 중요성을 우리에게 상기시킨다.

보통, 지시적인 언어와 감성적인 언어 간의 대조는 "사회적으로 수용된 감수성의 범위" 및 어떤 단어들은 일반적 용례에서 다른 단어들보다 이러한 분위기를 훨씬 더 많이 얻고 있다는 사실을 기반으로 한다. "어머니"라는 단어가 "직각삼각형의 빗변"보다 감성적 잠재성을 훨씬 더 많이 가지고 있다. 그러나 이 단어들과의 연상을 습득하고 이런 연상에 주의를 기울이거나 이들을 의식의 바깥으로 내몰아 차단시켜버리는 것도 단어들이 아니라 개별 독자라는 것을 기억하라. 때때로 독자는 사회적으로 수용된 감성 색조를 공유할 수도 있고 또 다른 때에는 그것을 수정하거나 심지어 거기에서 확실하게 벗어날 수도 있다. 텍스트에 의해서 제공된 단서는 한편으론 그의 반응을 자극하고 또 다른 한 편으로는 독자가 텍스트의 "의미"를 지각하도록 통합하게 하는 것과는 관계가 없는 것을 없애버리도록 독자를 안내한다. 그러므로 단어들의 명시적 의미 및 함축적 의미를 전달하는 것, 또는 감성적인 언어 및 지시적 언어를 전달하는 것은 독자들이 자신들의 반응을 언어적 상징으로 다루는 선택적인 방식을 구분하는 첩경이 될 뿐이다.

우리가 알기로, 과학적 의사소통에서의 목적은 브리쥐만(Bridgman)이 공식화한 것처럼 실행될 수 있는 절차 또는 관찰될 수 있는 데이터의 관점에서 "조작적으로 정의"될 수 있는 상징을 사용하는 것이다. 주관적인 요소로부터 이러한 독립성을 확보하기 위해서 수학, 화학, 기호 논리학과 같은 분야에서는 특별한 언어 체계를 만들어 내었다. 아마 상징 자체는 중립적인 것 같다. 예를 들면, 독자에게는 다음 식이 이런저런 세트의 상징을 통해서 표현되느냐는 중요하지 않을 것이다. 즉, 2 + 3 = 5 또는 a + b = c 둘 다 가능하다. 그리고 a + b = c 또는 d + e = f와 같은 문자의 선택도 대수 공식에 대한 반응에는 영향을 미치지 않을 것이다(다른 부호를 사용해서 자신을 위해 창작한 칼라 연상에 관한 아써 랭보(Arthur Rimbaud)(1854-1891)[역주]의 소네트를 상기하는 것은 의식의 주변에 적극적으로 무시되어야만 하는 구성 성분들이 있을 수도 있음을 제시할 수도 있다. 그리고 우리는 아주 세밀한 증명을 하는 일에 즐거워하는 수학자의 낡아버린 예문을 주시해왔다).

역주) 프랑스의 시인. 현대문학, 음악, 미술에 많은 영향을 끼침.

그렇다면 과학적 독서에서 독자는 상징에 의해서 활성화된 어떤 개인적인 연상을 거부하거나 방해하기 위해서 자동적으로 그를 안내할 정신 및 입장에 대한 태도를 채택해야만 한다. 그러면 독자는 공식적으로나 조작적으로 시험되거나 정의될 수 있는 지시 대상에만 주의를 기울이게 될 것이다. 이것은 특히 과학적, 비과학적 어휘 모두에서 나타나는 단어들을 사용하는 그러한 분야에 해당되어야만 한다. 그러므로 평범한 **소금(salt)**이라는 단어는 다양한 반응을 할 수 있는 잠재성을 지니고 있다. 중립적인 상징인 "NaCl" 즉 "염화나트륨"과 대조되는 "그는 세상의 소금이다."와 같은 예를 볼 수 있다.

비록 어떤 분야에서는 독자가 완전히 지시적이거나 인지적인 것 외에는 무엇이든지 경시하는 것을 쉽도록 하는 중립적인 상징 체계를 제공하고 있지만, 우리는 심지어 이런 상징들이 본래부터 순수하게 정보 추출 목적이라고 생각하지 않는다. 예를 들어, 아인쉬타인의 공식, $E = mc^2$를 사용해보자.

$$E = mc^2$$

우리가 신뢰했던 것을, 우리는 신뢰하지 않고;
　　우리가 믿었던 것을, 우리는 의심한다;
우리가 해야만 하든, 하지 말아야 하든,
　　우리는 그것에 관해서 논쟁한다.

아마 영혼은 가스의 분출이리라
　　그리고 거짓은 참의 모양을 하고 있다—
그러나 우리는 에너지는 질량 곱하기
　　빛의 속도의 제곱과 같다는 것을 안다.

우리가 알아 왔던 것을, 우리는 알지 못한다.;
　우리가 증명해 왔던 것을, 철회한다;
인생은 뒤얽힌 나비넥타이,
　그러나 한 가지는 여전히 분명하다.
오라, 젊은이여; 오라, 젊은 아가씨여－

네가 쉽게 제어하는 신조는 이렇게 설명 한다:
"그러나 우리는 에너지는 질량 곱하기
　빛의 속도의 제곱과 같다는 것을 안다."[2)]

What was our trust, we trust not;
　What was our faith, we doubt;
Whether we must or must not,
　We may debate about.

The soul, perhaps, is a gust of gas
　And wrong is a form of right－
But we know that Energy equals Mass
　By the Square of the Speed of Light.

What we have known, we know not;
　What we have proved, abjure;
Life is a tangled bowknot,
　But one thing still is sure.
Come, little lad; come, little lass－
　Your docile creed recite:
"We know that Energy equals Mass
By the Square of the Speed of Light."

재치 발랄한 효과는 물론 공식이 추상적인 것에 대해서 독자가 하는 반응에서 주로 야기된다. 즉 모든 개인적이며 우주에 대한 열망과 의문을 가진 인간의 정서적인 삶과 연관을 시키는데 미흡한 점이 곧 그 공식에 대한 감성적인 반응의 원천이 된다. 심지어 과학이라는 추상적 언어에서는 진술조차도 중립성을 잃어버릴 수 있다. 본질적으로 시적 또는 감성적인 언어, 혹은 본질적으로 지시적인 언어에 대한 개념이 무너진다.

어쩌면 상징에 대해서 일어나는 적절한 반응의 양상에 관한 가설은 종종 자동적으로 발생하거나 의식의 수면 아래에서 생겨난다. 그러나 예를 들면, 의학서에서 발췌한 다음 구절에서 설명된 나중에 병을 진단하는데 도움이 될 증상을 밝혀낼 필요가 있는 의대생은 종종 "heart"라는 단어가 그에게 불러일으킬 어떠한 느낌이나 의견도 조심스럽게 무시하도록 배워야만 하고 그의 관심은 오로지 이 단어가 수술에 관한 지시어라는 사실에 집중해야만 한다. 즉 "비록 [류머티스성 감염이] 심각한 단계에 있을지라도 크기가 정상인 심장의 사망 가능성이 없다고 보고될 수 없지만 만약 심장의 사이즈가 커지거나 정상보다 클 경우 사망한다는 사실은 무리 없이 수용될 수 있다."[3)]

딜런 토마스(Dylan Thomas)의 "그녀가 말할 때 전율하고 있는 나의 분주한 심장은/음절로 된 피를 뿌리고 그녀의 단어를 고갈시킨다." 라는 시구를 주목해 보라. 여기서 독자는 아직도 heart가 심장을 지시한다고 주장할 수도 있지만, 심지어 강한 근운동감각적 요소를 가질 수 있는 감성 어조의 지각을 허용한다. 독자가 이 단어를 휘트만(Whitman)의 "오 선장님, 나의 선장님!(O Captain! My Captain!)"의 첫 연에서 만날 때는 어쩌면 감수성이 지배할 것이다.

그러나 오 심장이여! 심장이여! 심장이여!
　　오 출혈하고 있는 붉은 물방울이여,
　　　　나의 선장님이 누워있는 갑판위에는
　　　　　　냉기와 죽음이 떨어져 있구나.

But O heart! heart! heart!
　　O the bleeding drops of red,
　　　　Where on the deck my Captain lies,
　　　　　　Fallen cold and dead.

은유는 현재 유효하든지 심지어 효력이 없든지 간에 독자로 하여금 다양하고 복잡한 조작을 수행하도록 요구한다. 예를 들면, "개인의 존엄을 인식하는 것이 민주주의의 심장(heart)이다"라든지 "그의 사무실은 금융 구역의 중심부(heart)에 있다."와 같은 것이다.

연속된 긴 문맥에서 heart라는 단어의 사용은 각 사례에서 아주 선택적인 과정을 계속 수행하는 독자를 위해서 가능한 많고도 서로 다른 반응에 가려진 것을 증명하기 위해서 인용될 수도 있다. 사피어가 지적했듯이 각 독자가 위에서 인용한 각 예문에서 단어 heart에서 취하게 될 정확한 감수성이나 연상은 독특할 것이다. 어떤 연상은 이 단어의 사용에 대한 일반적인 역사 때문일 것이며, 어떤 경우에서는 heart는 감성의 자리였다는 낡은 관념에서 파생되었을 수도 있다. 그러나 이외에도 각 독자는 일상의 삶과 문학 모두에서 이 단어와 연관된 경험과 관련해서 개인적인 내력을 갖고 있을 것이다.

여기서 우리는 연상의 근원에 관심이 있는 것이 아니라 오히려 활성화 될 수 있는 넓은 영역에서의 지시적이고 정서적인 반응에 있으며, 또한 독자는 이러한 반응을 다룰 줄 알아야 하고 이것에서 자신의 반응을 선택할 줄 알아야 한다는 사실에 관심이 있는 것이다. 단어는 그 자체가 본질적으로 과학적이고, 정보전달이 목적이며, 지시적이거나 또는 본질적으로 상상력이 풍부하며, 암시적이며, 감성적인 것으로 고찰되지 않을 때는 다양한 종류의 선택적인 활동에서 독자의 몰입을 위한 잠재적인 자극제로 보여질 수 있다. 상이한 "의미들"은 언어학적인 상징들에 반응하는 독자에 의해서 수행된 일종의 다른 조작으로 표현될 수 있다.

독자의 입장이 지시 대상과 그 대상에 대한 감수성이 활성화 되도록 이런 저런 요소를 허용하느냐 하지 않느냐 하는 것이 그 문제의 핵심인 것이다. 모든 독서는 이미 경험된 의미의 매트릭스 안에서 수행된다. 즉 정보 추출을 위한 읽기는 일차적으로 지시 대상에 집중하고, 심미적 목적의 읽기는 경험한 의미를 인식의 충만한 빛 속에 두고서 예술 작품을 창조하는 선택적인 과정을 포함한다.

물론 독자가 같은 단어에 반응하는 다른 방법을 보여준 앞에서 인용한 예문은 이 단어를 다른 문맥 속에서 제시하고 있다. 단어는 보통 그것이 속한 문맥이나 언어적 환경, 또는 그 안에 특별한 언어적 상징이 들어가 있는 다른 단어나 문장에서 그 단어의 뜻을 끌어낸다. 좀 더 역동적인 표현을 하자면 문맥이 지시적이고 정서적인 적절한 반응의 종류를 내적 가능성의 영역에서 발췌해내는 과정으로 독자를 안내한다는 것이다. 개별 단어의 유연성과 넓은 범위에서 가능한 반응은 이런 식으로 각각의 개별적인 텍스트 안에서 상대적으로 제한되거나 고정되는 것처럼 보일 수 있다. 이것은 실제로 문학 텍스트를 구성하는 아주 중요한 언어학적 상징의 특별한 유형을 이루는 토대가 된다.

그러나 우리는 심지어 전체 텍스트조차도 절대적인 일련의 안내를 제시하지 않는다는 것을 알고 있다. 그리고 다양하고 똑같이 타당한 가능성이 종종 다른 상황 하에서 다른 독자와 상호교통하는 같은 텍스트에 내재하고 있다.

안내자 및 척도로서의 텍스트에 대한 일반적 개념은 문젯거리를 제시하지 않는다. 그러나 어려움은 텍스트가 제한의 정도를 명확히 하려고 시도할 때 일어난다. 체계적으로 조직화 한다는 것은 텍스트가 그 안에서 의미가 조직될 수 있는 아크(圓弧) 또는 영역의 경계를 정하는 것과 같다. 또는 텍스트가 형판의 오려낸 부분처럼, 표면의 넓은 영역에 적용되어 다양한 색상으로 채워지면서도 여전히 그 기본 형태를 유지할 수 있는 유형을 제공하는 것과 같은 것이다. 그러나 이 모든 것들은 단일 텍스트에 가능한 독서의 실제 과정과 광범한 영역에 적절해 보이는 것 이상의 훨씬 더 엄격한 원칙 또는 제한이 있음을 암시한다. 적어도 단어에 대해서 문자 그 자체의 의미 또는 지시적인 의미는 변하지 않고 남아있다는 개념이 거의 지원을 제공하지 못하는데, 이는 단지 언어의 가변성 때문만이 아니라 단어의 전체적인 중요성과 별개로 문자 그 자체의 의미만을 고려한다는 것이 심미적인 실체로서의 단어의 의미를 파괴하는 것이기 때문이다.

텍스트에 대한 심미적인 반응은 너무 뒤섞여 있어서 한 단어에 대한 반응이 변화될 때 전체 단어의 조직이나 구조에 영향을 줄 수도 있다. 고정된 원판 대신에 좀 더 타당한 이미지를 텍스트에 부여하는 것은 서로에게 특별한 관계를 유지하고 있지만 전체 모양과 유형은 어떤 한 쪽이 당겨지거나 느슨해졌을 때 변하게 되는 트여진 그물조직의 커튼 또는 모양이 고정되지 않은 실타래와 같은 것으로 보인다.

즉 우리는 자신이 붙들고 있는 커튼자락의 팽팽함이나 느슨함에 의해서 그 조직의 형태와 유형에 영향을 미치면서 또한 자신의 팔레트의 색깔로서 열린 부분을 채우면서 커튼 틈으로 엿보고 있는 독자를 상상할 수 있다. 아마도 대부분의 실제 독서는 이러한 두 이미지의 경직성과 유연성 사이 어딘가에 놓여있을 것이다. 이러한 문제는 다음 장에서 좀 더 상세하게 살펴볼 기회를 가질 것이다.

독자에게 집중하는 것은 우리로 하여금 임의로 주어진 텍스트에서 시작하도록 이끌어준다. 보통 작가와 독자의 관계는 글쓴이의 입장에서 고려된다. 작가의 문제는 그가 독자에게 자신이 의도하는 의미를 전달하기를 원하는 단어들을 찾아내는 것이다. 심지어 자기는 어떤 잠재적인 독자에 대해서도 신경 쓰지 않고 "오로지 자기 자신만을 위해서" 글을 쓴다고 주장하는 작가조차도 독자인 자신을 의식한다. 작가는 자기가 초점을 맞추고 있는 독자의 이미지를 어느 정도는 의식적으로 창조해야 한다. 이 과정을 시작해 왔던 내적 상태 또는 착상 외에도 이러한 것이 예술적인 창작 과정에서 작가를 얼마나 인도하느냐 하는 것은 복잡한 문제이고 아마도 창작 과정의 토론에서는 충분히 연구되지 않을지도 모른다. 그러나 앞 장에서 보여 주었듯이 독자에게는 작가와 의사 소통하는 과정은 사실 텍스트를 통한 관계에서 이루어진다.

궁극적으로 독자는 단지 그를 안내해 주는 텍스트만을 가지고 있기 때문에 그의 임무는 사실 복잡하다. 더 훌륭한 텍스트라고 해서 독자의 임무를 덜 복잡하게 만들어 주는 것도 아니다. 메시지를 해독하기 위해서 독자는 또한 텍스트에서 화자 또는 작중 인물을 재창조해내야만 하고, 때로는 그 뒤에 숨어있는 작가를 재창조해야 한다. 그리고 심미적인 독서에서는 가상의 화자가 말하는 소리와 의도를 감지하기 위해서 독자는 종종 배경, 상황, 보편적인 문맥 또한 조달해야만 한다.

독자는 심미적인 입장을 **선택하는** 것이 아니라, 텍스트가 그것을 강요하기 때문에 당연한 일로 받아들인다는 입장은 때때로 거부된다. 제임스의 선택적인 관심에 대한 개념은 우리로 하여금 선택한다는 것이 대안을 의식적으로 숙고해야 한다는 것을 필연적으로 포함하지는 않는다는 점을 보도록 도와줄 것이다. 독자는 단지 텍스트가 보여주는 단서에 반응하고 있고 그런 단서에 그러한 반응을 하는 습관을 개발해 왔기 때문에 자동적으로 특별한 입장을 채택하고 있는 것으로 보인다. 그러나 대안적인 입장들 간에 선택할 요소는 여전히 존재하고 있다. 실제로 종종 당연하게 받아들여지고 있는 몇몇 종류의 단서를 자세히 설명해내는 것이 유용할 것이지만, 독자에게 텍스트에 대한 이런 저런 태도를 취하도록 경계를 게을리 하지 않는 것도 여전히 유용할 것이다.

이 과정에서 비언어적인 배경도 중요한 역할을 할 것이다. 정보처리 이론에서 청자는 소리들을 재구성하고 그 소리들을 단어들의 패턴으로 인식했을 때 "메시지"를 "해독했다"고 인정받는다. 이러한 견해는 정보처리 이론이 원래 전화로 전언을 전달하는 것과 같은 그런 문제에 주로 관심이 있었다는 것을 상기하면 이해될 만하다. 그러나 물론 이 분야에 종사하는 사람들은 실제 대화에서는 이 과정은 들려진 소리의 의미를 해석을 하는 데에 실행되어야만 한다는 것이다. 그리고 심지어 소리를 인식하는 단계에서는 청자의 현재의 기대와 과거의 경험이 중요하다는 것을 증명하기 위한 근거가 있다. 예를 들면,

실험을 통해서 일단 청자가 발화의 일반적인 주제 문제를 의식하고 있으면 왜곡하는 간섭이나 "소음"[4]에도 불구하고 언어를 인식하는 경향이 더 있다는 것을 보여주었다. 여기에 우리의 목적을 위해서 사용한 단순한 정보처리 이론 다이어그램에서 이미 언급된 결함에 대한 까닭이 있는 것이다. 즉 이 결함은 화자와 청자 간의 관계를 도식화하는 대부분의 과학적인 노력에 의해 공유된다. 보통 결핍은 의미의 모든 실제적인 전송이 발생하는 상호교통적이며 이원적인 상황에서 지각되는 것이다.

정보 이론가들처럼 언어학자들 또한 특별한 상황 하에서 실제적 언어학적 행위의 복잡함을 자신들의 이론의 영역에서 제거하는 것이 유용하다는 것을 발견했다. 언어학자는 일반적이고 예측 가능한 규칙 또는 보편적인 심리학적 장치를 찾으면서 자신의 문제를 다룰 수 있는 요인으로 한정시키는 과학자의 권리를 행사한다. 언어학자는 음성 언어나 문자 언어를 사용하는 원어민의 "직관적인" 활동이나 "능력"을 추측하는 것은 회피할 수 없지만 실제 화자들이나 청자들과는 거리가 먼 가설에 근거한 발화를 연구하는 일에는 제약을 가한다. 그의 목표는 그 언어 안에서 가능한 모든 유형의 통사적 구조의 생성을 다룰 조직적인 모형을 개발하는 것이다. 과학적 사고를 하는 언어학자는 의미론적 차원으로 이동하면서 언어에 대한 철학을 개발하려고 시작할 때 또 다시 발화의 "사회-물리학적 배경"에 대한 인식을 요구하는 요인들을 제거하려고 시도한다.[5]

이러한 이론은 단어들이 전달하는 의미의 다양한 요소를 위해서 한층 더 세련된 분석적인 범주를 허용할 수 있으며, 사전을 편찬하는데 있어서 향상된 방법을 제시할 수도 있다. 이제까지는 개발된 분석적인 장치가 모든 실제적인 언어 사용에서 필요한 선택적인 과정의 복잡성을 더욱 분명하게 한다. 한편, 이런 이론적인 분석에서 가능한 근본적인 가치는 언어는 실제로 특별한 "사회-물리학적 배경"에서 특별한 사용자들의 선택적인 활동을 통해서 기능하다는—즉 발화가 언어 수행이 된다는—사실을 경시하도록 유도해서는 안 된다는 것이다.

텍스트는 일련의 잠재적으로 의미 있는 언어학적 상징을 제공한다는 전제가 주어진다면 독자는 전적으로 정보 추출적인 태도 또는 전적으로 심미적인 태도 중의 하나를 선택해야 한다는 문제에 직면하게 된다. 비언어적인 상황인 "사회-물리학적" 배경은 선택에 영향을 끼칠지도 모른다. 혹은 독자는 텍스트에만 의존할 수도 있다. 또한 독자는 단어의 의미를 선택하도록 그를 지도해 주고 또한 그가 이끌어내는 것에 대해 특별한 태도를 취하도록 그를 안내할 시험적인 문맥에 도달하기 위한 토대를 제공할 언어적인 상징 패턴에 의존할 수도 있다.

비언어적 배경은 이들의 의미 해석에 영향을 줄 수도 있는 언어적 상징 그 자체의 바깥에 있는 모든 가능한 요인들을 포함하는 것으로 이해될 수도 있다. 우리는 음성적 발화를 둘러싸고 있는 실제 환경이 종종 이해를 위한 기반을 제공한다는 것을 당연하게 여긴다. 만약 누군가가 "Don't step on the train."[역주]이라는 말을 기차역 플랫폼에서 들었다면 누구도 옷자락이 뒤에 끌리는 옷을 입고 있는 여성을 보기 위해 주위를 둘러 볼 것 같지는 않다. 우리가 하는 독서의 상당한 부분 또한 배경이나 독자가 의식하는 비언어적 요인의 영향을 받는다. 이러한 점은 매우 자주 당연한 일로 간주되다가는 곧장 무시되곤

역주) "Don't step on the train."은 "기차를 타지 마라."와 "옷자락을 밟지 말라."는 두 가지의 뜻으로 해석될 수 있다. (train은 '기차,' '옷자락' 둘 다의 뜻이 있음.)

하기 때문에 읽기의 상호교통에 들어가서 독자의 접근이나 태도에 영향을 줄 수 있는 텍스트 그 자체 이외의 요소를 강조하는 것이 필요한 것 같아 보인다.

몇 가지 사례가 어떻게 배경이 텍스트에 대해서 이쪽이 아니면 다른 쪽, 즉 전적으로 정보 추출적인 태도일지 아니면 전적으로 심미적인 태도일지를 채택하는데 기여하는지 보여줄 것이다. 예를 들면, 불이 난 상황에서 누군가가 생소한 모델의 소화기 상표에 인쇄되어 있는 사용법을 이해하기 위해서 고전하고 있다면 이 사람의 관심(물론 모든 근육 활동도)은 읽기가 끝나는 대로 수행될 작동에 초점이 맞추어져 있을 것이다. 이 사람은 단어들이 주는 특정한 소리나 리듬 또는 단어 그 자체에서 연상되는 개념 및 감정에서 오는 미묘한 차이, 예를 들어, "불(fire)"과 대비되는 "불꽃(flames)" 같은 것에는 주의를 기울이지 않을 것이다. 그 때의 상황이 그 사람의 읽기에 대한 태도를 결정하게 될 것이다.

실제 텍스트와 만나기 전에 태도에 대한 유사한 자동화된 적응은 누군가가 소설, 드라마, 시집을 찾아낼 때에 일어난다. 독자의 기분 또는 "사회-물리학적 배경" 속에 있는 어떤 것이 특히 심미적인 태도에 대한 보상이 될 텍스트를 찾기 위한 탐색을 착수한 것이다. 여러 가지 암호가 독자로 하여금 텍스트의 유형을 깨닫고 그럼으로써 적절한 태도를 취하도록 알려주기 위해서 개발되었다. 즉, 어떤 책이 도서관의 어느 서가에 꽂히게 되는가 하는 범주, 허구와 비허구라는 제목에서 오는 차이점, 책 비평 보고서, 잡지의 목차에 사용된 "소설" 또는 "시집"과 같이 표제를 빈번하게 사용하는 것, 심지어는 제목 다음에 "이야기"라는 표현을 삽입하는 것 등이 있다. 이는 독자 자신들이 종종 다른 텍스트에 의해 요구된 태도에서의 차이점을 의식하고 있지 않다는 사실에 대해서 순응하는 것이 될 수 있다. 그러나 그런 자료에 독자들이 접근하는 것을 조정할 사전 신호가 필요하다.

실제로, 사람들은 얼마나 많은 성인들이 독서 띠의 양 끝 부분인 정보 추출을 위한 독서에서 심미적 독서로 옮겨가는 법을 배우지 못했는지 놀라게 된다. 나는 앞에서 『이상한 나라의 앨리스(*Alice's Adventures in Wonderland*)』에 정보 추출 방식으로 반응한 소년을 언급했다. 우리 학교에서는 독서 교육의 강조점을 거의 전적으로 정보 추출적인 태도에 두고 있다. 읽기 시험에서 하는 이해도 측정이 주로 이러한 유형으로 간주된다. 심지어 예술로서의 문학에서도 정보 추출적 태도를 개발시키려는 경향이 있는 학교와 대학의 문학교육의 방법을 여기서 상세히 언급하는 것은 불가능하다. 하지만 이러한 장애물에도 불구하고 기질이나 우호적인 가족 또는 사회적 배경의 일치에서 기인한 것인지, 아니면 훌륭한 교육의 덕택인지, 어떤 이들은 다양한 텍스트와 연관해서 가장 이득이 되는 태도를 선택할 역량을 발휘해 왔다. 이 시점에서 우리의 관심은 독자들에게 텍스트와 연관해서 이런 저런 태도를 선택하도록 이들을 도울 텍스트와 관계 없는 단서가 주어지는 방식에 있다.

이러한 비본질적인 요인들의 중요성은 대부분 우리가 분명히 심미적 범주에 속한다고 간주하는 텍스트와의 관계에서 쉽게 확인된다. 예를 들면, 요즈음 많은 학생들은 언어학 강좌에서 캐롤(Lewis Carroll)의 "알아들을 수 없는 이야기(Jabberwocky)"[역주]를 처음으로 만나게 되

역주) "Jabberwocky"는 영국의 동화작가이며 넌센스 시의 작가로 유명한 루이스 캐롤이 쓴 넌센스 시의 최고봉으로 여겨지며, 작가가 만들어낸 새로운 단어들이 다수

는데, 이 시가 어떻게 단어의 의미에 의존하지 않고 문장 구조에서 여러 종류의 단위를 확인하는 "표지"와 "위치"를 제공하는 가를 보여주는 예문으로 제시한다.

> 오후의 끝자락, 나긋하고 부지런한 토우브들은
> 언덕 가장자리에서 땅을 파헤치며 구멍을 뚫고 있었지.
> 불안한 버로고우브들과,
> 집나온 녹색 돼지들은 콧소리 내며 끽끽거렸네.
>
> 'Twas brillig, and the slithy toves
> Did gyre and gimble in the wabe;
> All mimsy were the borogoves,
> And the mome raths outgrabe.

언어학 수업에서 강사는 학생들에게 각기 다른 품사가 표시되는 어순, 어미, 관사와 같은 문법 체계에 초점을 맞추도록 요청하기 때문에, 이 시에 대해서 정보 추출적 입장을 취하도록 암시적으로 조건을 부여하는 셈이 된다.[6] 이러한 분석적인 독서는 독자가 이러한 시행들에 의해서 활성화되는 음향, 연상, 아이디어, 감수성에 일차적으로 주의를 기울임에 따라 문법 구조는 직관적으로 인식되는 심미적 태도에 의해서 생성되는 반응에서 나오는 아주 다른 종류의 활동을 포함한다. 독자는 텍스트에 의해서 자신의 내부에서 일어나는 바를 실제적

등장해 해석이 어려운 시이다. 때문에 당시 사회상의 알레고리라거나 넌센스 시이므로 아무 의미가 없다는 등 학자들마다 의견도 분분하다. 여기에서 제공한 번역은 작가가 친척들을 즐겁게 해주기 위해 정기적으로 만든 간행물에서 직접 설명해 놓은 단어 뜻을 가지고 쉽게 이해할 수 있도록 풀어쓴 것을 사용했다.

으로 느끼고, 해석하고 조직하는 일에 몰두하게 될 것이다.

"극장에 갈" 결심을 한다는 것은 심미적인 태도를 채택할 준비가 되어있음을 암시하는 또 다른 명백한 태도를 사전에 선택하는 것이다. 그러나 심지어 극장 안에서도 관객은 자신이 인식하는 것에 정보추출적으로 반응하는 우연한 일화가 생겨난다. 몇 년 전, 런던에 있는 올드빅(Old Vic) 극장의 오케스트라석에서 내 옆에 앉았던 오로지 피곤한 발을 편하게 하기 위해서 헤매고 있는 듯이 보였던 노부인은 너무 여기에 몰두하고 있었다. 그래서 나는 그녀가 하고 있는 것을 물리적으로 막고 싶은 나머지, 무대 위로 뛰어 올라가서 오델로에게 그의 주위에 엮여져 있는 악의 망을 경고해주고 싶다는 생각을 했다. 1957년, 오스본(Osborne)의 『성난 얼굴로 돌아보라(*Look Back in Anger*)』의 뉴욕 공연에서는 한 관객이 실제로 주인공의 아내를 변호하는데 개입하기 위해서 무대 위로 뛰어올라갔다. 특히 라디오와 텔레비전 "연속극"의 청중들은 이러한 태도에 대해 혼란을 겪는 경향이 분명히 있다. 즉, 예를 들면, 여주인공이 임신하면 아기에게 보내는 선물이 방송실로 온다는 것이다. 최근 들어서 극작가들은 심지어 극장의 오케스트라석에 이벤트가 일어나도록 기획해서 청중들과 함께 연기하게 해서, 말하자면 불평하는 관객이 실제로 연극의 일부가 되는 것이 명백해질 때까지 청중이 실제적으로 반응하게 한다. 여기서 청중은 태도를 변경해야할 필요성을 의식하게 된다. 적절하거나 적절하지 못한 태도를 채택하는 문제가 마찬가지로 모든 독서에 포함되어 있다. 수많은 언어학적인 과정처럼 이러한 활동은 종종 자동적이고 무의식적이다.

만약 우리가 총체적인 문학적 상호교통을 생각한다면, 우리는 독자가 자신의 과거의 모든 삶과 문학에서의 경험을 비언어적 배경 또는 사회-물리적인 배경에 가져오거나 부가한다는 것을 인식해야만 한다. 그의 경험, 현재의 그의 관심, 가치에 관한 그의 감각 그리고 그의 열망이 텍스트와의 관계 속으로 들어간다. 다음에 독자의 기여도에 대한 이러한 더 광범한 양상을 되짚어 볼 것이다. 나는 우리의 논의의 이 단계에서는 아직도 독자가 심미적인 기획에 능동적으로 몰두하는 과정에 주로 관심을 가진다.

물론 언어적인 단서가 궁극적으로는 가장 파급적이다. 독자의 공헌의 중요성에 대한 논의를 하는데 있어서, 나는 독자의 태도가 심지어 그가 텍스트를 보기도 전에 더 광범한 환경이나 자신의 내부에 있는 요인에 의해서 결정될 수도 있을 범위를 강조해 왔다. 그러나 나는 부적절한 태도(예를 들면, 심미적 태도보다는 정보 추출적인 태도)를 언급해 왔기 때문에 나는 어떤 텍스트는 독서의 두 가지 유형 중 어느 한 가지 유형을 요구하거나, 그 유형에 맞게 설계되거나, 그 유형에 더 도움이 된다고 쭉 생각해 왔다. 그러므로 우리가 독서 행위를 둘러싼 보다 광범한 환경에서 텍스트 자체로 돌아갈 때 텍스트의 아주 중요한 양상은 독자가 어떤 태도를 채택해야 하는가에 대해서는 단서는 텍스트가 제공하는 것임을 인식할 필요가 있다.

쓰기 또는 인쇄와 관련된 다양한 관례는 이러한 단서를 제공한다. 지면 위에 있는 단어들의 배열이 이것을 할 수 있다. 이는 특히 텍스트가 행간과 넓은 여백으로 구별되는, 행으로 분리하는 시에 특히 잘 들어맞는다. 독자에게 심미적인 태도를 채택하라는 이러한 시각적인 신호는 특정한 "대중" 시인이 사용하는 주요한 기법이다. 이들은 신문이나 다른 유사한 자료에서 문장들을 발췌해서 이들을 자유시로 표시하는 방식으로 지면에 배열된 행으로 나눈다. 이러한 것은 독자로 하여금 심지어 이런 겉으로 보기에 평범한 단어들에 의해서 재현된 경험에 집중하도록 요청한다. 다음은 런던 신문의 광고에서 찾은 것으로, 지면 위에 단어들을 재배열함으로써 심미적인 태도를 요구하는 텍스트로 변형된 것이다.

성공적인 자립형
여학생을 위한 예비
학교의
여교장이
창의적인 교수와
협력적인 업적을 남긴
오랜 전문직에서
이제 퇴임하고
능력 있고
창의력이 풍부한
후계자를 가진
그녀의 훌륭한 이사들을
떠나려고 한다.[7]

The Headmistress
Of a successful independent
Girls' preparatory
School
Now retiring
After a long career
Of creative teaching
And cooperative achievement

Seeks to leave
Her grateful governors
With a capable
And imaginative
Successor.

이러한 "발견된 시"는 독자의 선택적인 관심에 초점을 맞추는 예술로서의 문학에의 의존성을 가장 명백한 방식으로 예시한다. 마찬가지로 그 유명한 엄청나게 큰 스프 캔의 "팝(pop)" 이미지는 사진에 찍혀진 대상의 실질적인 요소, 즉 스프캔이라는 하찮은 물건을 경시하지 않으면서 관찰자가 사진과 관련한 질적인 경험에 집중하도록 초대할 수 있다(이러한 소위 아방가르드 예술가들은 미학의 기본적인 입문을 재발견하고 있는 것 같아 보인다. 비록 이들의 작품이 사실은 종종 아주 이류이긴 하지만 이들은 순전히 정보 추출적 태도에 주로 몰두하는 대중이 자신의 반응을 의식하는데 있어서 심미적인 관심에 대한 여유 있는 개발을 시작하도록 교육시키는 기능을 하고 있을지도 모른다).

독자들은 의식적인 생각 없이 그런 시각적인 단서에 반응하도록 배운다. 자신들의 시행을 십자가 또는 나무 모형에 새겼던 17세기 시인들과 현대의 "구상 시인들"[역주]은 이런 시각적인 양상을 독자의 의식으로 가져오며 이러한 양상을 언어적 상징에서 파생된 것과 병합하기 위해 독자를 안내하려고 노력한다.

분명히 극본의 인쇄를 통할하는 관례 또한 독자의 상상적인 활동을

역주) 구상(또는 회화) 시인(concrete poet): 시를 그림 모양으로 배열하는 일종의 전위시를 쓰는 시인.

야기하는 신호로서 도움이 된다. 막으로 구분하고 각각의 화자의 이름과 함께 대화를 인쇄하는 것, 무대 배경의 묘사, 괄호로 표시한 무대 지시 등이 독자에게 심미적 태도를 채택하라고 알리고 있다. 독자가 이것에 실패하는 것은 앞서 언급한 몇몇 관객들이 무대 위에서 범했던 이벤트에 대한 심미적인 태도를 취하는 데에 실패한 것과 같을 것이다. 무엇보다도 이들은 무대 앞부분의 아치[역주]에 관련한 관례에 대해 반응하는데 실패했다. 한 쪽 면이 기이하게 투명한 4면의 벽으로 된 방에서 청중이 보고 있다는 가정은 이와 더불어 관중이 그 방안에서 진행되는 어떤 것에라도 심미적인 태도를 채택할 것이라는 가설을 수행한다. 최근 극작가들은 무대 앞부분의 아치를 제거해 버리고 대신 "원형 극장" 및 청중과 연극 사이의 장벽을 "헐어 내기" 위해서 언급된 다른 관례들을 사용했다. 그러나 이들의 목적은 정보 추출적 태도를 권유하는 것이 아니라, 오히려 연극의 세계에 심미적인 참여를 고양시키는 것이다. 마찬가지로 극적인 텍스트의 관례는 독자가 능동적으로 심미적인 태도를 채택하도록 주의를 환기시키는 것이다.

프로스트의 4행시를 읽은 몇몇 독자들은 자신들이 각운을 의식하게 되었을 때에만 그 4행시를 운문으로 간주하도록 요청받고 있었다는 것을 깨달았다. 심미적인 태도를 유발하는 다른 관습적인 단서들로는 명확하거나 규칙적인 리듬, 특별한 종류의 시어, 두운과 같은 시적 장치를 들 수 있으며, 또한 전통적인 글과 보다 최근의 글 모두에서 볼 수 있는 전형적인 구문론에 따른 패턴에서 확실하게 이탈한 형식

역주) 막과 오케스트라석 사이의 칸 막은 부분.

을 들 수 있다.*

심지어 특정한 자료의 유형은 심미적인 반응에 대한 필요성을 표시할지도 모른다. 비록 즐거움을 주기 위한 이야기를 시작하게 했던 오래된 "옛날 옛적에"라는 도입부는 이제는 진부하지만 이야기나 소설을 시작하는 다른 관례적인 방식이 있다. 즉 독자들을 등장인물의 마음에 끌어들이고, 배경을 묘사하고 그 시대에 관한 필요한 정보를 제공하고, 비도구적인 분위기와 어조를 창조하는 것 등이 있다. 이러한 종류의 자료 또는 "내용"은 채택할 적절하고 수용적인 태도에 주목하게 한다.

텍스트에 모든 무게를 두는 이들은 이러한 진술을 자신들의 견해가 절대적으로 수용되는 것으로 오해할 수 있고 텍스트 자체(즉 작품이 "전하는" 것)가 자동적으로 심미적인 반응을 부과한다는 사실로 오해할 수 있다. 상호교통 이론은 텍스트를 필수적인 것으로 인식하지만 모든 예술로서의 문학 작품에 충분조건은 아니라는 것을 상기해야만 한다. 심지어 텍스트의 범위 내에서 독자의 역할은 과소 평가되지 않아야 한다. 독자가 텍스트에 가져오는 것은 그가 언어적인 단서에서 만들어내는 것에 영향을 줄 것이다. 심미적인 태도에 관한 가설은 텍스트에 의해 제공된 단서에 전적으로 의존하지 않지만 이 단서들에 따라 행동하도록 준비된 독자의 존재에 또한 의존한다. 독자는 단순

---

* 이러한 단서의 빈도는 어떤 이들로 하여금 "정상적인" 용법으로부터의 이탈을 시의 특별한 표지로 만들도록 유도해왔다. 종종 예상된 것에서 나온 이러한 이탈은 질적인 의미에 관심을 가지도록 주의를 주고 그럼으로써 심미적인 입장을 강화한다. 그러나 비록 빈번하기는 하지만 그러한 일탈은 시나 다른 예술로서의 문학에 필수적인 것은 아니다. 시, 소설, 드라마는 그러한 언어적 일탈에 의존하지 않는다고 언급될 수 있다. 여기에 대해서는 3장과 6장 참고.

히 텍스트를 반영하지는 않는다. 이러한 독서 과정의 양상이 지속적으로 무시되어 왔기 때문에 이러한 점을 논의하는 것이 필요하다.

뉴잉글랜드의 한 농부는 나에게 자기의 땅을 청소하도록 고용했던 사람에 대해서 얘기했다. "그는 하루 종일 빈둥거렸어요. 그리고 그는 돌 하나도 집어 들지 않았어요." 앞의 문장에서 워즈워드의 "마이클(Michael)"에 나오는 "그리고 그는 돌 하나도 집어 들지 않았어요(And he never lifted up a single stone)."라는 시행을 알아차리는 사람은 거의 없을 것이다. 아놀드(Matthew Arnold)는 이 행을 워즈워드의 전형적인 문체이지만 단순하고, 그러면서도 "가장 고상하고 가장 충실하게 표정이 풍부한 종류"[8]로 인용했다. 어떻게 똑 같은 단어들이 그렇게 다른 방식으로 기능할 수 있는가?

아놀드는 다른 시에 적용할 높은 시적 수준에 관한 "시금석" 즉 표준으로 다른 거장들의 작품에서 인용했던 것과 상당히 같은 방식으로 워즈워드의 작품에서 발췌해낸 짧은 인용문을 사용하고 있었다. 종종 지적되어 왔던 것처럼 이러한 기준들은 그 자체로서는 이것들에서 아놀드가 느꼈던 강렬한 시적인 힘을 항상 파악할 수 없었으며, 이러한 기준들은 이것이 속한 문맥, 즉 이 기준으로 이끄는 텍스트의 시행의 덕을 보고 있는 것이다. "마이클"에서 늙은 양치기가 그의 사랑하는 외아들이 큰 도시로 나가고 없는 동안 짓기로 계획한 아들과 노인이 미래의 재회 시에 기여하기로 되어 있었던 돌로 만든 양 우리는 아들의 몰락과 실종 소식이 전해진 이후 완성되지 못하고 남아있게 된다. 아놀드가 정당화하면서 제외시킨 그 시행은 문맥, 즉 선행되는 행들에서 언급된 목가적인 삶에 대한 설명, 노인의 엄청난 위엄과 도덕적 강인함, 아들에 대한 그의 사랑, 또한 그와 그의 조상들이 일구어 놓은 땅을 아들에게 물려주려는 그의 희망 등에서 그 중요성을 포착했다.

이 행은 상호교통적 방식으로 재구성되어야 한다. 즉 시금석에 관한 행, 단어들, "그리고 그는 돌 하나도 집어 들지 않았어요." 등은 이들 자체로는 특별한 힘을 발휘하지 못한다. 이것들은 독자가 이러한 특별한 표현들을 만나기 전에 텍스트의 안내에 따라 독자가 체험해온 것 때문에 강렬한 반응을 불러일으킬 능력을 갖게 된다. 단어가 들어있는 실제 문맥은 선행하는 행에서 나온 언어학적 상징의 특별한 연속체의 영향을 받아서 독자가 했던 경험의 연속체이다. 정보 추출적 입장은 뉴잉글랜드의 농부가 단어들을 언급할 때 이것들을 듣는 것에 해당되는데, 여기에 포함된 모든 것은 특정한 단편적인 정보가 된다. 텍스트 "마이클"에 대한 독자의 심미적인 입장은 경험한 의미, 시행의 음과 보격, 감각의 의미, 느낌, 연상 등에 대해서 예리한 주의를 기울이는 것을 포함한다. 그리고 인용된 행에 나오는 단어들은 농부의 불만이 가득한 말에서는 적당하게 빠졌던 리듬, 음향, 무게감을 가진다. 독자는 그러한 단순한 단어들이 아놀드의 감탄을 얻은 날카로운 반응을 끌어내는 것을 가능하게 만드는 축적된 모든 이해와 느낌을 그 행에 가져온다. 경험에 의거한 문맥은 독자가 텍스트를 구성하는 상징의 유형에 심미적인 성향을 가져올 때 독자에 의해서 제공된다.

문맥은 보통 연속되는 것으로 간주된다. 말하자면, 앞에 나온 단어들과 문장들은 계속해서 오는 단어들에서 어떤 가능할 만한 의미는 제외하면서 또 다른 가능성은 열어놓곤 한다. 앞에서 한 프로스트의 4행시에 대한 토론이 증명하듯이 심미적인 독서에서 문맥은 문맥상의 분위기를 창출하기 위해서 좀 더 복잡한 방식, 즉 표면화는 물론 회고할 수도 있는 경험적 반응을 이끌어내는 언어적 문맥에서 작동한다.

엠프슨(William Empson)의 걸작 『모호함의 일곱 가지 유형(*Seven Types of Ambiguity*)』에서는 텍스트의 개방성에 대한 정교한 선언서를 제공한다. 그 한 가지 예로, 엠프슨이 멕베쓰의 대사, "밤이 깊어진다, 그리고 그 까마귀는/당까마귀 떼가 모여 있는 숲으로 날아간다.(Light thickens, and the Crow/Makes wing to th' rookie wood.)"에서 "rookie"와 관련한 그가 많이 인용한 아덴 판(Arden edition) 주석에 대한 토론을 들 수 있다. 엠프슨은 이 단어에 관해서 전임자가 한 해석을 편집자가 쓴 목록에서 인용한다.

> 위에서 인용한 다소 모호한 어구는 어떻게 철자가 쓰여 졌든지 간에(사실 이 단어는 rouky로 쓰여져야 된다.), "어두침침한" 또는 "음울한"(로더릭(Roderick) 판, 에드워드(Edwards)의 『비평의 규범(*Canons of Criticism*)』(1765)에서 인용됨.)을 의미하지는 않는다. 또한 "축축한" "희미한" "호흡으로 인해 축축해진" 것은 아니다(스티븐스(Steevens), 크레이그(Craig) 참조). "희미한" "암울한"은 아니고(클라(Clar)판본), "그것의 동류들이 이미 집합한 장소"(밋포드(Mitford) 판본)도 아니며, "희미한" "습기찬" 등을 의미하는 "roke"라는 방언하고도 아무 상관이 없다. 내가 생각하기에 여기서 이 단어의 의미는 단지 "rouking"이나 편안한 숲, 즉 당까마귀(또는 까마귀)가 밤에 쉬기 위해 자리를 잡는 곳이다.

엠프슨은 이러한 것들 중 단지 하나만이 수용 가능하다고 가정하지 않고 이 모두가 가능할 수 있고 독자는 동시에 아주 많은 대안을 즐길 수 있다는 것을 제안하면서 끝을 맺는다.[9] 이 텍스트와 다른 텍스트를 분석하는데 있어서 엠프슨은 얼마나 다른 지시 대상과 연상이 자신들을 동시에 나타내고 그 구절에 대한 독자의 재현에 대한 깊이와 복합성을 부여할 수 있는지 보여준다.

그러나 엠프슨이 때때로 모호성에 대해서 지나치리만치 추구하는 것이 항상 직접적인 시적 경험에 대한 보고하는 것은 아니다. 엠프슨은 가능성이 있는 다중 의미에 대한 성찰을 방금 언급한 셰익스피어 주석 또는 신판 옥스포드 사전의 대안적인 정의 같은 이러한 종류의 자료를 조사해서 그 기원을 찾는다. 그의 분석 방법은 정보 추출-심미적 연속체 상에서 보자면 심미적인 것과 다소 거리가 먼 태도를 반영한다. 물론 엠프슨은 이 점을 인식하고 그의 독자에게 "시인을 이해해 가는 과정은 시인의 시를 자기 자신의 마음속에 세밀하게 구성하는 과정이다"(79쪽)라고 상기시킨다. 여전히 엠프슨은 자신의 분석적인 비평이 독자의 감수성에 영향을 미치고 그러한 방식으로 나중에는 독자의 실제적인 텍스트 읽기에 영향을 주기를 바랐다. 상당히 최근의 비평적 글은 그의 책에 대한 영향력을 증명한다. 하지만 불행하게도 많은 실례에서 시의 분석과 재현을 혼동하지 말 것을 경고하고 있음에도 불구하고 그의 분석적인 방법만이 모방되고 있다. 엠프슨의 토론은 같은 단어에서 질적으로 다른 경험을 형성하면서 때로는 동시적으로 같은 독자에 의해서, 때로는 다른 독자에 의해서, 텍스트가 대안적인 반응을 할 기회를 제공할 수 있는 범위를 주로 증명한다. 이것이 이 책의 방식이 텍스트의 개방성에 관한 증거로서의 심미적인 독서 과정에 관한 상당한 모형을 제공하는 것은 아니라고 내가 믿는 이유이다.

텍스트의 중요성은 텍스트의 개방성을 인식한다고 해서 부정되는 것은 아니다. 텍스트는 독자의 주의를 유도하기 위해서 작가가 사용하는 수단이다. 작가는 통찰력이라는 특별한 각도에서 삶을 보아 왔다. 즉 콘라드(Conrad)가 설명하듯이 작가는 독자가 보도록 하고 독자가 듣도록 하며 또 독자가 느끼도록 하기 위해서 자신의 목표를 성취할 것이라고 그가 희망한 것을 선택한 것이다. 독자는 자기가 재현한 세계에 자신의 관심을 집중함으로써 자신의 선입관과 한계로부터 당분간 자신을 자유롭게 하려고 느낀다. 이런 경험의 청사진이 작가의 텍스트라는 것을 의식함으로써 독자는 다른 정신, 다른 세계와 자신이 대화하고 있다고 느낀다.

심미적 상호교통에서 텍스트는 특별한 의의를 가지고 있다. 정보추출 상황에서 다른 텍스트를 자세히 설명하거나 요약하거나 재진술하는 것은 원래 텍스트만큼이나 유용할 수 있다. 누군가가 당신을 위해서 신문이나 과학 텍스트를 읽고, 그것을 아주 만족스러울 만큼 자세히 설명해줄 수 있다. 그러나 아무도 당신을 위해서 시를 읽어줄 수는 없다. 다른 사람이 읽은 것의 내용과 그의 시적 경험을 수용하는 것은 마치 다른 사람으로 하여금 당신을 위해서 저녁을 먹게 하고 메뉴를 읊어달라고 함으로써 영양분을 섭취하려고 하는 것과 유사하다. 생물 교재의 요약, 전문적인 법률 용어의 해석은 도움이 될 수도 있으나, 독자와 실제 텍스트와의 관계만이 특별한 순서로 특별한 단어들에 대한 자기 자신의 반응에 관심을 기울이고 종합하면서 자신을 위한 시를 생산할 수 있다.

일반적으로 상세한 설명이 곧 시와 동등하지 않다는 것은 합의가 되고 있다. 아래에 인용된 "B"가 "A"와 동등하거나, 또는 A를 대치될 수 있다고는 결코 생각할 수 없는 것이다.

A 그대 나에게서 지나간 세월을 보리라
누런 잎들이, 다 져버리거나, 단지 몇 잎이라도,
추위에 맞서 떨고 있는 저 가지들 위에 매달려 있을 때,
방금 전까지도 고운 새들이 노래하던 텅 빈 폐허가 된 성가대석.
그대 나에게서 석양이 서천에
이미 넘어간 그러한 날의 황혼을 보리라,
이윽고 칠흑 같은 밤이 빼앗아 가버리고
모든 것을 안식 속에 담을 제2의 죽음.
그대 나에게서 이런 타오르는 불꽃을 보리라
청춘이 탄 재, 임종의 침상 위에
불을 붙게 한 연로에 소진되어
꺼져야만 할 불빛을.
그대 이것을 지각하리라, 그대 사랑이 더욱 강해져서
머지않아 그대 헤어져야할 것을 잘 사랑하리.[10)]

That time of year thou mayst in me behold
When yellow leaves, or none, or few, do hang
Upon those boughs which shake against the cold,
Bare, ruined choirs, where late the sweet birds sang.
In me thou see'st the twilight of such day
As after sunset fadeth in the west,
Which by and by black night doth take away,
Death's second self, that seals up all in rest.
In me thou see'st the glowing of such fire
That on the ashes of his youth doth lie
As the death-bed whereon it must expire,
Consumes with that which it was nourished by.
　This thou perceiv'st, which makes thy love more strong
　To love that well which thou must leave are long.

B. 그대는 나에게서 방금 전까지도 새들이 노래하고 있었던 텅 빈 폐허가 된 성가대석에 앉아있는 것 같이, 누런 잎들이 다 져버리거나 단지 몇 잎만 달려있는 그 가지들 위에서 추위에 떨고 있었던 그러한 지나간 세월을 보리라. 그대는 나에게서 태양이 서천으로 기울어진 후에 점차 밤에 의해서 소멸된 죽음의 이미지, 즉 모든 것을 안식 속에 가두어 버릴 그런 황혼을 보리라. 그대는 나에게서 타다 남은 장작에서 나오는 불, 나를 먹여 키우고 생명을 불어넣었던 것에 의해서 소진되어 임종의 침상에서 죽어가고 있는 청춘의 재를 보리라. 이러한 것이 너의 사랑을 증가시키고 머지않아 그대가 헤어져야할 것에 더 가치를 두고 있음을 깨닫고 있다.[11)]

상세한 설명이 재현된 시에 대한 어떤 생각이나 양상을 재 진술 할 수도 있다. 심지어 "문자 그대로"라는 용어로 제한하더라도, 자세한 설명이 "의미"를 합산한다고 말하는 것은 착오다. 텍스트에 의해서 도출된 연속적인 감정이나 분위기의 목록이 텍스트의 "의미"를 진술하는 점에서는 잘못된 것은 아니다. 텍스트가 제시하는 아이디어의 목록이 더 이상 시의 의미를 표현하는 것은 아니다. 이것은 이 단어들의 특별한 순서로 셰익스피어에 나오는 단어들과 관계있는 체험에서 나온 생각, 감정과 태도의 총체적인 합산을 포함해야만 한다. 상세한 설명은 단지 또 다른 텍스트인 것이다. 원래 텍스트에 표현된 개념과 그 텍스트의 상세한 설명은 아무리 비슷하더라도 이들 텍스트 읽기는 두 개의 다른 텍스트에 대한 관계를 포함할 것이고, 독자에게는 두 개의 다른 경험을 불러일으킬 것이다.

어떤 텍스트를 어떤 특별한 텍스트로 변환하는 것은 우리로 하여금 다른 시를 이끌어내도록 유도하는 것이다. 예를 들면, 키츠의 『엔디미온(*Endymion*)』 초판과 두 번째 판본의 첫 구절을 연관해서 보면 무언가 다른 것을 경험한다. "아름다운 것은 한결같은 기쁨이다(A thing of beauty is a constant joy)"가 "아름다운 것은 영원한 기쁨이다(A thing of beauty is a joy forever)"로 바뀌었다. **한결같은**(constant)과 **영원한**(forever)을 단순히 바꾸어 쓰는데서 오는 차이점은 사실상 큰 차이를 충분히 설명하지 못한다. 심지어 단어의 위치를 바꾼 "아름다운 것은 영원히 기쁨이다(A thing of beauty is forever a joy)"도 다른 경험된 의미를 생산해낸다. **한결같은**(constant)과 **영원한**(forever) 간의 사전상의 의미에서 오는 차이점은 그 단어가 나타내는 효과에서 오는 차이점과 관련한 어떤 것에는 도움이 된다. 비록 이것이 총체적인 차이점을 설명하기에는 충분하지 않지만 말이다. 독자는 연루된 모든 종류의 반응, 즉 인지적인 것은 물론 감각적이고 정서적인 것에 주의를 집중한다(여기서 다시 우리는 텍스트에 대한 최대의 중요성을 강조하는 바로 그 순간에 우리는 또한 독자의 공헌에 대해서 다루어야 한다는 것을 알게 된다. 지면 위의 상징은 기껏해야 언어학적인 지시대상의 단지 부분적인 지표이다).

내가 지지해온 독서에 대한 관점은 이제 독서에 관한 심리언어학적 연구에서 인정을 받고 있다. 우리가 주목해온 것처럼 어떤 전문가들은 실제로 텍스트에 대한 "이해"는 "외부에서부터 내부로" 움직인다고 주장한다. 이들이 말하는 전문 용어를 쓰자면 이것은 "의미론적 입력"에서 나오며, 독자가 지면에 가져오는 것에서 나오게 된다. 게다가 이것은 "단순히 단어에 대한 의미의 문제가 아니라 독자가 독서의 과정을 공급하기 위해서 충분한 경험과 개념적인 배경을 가짐으로써 그가 읽고 있는 것에서 의미를 이끌어낼 수 있는 훨씬 더 큰 문제"라는 것이다.[12] 심지어 정보 추출을 위한 독서에서도 독자의 역할이 인식되기 시작하고 있다. 즉 지면 위의 단어들은 독자가 채우고 구성하도록 상당히 개방해 놓고 있다는 것이다.

예술로서의 문학을 재현하는데 있어서 이러한 텍스트의 개방성은 특별한 중요성을 가지며, 한편으로 이와 동시에 독자는 텍스트에서 정확한 단어들에 특별히 세밀한 주의를 기울여야만 한다. 모든 텍스트에서처럼 독자는 개별 단어에 대한 원문에 충실한 이해 그 이상을 가져와야만 한다. 독자는 문화적인 가설의 총체와 실제적인 지식, 문학적 관례의 의식, 생각하고 느낄 준비 등을 가져와야 한다. 이러한 것들은 언어적 상징에 의해 제공된 단서 주위에 의미 있는 구조를 엮어내기 위한 토대를 제공한다. 그러나 심미적인 독서에서 독자는 단어들의 그러한 특별한 유형에 의해서 생성된 정확한 반응에 주의를 집중해야만 한다. 한편으로 독자는 언어적 단서에 의해서 고정된 한계를 존중하며, 다른 한편으로는 간격을 메우고, 텍스트가 제공하는 청사진을 인식할 자기 자신의 자원에 주의를 모은다. 독자의 창의성에 대한 자극제로서 텍스트의 근본적인 역할을 인식하는 것은, 텍스트의 결과로서 생긴 인식과 같이 한편으론 텍스트의 개방성과 다른 한편으로는 지도나 관리와 같은 제한하는 기능 둘 다를 가지고 있다. 시의 텍스트는 사실 텍스트 안에서 작품을 체계화하기 위해서 "닫힌 형식"을 우리에게 제공할 수도 있다. 하지만, 동시에, 텍스트는 독자가 자기 자신의 세계와 작가의 세계에 대한 자신과의 관계에서 독자가 기여하도록 문을 열어두고 있다.

형식은 예술 작품의 표지라는 주장이 있고 또한 형식은 텍스트 내부에, 텍스트가 소리를 배열하는 방식에, 텍스트의 구문론에, 텍스트가 발화를 묘사하는 방식에, 개념의 형상 안에 있다고 한다. 요약하자면, 단어들이 유형화되는 방식 안에서 발견된다는 것이다. 그러므로 독자와 텍스트 사이의 상호교통이 무시되었을 때, 텍스트의 형식적인 양상은 본질적으로 정적인 것으로 관찰된다. 수사적이고* 비평적인 용어는 주로 정적인 요소를 지칭하도록 분류적이며 해부적이 된다. 오히려 이러한 용어는 독자가 특정한 방식을 수행할 단서를 지칭하는 것으로 역동적으로 이해되어야 한다.

정보 추출 목적의 독서와 심미적 독서를 구분하는 것은 이러한 역동적인 접근을 하는데 중요한다. 예를 들면, 이러한 구분은 "형식" "구조" 또는 "통일성"과 같은 기본적인 개념에 종종 제시되어온 여러 범주 안에 묵시적으로 존재하고 있다. 예를 들면, "외적인 형식"과 "내적인 형식"은 한편으론 구문론이나 각운, 운율학 또는 어법의 체계적인 분석의 결과와 다른 한편으로는 작품에 포함되어 있는 본질, 주제, 사건 등을 구분하는데 때때로 사용된다. "통일성" 또한 구문론적, 운율학적 또는 다른 외적인 양상과 대조하여 "내적인 일관성"과 같은 그런 개념을 포함한다.[13)]

이제 소위 말하는 이렇게 다양한 외적인 형식이나 구조는 정보 추

* 아리스토텔레스가 "수사학"을 규정하는데 있어서 설득하는 연설이나 글을 유도하지 않았던 것은 유감스러운 일인 것 같다(아리스토텔레스, 『수사학(*Rhetoric*)』, II권 2장). 이렇게 했다면 정보 추출 목적의 독서와 심미적 독서 사이에 일어날 혼동을 줄였을 것이다. 설득하는 연설이나 글에서 작가는 특별한(수사적인) 언어의 사용으로 청자나 독자에게 영향을 주려고 노력한다. 목표는 청자나 독자가 어떤 결론에 도달하고 어떤 행동을 취하도록 유도하는 것이다. 감정이 일어나게 되지만 판단과 결정에 영향을 미치기 위해서 그렇게 한다. 청자나 독자는 주의 집중이라는 논쟁과 더불어 완전히 정보 추출 목적을 가진 태도를 채택하도록 요구되고 있다.

출 목적의 독서와 도식화된 상징의 분석에서 온 것이다. 텍스트는 그 장치가 어떤 객관적으로 타당한 방식으로 묘사되는 일련의 기호로 간주된다. 분석가는 음소적 범주 또는 형태소의 범주, 문법 체계, 운율적 암호, 연으로 구성된 패턴, 일련의 의미론적 범주(예를 들면, 구체적 또는 추상적 명사), 심상의 유형(예를 들면, 오감, 자연, 동물, 인간 등등), 또는 주제나 아이디어의 종류와 같은 어떤 체계적인 암호 내지는 선택의 구조를 가지고 텍스트에 접근한다. 이것은 독자가 특별히 예정되어 있는 자신의 선택 체제와 관계있는 것을 객관적으로 결정할 목적으로 텍스트의 각각의 요소에 똑같은 관심을 기울여야만 한다는 것을 의미한다. 그러므로 증가하고 있는 컴퓨터의 유용성은 텍스트의 이러한 항목을 자동적으로 발췌해 내도록 이미 프로그램이 짜여져 있다. 이와는 달리 심미적인 독자는 다양한 반향과 강조와 더불어 계속해서 나타나는 기대와 불확실한 체제의 안내를 받으면서 언어적 상징에 반응한다는 것을 우리는 알고 있다.

"함축성 있는 형식"이라는 용어는 예술 작품에 대한 본질적인 필요조건에 한정함으로써 많은 사람을 만족시켜 왔다. 그것은 "예술 대상"의 외적인 묘사로 해석되는 경향이 있다. 말하자면, 항아리는 선, 질감, 그리고 색상으로 해설하고, 시는 언어적인 회상과 다양성의 분석으로 해설한다. 텍스트에 의해 제시된 자극은 다른 형상이 되도록 정보 추출 목적으로 이론화될 수 있다. 그러나 함축성을 검사한다는 것은 이러한 자극이나 단서가 자신들의 반응을 일관성 있고, 모양을 갖춘 "정형화된" 경험으로 조직하기 위해서 심미적인 입장을 채택해 왔던 관찰자나 독자에게 기회를 주든지, 아니면 도와줄 것인가 하는데 있다. 텍스트가 "함축성 있는 형식"을 가지고 있다고 말하는 것은 실

제로 잠재적인 상호교통의 특성에 대한 판단이라는 말과는 동의어 같아 보인다.[14)]

콜리쥐는 시가 "각각을 구성하는 **부분**에서 분명한 기쁨과 잘 조화를 이루듯이 **전체**에서도 그런 기쁨을 제안한다"고 말했다.[15)] 물론, 이런 저런 방식으로 전체를 구성하는 부분들의 관계에 대한 착상은 작품의 형식, 통일성 또는 구조에 대한 토론에 등장한다. 콜리쥐가 각 구성 성분의 부분에서 오는 기쁨에 대해서 강조하는 것은 독자가 질적인 통일성을 감지한다는 것을 의미하기 때문에 중요한 조건을 첨가한다. 대부분의 토론에서 묵시적으로 추정되어온 것이 여기에 강조되어 있다. 즉 단지 텍스트와 심미적인 상호교통을 하는 독자만이 부분을 예술 작품이 되는 "전체" 또는 구조에 합성할 수 있다. 독자는 자기 자신의 과거 삶에서 나온 경험의 축적에 기초하여 소설이나 시, 풍자문학에서 무엇을 기대해야 할지를 알고 있다. 그러나 독자는 그가 텍스트에 가져오는 것은 무엇이든지 사용해야 하며, 유형화된 언어적 단서에 대한 그의 반응에서 통합하는 원칙을 구축해야 한다. 예술 작품의 구조는 궁극적으로 독자가 다양한 요소나 자신이 체험한 경험의 일부 중에서 자신이 엮어낸 관계로서 독자 자신이 인식하는 것에 상응한다. 예술 작품의 구조를 텍스트에 통계적으로 내재하는 그 무엇으로 생각하는 대신에 우리는 독자가 텍스트와 교통하는 과정에서 자신의 체험을 통한 경험의 다양한 부분들 가운데에서 어떤 관계를 지각하고 구조화하는 역동적인 상황을 인식할 필요가 있다.

이러한 해석은 예술 작품에서 형식과 소재는 분리될 수 없다는 논쟁과 어느 하나가 양상이고 다른 것은 기능이라는 논쟁, 또 형식을 바꾸는 것이 "의미"를 바꾸는 것이라는 논쟁을 반복하는 것 이상을 한다. 역동적인 표현은 단지 암묵적이고, 함축적이며, 형식과 소재의 상호 의존에서 나온 많은 이론적인 진술에서는 종종 성급하게 묵인되었던 것들을 분명하게 해준다. 먼저, 역동적인 상호교통적 표현은 형식과 소재, 또는 내적 외적 형식에 관한 문제의 해결에 본질적인 독자의 심미적인 입장에 대한 생각을 가장 중요한 위치에 가져온다. 그 다음에는, 작품의 "구조," "형식" 및 "통일성"은 텍스트의 자극과 지도를 받아서 독자가 구성하고, 형성하고 통합하는 활동의 결과에 적용된 용어라는 점을 분명히 한다.

물론 텍스트의 유형화된 상징은 절대적으로 필수적이지만 상호교통적인 합성의 성분이기도 한다. 재현된 작품이 텍스트와 일치하는지를 묻는 것이 타당하고 독자는 텍스트를 "바르게 평가"하지 않을 수도 있다. 독자는 상호 연관되거나 서로 엮어진 "전체" 또는 구조로 상승을 제공하는 텍스트의 요소를 지적할 수 있어야 한다. 그러나 어떠한 정보 추출 목적의 분석도 그러한 작업을 예견할 수 없다. 그리고 우리에게는 정보 추출을 위한 텍스트 구조의 객관적인 분석이 얼마나 충분히 재현을 위한 작품의 본질을 설명할 수 있느냐는 문제가 남겨진다. 우리는 7장에서 이 문제를 되집어 볼 것이다. 현 시점에서 우리의 관심은 형식이나 구조와 같은 수사적 또는 비평적 용어에 대한 텍스트 중심은 물론 독자 중심의 역동적인 이해에 대한 필요성을 설명하는 것이다.

"구성(plot)"과 같은 개념은 이러한 관점에서의 또 다른 견해를 제공한다. 구성은 정보 추출 목적으로 항목이 정해지고 열거될 수 있는 일련의 행동이나 이벤트를 포함한다. 그러나 이 용어는 또한 이런 것들이 독자 쪽에서는 특정한 종류의 활동을 허용한다는 것을 암시한다. 즉, 독자는 비록 다른 시간-관계가 가능하더라도 주로 시간의 연속체로 이것들을 서로에게 경험적으로 연결할 수 있을 것이다. 독자는 먼저 더 이상의 이벤트나 더 이상의 발전을 위한 잠재성을 지닌 상황을 계획할 필요가 있을 것이다. 텍스트가 전개되어 감에 따라, 독자는 새로운 행동, 새로운 상황으로 움직일 수 있으며, 또한 그가 이미 참여하고 있는 것에 연결함으로서 이것들을 느낄 수 있다. 이러한 과정은 독자가 연속체의 감각 그리고 가능하다면 연대기적이거나 인과적이거나 또는 다른 관계의 연속체를 구축함에 따라 이벤트에서 이벤트로 이동하면서 반복된다.

구성은 종종 제시, 효과의 상승, 위기, 효과의 강하, 그리고 대단원의 견지에서 종종 논의된다. 이러한 용어들과 절정과 같은 용어는 독자의 이해, 인식, 반응을 암시하며 실제로 필요로 한다. 상승하는 효과는 독자가 텍스트에서 끌어내는 것에 관하여 긴장이나 적어도 흥미 내지는 호기심에 있어서 상승 혹은 증가로서 독자에 의해 지각된다. "절정"은 흥미가 제일 높은 점을 가르키며 독자의 체험적인 반응과 연관되어 있다(우리는 특정한 이벤트가 전환점이었으나 이것은 "절정"이라는 용어처럼 독자의 적극적인 재현에 반드시 의존하는 용어가 될 것 같지 않다는 것을 나중에 정보 추출적으로 구분할 수도 있다).*

달리 말하면, "구성"에 필수적인 것은 이벤트에서 하나의 일화나 한 가지 요소 또는 한 가지 양상을 텍스트에서 해독한 다른 일화나

---

* "구성의 문법"을 개발하려는 구조주의자들의 노력은 이야기체의 문학을 강조하는 기호나 암호 체계를 찾고 있는데, 이는 "심층 구조"를 찾는 언어학자의 탐색과 유사하다. 여기서 나의 관심은 어떤 특별한 시점에서 특별한 문화적 문맥에서 일어나는 텍스트의 실제 독서에 있다. 7장 참고.

요소, 양상에 연관시키는 것이다. 아이는 연재만화의 컷으로 분리되어 있는 정사각형들을 보고는, 이 사각형들을 분리된 서로 전혀 다른 별개의 것으로 인식한다. 구성은 독자가 두 번째 사각형에 나오는 등장인물과 상황이 첫 번째 사각형과 연관될 수 있다는 것을 보게 될 때 나타나기 시작한다. 보통 나중에는 적절한 시기에 그리고 첫 번째 사각형과 계속되는 사각형에 나타난 상황에서 발전해서 연재만화는 이야기체의 문학이 되는 것이다. 이것은 드라마나 소설 읽기에서 실행되는 좀 더 단순한 과정에 대한 해석이다. 특히 다루기 어려운 『오델로』나 『탐 존스(*Tome Jones*)』의 구성을 언급한다는 것은 텍스트의 단어들이 독자로 하여금 일련의 이벤트를 체험하고, 이들을 명쾌하게 연대순으로, 인과적으로 연결시키고, 또 자신의 정서적인 반응을 이러한 경험에 조직할 수 있도록 한다는 것을 말한다. 독자는 단어들이 표시하는 등장인물, 상황, 효과를 생성해냄으로써 텍스트의 단서에 반응할 뿐만 아니라 그의 기억과 태도에 이벤트의 연속체가 전개됨에 따라 이벤트의 연속체를 해석하는 기반을 간직하고 있으며, 이것들 사이에서 구성을 형성해 가는 경험적인 문학을 제공한다.

이야기체 문학 형식에 가장 빈번하게 적용되는 많은 용어들은 독자를 위해서 제공된(또는 제공되지 않은) 단서에 달려있다. 즉, 독자가 이야기체의 문학을 생산해 내는데 관여하도록 요청된 활동의 종류에 달려있다.[16)] 이전의 시기와는 대조적으로 많은 20세기 예술은 독자나 인식하는 사람의 공헌에 아주 분명하게 의존하고 있다. 소설에서 전지전능한 화자의 몰락, 예를 들자면, 제임스(Jsames)의 『대사들(*The Ambassadors*)』에서처럼 참여자-서술자(participant-narrator) 내지는 한 등장인물의 관찰 시점에의 의존, 또는 포크너(Faulkner)의 『압살롬, 압살롬!(*Absalom, Absalom!*)』에서처럼 관찰의 다양한 시점에 의존하도록 하는 것 등은 독자에게 단서를 함께 엮어내도록 하는 엄청난 요구를 하게 되었다. "소설에서 공간적인 형식"* 또는 "반-소설"과 같은 혁신을 지칭하는 용어들 또한 궁극적으로는 독자가 수행하는 업무를 강조한다. "공간적 형식은" 독서를 하는데 있어서 직선적이고 연속적인 합성을 하려는 노력들이 "장면 묘사"에 대한 서로 다른 부분들이 펼쳐짐에 따라 보류되는 독서를 의미한다. 출현하는 일시적인 얼개는 시간적 연속체와 우연적 연속체에는 덜 의존하나 등장인물들 간의 또는 사건들 간의 서로 다른 종류의 관계에는 더 많이 의존할 수 있다. 독자는 체험해낸 일화나 장면이라는 요소를 관찰자가 그림의 구성 부분에 연관시키는 것과 유사한 방식으로 의미 있는 형상이 되도록 규정한다. "반-소설"은 해석 없이 단지 객관적인 세부 사항만

---

* 프랭크(Joseph Frank)는 레싱(Lessing)의 미적 인식에 대한 표현법을 상기시키는 그의 아주 유명한 에세이 "현대문학에서 공간적 형식(Spatial Form in Modern Literature)"에서 독자에게 하는 요구에 대해서 반복적으로 언급하면서 문학 형식의 변화를 설명한다. 예를 들면, "독자는, 회상적인 언급을 함으로써 사건의 단편들과 암시를 이들의 보완물과 연결할 때가지 지속적으로 이 단편들을 함께 끼워 맞추고 암시는 마음속에 간직하면서 현대시를 읽는 방식으로 『율리시스(*Ulysses*)』를 읽도록 강요당한다." (『확장하는 나선형(*The Widening Gyre*)』 [New Brunswick: Rutgers University Press, 1963], p. 18) 그러나 보통 그랬던 것처럼 어떠한 독서에서도 각 독자의 긍정적이고 능동적인 공헌을 거의 인식하지 않으면서 독자로 하여금 수행하도록 강요하는 것에 중점을 두고 있다.

웨인 부스의 고전인 『허구의 수사학(*The Rhetoric of Fiction*)』(University of Chicago Press, 1961)에는 독자에 대한 의식에 한층 더 깊이 퍼져 있다. 부스의 많은 요점을 상호교통적 용어로 다시 표현하는 것이 가능할 것이다. 그러나 아마도 그가 수사학자의 입장을 취하고 있기 때문이겠지만 그의 궁극적인 관심은 작가의 관점과 기교, 독자에게 바라는 "효과"를 가질 텍스트를 생산하는데 있다.

을 제공하도록 의도한다.[17] 그러나 이러한 새로운 텍스트의 유형은 "채워 넣기"와 예를 들면 새커리(Thackeray)의 『허영의 시장(*Vanity Fair*)』처럼 심지어 해석하는 전지전능한 화자가 있는 텍스트에서 독자가 성취하는 것으로 간주하는 체계적인 활동의 종류를 더 구체적으로 요구한다. 독자에게 이야기의 연속체에 대한 보편적인 단서를 주는 전통적인 소설은 아직도 구성 요소, 앞의 일화와 세부 사항에 대한 기억, 전체 독서 경험의 구조를 지각하기 위한 회상 등을 함께 맞추어 넣을 것을 요구한다.

"은유"는 상호교통적인 관점에서 텍스트에 고정되어 있기를 거부하는 또 다른 용어이다. 은유를 설명하려는 다양한 노력은 보통 텍스트적인 요소 사이에서 관계를 분명하게 하기 위해서 노력해왔다(이러한 요소에 대한 리차즈가 사용한 용어인 **원관념**(tenor)과 **보조관념**(vehicle)은 늘 일관되게 사용되지는 않았지만 가장 빈번하게 사용되고 있다). 많은 정의는 이들 간의 논리적인 관계를 지칭하는데, 예를 들면, 유사점, 대조, 차이점, 닮은 점, 대치, 상호작용, 역설, 부적절한 조합 같은 것이다.[18] 그러나 리차즈가 오래전에 지적했듯이 "만약 심중하게 검토한다면 그 효과가 포함된 논리적인 관계로 추적될 수 있는 은유는 거의 없다."[19]

예를 들면, 심지어 은유가 직유에서 하는 것처럼 비교법을 사용하는 문법적 형식으로 표현된다면[역주] 이것이 아직도 은유가 되는 것은

역주) 은유(metaphor): 'A는 바로 B다.' 식으로 표현 속에 비유를 숨기는 기법. 예를 들면, 키츠(Keats, John)의 시 "Ode on a Grecian Urn"의 "Beauty is truth, truth beauty."

직유(simile): 'as' 'like' 따위의 비교를 나타내는 말을 사용하여, 'A는 B와 같다.' 식으로, A사물을 나타내기 위해 B사물의 비슷한 성질을 직접 끌어다 견주는 것. 예를

단지 독자의 편에서 다루고 있는 아주 특별한 방식 덕분이다. "오 나의 사랑은 6월에 새로이 피어난/한 송이 붉고 붉은 장미와 같다.(O, my luve is like a red, red rose,/That's newly sprung in June.)"를 예로 들어보자. 만약 독자는 여자가 어떤 논리적 방식으로 장미와 "같이" 될 것인지 고려하기 위해서 멈춘다면 은유는 사라지고만 것이다. 정보 추출을 위한 태도는 독자가 이들의 가능한 유사점을 차이점과 구분해낼 때 적합하게 된다. 은유는 정보 추출을 위한 분석을 한 후에 도달하게 되는 자동적인 등식이 아니다.* 실제로 은유는 이전의 텍스트 또는 요소들의 조합에 들어 있는 어떤 것이 정보 추출적인 태도를 만족스럽지 못하게 만들기 때문에 "일어난다."

은유는 독자가 사랑하는 사람과 장미를 병치시킴으로써 일어나는 마음의 상태를 만들어내는데 존재하고 있지 아니한가? 나는 나중에 나로 하여금 이들을 함께 엮도록 했던 것을 분석할 수 있을 것이다. 비록 이 예문에서 이들은 주로 유사한 감정—즉 독자가 재차 내면을 들여다보는—을 불러일으킬 가능성을 지닐 수도 있지만, 나는 나중에 유사점을 발견할 수도 있다. 사랑하는 사람과 장미라는 두 요소 사이의 관계가 무엇이든지, 중요한 점은 독자의 주의가 함께 경험할 수

들면, 본문에서 인용된 번즈(Burns, Robert)의 싯귀, "O, my luve is like a red, red rose,"가 있다.

* 심지어 과학적 이론을 특징짓기 위해서 사용되는 은유—말하자면 빛의 파장 이론과 같은—는 유추에서 나온 정보 추출 목적의 독서가 아니라 "통찰력이라는 섬광"에서 나온 결과로 보인다. 이러한 것은 "어떤 중대한 과학적 사실도 이전에는 직관적인 형태(Gestalt) 인식에 의해서 단순하고 직접적으로 검토되지 않았다는 것이 '입증'된 적이 없었다"고 한 콘라드 로렌츠(Konrad Lorenz)의 말에서 제안되고 있다. 다시 말하면, 과학적 발견을 자세히 설명하는 것은 은유적 통찰력에 대해서 한 실험적인 테스트의 실례를 제공한다.

있는 인식적이고 정서적이면서도 수준 높은 통합으로 돌려지는 것이다.

다시 말하면, 암묵적으로 이해된 것을 자세히 설명하는 것은 필요하다. 즉 은유는 개인적인 반응을 의식할 것을 요구한다. 그리고 이것은 독자가 일차적으로 논리적 관계에 주의를 기울이는 것이 아니라 이러한 용어들의 병치가 그의 내부에서 재현시키는 것에 주의를 기울이고 있음을 의미한다는 것을 우리는 알고 있다. 독자는 은유의 두 가지 속성이 서로를 반향(反響)하는 곳에서부터 총체적이고 체험적인 경험의 문맥 안에서 통합될 수 있는 태도, 감성, 심상, 연상 등을 선택해 낸다. 은유에 대한 그러한 반응 속에서 계속되는, 즉 어떤 양상에는 집중하면서 다른 것은 몰아내는 선택과 적응의 범위가 너무 넓어서 일일이 고려할 수 없다.

엘리자베스 시대 소네트 시인의 과도한 은유 사용의 영향을 받은 셰익스피어의 소네트 130번에서 사용된 풍자는 주로 논리적인 정보 추출적 비교에 집중하고 있다. 즉 "내 애인의 눈은 태양과 같지 않다(My mistress' eyes are nothing like the sun)." 선택적인 순응에 대한 은유적 활동을 수행하고 태도 또는 연상과 융합하는 것에 대해서 거부함으로써 사실에 충실한(논리적인) 부조리에 대한 유추 또는 병치된 요소를 감소할 수 있다.

그럼에도 불구하고 문법에 대한 우리의 직관에 의한 기준을 맞추지 못하는 언어학자들이 제시하는 단어들의 합성에 관한 예문들이 종종 은유적인 독서에 아주 적절하다. "나의 미혼 이모는 어린애다(My spinster aunt is an infant.)"와 같은 문장을 예로 들어보자. 엄밀히 "문법적인" 견해에서 볼 때 이것은 이치에 맞지 않는 표현이다.[20] 결혼할 만한 연령의 사람을 지칭하는 미혼녀라는 말은 그녀가 어린애라는 진술을 제외시킨다. 은유적 독서에서는 연대순에 의한 나이에 함축된 것은 무시되고, 관심은 무력함, 순수함, 자신의 일을 관리하지 못하는 무능함과 같은 개념에 초점이 맞추어져 있다. 촘스키(Chomsky)의 자주 인용되는 예문, "투덜대는 꽃(growling flowers)"과 "초록의 생각이 맹렬하게 잔다(green ideas sleep furiously.)" 또한 심미적인 태도에 의해서 구제받고 있다. 독자는 이런 것들을 병치된 연상과 생각을 의미 있고 납득할 만한 경험으로 융합시킬 수 있는 문맥에 놓을 수 있다. 정보 추출적인 태도에서 보면 촘스키의 예문은 수용되기 어렵다. 심미적인 태도에서 보면 은유라고 하는 일종의 의미 있는 활동을 허용하는데 이는 독자가 자신의 지적이면서 정서적인 연상에 대한 인식, 또는 생각이나 이미지에 대해서 이런 식의 특별한 연결 또는 병치에 대한 반응에 일차적으로 관심을 가질 수 있기 때문이다.

특별한 문맥에서 이러한 요소들의 하나가 결과를 동화할 수 있는데, 이러한 예는 번즈(Burns)의 시행에서 "나의 연인(my love)"이나 셰익스피어의 "텅 빈 폐허가 된 성가대석(bare ruin'd choirs)"과 더불어 나무들이 하는 역할에서 나타난다. 그러므로 유사성과 상이한 점의 가능한 조합은 끝없어 보인다. 그리고 셰익스피어의 소네트 73번(위의 인용 참고)과 같은 텍스트에서 은유 집합체는 총체적인 문학적 상호교통을 특징짓는 마음의 상태로 심화된 통합을 여전히 필요로 한다. 여기서 나의 목적은 은유의 요소들 간의 명확한 관계를 규정하는 다양한 시도들 중에서 선택하는 것이 아니다. 다양한 종류와 정도의 상이점을 다룰 유일한 기술(記述)적인 용어가 있을 수 있다는 가정은 거의 착오일 수도 있다. 현 논의의 목적으로 우리가 어떤 텍스트에서 은유를 지적할 때, 이 단어들이 어떤 특별한 종류의 활동을 위한 단서를 구성한다고 우리가 말하고 있다는 사실을 강조하기에 충분하다. 즉 은유는 궁극적으로 주의를 집중하는데 있어서 상이한 생각이나 심상과 부가적 의미나 연상을 유지하고 여기에서 질적으로 독특한 마음의 상태를 창조할 독자의 능력에서 파생되거나 독자의 능력에 달려있다. 그러므로 오로지 텍스트 자체 내에서만 은유의 범주를 찾아내는 것은 불가능한 일이다. 기본적으로 요구되는 것은 개별적인 요소에 집중하고 여기에 대한 자신의 반응에서 선택하는 독자가 이러한 생각과 감성을 통합하거나 직접적인 진술의 영향을 받지 않는 질적인 "의미"에서 이러한 생각과 감성을 초월할 일종의 특별한 과정을 위한 상황이 있어야만 한다는 것이다. 물론 그 은유가 성공적인지 아닌지를 우리가 판단해야만 하는 가는 어떻게 이런 은유적인 통합이 예술로서의 문학의 전체 문맥에 들어맞느냐 하는 것과 이런 통합이 우리가 텍스트에 가져오는 경험과 지식을 증가하는지 아니면 해명하는 지에 달려있다.

또한 상호교통적인 견해는 최종적으로 예술로서의 문학을 문학적 감각으로 만들어진 것으로 간주하려는 순박한 경향을 파괴할 것이고 그런 경향에 "시적"이거나 "문학적인" 어조가 부가될 수 있다. 리차즈는 독자들이 "평범한 감각"을 이해하지 못하는 것을 그들의 첫 번째 약점으로 목록에 올림으로서 본의 아니게 이런 혼동을 초래하는데 공헌한 셈이 된다. 리차즈는 나중에 그의 책에서 너무 늦어버리긴 했지만 때때로 우리는 적절한 감수성을 성취할 때까지 평범한 감각에 이를 수 없다고 경고하고 있다.[21] 널리 사용되는 또 다른 비평 용어인 "어조(tone)"의 개념과 관련된 상황은 다음과 같이 요약할 수 있다.

"그리고 나서 우리는 의미의 결정적인 요소로서 어조에 대한 기억을 되살린다. 작가가 자신의 주제, 그의 독자 그리고 자기 자신에 대해서 느끼는 바를 우리에게 이야기해주는 것도 어조이다. 그러나 어조는 시의 특정한 요소에 들어있는 것이 아니며 시어, 심상, 언어의 형상, 구조, 심지어는 각운과 운율, 요약하면 이 모든 것에서 나오는 것이다. 이 모든 것의 어느 일부라도 놓친다면 우리는 시의 어조를 놓치게 될 것이다. 그리고 시의 어조를 놓쳐버리면 우리는 시의 의미를 놓치게 된다."[22)]

어조가 텍스트의 "어떤 특정 요소 안에 자리 잡고 있지 않다"는 것은 그러한 요소들에 대한 정보 추출 목적의 분석이 부적절함을 인정하는 것이다. 심미적 독서의 역동적인 과정에서 어조와 일상적인 의미가 동시에 정형화 할 수 있는데 반해서 문학적 의미에 대해서 관례적으로 강조하는 것은 정보 추출적 태도를 암시하기 때문에 역효과를 낳는 것으로 보여 진다. 시종일관해서 추측되는 것, 그리고 분명하게 해야만 되는 것은 독자가 이러한 모든 단서에 대한 자신의 반응을 작품의 "어조"로 명명될 수 있고 또한 "의미"가 시작하게 되는 태도와 표현으로 엮어내는 것이다.

작품의 "평범한 의미"와 은유에 적용된 "의미"에 관한 부적절한 개념, 말하자면 직접적이거나 정보 추출 목적의 담화로 알려진 의미는 "상징" 이나 "상징적인"과 같은 심지어 한층 더 이론적으로 논박하는 용어로 우리를 끌고 간다. 나는 물론 지시어에 대한 상징으로서 언어적 기호를 언급하는 언어학적 용법에 관심이 없다. 또한 나는 어떤 단어와 그 단어를 가르키는 지시어가 그 단어를 연상하게 하는 어떤 것을 "나타내게" 된 다른 상징적인 코드, 말하자면 십자가와 같은 것에도 관심이 없다. 여기에 관계되는 꿈이나 신화를 해석하기위해 프로이드나 융이 사용한 코드에도 관심이 없다. 이러한 체계는 비교적 문제가 되지 않는다. 게다가 "환유" 또는 "제유법"과 같은 용어는 단지 상징적인 용법에서 정형화된 연상의 종류를 분류해 낸다. 예를 들면, "배"를 나타내는데 "항해"를 사용하는 것이다. 말하자면, 진짜 문제는 블레이크(Blake)의 시 "병든 장미(The Sick Rose)" 읽기에 관련된 일종의 과정에 숨겨져 있다.

오 장미여, 너는 병이 들었구나!
울부짖는 폭풍 속으로
한밤에 날아온
보이지 않는 벌레는,

심홍색 기쁨으로 된
너의 침상을 발견했다.
그리고 그의 어둡고 은밀한 사랑이
너의 생명을 파멸시킨다.[23)]

O Rose, thou art sick!
The invisible worm,
That flies in the night
In the howling storm,

Has found out thy bed
Of crimson joy;
And his dark secret love
Does thy life destroy.

물론 우리는 이 텍스트에서 우리에게 정보 추출 목적의 독서를 거부하도록 하는 많은 단서를 발견한다. 보통 인간에게 적용되는 형용사를 사용한 시의 제목 자체가 충분히 심미적 태도를 불러일으킬 만하다. 그러나 시를 읽어감에 따라 우리는 이 단어에서 직접 재현되는 생각과 심상의 영역 내부에 우리의 반응을 한정시킬 수 없다. 말하자면 감성적인 어조가 너무 강렬하다고 할 수 있다. 그리고 우리는 텍스트에 의해서 직접 지시되지 않은 문맥에 우리의 반응을 맞추고 있는 자신들을 발견한다. 예를 들면, 어떤 독자에게는 과장된 어조는 성적인(sexual) 연관을 갖게 된다. 이들은 이 시가 타락하게 하는 호색적인 열정 또는 속임과 질투 내지는 "사랑의 모호함"이라고도 할 수 있을 훼방하는 열정을 "상징한다"고 말한다. 다른 사람들은 "도용되고 왜곡된 기쁨에 의해 타락된 자연적 기쁨" 또는 "악에 의해서 파괴된 미(美)에 대한 이야기"와 같은 그런 경험은 좀 더 일반적인 문맥, 말하자면 순진함, 무력함, 무능함과 미와 같은 것을 파멸하기 위해서 치명적인 매력을 발산한다고 제안하는 그러한 문맥에 통합해 오곤 했다.[24)]

카프카의 이야기는 종종 유사한 상징을 확장하는데까지 상승한다. 그러므로 어떤 이들에게는 『성(*The Castle*)』을 통해서 경험하는 것이 이 작품과 더불어 정치적인 의미에까지 문맥을 확장하고, 다른 이들은 종교적인 상징을 체험한다.

어떤 독자는 불길한 어조 또는 성적인 어조를 생성하는 블레이크의 텍스트에서 단어들과 이미지, 그리고 장미와 벌레라는 기본적인 이미지에 의해서 제공된 것보다 더 광범한 문맥을 필요로 하는 정서의 강렬함을 지적할지도 모른다. 이 텍스트에 대한 이런 많은 해석이 실제로 존재하고 있다. 바로 해설에 있어서의 차이점은 보통 무시된 과정의 부분을 시사한다. 즉 이 텍스트의 이러한 특별한 단어들에 대한 자신의 반응을 순서대로 다루기 위해서 바꾸어 말하면, 이러한 반응들에 대한 적절하게 조직하는 원리를 발견하기 위해서 독자는 상징적이거나 상징하고 있는 과정에 끌어들이는 것이 필요하다는 것을 발견한다. 독자는 문맥을 제공한다. 그리고 이것은 독자 자신의 과거 경험에서 가져온 것이며 자기 자신의 태도와 가치에 의존한다.* 유사하게 『성(*The Castle*)』의 독자들은 구체적이고 실제적이며 가끔 감독관의 좌절이라는 흔히 있는 세세한 부분을 광범하고 "상징적이며" 종교적이거나 정치적인 문맥에 적합하게 한다.

이 문맥은 위에서 보고한 성(sex), 미(beauty), 정치 또는 종교에 관한 해설과 혼돈해서는 안 된다는 것에 주의하라. 실제 독서에서 어떤 과장된 어조와 생각은 골라내어져서 조직하는 원리로서 강화된다. 진술된 주제는 체험해낸 경험을 묘사하려는 노력이며 3장에서 설명된 선택적인 과정에서 파생된다.

블레이크와 카프카의 예문은 어떤 "상징적인" 작품을 재현하는데 있어서 독자가 하는 일에 대한 다소 극단적인 예문이다. 단서들은 텍

---

* 만약 이 텍스트가 블레이크를 위해 상징할 수 있는 것을 우리가 알고 싶다면 어떤 다른 텍스트에서 블레이크가 이러한 것들과 유사한 이미지를 사용했는지를 보기 위해서 우리는 다시 텍스트 밖으로 나가야할 것이다. 그런 다음 논의는 다른 다소 유사한 텍스트로 끌고 간다. 말하자면 "밤", "심홍색 환희", "보이지 않는 벌레" 또는 "검고 은밀한 사랑"과 같은 블레이크가 사용한 함축적 의미를 이해하도록 돕는 "온통 금으로 지어진 성당"과 로제티 필사본에 들어있는 시들이다. 그러나 심지어 그런 증거는 블레이크 읽기에 대한 유일하고 명확한 해석을 보장할 수는 없다. 다음 장은 "작가의 의미"에 대한 일반적인 문제를 다룬다.

스트에 어느 정도는 분명하게 존재하고 있지만, 독자는 더 광범한 문맥, 즉 텍스트에 의해서 야기된 모든 반응을 효과적으로 통합할 부가적인 "의미의 단계"를 이용해야만 한다.

다시 말하면 독자는 리어왕과 같이 허영심이 많고 권위주의적이며 성미가 급한 노인네가 극의 마지막 부분에 이르게 되면 그의 운명이 어느 한 사람의 비극이 아닌 인간 상태를 나타내고 있는 그런 차원에 이르게 된다는 사실에 놀라게 된다. 물론 이유는 텍스트, 즉 텍스트에서 발견된 단어들의 세심하게 배열된 순서에서 찾을 수 있고 극의 단순한 요약이 그런 효과를 낼 수 없다. 독자는 텍스트의 다양한 요소들이 어떻게 우리로 하여금 누적되는 강력한 경험을 체험하도록 허용하는지를 지적해낼 수 있다. 여기서 말하는 다양한 요소는 시가 주는 소리와 움직임 그리고 폭풍의 이미지와 신체적인 고통에서 시작해서 아버지와 자식들 간의 갈등과 다른 인간에 대한 리어왕의 점점 커지는 연민이라는 이중적인 요소에까지 이르는 것이다. 나는 이 위대한 작품에 대한 수많은 미묘하고 인간적인 독서를 반복할 필요가 없다. 하지만 이 작품을 분석한 많은 비평가들은 그들로 하여금 리어왕이 한 행동과 신비에 싸인 왕국에 대한 한계를 초월하도록 허용하고 인간의 운명에 대한 지각을 포함하는 문맥을 제공해 주었던, 자신들이 작품에 한 기여 즉 자신들의 정서적이고 지적인 자질을 당연하게 생각하곤 했다. 아직도 셰익스피어의 텍스트는 지배하면서도 여전히 개방되어 있는 것으로 간주되어야만 한다.

만약 우리가 언어적 기호라는 가장 근접하게 엮여진 유형에 대한 개방성을 인정해야 한다면 적어도 텍스트 그 자체의 안정성에 만족해야 하지 않겠는가? 학자로 훈련받은 사람들이라도 단어를 명확하게 배열하는데 있어서 독서에서 정확성에 대한 기본적인 범주를 정확한 단어의 책임으로 돌리는 경향이 있다. 의사 소통과 축적된 문화의 공유에 대한 최대의 흥미는 텍스트가 독자에 의해 처음으로 표현될 때 텍스트에 대한 정확한 반응에 대한 관심을 정당화한다. 텍스트의 중요성에 대한 인식은 스스로 명확한 판본을 설정하는데 관심이 있으며, 특별히 그러한 텍스트에서 그의 출판 역사가 문제를 초래했거나 그 저자들이 다양한 판본을 생산했던 텍스트 비평가의 공헌에 대한 인식을 하도록 이끈다. 물론 원고를 해독하는 작업의 일부는 작가의 자필에서 전형적인 구성을 탐지하는데 있어서의 단순히 시각적인 예리함에 의존한다. 그러나 (해독이 원고의 언어를 알지 못하는 사람에 의해서 행해진다면) 언어적 기호에 있어서처럼 결정은 궁극적으로 4장에서 제안된 것과 같은 독서 과정에 의존한다. 가능성으로서 해독자의 마음에 들어온 단어들은 생각과 감성의 얼개에 들어맞는 경향이 있는 것으로 여기서 생각과 감성은 해독자가 어떠한 외적인 도움을 같은 작가가 쓴 다른 텍스트 또는 동시대 작가의 텍스트에서 끌어내더라도 그가 독자로서 이전의 텍스트에서 개발했던 것들이다. 그리고 분명하게 같은 과정이 출판된 작품에 대한 텍스트 비평으로 들어간다.

우리 중 많은 사람에게는 작가가 원래 쓴 단어를 정착시키려는 노력을 하는데 자부심을 가지는 셰익스피어 텍스트 학자는 분명 상호교통적 견해를 강화한다. 왜냐하면 많은 사례에 있어서 주(註)를 붙인 판본의 어떤 책이라도 입증하는 것처럼 결정을 내리는 사람은 작품을 재현해내는 독자로서의 편집자이다. 그러므로 폴스태프(Falstaff)는 푸른 들판을 "서투른 말로 지껄이게" 되며, 선택은 햄릿의 독백에 나오는 “손상된 것”과 “완전한” 것 사이에서 만들어진다.

특히 『흰색 쟈켓(*White-Jacket*)』에서 한 구절의 미묘한 해석은 인쇄가 잘못되었다는 바우어(Fredson Bowers)의 논증을 생각해보라.[25)] 이것은 비평가의 해석의 불합리함에 대한 변형이었는가? 지면 위의 인쇄된 단어들은 그것이 작가의 것이든지 아니든지, 그런 특정한 텍스트와 자신의 경험에 대한 자신의 보고서가 그 자체의 타당성을 가진 독자를 위해서 그 텍스트를 구성했다는 것이 논의되지 않았던가? 물론 만약 비평가가 자신의 해석이 멜빌(Melville)의 의도를 반영했다고 주장한다면 그는 비웃음에서도 자유로울 것이고 불완전 텍스트와 최종본 간의 구분은 엄밀하게 인정되어야 할 것이다. 그러나 여기서 우리는 타당성과 “시의 본질”의 탐색에 대한 문제를 직면할 준비가 되어있다.

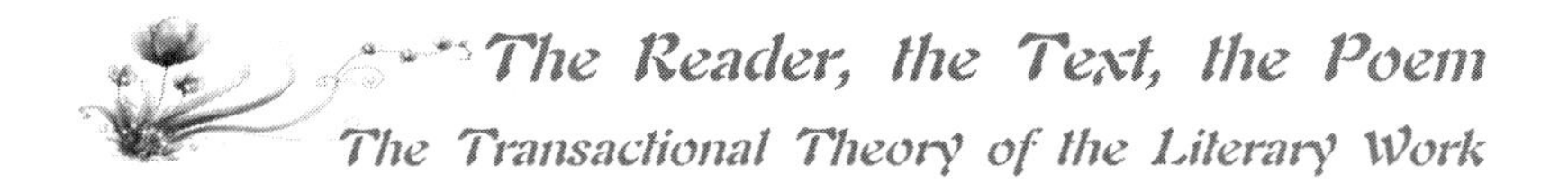

6장

시의 본질에 대한 탐색

THE QUEST FOR "THE POEM ITSELF"

중간 세기의 지배적인 비평적 풍토는 한편으로는 학문적인 몰입을 문학사에 하는 것에 반대하면서, 다른 한편으로는 낭만적 인상주의에 반대하는 반작용에 의해 주로 형성되어왔다는 것이 주로 지적되었다. 종종 인용된 제삼의 영향은 사고의 객관적이고 과학적인 방식의 흔적이다. 이 모든 것들은 독자의 중요한 역할을 인식하는데 불리하게 작용한다. 이어서 신비평의 주도권에 반대하는 반작용은 이제 탄력을 얻었다. 하지만 독자의 역할을 강조하는데 대한 저항은 아직도 되풀이되고 있다. 이 장에서 나는 상호교통적인 강조를 배제하는 문학 작품의 속성에 대한 두 가지 중요한 현재의 관점을 다룰 것이다.

문학사와 전기적이고 사회적인 요소의 표현 수단으로서 문학에 대한 지나친 관심은 예술로서의 문학에 대한 무관심으로 이끌었다고 신비평가들은 주장한다. 리차즈(I. A. Richards) 작품의 한 국면을 토대로 이들은 시를 전기적인 문서 내지는 지적이고 사회적 역사를 다루는 문서로 본 이전의 혼란에서 예술 작품으로 해방시키는데 상당히 공헌했다. 그러므로 20세기 비평의 흔적은 문학의 그러한 접근이 감소되고 자동화된 속성으로서 작품의 "정독" 기법이 발달하였다. 이런 일반적인 접근을 제시하는 몇몇 비평적 작품과 텍스트가 특별히 성공한 것은 이러한 사실은 만약 우리 학교와 대학에서 나오는 독자의 전 세대에 해당하는 것이 아니라면 분명 문학의 전문가로 훈련받은 사람들에게는 실제로 의문이 제기되지 않은 정통적인 관행으로 설정되었다.

낭만적 인상주의에 대한 반작용은 비인간적이거나 객관적인 비평이라는 이상을 조장했다. 인상주의 비평가들은 걸작에서 그들의 영혼의 모험을 추구할 때 "시의 본질"를 잊어버릴 임무를 맡고 있다. 자신의 비평을 예술 작품으로 만들려고 시도하던 페이터(Walter Pater)는 문학 작품에 충실하려는 자기 자신의 감정에 너무 몰입한 독자의 예(단지 부분적으로만 타당하다고 믿지만)가 된 셈이다. 아주 흔히 일어나듯이 반작용은 똑 같이 극단적으로 대립되는 태도를 발생시켰는데, 이러한 입장은 그 부분이 제작자 또는 독자에게 언급하지 않고 분석될 수 있는 대상인 것처럼 다루어진 "작품의 본질"이라고 불린 어떤 것을 강조하는 것이다.

비평에서 이러한 경향은 분명 엘리엇이 널리 알린 시인의 "비개인성"이라는 생각과 일치하고 강화되었다. 엘리엇은 낭만적인 자기 표현을 경멸하면서 시는 "감정을 풀어주는 것이 아니라 감정으로부터 탈출하는 것이며, 개성의 표현이 아니라 개성으로부터 탈출"[1)]이 되어야 한다고 했다. 그러므로 문학 작품은 시인의 개인적 삶에서, 그 삶에 이르는 직접적인 환경과 떨어져서 존재하는 것으로 보인다.

엘리엇이 한 유명한 "객관적 상대성"은—이 말에 연상되는 다소 혼란스런 개념에도 불구하고 혹은 이 말이 주는 모호함* 때문에—또한

---

* "햄릿과 그의 문제들"에서 엘리엇은 이 용어를 두 가지 방식으로 사용한다. 엘리엇이 논의하고 있는 시간의 부분은 이 극에 제시된 상황과 사실이 햄릿의 감성을 이 극에서 표현된 대로 정당화하느냐 하지 않느냐 하는 것이다. 그러나 엘리엇은 일차적으로 전체 극이 과연 작가의 감성에 적합한 "객관적 상대성"인지 아닌지 하는 문제를 제기한다. 엘리엇은 이 극의 해석상의 어려움은 셰익스피어의 혼란스런 문제를 야기하는 감성과 관련해서 그 적합성을 증명하는 것이라고 주장한다.

문학 작품의 관점을 고립해서 존재하는 어떤 것으로서 분명하게 강화했다. 엘리엇은 자기가 사용하는 주요 용어의 정의에서 독자의 존재를 암시한다. 이는 객관적 상대성의 적절함은 그것이 재현할 수 있는 것에 달려있기 때문이다. 즉 "예술의 형태로 감정을 표현하는 유일한 방법은 '객관적 상대성'을 발견하는 것이다. 말하자면 일련의 대상, 상황, 그런 특별한 감정의 공식이 되어야만 할 일련의 사건이고 감각적인 경험 속에서 종결지어야할 외적인 사실이 주어질 때 감성이 즉시 재현되는 그러한 것이다."[2] 그러나 이러한 표현에서 암시된 독자는 특별하고 이미 완전히 결정된 감성에 대한 신호 즉 공식을 수동적으로 기다리고 있는 듯이 보인다. 이것은 『햄릿』과 같은 아주 복잡한 작품에 대한 독자의 반응은 물론, 심지어는 "푸른 숲 나무 아래에서(under the greenwood tree)"의 삶에 관한 서정시와 같은 단순한 작품 까지도 지나치게 단순화시키고 있다. 우리가 보아왔듯이 심지어 이러한 것도 독자의 적극적인 기여를 필요로 한다. 이러한 공식화가 초래하는 위험은 이미지나 장면에 대한 반응이 더 균일화되고 자동화되면 "객관적 상대성"으로서 더 좋아지며 작품도 더 좋아진다는 일반적인 가정을 하는 것이다. 이것은 최악의 경우에는 문학을 신호등과 같은 일련의 자동화된 신호로 잘해야 정적인 상징 즉 표상의 집합체로 격하될 것이다.

오히려 엘리엇의 기본적인 논점은 작가의 개인적인 감정이 무엇이든지간에 독자는 그 감정을 구체화하는 텍스트에 의존해야만 한다는 것이다. 시인의 자기 표현에 대한 낭만적인 강조에 반작용하면서, 엘리엇은 실제로 의사소통에 관심이 있고 상호교통 이론과 조화를 이루는 요점이기도한 이러한 것을 "일련의 대상, 상황, 연쇄적인 이벤트"

를 찾는 것과 동일시하는데, 이것이 독자로 하여금 원하는 감성을 생산해내도록 할 수 있을 것이다. 그러나 이러한 것들은 객관적인 상대성이라는 무수히 인용되는 개념에서 일반적으로 끌어낸 강조 사항은 아니다. 전기(biography)와의 낭만적인 동일시 그리고 매일 매일 살아가는 인간적인 모습이 없는 작품은 객관적으로, 비개성적으로, 자동적으로 존재하는 듯 보인다.

분명 명백하게 발달된 이론의 결과로서 보다는 유추와 예문에 의해서 예술로서의 문학 작품의 비개성화라는 개념은 비개성적이고 개성적인 비평이라는 개념과 유사하다. 이는 해설 및 정교한 형식적 분석과 자동화된 대상으로 보여지는 시의 기교에 대한 토론을 강조하는 경향이 있다. 작가가 제거된 상황에서는 독자 역시 과학자의 비개성적인 투명성에 접근하도록 기대된다.

1949년 출판된 웰렉과 워렌의 『문학의 이론(*Theory of Literature*)』은 문학사 또는 사회사의 문서로서 문학사를 연구하는 것에 반대하면서 "시의 본질"에 집중하는 가장 명백하고 가장 영향력 있는 이론적인 틀을 놓는데 기여했다. 이 책은 비평적 이론의 중요한 문제를 고려하기 위한 학문적인 기반을 제공하는데 많은 역할을 했다. 하지만 시가 "되는" 특별한 독자들과는 상관없는 비인간적인 어떤 것이라는 개념에 의해서 지배된 이들의 책은 분명 문학적 객관성에 대한 편협한 견해와 독자의 공헌을 인식하는데 대한 저항을 강화해왔다. 이 문제에서 분명한 철학적 난제를 의식하는 웰렉과 워렌은 시의 본질에 대한 다양한 입장을 조사했다. 그리고 유명한 그 책의 12장에서 "시의 존재 양식"에 관한 그들의 견해를 지원하는 지식 취향의 이론을 개발했다. 이들의 주장은 좀 더 발전된 형식으로 이들의 동시대인들의 글에서 종종 단지 임의적인 선언이 되거나 의의를 제기할 수 없는 전제가 된 것을 제시하였다.

다음의 언급된 것을 대충 훑어 봤을 때 웰렉과 워렌은 앞 장에서 전개한 입장을 공격하고 있는 것 같아 보일 수도 있다. 그러나 이들은 독특한 재현에서 구체화된 것으로서 시에 대한 극단적이고 심지어는 풍자화된 접근 방식을 자신들이 도달할 목표로서 설정한다. 즉 "독자의 정신적인 경험이 바로 시의 본질이라는 견해는 시는 경험되지 않으면 존재하지 않고, 따라서 시는 모든 경험 속에서 재창조된다는 불합리한 결론에 이르게 된다. 그러므로 단 하나의 『신곡(*Divine Comedy*)』이 있는 것이 아니라 현재에도 있고, 과거에도 있었고, 미래에도 있을 독자의 수만큼의 많은 신곡이 있을 것이다. 우리는 완전한 회의주의와 무정부 상태에서 끝나고 "우리는 취향에 대해서 논의할 수 없다"[3] 라는 불완전한 공리에 이르게 된다. 이 발췌문에서 예시된 오류 중 하나는 어느 작품의 제목이나 "시의 본질"이라는 용어가 필연적으로 본질을 언급해야만 한다는 가정에 있다. 비평적 실제와 문학 교수법은 빈번하게 이러한 가정에 의해 혼돈되고 있다. "진짜 시," "진실한 시," "있는 그대로의 소설," "진정한 소설," "시의 본질"과 같이 『문학의 이론』과 다른 비평 토론에서 지속적으로 언급된 구절은 실제로 이러한 어느 용어가 지적할 어떤 유일한 대상인지 아닌지에 관한 문제를 당연하게 여긴다. 그러므로 위의 발췌문에서 첫 문장 대신에 문제점은 다음과 같이 표현되어야 한다. 즉 "한 편의 시가 읽혀질 때마다 재창조된다는 사실이 주어진다면 우리는 '시의 본질'이 되는 것으로서의 어떤 것에 대해 타당하게 말할 수 있는가?"

웰렉과 워렌이 언급한 것은 또 다른 현재의 혼돈, 즉 시를 재현하는 독자의 활동에 대한 인식은 불가피하게 어떠한 독서도 다른 어떤 독서만큼이나 타당하다는 것을 암시하는 가정을 분명하게 한다. 물론 그러한 어떤 견해도 비평적인 혼돈으로 이끌 수 있을 것이다. **그러나 독자의 활동에 대한 나의 주장에서 어떠한 것도 그런 결론을 필요로 하는 것은 없다.**

시가 전적으로 정신적이라거나 전적으로 독자와는 무관한 어떤 것이라는 개념으로부터 우리 자신들을 자유롭게 하는 것은 힘든 일이다. "시"를 텍스트나 독자의 경험 **둘 중의 어느 하나**와 전적으로 동일시할 수는 없다. 텍스트와 관련이 없이 독자의 마음 속에만 들어있는 어떤 것은 경이로운 환상이 될 수도 있지만 상호교통적인 용어에서 "시" 또는 "문학 작품"이라는 용어가 독자와 완전히 분리되지 않은 속성이 있는 것과 마찬가지로 이러한 "정신적 경험"에도 적용되지 않을 것이다. "시"가 독자와 텍스트간의 관계를 언급하기 위해서 이해되는 순간, 위협적인 비평적 혼돈 상태는 따라오지 않을 것이다. 그리고 이 장과 다음 장에서는 이러한 토대가 규칙적이고 체계적인 비평을 위해 존재한다는 것을 보여줄 것이다.

각 독자가 텍스트라고 생각하는 것이 실제로는 **그에게는** 시이며, 이는 독자가 단지 시에 대해 직접적인 인식을 한다는 의미이다. 어느 누구도 그를 위해서 시를 읽어줄 수는 없는 것이다. 독자는 텍스트와 관련된 다른 사람의 경험을 간접적으로 배울 수 있을지도 모른다. 그리고 자신의 경험이 혼란스럽거나 즉흥적임을 알 수 있게 될 수도 있고, 그런 다음 텍스트에서 더 좋은 시를 재현시킬 시도를 하도록 자극받을 수도 있다. 그러나 그는 이러한 것을 자기 힘으로 해야 한다. 다시 한 번 강조하자면 텍스트와 관련해서 자신이 직접 경험한 것만이 그에게 작품이 된다.

이러한 점은 흔히 그럴듯해 보이지만 분명히 성급한 문학적 평등주의에 대한 주장으로 몰고 갈 것이라는 두려움에서 나온다. 여기에 대한 해답은 오히려 문학 작품의 특이한 개별적 특성을 대면하는 것이고, 그런 다음 이런 상황에서 어떻게 비평적 판별력과 해석의 건전한 준거가 성취될 수 있는지를 발견하는 것이다.

웰렉과 워렌은 너무나 기교적인 면이 있어서 독자의 활동이라는 사실을 완전히 부정하지 않는다. 그러나 이들의 전제는 어떤 특별한 독자와는 무관하며 이론적인 딜레마를 반복해서 창출하는 "시의 본질"이 되는 어떤 것이 있어야만 한다는 것이다. "물론 시는 개인적인 경험을 통해서만 이해될 수 있는 것은 사실이지만 그러한 개인적인 경험과 동일한 것은 아니다. 시에 대한 모든 개인적인 경험은 특이하고 순전히 개인적인 어떤 것을 포함한다. … 그러므로 시에 관한 모든 경험은 어떤 것은 고려하지 않거나 또는 개인적인 어떤 것은 첨가하기도 한다. 그런 경험은 그 시에 결코 적합하지 않을 것이다"(「문학의 이론」, 146쪽).

"시의 본질"에 대한 탐색을 하면서 웰렉과 워렌은 "진정한 시"는 그 시에 관한 모든 경험의 공통분모라는 불합리한 개념을 재빨리 철회한다. 또한 오류로 거부된 것은 그 시를 "정확한" 또는 가장 우수한 독자의 경험과 동등시하는 것이다. 올바른 독자로 지명된 개인이 하는 독서의 우월함은 여전히 정당화 되어야 할 것이다. 그러나 웰렉과 워렌은 비록 "진정한" 혹은 "순수한"시의 존재가 바로 문제가 되고 있지만 "진정한 시의 규범적인 특성"(150쪽)에 대해서 주장한다. 이들은 일련의 기준이라는 견해에 의존하면서 이러한 어려움을 회피하려고 시도

한다. 즉 "모든 개별적인 경험에서 단지 작은 부분만이 진정한 시에 적합한 것으로 고려될 수 있다. 그러므로 진짜 시는 그 시의 많은 독자의 실제 경험에서 단지 부분적으로 인식된 규범이라는 구조로 표현되어야만 한다. 모든 경험 하나하나는(읽기, 암송 등등) 단지 이러한 일련의 규범 또는 표준을 어느 정도 성공적이고 완전하게 이해하려는 시도이다."(「문학의 이론」, 150쪽) 이러한 규범의 본질과 "이러한 규범이 어디에 어떻게 있는지"는 명확하게 제시되지 않고 있다.

폴란드 철학자인 인가르덴(Roman Ingarden)에 대해서 언급하면서 웰렉과 워렌은 규범에 대한 체계는 각각의 체계가 하위 그룹을 암시하는 여러 층으로 구성되어질 수 있다고 제안한다. 이러한 층은 견실한 유형이고, 의미 또는 통사적 구조의 단위이며, 예를 들면 소설가의 "세계"를 대표하는 대상이고, 특별한 관점이며(예를 들면, 보여지거나 들기는 것으로 나타난 이벤트이고, 그의 내적 또는 외적 성향으로 보여지는 성격이다), 또한 "형이상학적인 속성이다"(예를 들면, 승화, 비극, 소름끼치는 것, 거룩한 것). 분명히 "규범" 또는 "표준"이라는 견해는 마지막으로 제안한 세 개의 층, 그 중에서도 특히 마지막 두 층에 적용하기가 점차 더 어려워지게 된다.

"불합리한 절대주의의 명제와 똑 같이 불합리한 상대주의라는 정반대되는 개념은 새로운 합성이라는 방식으로 대체되고 조화되어야만 한다,"고 저자들은 주장하며(156쪽), 이들이 만든 층으로 형성된 발판이 이러한 것에 도달할 방법을 열어준다고 제안한다. 불행히도 이들의 주장은 우리가 특별한 예술 작품의 실제 독서를 고려할 때 구체화되지 않는다는 것이다. 즉 텍스트 또는 웰렉이나 워렌이 한 말에 의하면 "규범적 체계"에 대한 실제 반응이다. 작가들은 반복적으로 텍스트에 함의되어 있는 규준이라는 여러 층을 조직하는 단일의 이상적 "체계"를 가정하고 있는 듯이 보인다. 만약 그렇다면 가상의 혹은 실제의 독자는 텍스트의 다양한 가능성이 누구의 관점에서 이상적이고 "완전한" 체계로 합성될 수 있느냐 하는 것이 가정되어야만 한다. 그러나 심지어 가상의 이상적인 독자라도 특별한 가상의 언어 체계, 특별한 가상의 문화와 민족정신, 그리고 일련의 특별한 가상의 개인적 가치를 필연적으로 포함하고 있다.

『예술로서의 문학(*Das Literarische Kunstwerk*)』[4] 독일어 세 번째 판본의 서문에서 인가르덴은 웰렉의 덕을 본 것을 충분이 인정하지 않았고 계층의 개념을 구성하는 기준으로 잘못 해석했다고 불만을 토로한다. 미국에서의 웰렉과 워렌이 쓴 책의 확산된 영향 때문에 이들이 사용한 출처에 대한 충실함 보다는 이들이 취하는 일반적인 태도가 더 염려스럽다. 게다가 이들과 인가르덴은 중요한 점, 즉 시의 개별적인 독서와는 별개인 "시의 본질"이라는 가정된 존재에 의견의 일치를 보고 있다. 인가르덴은 후설(Husserl)의 현상학적인 접근을 적용하면서도 그의 초월적인 이상주의와 예술로서의 문학은 "실제적"이지도 않으며 "이상적"이지도 않다는(즉, 무한하고 영원하다는) 주장을 받아들이지 않는다. 그러나 인가르덴은 다소 뒤늦은 1969년부터 웰렉처럼 자기를 위해서 잘못된 딜레마를 창출했고, 아직도 예술로서의 문학을 "정수(精髓)" 또는 "개요적인 실체"와 같은 용어에 사용하면서 일종의 실체로서 가정한다. 텍스트의 창조 및 독서에 포함된 과정에 대한 인가르덴의 분석은 가끔 내가 동의하는 견해(예를 들면, 텍스트의 불확정성)를 제시하지만 논점은 구체성과 분리된 것으로 가정된 작품에 대해서 지나친 강조를 함으로써 지속적으로 손상되고 있다는 것이다.

인가르덴이 『예술로서의 문학』에서 "문학 작품"과 구체성의 관계를 밝히려고 시도할 때 그의 견해에 대한 임의성은 독특한 것이 된다. 즉 "말하자면 문학 작품은 적절하게 구성된 모든 구체물 속에 들어있는 어떤 골조로서의 속성이 부여되어 있는데, 이것은 단지 이러한 골조를 살아있는 몸처럼 다양한 특색과 특별한 것으로 입히는 것을 말한다. 작품은 그 자체로는 의복을 통해서 보여지게 되지만 그 의복과는 구별이 되는 것이다. 즉 이런 의복은 다른 무엇보다도 심미적으로 가치 있는 특성을 포함하며 이러한 특성에서 발견된 심미적인 가치를 묘사한다. 작품의 정체성이 역사의 과정에서 살아있는 동안 모든 변화를 거치면서 증명할 만큼 보장되는 것은 단지 이러한 골조가 구체물에 포함되고 가시적으로 드러나게 될 때이다." (「예술로서의 문학」, 8-9쪽) 이러한 은유는 아무리 관대하게 해석되더라도 함축적이지만 비특정화된 "적절함"이라는 기준이나 공통분모 중의 하나를 암시하며 "의미의 층"이 무엇보다도 독자가 심미적인 입장을 채택하는지의 여부에 의해서 형성된다는 사실에 대해서 아무런 규정을 마련하고 있지 않다는 것이다.

어떤 독자가 어떤 층의 가능성에서―말하자면 통사론적인―선택해내자 마자 의미론적인 층에서 선택할 수 있는 것으로부터는 자동적으로 그 가능성을 감축시킨다는 것이며, 이러한 사실은 다음에는 그가 "세상"에 대한 자신의 감각을 재현하기 위해서 이러한 것들을 조합할 방식을 좁히게 된다. 게다가 이러한 "층"은 단지 논리적인 허구이거나 잘해봐야 텍스트가 읽히고 난 후에는 분석을 위한 범주가 된다. 층 즉 쌓은 켜를 총체적으로 분석하는 것은 너무나 정적(靜的)이기 때문에 실제적인 재현의 과정을 왜곡한다. 우리가 보아온 것처럼, 독자는 조직화된 총체로서 작품을 파악하려고 노력한다. 제한된 영향력은 단지 언어학적-의미론적 수준에서 상향으로 작동하는 것 뿐 아니라, 다른 방향으로도 또한 작용한다. 즉 독자가 텍스트에 가져오는 "세상"은 말하자면 그가 층이라고 생각하는 것에 영향을 줄 것이다. 1623년에 『햄릿』을 읽은 두 명의 독자가 있다면, 이 둘 조차도 어떤 점에서는 의견을 달리할 것이다. 완전한 구조에서 세계관에 이르기까지 모든 계층에서 4세기 동안에 있어온 모든 변화를 고려한다면 모든 엘리자베스 시대에 읽힌 각각의 『햄릿』은 20세기 독자가 읽은 『햄릿』과는 다를 것이라는 것을 우리는 확신할 수 있다. 그러므로 심지어 다양한 "계층"에서 가장 "완전한" 조합을 만들어낼 가상의 독자에 대해서 생각하는 것도 단순히 우리에게 하나의 "올바른" 독자를 정당화하는 문제를 생각나게 한다.

그러면 독자의 수만큼이나 많은 수의 『신곡』이 있다는 사실을 어떻게 직면할 것인가? "동시대의 그리스인이 듣거나 읽었던 『일리아드(*Iliad*)』와 우리가 오늘날 읽는 『일리아드』간의 동일성"을 설정하려는 웰렉과 워렌의 노력은 모든 개별적 독서가 분명히 열망하는 이상적인 『일리아드』라는 불운한 가정으로 다시 유도해 간다. 그러므로 우리는 작품은 "그 자체의 생명," 즉 "묘사될 수 있는 전개"를 하고 있다는 말을 듣는다. 작품은 "전시대에 걸쳐서 변하지 않고 남아 있는 '구조'라는 실제적인 본질"을 가지고 있다고들 하지만, 또한 다소 "역동적"이기도 한 것이다. 또한 작품은 "독자, 비평가, 동료 예술가의 정신을 통해서 지나오면서 역사의 과정을 통과하고 변화 한다." (「문학의 이론」, 155쪽).

이러한 독자의 정신에 관계하는 것은 "항상 불충분하고 불완전하게 인식된 어느 의미에서는 성장하고 변화하고 또한 계속 살아남게" 되는 "기준에 대한 체계"로서 작품을 묘사함으로써 즉각 수정된다. "이러한 기준에 대한 체계를 무한한 정수의 영역을 관할하는 일종의 전형적인 이상으로 만들기 위해서 이 체계를 실체화 즉 구체화할" (「문학의 이론」, 153쪽) 필요성에 대한 거부가 있다는 것이 사실이다. 불운하게도 이렇게 부인(否認)하는 것은 바로 "실제의", "진정한" 시에 대한 반복되는 언급이라는 누적적인 효과를 방해할 수 없고 독자에 대한 반복되는 부정적인 언급을 "시의 본질"에 대한 "완전한" 의미의 왜곡 또는 결함으로 여길 수도 없다.

저자와 독자와는 상관없이 "작품의 본질"에 있어서의 자율성을 유지하려는 웰렉과 워렌의 노력은 이론적으로는 성공하지 못한다. 그렇지만 그러한 논의는 적어도 한 세대 동안에는 형식주의적 비평에 대한 정당화를 추구하던 사람들을 만족시켰다. 신비평의 편협함에 반대하는 최근의 반동에서 역사적 접근과 전기적 접근이 새로이 옹호되고 있다. 그러나 아이러니하게도 웰렉과 워렌 및 신비평가들은 독자에게 너무 많은 권한을 부여함으로써 작품의 실체에 대해서 자신들의 견해를 피력하는 데에 지나치게 융통성을 부여하고 있다는 비판을 받고 있다. 예를 들면, 허쉬(E. D. Hirsch)는 그의 역작 『해석에서의 타당성(*Validity in Interpretation*)』에서 작품의 실체에 대해서 주장할 뿐 아니라, 신비평가들이 "작가를 추방"[5]한 것에 대해서도 비난한다. 허쉬는 독자를 거부하는데 있어서는 웰렉과 워렌보다 훨씬 더 심하기 때문에 나는 그의 주장 중 몇 가지를 간단하게 개관하고 특히 그가 적용한 것 중 몇 가지를 인용할 것이다. 이렇게 하는 주 목적은 구체화된 시나 작가 중 어느 하나에 집중함으로써 잃게 된 상호교통적 견해가 제공한 것을 분명히 하는데 있다.

또한 허쉬는 텍스트의 개방성에 대한 사실 즉 단어들이 같은 순서로 되어 있어도 다른 의미를 지원할 수 있다는 사실을 수용한다. 그러나 텍스트에 대한 하나의 "옳은" 해석 그 이상이 있을 수 있다는 생각을 비평적 혼돈으로 유도할 수 있는 것으로서 거부하고 있다. 작가가 텍스트를 썼을 때, 그는 그 텍스트로서 어떤 것을 "의미했으며", 그것만이 오로지 수용할 수 있는 의미가 되어야만 한다는 것이다. "왜냐하면 만약 텍스트의 의미가 작가의 것이 아니라면 그 텍스트가 어떠한 결정적이거나 결정할 수 있는 의미를 가질 수 없기 때문에 아마도 어떠한 해석도 텍스트의 **바로 그** 의미에 부합할 수 없을 것이다." (「해석에서의 타당성」, 5쪽). 그의 의도는 "절대적으로 유효한 해석이라는 개념"에 관한 회의주의를 중화할 원칙을 개발하는 것이다.

허쉬는 작가의 의도와 작품에서 그가 실제로 성취하는 것 사이의 차이를 상기시키면서 윔샛(W. K. Wimsatt)과 비어즐리(Monroc Beardsley)의 유명한 에세이, "의도의 오류(The Intentional Fallacy)"의 효과를 유감으로 여긴다.[6] 우리는 작가의 머리 "속으로 들어갈 수 없으며" 그가 의도하는 바를 절대로 확신할 수 없다는 것에 동의하면서 그럼에도 불구하고 허쉬는 "상식"은 작가가 의미하는 것이 유일하게 보편적으로 수용되는 기준이라는 것을 우리에게 말해준다고 주장한다. 만약 해석에 있어서 진정으로 확실한 것이 불가능하다면 "훈련의 목적은 알려진 바에 기초해서 작가가 의미하는 것에 대한 올바른 이해에 **어쩌면** 도달되었으리라는"("의도의 오류", 17쪽) 일치된 의견에 도달하는 것이어야만 한다. 이것은 물론 타당한 결론이 사용 가능한 증거를 기저로 해서 새로운 증거가 나타날 때 수정되는 아주 감탄할 만한 지식에 대한 과학적 접근을 반영한다. 만약 허쉬가 그 질문에 몰두한다면 **유일하게** 수용 가능한 질문으로서 작가가 전달하려고 의미하는 것은 무엇인가?는 질문은 질문 자체가 그런 방법에 빌려주기 때문에 분명해진다. 예를 들면, 과학 공식이나 논리적 진술을 해석하는데 있어서 우리가 열망하는 일종의 정답에 대한 탐색은 정확하게 말하자면 궁극적으로 허쉬의 토론에서 통찰력이 있는 상당한 부분을 손상시키는 것이다.

물론 허쉬는 우리가 보아온 것처럼 작품에 대한 독자의 경험적인 재현을 완전히 무시할 수는 없다. 그의 방법은 작품을 자기 확증적이고 상상적인 추측 작업처럼 이론적인 변방으로 격하시키는 것이며,* 그런 다음에 사용 가능한 모든 관계있는 지식에 역행하여 과학적으로 시험되어야 한다는 것이다. 작가의 의도에 도달하는 실제 작업은 "낮의 빛 속에서"("의도의 오류", 206쪽) 실행될 수 있는 입증의 과정에서 보여진다. 이것은 내가 경험이 있는 의미라고 한 형성하는 과정과 비평적인 입증의 과정 사이에서 임의적인 단절을 설정한다.

과학적 발견의 과정에서, 과학자들은 종종 나중에 증거와 논리적

---

* 프라이(Northrop Frye)는 『비평의 해부(*Anatomy of Criticism*)』(Princeton University Press, 1957)에서 문학 작품에 대한 실제적인 재현을 "미각의 역사"(9-10쪽)의 변방으로 유사하게 내몰았다. 문학에서의 유사 과학적인 분류학을 개발하려는 노력을 하면서, 프라이는 문학을 취급하는데 있어서 물리학자가 자연을 분석하는 모형을 설정한다. (프라이는 자신이 동시대의 과학 사조와는 접촉하고 있지 않다는 것을 스스로 보여주었다. 이는 물리학자의 "자연"은 우리의 상호교통적으로 이해되는 문학 작품이 그런 것처럼 더 이상 완전히 "저기 바깥에" 있지는 않다는 것을 보여 줄 수도 있었을 것이다.)

원리로 입증해야하는 생각이나 가설에 도달하기 위해서 직관이나 상상력에서 시작한다.[7] 과학자는 오로지 논리적이며 증거에 근거한 증명을 하고 이에 대해서 보고한다. 그리고 중요한 직관에 의한 창조적인 과정은 당연히 받아들여진다. 허쉬는 예술로서의 문학에 대해서도 같은 것을 하기를 원하는 듯이 보인다. 그리고는 타당성이라는 논리적인 과정을 너무 많이 강조함으로써 그는 과학과 예술 간의 근본적인 차이점을 잊어버렸다. 시에 대한 창의적인 재현을 단지 상상력이 풍부한 추측작업으로 처리해 버림으로써 허쉬는 경험된 예술 작품을 내던져 버리고 단지 학술적인 장치만을 보유했다.

후설(Edmund Husserl)은 자기의 저서 『논리적 탐구(Logische Untersuchungen)』에서 한 의미 과정의 분석을 인용하면서 화자(또는 작가)의 "의도"에서 비언어적 양상과 언어적 양상을 구분한다. 허쉬는 후설이 사용한 이 용어를 "'인식'과 개략적으로 상응하는 것으로 해석한다."

> 그러나 (허쉬가 말하기를) 언어적 의미의 현저한 특징은 그것의 초개성적인 특성이다. 이것은 단순히 한 사람을 위한 계획적인 목적이 아니라 많은 사람, 즉 잠재적으로 모든 사람들을 위한 것이다. 언어적 의미는 **언어학적인 관례 하에서 다른 사람들에 의해서 공유될 수도 있는 화자가 가진 "의도"의 양상**이다.(「논리적 탐구」, 218쪽)
>
> 그러나 내용에 의하면 그(허쉬)는 단순히 지적인 내용을 의미하는 것은 물론 채택된 언어학적인 수단에 의해서 다른 사람들에게 전달될 수도 있는 의도의 모든 양상들, 즉 인지적, 감성적, 음성학적(그리고 작문에서는 심지어 시각적인 것) 양상들을 의미한다.(「논리적 탐구」, 219쪽)

이러한 용어를 사용하는데 있어서 허쉬는 특별한 순환성의 사고에 빠져든다.* 허쉬는 언어를 의사소통의 수단으로 추천할 만큼 강조하지만 기본적인 문제는 활짝 열어놓고 일관되게 무시한다. 즉 심미적인 의사소통이나 공유에서의 언어적 의미가 보통이거나 비심미적인 의사소통에서의 언어적 의미와 어떻게 다른가?

허쉬가 사용한 용어로는 예술로서의 문학의 해석이라는 문제는 작가의 의도(작가가 단어에 의해서 전달되는 것으로 인식하는 것)와 독자의 의도(독자가 단어에 의해서 전달되는 것으로 인식하는 것) 간의 관계로서 기술될 수 있다는 것이다. 의도의 오류의 거부에도 불구하고, 허쉬의 입장은 텍스트의 해석을 주로 작가의 마음속에 있었을 만한 것에 관한 외적인 흔적을 연구하는 과정으로 만들고, 이것을 어떠한 의미에서든 우리가 원하는 의도라고 한다는 것을 알 수 있다.

허쉬는 각각의 문학 작품에는 **변하지 않는** 공개되고 공유할 수 있는 양상이 있다는 견해를 지지하기 위해서 프레게(Gottlob Frege)가 한 **Sinn(뜻, 의미)**과 **Bedeutung(뜻, 의미)**의 구분을 이용한다. 예를 들면, 프레게의 용어는 "새벽 별(the morning star)"과 "저녁 별(the evening star)"이 각각 다른 **의미(Sinn)**를 갖고 있다고 하는 것을 가능케 하지만,

---

* 나는 여기서 허쉬가 작가의 의미에 관한 논의에서 후설을 포함하는 정도로만 후설에게 관심이 있다. 이 토론의 목적으로는 후설에 관한 허쉬의 견해가 왜 나에게 의문시 되는 것으로 보이는지 알기위해 더 나가는 것은 필요하지 않다. 내가 받은 인상은 후설의 현상학적인 개념은 일반적으로 나의 입장과 더 가깝다는 것이다. 내가 앞에서 지적했듯이 그것은 제임스(William James)에게서 끌어낸 것인데, 우연히도 후설은 제임스의 덕을 보고 있다고 표현했다(Herbert Spiegelberg, *The Phenomenological Movement* [The Hague: Martinus Nijhoff, 1971], I, 111 ff.; II, 580). 여전히 내게는 제임스와 듀이가 그 안에 심미적인 이벤트를 배치할 활성화 중인 문맥을 제공하는데에는 현상학자들보다 취향이 더 맞는 것 같다. 3장 여러 부분과 17쪽 인용 참고.)

그러나 이 둘은 모두 같은 의미(Bedeutung), 즉 같은 혹성인 비너스라는 것을 지적한다. 허쉬는 하나의 진술은 마찬가지로 변하지 않는 "의미(meaning)"를 가질 수 있지만, 변화하는 "의의(significance)"도 있을 수 있다고 주장한다. 웰렉과 워렌이 『일리아드』를 인용했던 것처럼 시대에 따라 작품에 대해서 변화하는 해석이 있을 때, 허쉬는 다음과 같이 주장한 프레게의 구분을 사용한다. 즉 프레게는 "변화는 텍스트에서 의미의 중요성이 변화하는 동안에 텍스트 본래의 의미는 그대로 남아있다는 것을 나타냄으로써 설명될 수 있다"고 주장했다(「논리의 탐구」, 213쪽). 그리고 허쉬에게 변하지 않는 그 의미는 "작가가 의미했던 것"이다. 그러므로 작가의 의도에 대한 외적인 단서는 텍스트의 다른 해석에 대한 상대적인 "정확함"을 결정하는데 필수적인 것이 되는데, 그렇지 않다면 허쉬에게는 어떤 해석도 가능하게 되어 엄청나게 애매하게 된다.

다시 한번 허쉬의 근본적인 실수는 내가 3장에서 상세히 설명한 비심미적 독서와 심미적 독서를 구분하는데 실패했다는 것인데 이것은 본질적으로 비심미적 "의미"와 심미적 "의미"를 구분하는 것이다. 허쉬는 이상하게도 이러한 구분에 관해서 프레게가 한 경고를 무시함으로써 프레게의 용어를 사용하는데 실수한다. 프레게는 특히 *Bedeutung*과 *Sinn*을 구분하는 일에서는 과학적 진술에 국한하고 있는데, 이는 말하자면 진리와 거짓을 명확히 할 수 있는 진술에 해당되는 것이다. 그러므로 프레게의 *Bedeutung*은 실험하거나 관찰될 수 있는 진술에 대한 영속적인 대상인 브리쥐만의 "조작적 의미"와 유사하다. **프레게는 명백하게 심미적 텍스트를 배제한다:**

예를 들면, 그 언어가 주는 음조는 상관하지 않고 서사시를 들으면 우리는 오로지 문장의 의미[*Sinn*]에 관심을 가지며 그런 다음에 심상이나 감정이 일어난다. 진리의 문제는 우리로 하여금 과학적 연구의 태도에서 오는 심미적인 기쁨을 포기하도록 초래한다. 그러므로 예를 들면, 우리가 시를 예술 작품으로 받아들이는 한 "오딧세이"라는 이름이 의미[*Bedeutung*]를 가지고 있는지는 우리에게는 무관심한 문제인 것이다.[8)]

프레게에게 있어서 심미적인 언어 기호는 단지 *Sinn*만을 가진다(각주에서 그는 심지어 이를 위한 특별한 용어가 있어야 된다고 제안한다). 그런 다음 예술로서의 문학에서 단어들과 이들의 지시 대상이 가르키는 바는 구분이 될 수 있지만 이들이 독자의 의식에 불러일으키는 것과는 별도로 분리해서 고려될 수는 없다. 중요한 것은 과학적으로 결정할 수 있는 영속적인 지시 대상(또는 허쉬가 말한 바에 의하면, 의미)이 아니라 오히려 "문장에 대한 감각과 심상, 그리고 거기에서부터 나오는 감정"에 의해서 생산되는 개념(프레게가 연상이라고 하는)이다. 분명 프레게의 공식은 나의 상호교통적 견해에 완벽하게 들어맞는다. 즉 감각 **그리고** 감각이 독자의 의식 속에 불러일으키는 것은 독자가 텍스트에 대한 반응을 예술 작품으로 형성할 때 그의 관심의 "대상"이 된다는 것이다. 독자에 의한 심미적 구체화와 거리가 먼 텍스트의 변하지 않는 공식적 의미를 상세히 분석하려는 허쉬의 바램은 그가 따온 프레게 이론에 위배됨은 물론 문학 경험에 대한 상호교통적 속성도 침해한다.

내가 말해온 것은 어느 것도 독자의 의도를 확실하게 하려는 요구의 타당성을 거부하는 것으로 해석되어서는 안 된다. 우리가 생생하게 반응해온 단어의 배후에 있는 작가를 지각하는 것 보다 더 자연스러운 것이 무엇이란 말인가? 실제로 대부분에 텍스트에 대해서 순수한 독자는 자신의 해석이 작가의 "의미"와 "작가가 마음속에 가지고 있는 것"에 근접하다고 자동적으로 가정한다. 그러나 좀 더 세련된 독자는 자신의 해석과 작가의 의도 사이에는 커다란 간격이 있을 수 있다는 것을 안다. 허쉬와 다른 해석학에 관한 작품이 인정하듯이 가끔 작가가 의도하는 가능한 의미를 해설하는 것이 복잡한 과제라는 것은 종종 볼 수 있는 사례이다. 그러나 우리가 작가의 의도에 대한 허쉬가 가지는 관심을 상당히 공유하듯이 작가의 재구축된 의도는 텍스트가 심미적으로 읽혀질 때 텍스트의 유일한 "의미"에 대한 유일한—그리고 보편적으로 받아들일 수 있는—기준이 되어야만 한다는 허쉬와 다른 이들이 세운 가정에도 과실이 있을 수 있다는 것을 우리는 분명히 해야 한다.

해설을 하는데 있어서 하나의 기준을 찾는 이들은 이에 대한 대안이 완전히 주관주의, 즉 독자 "홀로"라는 사실을 두려워한다. 이것은 잘못된 딜레마이다. 즉 우리는 작가를 추방하거나 또는 작가의 의도를 절대적인 것으로 다루는 것 중 어느 하나만을 유일한 기준으로 수용할 필요는 없다. 특별한 시를 해석할 때의 차이점에 대한 다음의 논의는 이러한 견해의 양쪽에 내재하고 있는 위험을 예시하고, 해설하는 일에 있어서 타당성의 문제에 대한 상호교통적 해결책을 명확히 한다.

베이트손(F. W. Bateson)도 허쉬처럼 작가의 의미에 대한 우선권을 옹호한다. 이러한 점을 보여주는 한 가지 예는 베이트손이 편집자

였던 『비평에서의 수필(*Essays in Criticism*)』에서 그와 다른 학자들 간에 교환한 일련의 대화에 나타나 있다.[9] 여기서 『밀턴(*Milton*)』에서 인용한 블레이크 시행(종종 "Jerusalem"이라는 제목으로 소개된다.)이 쟁점이 되었다.

그리고 고대의 시간 속에서 그 발들은
영국의 푸른 산위를 걸었던가?
그리고 신의 성스러운 양은
영국의 쾌적한 초원에서 볼 수 있었던가?

그리고 거룩한 모습이
우리의 구름 덮힌 언덕위에서 빛을 발하고 있는가?
그리고 예루살렘은 여기
이 어두운 사탄의 공장 가운데 건축되었느냐?

나에게 타오르는 황금의 활을 가져다 주오:
나에게 욕망의 화살을 가져다 주오:
나에게 창을 가져다 주오: 오 펼쳐지지 않는 구름이여!
나에게 불수레를 가져다주오.

나는 정신적 싸움을 그만두지 않을 것이다,
나의 장검도 우리가 예루살렘을
영국의 푸르고 쾌적한 대지위에 세울 때까지
내 손에서 잠들지 않을 것이다.

And did those feet in ancient time
Walk upon England's mountains green?
And was the holy Lamb of God

On England's pleasant pastures seen?

And did the Countenance Divine
Shrine forth upon our clouded hills?
And was Jerusalem builded here
Among these dark Satanic Mills?

Bring me my Bow of burning gold:
Bring me my Arrows of desire:
Bring me my Spear: O clouds unfold!
Bring me my Chariot of fire.

I will not cease from Mental Fight,
Nor shall my Sword sleep in my hand
Till we have built Jerusalem
In England's green and pleasant Land.

베이트슨은 『영국 시: 비평적 도입(*English Poetry: A Critical Introduction*)』에서 이 시들은 "해마다 이 시들을 암송하는" "수백만"의 사람들이 상상하는 것과 아주 다른 의미를 지니고 있다고 서술한다. 베이트슨이 주장했던 것은 이 사람들이 "고대의 시간(ancient time)"이라는 구절이 피타고라스를 영국의 드루이드교의 사제와 연관시키는 전설을 언급한다는 것을 배울 필요가 있다는 것이다. 말하자면, "예루살렘은 이상적으로 행복한 영국이 아니라 "좀 더 추상적인 어떤 것"을 의미하는데, 예를 들면, 성적인 자유와 같은 것이며, 블레이크는 "어두운 사탄의 공장(dark Satanic Mills)"은 교회의 제단을 언급한다는 것이다.

웨인(John Wain)은 『비평에서의 수필(*Essays in Criticism*)』에서 이

에 대한 비평을 출간했다.

> 나는 이것이 블레이크 시의 실제 의미—만약 우리가 작가 자신이 작품에 붙인 의미에 대한 "실제적"이란 용어를 보유한다면—라고 논쟁하기를 원하는 것과는 거리가 멀다고 본다. 그렇지만 우리가 그렇게 해야 하는가? 시 행 그 자체로는 천 년이 지난 후에도 이러한 의미를 부여하지 못할 것이고, 외부에서 공급받아야만 하는 것이다. 그러나 "모든 작품은 작품 내부에 그것이 왜 그렇게 되는지 그렇지 않다면 왜 그렇지 않은지 이유를 포함하고 있어야만 한다"는 콜리쥐의 말에는 아무도 반대하지 않을 것이다.

그러나 베이트손은 프라이의 말을 인용하면서, 그 중에서도 "공장은 또한 '살아있는 형체'의 분해를 나타내며, 블레이크 시에서 '어두운 사탄의 공장(the dark Satanic Mills)'은 어떤 상상할 수 없는 장치를 의미한다고" 그의 견해를 강조했다. 이러한 것, 즉 이와 다르지 않은 어떤 것이 그 구절이 블레이크에게 의미를 주었던 것이라고 베이트손은 쓰고 있다.

> 한편 내가 생각하기에 웨인씨에게 블레이크의 공장은 19세기의 방직 공장이며, 증기 기관에서 검댕이가 묻어서 "검은색(dark)"이 되었으며, 인간의 고통에 대한 자본주의의 무관심 때문에 "사탄과 같이(Satanic)" 되었다. … 블레이크나 그의 원래 독자들에게 "어두운 사탄의 공장(dark Satanic mills)"은 … 웨인씨가 선호하는 감각을 부여하는 것에는 문제가 될 것이 없다. 블레이크가 밀턴(1800-4년)을 썼을 때에는 잔혹한 증기로 움직이는 방직 공장은 없었으며, 밀접히 연관된 경제 이론으로서 그의 의식을 침투한 자본주의도 분명히 없었다.

베이트손은 웨인이 현대 독자로 하여금 블레이크의 시를 다시 쓰게 하는 허용할 수 없는 활동에 몰입하도록 부추긴다고 비난했다. 베이트손의 기본 가설은 논의되고 있는 특별한 작품의 가장 중요한 의미는 "계속해서 **똑같이** 남아있다"는 것이다.

무엇이 해결책인가? 무엇보다 먼저, 우리는 두 가지의 다른 시는 실제로 같은 텍스트에서 창조되었다는 것에 동의할 수 있다. 만약 우리가 블레이크가 아마도 표현하고 혹시 의사소통하려고—그리고 이것이 실제로 가장 관심이 있는 것인데—노력한 것을 알고 싶어한다면 우리는 그가 역사적, 언어학적, 문학적, 그리고 전기적 연구에 몰두한 것처럼 학자이며 비평가인 그가 간 길을 따라가야 할 것이다. 우리는 개인적인 상징체계에 도달하려고 노력하는 블레이크의 다양한 작품과 그가 텍스트를 쓰면서 암시한 의도를 분석해야 한다. 블레이크의 개성과 사회적 조류와 그가 살던 시대의 초기 낭만주의와 그와의 관계에 대한 관심은 실제로 그런 연구의 엄청나게 많은 부분을 자극했으며 이들 중 몇몇은 아주 교화적이다.[10)]

그러나 웨인의 해석에 관해서는 어떠한가? 아마도 그는 블레이크의 텍스트에 나오는 언어에 의해서 그의 내면에 생성된 감각, 이해, 태도를 의미 있는 경험으로 조직했을 것이다. 웨인과 나는 모든 독자가 텍스트에서 끄집어내는 모든 것이 수용될 수 있다고 주장하지 않았다는 것에 주목하라. 내가 이해하듯이 타당성의 두 가지 중요한 기준은, 독자의 해석은 텍스트의 요소에 의해서 모순되지 않아야 하며, 언어적인 편견은 없다는 사실에 아무 것도 투사되지 않아야 한다는 것이다. 우리는 논의의 목적으로 베이트손의 역사적, 전기적 정보의 정확성을 가정해 왔다. 즉 웨인의 독서가 이러한 건전함이라는 두 가지 기준을 맞춘다는 것을 또한 가정하자. 실제로 어떤 이들은 웨인이 20세기의 세계를 텍스트에 가져오면서 더 난해한 해석을 한 것이 아니라 더 좋은 시로 만들었다는데 동의하지 않은가? 예를 들면, "어두운 사탄의 공장(dark Satanic Mills)"에 의해 제시된 공장의 이미지는 교회 제단의 개념 또는 어떤 다른 제시된 추상적이고 상징적인 지시대상이 하는 것보다 "푸르고 쾌적한 대지(green and pleasant land)"와 대조해서 더 많은 반향을 불러일으키지 않는가? 베이트손은 어떻게 텍스트와 상호교통하는 웨인의 보고를 전적으로 수용할 수 없다고 선언하는가?

그러나 웨인 역시 그가 텍스트라고 생각하는 것이 유일하게 타당한 독서이고 불가피하게 작가의 의도된 의미 내지는 많은 의도된 의미 중의 하나라고 주장하지 않도록 주의해야만 한다. 우리가 동의한 것처럼 그것은 언어학적, 역사학적, 전기적인 연구의 문제인 것이다.

분명히 작가가 표현하려고 "의미했던" 것에 관심을 가지는 것보다 더 자연스러운 것은 없다. 그러나 이것이 먼저 작가의 것으로서 재구축된 것과 다른 어떤 의미의 타당성에 대해 부정하는 문제를 정당화하지 않으며, 두 번째는 작가의 텍스트와 작가와 동시대 및 다음 세대의 독자 간의 상호교통의 실제를 다루기를 거부하는 것도 정당화하지 않는다. 이러한 실례에서 우리는 이전 세기에 생산된 텍스트를 다루고 있다. 그러나 작가에 대한 관계의 문제는 이러한 의미에서 우리 자신들의 세대에 또한 생산된 텍스트에 존재한다.

작가의 의미와 관련해서 부대적인 증거에 집중하는 것은 불운하게도 우선적으로 예술 작품으로서 시, 소설 또는 연극을 소홀히 하도록 유도하는 경향이 있다. (비록 소설을 자동화된 작품으로 취급한 신비평가들의 해결책이 스스로의 불운한 한계를 보여주긴 했지만, 이러한 논쟁에서는 신비평가들의 견해가 옳은 것이다.) 허쉬는 워즈워드의 어떤 텍스트의 두 가지 상충하는 해석 중에서 판단을 내리는데 있어서 그런 심미적인 이벤트가 생겨난 방식을 확장한다.(「의도의 오류」, 227쪽)

수면이 나의 영혼을 봉인했다;
　나는 인간적 두려움은 없다:
그녀는 세상의 세월에 대한 감각을
　느끼지 못하는 물체로 보인다.

그녀는 지금 움직이지 않으며, 에너지도 없다;
　그녀는 보지도 못하고 듣지도 못한다;
바위와 돌과 그리고 나무와 함께,
지구의 일주하는 코스를 돌아서 굴러갔다.

A slumber did my spirit seal;
　I had no human fears:
She seemed a thing that could not feel
　The touch of earthly years.

No motion has she now, no force;
　She neither hears nor sees;
Rolled round in earth's diurnal course,
　With rocks, and stones, and trees.

허쉬는 이 시의 마지막 두 행에 대한 해설에서 발췌한 인용문을 제시한다. 첫 번째 인용은 클린쓰 브룩스의 해설이다.

> [시인은] 사랑하는 사람이 현재 움직임이 없어진 모습을 본 연인의 고뇌에 찬—그녀의 완전하고도 끔찍한 부동의 모습에 대한 그의 반응에서 나온—충격에서 무언가를 제시하려고 시도한다. … 물론 이 효과의 일부는 수면 상태의 대상의 이미지에 의해서보다는 죽어서 생명이 없는 어떤 다른 것에 의해서 선회되는 대상에 의해서 더욱 예리하게 제시된다. 그러나 여기에 작용하고 있는 다른 문제도 있다. 즉 어떤 특정한 지점에 나무와 같이 사슬로 묶여진 것들이나 바위와 돌과같이 완전히 생명이 없는 것과 동반하여 어지러운 것에 무너져 내리는 소녀의 감각이다. … [그녀는] 시간을 측정하고 만들어내는 지상의 텅 빈 회오리 속으로 무기력하게 붙잡혀 버린다. 그녀는 지상의 가장 강력하고 끔찍한 이미지 속에서 지상의 시간에 어루만짐을 당하고 잡히게 된다.

두 번째 인용은 베이트손이 쓴 것이다.

> 이 시가 남기는 최후의 인상은 두 가지의 대비되는 분위기가 아니라, 마지막 두 행에서 범신론적인 장엄함 속에서 절정에 이르는 단일 무드이다. … 이 시에서 희미하게 살아있는 루시는 자연의 장엄한 과정 속에 포함된 웅장한 죽은 루시와 대조된다. 우리는 이 시의 마지막 두 행이 두 가지의 철학 또는 사회적 태도 사이에서 화해의 효과를 내는데 성공하기 때문에 이 시를 만족스럽게 여긴다. 루시는 이제는 인간의 "것"[11]이 아닌 자연의 삶의 한 부분이 되었기 때문에 실제로 죽어 있는 지금이 더 많이 살아있다.

다소 너무나 관대하게도, 베이트손에 관해서 나중에 한 언급에서 허쉬는 "인용된 두 가지 해석 모두가 텍스트에 의해서 허용되고 있다"고 인정한다. 허쉬는 이 두 해석이 다소 텍스트의 모호함 속에 내재된 것으로서 일치 또는 융합하는 것이 확실하게 가능하지 않다는 것을 증명하기 위해 계속하고 있다. 그런 다음 허쉬는 텍스트는 작가가 의도하는 것만을 의미할 수 있다는 그의 논의를 반복한다. 그러므로 그는 작가에 관한 텍스트 외적인 지식에서부터 논의한다. 말하자면, 워즈워드가 말하는 "특성이 있는 태도는 다소 범신론적이다. 어쩌면 워즈워드는 바위와 돌, 나무를 생명이 없는 물체로 간주하는 대신에 1799년에는 이들을 강렬하게 살아있는 것으로 간주했을 것이다." 그러나 허쉬는 "베이트손이 이 시에 포함된 부정적인 암시를 강조하는데 실패한다는 것을 인정하도록 강요받는다. 그는 시인의 과묵함, 자신의 경험에 대해서 어떤 부적절한 평가를 표현하는 일에 있어서 자신이 명백하게 거리끼는 점을 간과한다." 그러나 허쉬는 다음과 같이 결론을 내리고 있다. "**그렇지만, 이런 점에도 불구하고, 베이트손이 말하는 독서에 있어서 명백하게 받아들이기 어려운 점이 있지만** 이것은 브룩스가 말한 것보다 어느 정도 더 가능하게 남아있다고 나는 생각한다." (고딕체는 원저자에 의해 추가됨.)

허쉬는 "시인의 전형적인 태도는 항상 특별한 시에 적용하지 않는다"는 것을 (다소 뒤늦게서야) 인식한다. 그러면 왜 그는 범신론자조차도 죽음으로 인한 생명체의 보편적이고 물리적인 속성의 부재를 의식하는 처음 충격을 경험할 수도 있다는 것은 인식할 수 없는가? 그리고 왜 워즈워드는 시에서 정신적 충격이 컸던 순간을 상기하지 않았어야 했는가? 물론 그는 다른 시에서 표현된 죽음에 대한 범신론적인 견해에서 위로를 찾았는지도 모른다. 그럼에도 불구하고, 허쉬는 베이트손이 독서를 시인의 전형적인 견해에 관한 외적인 "자료"에 기반을 두고 있기 때문에 그의 독서가 (텍스트의 부정적인 양상을 공정하게 판단하는데 대한 인식된 실패에도 불구하고) "일어날 가능성이" 더 있다고 주장한다. 이것이 얼마나 벗어났는지는 언어적 기호에서 파생된 실제로 경험한 모든 의미에서 나오지 않는가! 전체 텍스트에서 딱 들어맞는 단어가 주는 영향력은 작가에 관한 외적 정보에 너무 몰두함으로써 옆으로 내밀린 나머지 무색하게 되었다. 그러므로 해석에 도달하는 것은 증거의 논리에서 말하자면 실습이 된다. 여기서 독자와 텍스트라는 두 가지 모두의 본질이 무시된다.

심지어 워즈워드가 이 시에서 위로가 되는 죽음에 대한 범신론적인 견해를 표현한 자신의 의도를 써 두었던 편지가 내일 발견된다 하더라도, 우리는 여전히 물어보아야만 한다. 즉 전체 텍스트가 그러한 시의 재현을 인정하는가? 우리는 이 텍스트에 쓰인 단어들이, 죽음에 대한 "인간의 두려움"이라는 잘못 이해하고 있는 결핍에 대한 우리의 관심, 또한 에너지, 움직임, 시각 또는 청각도 없이 무기력한 상태로서 죽음에 대해 가지는 우리의 관심에 초점을 맞추고 있다는 것을 지적하지 않아야만 할 것인가? 이 텍스트에는 바위와 돌 그리고 나무가 "자연의 영원불멸한 생명의 일부로 강렬하게 살아 있다"는 감정을 불러일으키는 것은 아무 것도 없다. 오히려 이들이 "지구의 일주 코스에서 둥글게 도는" 것은 이 연의 첫 행에 의해서 발생한 무기력이라는 효과와의 연계를 강화하며, 그렇게 함으로써 나무조차도 돌과 바위와 같이 생명이 없는 부동성에 동화된다. 만약 워즈워드가 낙관적이며 범신론적인 시를 "의미했다"면 아직도 범신론자가 아닌 독자가 그런 의미를 재현할 수 있는 텍스트를 제시하지 않았다는 것이 된다. "틴턴 대성당에서 쓴 시(Lines, Written above Tintern Abbey)" 또는 "서곡

(The Prelude)"과 같은 워즈워드의 다른 텍스트는 독자로 하여금 범신론적인 태도에 참여할 수 있도록 한다.

브룩스의 해석은 허쉬가 인정하듯이 텍스트에 대해서 부정적인 강조를 하는 것을 거부하면서도 상당히 공정하게 평가한다. 그러나 우리는 이것 또한 텍스트에 대한 브룩스의 특별한 경험임을 잊지 말아야 한다. 그는 특히 "끔찍한"을 반복적으로 사용해서 지적하듯이 다른 독자들이 텍스트에서 도출하지 못할 특성을 주입한다. 예를 들자면, 나는 공포가 아니라 오히려 생명부재라는 잔인한 사실에 대한 거의 아연실색할 현실감을 느꼈다. 만약 우리가 단 하나만이 정답이 되는 독서에 집착하는 일에서 우리 자신들을 해방시킨다면 자율성이 있는 "시의 본질" 이든지 아니면 작가의 의미든지 간에 독자들이 텍스트라고 생각하는 것 간의 그런 차이점이 확실하게 존재할 수 있다는 것을 인식할 수 있다. 그리고 외적인 증거가 우리로 하여금 작가의 있을 법한 의도된 "의미"를, 동시대 또는 이후의 독자들에 의해서 텍스트에서 확실하게 파생된 의미를 구분하도록 도와줄 수 있다.

블레이크와 워즈워드의 시는 독자와 이전 시대의 작품과의 관계에 대한 문제를 예시한다. 빅토리아 여왕의 재임 50주년을 기념하기 위해서 쓴 하우스만(A. E. Housman)의 "1887년"은 해석과 작가의 의도에 대한 문제가 심지어 동시대의 독자와 관련해서도 일어날 수 있다는 것을 증명하고 있다.

1887년

클리에서 천국에 이르기까지 횃불이 타오르고,

클리의 주들이 그것을 분명히 보았으며,
북쪽과 남쪽에서 신호를 보내 답하고
그리고 횃불은 다시 타오른다.

왼편을 보라, 오른편을 보라, 언덕들은 밝게 빛나고,
그 사이에 있는 골짜기들도 빛이 난다,
왜냐 하면 오늘 밤은 신이 여왕을
수호하신지 50년이 되었기에.

이제, 그들이 보고 있는 불꽃은
그들이 밟았던 땅 주위의 탑이 아니니,
젊은이여, 우리는 신과 그 일을 함께 도모했던
우리의 친구들을 기억할 것이다.

그들의 마음의 줄을 바르게 엮어낸 하늘이여,
그들의 마음을 용감하게 키워낸 들판이여,
구세주는 오늘밤에는 집에 오지 않는다,
그들은 자신들도 구원할 수 없다.

아시아에 동이 트고, 묘비가 드러나고
그리고 슈롭셔 이름들이 읽혀진다;
그리고 나일 강은 세번 강[역주]의 사자(死者)들 옆에
넘쳐나는 물을 쏟아낸다.

우리는 농장과 마을에서 평화롭게 충성을 맹세하고
그들은 전선에서 여왕을 섬겼다.
그리고 횃불은 위 아래로 불타며

역주) 세번 강(The Severn): 영국 웨일즈(Wales) 중부로부터 브리스톨(Bristol) 해협으로 흘러드는 강.

그들은 나라를 위해서 죽어갔다.

'신이여 여왕을 수호하소서'라고 살아있는 우리들은 노래하고
이 고지에서 저 고지까지 이 소리는 들린다;
그리고 남은 자들과 함께 너의 목소리는 노래하니,
오십 세 번째의 젊은이들인.

오, 신이 여왕을 수호하리니, 너는 두려워 말라:
그대는 원래의 그대의 모습이 되어,
너의 조상들이 가졌던 아들들을 갖게 되리니,
그리고 신은 여왕을 수호할 것이라.[12)]

1887

From Clee to heaven the beacon burns,
The shires have seen it plain,
From north and south the sign returns
And beacons burn again.

Look left, look right, the hills are bright,
The dales are light between,
Because 'tis fifty years to-night
That God has saved the Queen.

Now, when the flame they watch not towers
About the soil they trod,
Lads, we'll remember friends of ours
Who shared the work with God.

To skies that knit their heart strings right,
To fields that bred them brave,
The saviours come not home to-night:
Themselves they could not save.

It dawns in Asia, tombstones show
And Shropshire names are read;
And the Nile spills his overflow
Beside the Severn's dead.

We pledge in peace by farm and town
The Queen they served in war,
And fire the beacons up and down
The land they perished for.

'God save the Queen' we living sing,
From height to height 'tis heard;
And with the rest your voices ring,
Lads of the Fifty-third.

Oh, God will save her, fear you not:
Be you the men you've been,
Get you the sons your fathers got,
And God will save the Queen.

이 시가 출판되었을 때 해리스(Frank Harris)는 이 시를 군주에 대해서 사려가 없는 충절에 대한 전적으로 아이러니한 공격으로 읽었다. 해리스는 이 시가 속물적 애국심에 대해서 "멋진 조롱"을 했다고 하우스만에게 찬사를 보냈다. 그러나 하우스만은 해리스가 놀라게도, "나는 당신이 말한 것과 달리 애국심에 장난하려고 의도한 것이 절대로 아닙니다. … 나는 진심입니다. 만약 영국인이 그들의 조상처럼 훌륭한 인간으로 자라난다면 신이 여왕을 수호할 것입니다."[13]라고 말했다.

여기서 우리는 작가의 의도에 대한 솔직한 진술을 본 것 같다. 그러나 심지어 이것도 하우스만이 상충되는 대답을 함으로써 자기가 해리스를 좋아하지 않는다는 것을 인정하지 않으려고 한 것은 아닌지 의문을 제기하는 학자들에 의해 문제시 되어 왔다. 그러나 심지어 하우스만의 말을 액면 그대로 받아들이더라도 의도의 오류를 피해갈 필요성은 남아있다. 시인의 의도가 어떠하던지 간에 텍스트는 여러 다른 목소리로 분명하게 읽히는 것을 용납한다는 사실이다. 어떠한 독서에도 중심이 되는 것은 기본 어구에서 이용한 변화문이다. 예를 들면, "신이여 여왕을 수호하소서(God save the Queen)" "신이 여왕을 수호하셨다(God has saved the Queen)" "누가 신의 일을 공유하는가?" "그들 스스로는 수호할 수 없다" "오, 신이 여왕을 수호하시리니, 그대는 두려워 마시오" "그리고 신이 여왕을 수호하시리니"와 같은 어구이다. 해석상 다양함은 주로 어떻게 이러한 어구가 텍스트의 남은 부분과 어떻게 통합되는가에 달려있다:

1) 이러한 단어들은 단순히 사실 또는 신념에 대한 진술로 읽혀질 수 있다. 즉 결과로 나온 시는 열렬하고 의심 없는 애국적인 감정의 표현이다.

2) "신이여 여왕을 수호 하소서"에서 나온 변화문은 인간사를 지배하는 신권에 대한 아첨에 의의를 제기하는 것으로 읽힐 수 있다. 그러

므로 이 시는 전체적으로 신에게 돌리는 위대한 일을 실제로 했던 용감하고 충성스런 신하에 대한 애국적인 찬사를 표현할 수도 있다.

3) 변화문은 또한 "신이여 여왕을 수호 하소서"라는 구절에 제시된 마음의 전체 상태에 대한 아이러니한 질문으로 느껴질 수 있다. 즉 이러한 부정적인 태도는 해리스가 감지했던 "신랄한 풍자"를 주입하면서 전체 텍스트에 대한 반응으로도 전달될 수 있다. 그러므로 마지막 연은 "만약 당신은 자신이 해왔던 것처럼 후손들을 자기희생적인 바보로 양육한다면 우리는 실제로 여왕이 수호받을 것이라고 계속 믿을 수 있겠지만 신이 수호한 것은 아니다. 그럼에도 불구하고 신은 영광을 받게 될 것이다"를 포함하는 어조로 읽혀질 수 있다.

각 독자는 자기의 특별한 해석이 옳다고 주장할 것이며, 그 주장을 지원할 구문적 요소를 지적할 것이다.[14] 이들은 각각 특별한 일련의 가정들을 뽑아낸다. 분명, 하우스만(A. E. Housman)의 텍스트에 상이한 태도와 예상을 들여오는 독자들은 이러한 단어들의 똑 같은 총체적인 유형에서 확실하게 다른 시를 만들어낸다. 어쩌면 우리는 이러한 독서 중 어느 것이 작가의 의도와 가장 근접한지 결정할 외적인 증거가 필요할 것이다. 그렇지만 그것을 가장 가능한 타당성 있는 독서로 규정할 수는 없는 것이다.

엘리엇의 "황무지(Waste Land)"는 특히 "열린" 텍스트의 또 다른 실례를 제공한다. 엘리엇은 원본을 재간한 판본에서 다음과 같이 말하고 있다. "다양한 비평가들이 이 시를 동시대의 비평의 관점에서 해석하는 영예를 부여해 주었으며, 실제로 이 시를 사회 비평의 중요한 부분으로 고려했다. 나에게 이 시는 단지 인생에 대한 나의 개인적이고 전적으로 무의미한 불평을 토해낸 것으로 단지 운율을 맞춰서 불만을 토로한 소품일 뿐이다."[15] 이 텍스트를 엘리엇이 강렬하게 느낀 개인적 좌절과 공허감의 상징적 표현으로 단언하는, 즉 전적으로 개인적 언어로 읽는 것은 가능하다. 그러나 이런 점이 우리에게 다음과 같은 독서를 거부하도록 요구하는 것이 아니다. 이를테면, 여기에서 말하는 독서는 대중적인 문맥을 강요한다거나 현대 삶의 비인간적인 경향을 가진 확산된 불만에 상징적인 형식을 부여하는 시를 재현해내는 독서를 가르킨다.*

텍스트가 어떻게 생성되는가의 문제는 그것이 독자와의 관계 속에서 어떻게 기능하는가의 문제와 구분되어야 한다. 첫째는, 특별한 문화에서 특별한 개성에 의한 특별한 시점에서의 창작의 과정은 왜 언어적 유형이 그런 식으로 정형화 되었는지를 설명할 것이다. 우리는 종종 작가와 그의 시대의 관점을 재 포착하려고 노력한지만, 이것이

---

* 이 글이 쓰여진 이후, 밀러 2세(James E. Miller, Jr.)는 『엘리엇의 개인적인 황무지(*T. S. Eliot's Personal Waste Land*)』(University Park: Pennsylvania State University Press, 1977)를 출판했는데, 이 책에서 밀러는 작가와 다른 사람의 다양한 해석에 대한 사례를 설득력 있게 전개한다. 밀러 2세는 엘리엇이 자신이 나중에 쓴 다음 글에서 이 견해를 지지했다고 우리에게 상기한다.

어느 의미에서, 그러나 아주 제한된 의미에서, 그(시인)는 다른 어떤 사람보다도 그의 시가 "의미하는" 것을 더 잘 알고 있다. 그는 그들의 글쓰기의 역사, 인식하지 못한 형식으로 들어오고 지나간 자료를 알고 있었을 것이며, 그는 자신이 하려고 노력한 것과 그가 의미하려고 의미하고 있었던 것을 알고 있다. 그러나 시가 의미하는 것은 작가에게 의미하는 것만큼이나 다른 사람에게도 상당한 의미를 가진다. 그리고 실제로 이러한 과정에서 시인은 그의 원래 의도한 의미를 잊어버리거나 혹은 잊어버리지는 않고 단지 변화하면서, 다만 자신의 작품에 경의를 표하는 독자가 될 수도 있다. (『시의 활용과 비평의 활용(*The Use of Poetry and the Use of Criticism*)』 [New York: Barnes & Noble, 1933], pp. 129-130)

필연적으로 이상적인 독서인지는 알 수 없다. 만약 텍스트가 엘리자베스 시대 또는 빅토리아조 시대, 또는 20세기의 영국이든지 간에 복잡한 사회에서 생성되었다면, 위에서 언급한 해석상의 이질성에 관한 다양한 문제들은 이미 작품이 출판 또는 보급될 때에 이미 작동했을 것이다. 셰익스피어 드라마의 초판을 읽은 독자들은 그 텍스트에 많은 언어학적 변인과 많은 세계를 들여왔다.

게다가 20세기와 같은 이러한 시기에는 독자의 문화적 장치의 일부는 보통 그가 다른 시기에 생산된 작품을 읽고 있었다는 인식을 하게끔 할 것이다. 이것은 동시대 작가의 텍스트를 읽는 것과는 아주 다른 것이다. 우리는 독자 또한 학자로서 전 시대의 정신적 태도 및 삶에 참여하기 위해서 모색할 수도 있다는데 동의했다. 그러나 산타야나(Santayana)가 모든 점에서 완벽한 18세기 가정을 재생산해 내었던 20세기 인간에 대해서 말했던 것처럼 자기 자신이라는 하나의 시대착오가 여전히 남아있다.[16] 우리는 나중에 독자가 텍스트는 다른 사람에 의해 생산된 것은 물론 그 텍스트를 통해서 그는 다른 시대와 다른 문화와 관계를 가지게 된다는 것을 또한 의식하는 이러한 이중적인 시각(이런 용어를 만들 수도 있을 것이다)을 다룰 것이다.

웰렉과 워렌이 주장하듯이, 한 작품의 "생명"은 분명 "그 작품만의" 것이 아니라, 다른 시대의 독자들이 텍스트에 가져오는 변화하는 생명체의 작용에 있는 것이다. 다른 독서에서 나타난 연속성과 변화는 모두가 독자와 텍스트 사이의 이러한 관계에서 자라나온다. 문학 작품의 생명에서 "연속성"은 텍스트의 지속하는 존재와 잠재성에 의존함은 물론 때로는 심지어 문화적 영역을 초월하는 독자들이 속한 세대의 역사와 이들의 기본적인 인간 경험과 관심 속에 있는 연속성에도 의존한다. 그 "생명"은 텍스트를 변화시키는 그들의 생명의 매트릭스로 통합하는 많은 독자들에게서 파생한다. 각 독자는 이러한 경험에서 소위 그가 『일리아드』로 인식하는 어떤 것을 다듬어낸다. 그러나 이런 경험은 어떤 면에서는 그의 동시대 및 과거의 독자가 만들어 낸 『일리아드』와는 다르다. 한 종류의 독서에서 다른 종류의 독서로 움직이는, 해석상의 이러한 변화를 고려하는 것은 웰렉과 워렌이 말한 "발달"을 구성한다. 실체 즉 유기체의 성장에서 암시적이며 명시적인 이들의 은유는 문제를 혼란스럽게 한다.

고대 그리스의 『일리아드』와 우리 시대의 『일리아드』의 "정체성"의 문제에 대한 해결책은 아마도 먼저 "정체성"과 같은 그런 용어를 포기하는 것이며, 다음으로는 우리는 그 텍스트와 관련해서 **서로를 비교하기 위해서** 그 텍스트에서 나오는 다양한 감정의 재현이 있음을 인식하는 것이다. 다른 개성, 다른 구문론적, 의미론적인 습관, 다른 가치와 지식, 다른 문화를 텍스트에 가져오는 독자들은 텍스트의 지도와 통제 하에서 다른 조합을 만들어내고, 다른 "작품"을 체험할 것이다. 모든 독서가 특별한 독자와 특별한 텍스트를 포함하는 시간과 장소 안에서 하나의 이벤트인 것처럼 특별한 텍스트를 포함하는 그런 이벤트 연속체의 역사가 가능하다. 그러므로 독자는 수 세기에 걸친 각 시기의 독서에서 『일리아드』를 구성했던 유사점, 반복, 변화 및 차이점을 설정하기 위해서 노력한다. 계속되는 기간 동안에 특별한 작품의 **행운**(불어로 표기하면 "*la fortune*")은 물론 작가 자신에게서 시작해서 독자에 의해 텍스트에 가지고 온 다른 종류의 습관, 감수성 그리고 가치의 역사가 되는 경향이 있다.

『철학적 연구(*Philosophical Investigation*)』에서 의미의 문제에 대

한 루드비히 비트겐스타인(Ludwig Wittgenstein)의 접근법이 여기서 응용 될 수 있다.[17] 그는 집단의 개념을 사용할 것을 제안한다. 즉 예를 들면, "게임"과 같은 일반적인 개념은 이 용어가 적용되는 모든 상황에서 발견되는 일련의 모든 추상적 경향 안에서 정의될 수는 없다. 오히려 이 용어의 다양한 사용에는 연결 및 부분적인 겹침이 있으므로 오히려 "게임"이 적용하는 "일군의" 상황으로 생각할 수 있다. 같은 방식으로 『일리아드』라 불리는 텍스트의 다양한 독서 간에는 집단별로 유사점이 있다. 그러나 이 제목이, 개별적 독서들은 근사치인 단 하나뿐인 이상, 즉 완전한 해석을 나타낸다고 가정하는 것은 독단적이다.

한 개별 독자(심지어는 작가 자신도 그렇다)가 같은 텍스트를 연속적으로 독서하게 되면 처음 독서 때 형성된 경험이 두 번째 독서에 가져오게 되는 기대와 감수성에 영향을 미칠 것이기 때문에 독서의 양상이 보통은 달라질 것이다. 또한 인생과 문학에서 독자의 다른 경험으로 인한 변화도 텍스트와의 새로운 관계에 영향을 줄 것이다. 그러나 텍스트에서 나오는 연속되는 재현은 필연적으로 누적, 즉 "자금이 모이는" 효과를 낼 것이라는 가정(假定)에서 만약 자금 제공이 하나의 독서에서 나온 요소가 다른 독서로 단순히 첨가된다면, 이 가정은 보증되지 않는다. 다시 독자는 역사적이라는 의미에서는 부가적인 것이 될 수 있지만, 또한 아닐 수도 있는 역사적인 의미의 독서 이벤트에 의존해야만 한다. 이전에 한 독서에 대해서 독자가 기억하는 것이 어느 정도 분명할 수도 있다. 독자 자신의 지적이고 정서적인 상태와 몰입이 다른 독서에서보다는 현재의 독서에서 특정한 세부 사항에 더 많거나 더 적은 집중을 할 수도 있을 것이다. 혹은 즉석에서 이용 가능한 특정한 종합적인 통찰력이나 생각을 형성할 수도 있다. 다시 말하면, 나이를 먹는 과정 즉 개인의 일생에 걸쳐서 작품의 "생명"은 연속성을 가질 수도 있는 개인적인 독서 이벤트 및 체험한 경험의 역사 속에 존재하고 있다. 그러나 이것은 또한 다양한 "집단" 유사성만을 가진 비연속적이 될 수도 있는 것이다.

웰렉과 워렌은 작품의 정체성에 대한 강조 및 변화에 대한 인식 사이에 사로잡힌 자신들의 딜레마를 피하기 위한 노력을 하면서 다른 주장을 한다. 이들도 허쉬처럼 해석의 타당성에 대한 개념에 호소한다. 이들은 작가에게만 집중하기를 거부하면서도 "주제" 그 자체 내에서 전적으로 판단하기 위한 기반을 마련함으로써 절대론적인 의미를 도입한다. 즉 "어떤 관점이 주제를 가장 철저하고 강렬하게 파악하는지 결정하는 것은 언제나 가능할 것이다. 관점의 위계, 즉 기준을 파악하는 비평은 해석의 타당성이라는 개념에 포함되어 있다. 모든 상대주의가 궁극적으로 패배하게 되는 것은 '절대적인 것은 비록 상대적인 것 안에 결정적이고 완전하게 존재하지는 않지만 그 안에 존재하고 있다'는 인식 때문인 것이다." (「문학의 이론」, 156쪽) 그러나 우리가 앞서 했던 특별한 시에 관한 논의가 증명하는 것은 해석의 적합성에 관한 아주 철저한 개념에서는 관점이 위계적으로 등급이 매겨지는 **유일하게** 보편적으로 수용되는 일련의 준거는 어쩔 수 없이 수반하지 않는다는 것이다. 위의 글에는 해석의 평가 체제를 위한 두 개의 타당한 관심의 축을 "철저하고 강렬하게" 제안한다. 그러나 심지어 이러한 준거는 다른 평가자들에 의해서 다르게(즉 철저함과 강렬함에 대한 검사가 다를 수도 있지만) 실행될 수도 있다. 그리고 다른 위계적인 순서로 유도할 해석의 타당성을 평가하는 데는 다른 근거가 있다.

지속되는 자율적인 대상으로서 “시의 본질”이라는 비현실적인 개념은 도움이 되지 않는다. 타당성의 보편적인 준거는 텍스트 그 자체로부터 추론될 수 없지만, 또한 받침점 즉 독자가 그것에 반응하면서 형성하는 작품의 텍스트에 타당성을 판단할 외적인 관점을 필요로 한다. 그러므로 여러 명성이 있는 비평가가 읽은 같은 텍스트라도—셰익스피어의 드라마 또는 밀턴의 『실낙원(*Paradise Lost*)』을 예로 들 수 있다—한 텍스트의 적절한 해석을 구성하는 다른 기준에 따라서 다른 방식으로 (즉 다른 “위계”로) 등급이 매겨질 수 있다. 예를 들면, 요즘에는 텍스트를 평가하기 위해서 특히 문맥 이론가들이 적용해 온 복잡성의 정도에 대한 기준이 독서의 평가에도 가끔 적용된다. 예를 들면, 좋은 해석을 만들어내는 표준에 대해서 엠프슨과 신비평가들이 끼친 영향을 보라. 그러므로 우리는 실제성이 텍스트에서 나오는 재현의 다양성에 대한 가능성과 해석의 타당성에 대한 기준의 다양성을 포함한다는 것은 인정하지 않을 수 없다.

이것은 절대적인 기준을 찾는 이들에게 문학적 상황에서의 너무 충격적인 상대주의적 견해를 나타낸다. 그러나 우리는 취향에 대해서 논의할 수 없다는 사실에서 오는 “무질서 상태와 혼란”을 두려워할 필요는 없다. 다양하고 대안적인 일련의 타당함에 대한 준거가 있다는 것을 우리가 인식할 때 독서의 타당성에 대한 개념(또는 해석)은 거부되지 않는다. 어떠한 것도 특별한 텍스트에 대해서는 어떠한 특별한 독서가 타당하다고 우리가 평가하는 일을 방해할 수는 없다. 즉 **적용되는 기준에 명료함 또는 상세함을 부여하는 것은 혼란을 제거하는데 필요한 것이다.** 물론 그런 평가는 다양한 해석이 포함될 때에 더 쉬워진다. 만약 한 독자가 어떤 텍스트에서 얻어내는 것을 다른 독자가 그 텍스트에서 하는 독서와 비교한다면, 이들이 비교되는 적합성에 대한 기준은 명확하게 될 수 있으며 또 그렇게 되어야만 한다.

그러므로 나는 읽기를 평가하는 **하나의** 가능한 원리로 허쉬가 제시하는 타당성에 대한 기준을 수용할 준비가 되어있다. 나는 비교문학을 공부하는 학생으로서 종종 작가와 동시대인에게 텍스트의 가능한 의미를 발견하기 위해서 읽기를 했다. 그러면 나의 독서는 내가 작가와 그가 활동을 한 시대의 수평 선상에 내 자신을 제한시킬 수 있는 정도에 의해서 판단되어야 한다.

나는 심지어 대부분의 독서에서 우리는 의사소통의 과정이 진행되고 있으며, 독자는 작가의 의도를 반영하는 어떤 활동에 참여하고 있다는 신념을 추구하고 있다고 기꺼이 말할 수 있다. 그리고 특히 우리의 경험이 생생하거나 감동적이었다면 우리는 기질, 삶의 상황, 사회적이거나 지적이거나 철학적인 환경의 어떠한 방식이 이 작품을 낳았는지 확인하고 싶을 것이다. 특히, 그 텍스트가 과거의 작품이라면 우리의 경험이 어느 정도까지 작가의 동시대인들과 다른지 알아내고 싶을 것이다. 문학사 연구가의 모든 접근법, 즉 텍스트 연구, 의미론의 역사, 문학성, 전기적, 그리고 다른 유형의 역사 등이 잠재적으로 관련이 있게 된다. 이 모든 것들은 독자가 자신을 작가와 작가의 시대라는 범위에 제한하도록 도울 수 있을 것이다.

그러나 일차적으로 특별한 사람, 시간 그리고 장소의 표현이라는 식의 작품에 대한 전통적인 접근을 수용하는 것은 우선 작가의 "의미"와 더불어 절대론인 관심이 위험함을 인식하고 여기에 반대하는 통찰력 있는 경계심에 의해 수정되어야할 일이다. 우리는 작가의 정신 및 그의 동시대인의 정신과 똑같이 될 수 있는지에 대해서는 확실하지 않다는 것을 인식할 필요가 있다. 그러므로 허쉬처럼 텍스트와의 실제로 심미적인 교류를 하지 못하고 작가와 그가 살던 시대에 관한 지식을 무의식적 혹은 의식적으로 대치하는 위험을 안게 된다. 결국 텍스트는 좀더 직접적으로 전기적이고 역사적인 자료의 지원을 요구하는 작가의 일생을 기록한 문서가 되고 만다.

무엇보다도 먼저 텍스트와의 체험적인 관계에서 오는 우선권이 유지되어야만 한다. 그런 참여를 하도록 우리를 돕는 어떤 것, 어떠한 지식에도 가치가 부여되어야 한다. 이것을 분명하게 기억하고, 우리는 텍스트에 의해서 생산된 경험을 타당하게 조직하는 우리의 능력을 높일 수 있을 어떠한 "배경 지식"도 환영할 수 있다. 그러므로 우리는 의도의 오류 개념을, 작가의 의도에 대한 지식이 간과될 수도 있을 텍스트의 단서를 우리에게 알려줄 수 있을 정도까지 거부할 수 있다.

허쉬의 획일적인 견해에 반대하는 것은 작가를 거부하는 것이 아니라 독자와 작가 사이의 관계가 복잡하다는 것을 인식하는 것이다. 허쉬는 시를 단지 전문적인 연구를 하기 위한 출발점으로 생각하도록 우리를 유도해낸다. 오히려 우리는 우리의 우선권을 분명하게 유지할 필요가 있다. 우리가 비심미적인 수단에 의해서 어떠한 지식 또는 통찰력을 얻더라도 그것이 경험으로서의 작품을 강화한다면 가치가 인정될 것이다. 이외의 어떠한 것도 전기로서, 문학사로서, 사회적 실화로서 가치가 인정될 수 있다. 그러나 이러한 것들은 문학적 경험과 혼동되거나 문학적 경험으로 대치되지 않아야 될 것이다.

작가의 의도에 관심을 가지는 것이 단지 텍스트를 읽는 것에 대한 정당화가 되는 것은 아니다. 앞에서 논의한 블레이크 시나 워즈워드 시의 경우에서처럼 다른 타당성의 기준이 수용될 수 있다. 20세기의 독자는 이러한 시 또는 셰익스피어의 드라마가, 그것이 『햄릿』이 되든지 『코리오레이너스(*Coriolanus*)』가 되든지, 독자 자신에게 강렬함과 복잡함, 미묘함, 인간의 한계가 텍스트에 대한 수용 가능한 독서로 판단될 수 있는 경험을 재현시킬 수 있는 "세상"을 가지고 올 수 있다. 즉 텍스트의 실제 기호를 활성화하고 텍스트가 어떤 타당한 근거를 제공하지 않는 의미는 강요하지 않는다. 여기서 타당성의 기준은 강렬함, 복잡함, 미묘함과 인간의 한계와 같은 단어에 포함되어 있다. 다시, 나는 그런 독서는 우리가 알고 있는 엘리자베스조의 태도나 신념에 우리를 제한시키는 기준에 대면하도록 하지 않으리라는 것을 알고 있다. 그러나 두 번째 척도에 의해서, 20세기의 독서가 더 높게 평가될 수 있다. 가끔, 그러나 반드시 그럴 필요는 없지만 두 세트의 기준은 같은 독서에 의해서 만족될 수 있을 것이다.

그러나 우리가 작가의 읽기만을 수용하는 절대주의를 거부하듯이 20세기의 셰익스피어 읽기는 반드시 엘리자베스 시대 사람들보다 더 적절해야 할 것이라는 사실을 합법화하려는 지역적 편협함이나 독단론을 피해야만 한다. 우리는 단지 우리를 지도하는 기준을 해명하고 그것들에 의하면 왜 특별한 독서가 텍스트를 제대로 평가하는지 또는 그렇게 하지 못하는지 설명할 수 있어야 하고, 심지어 작가의 가설적인 의도라 하더라도 다른 종류의 독서도 좋아할 수 있어야 한다. 예를 들면, 만약 내가 하우스만의 "1887년" 읽기가 어떠할지 알아보는데 관심이 있다면 학문적이고 역사적인 증거에 도움이 되는 보편적인 기준을 적용해야만 한다. 앞서 인용된 50주년에 대한 하우스만의 관심에 관한 해석은 하우스만이 "1887년"을 쓸 때에는 진지한 애국심을 가지고 있었으며 해리스에게 보낸 그의 편지에서는 당황했었다고 시사하는 말에는 의구심을 던지는 견해를 지지하는 경향이 있다. 그러나 우리는 이 텍스트는 또한 제국주의에 대한 풍자적인 공격으로서 해리스의—그리고 분명 다른 사람들의—대안적인 읽기를 지지했다고 믿을 수도 있다.

나는 앞에서 제안한 독서에 대한 문학적인 복잡함에의 기준을 적용하면서 풍자적 독서(2번과 3번)가 어조에서 많고 미세한 뉘앙스에 대해서 민감한 인식을 요구하는, 말하자면 한층 더 미묘하고 세밀하게 조정된 경험을 제공한다는 것을 발견한다. 나는 또한 이러한 것들이 영국 제국주의자의 자기만족에 관한 나 자신의 견해를 만족시킨다는 것을 인식한다. 두 가지의 가능한 대안적인 풍자적 읽기에서 나는 또 다시 3번의 읽기 방법을 더 좋아하도록 나를 유도하는, 내가 텍스트에 가져오는 선입견적 편애를 발견한다. 여기서 정치적 권력 또는 심지어 신성한 권력은 신뢰와 영광이 부여되는 것으로 보여 지는 반면에 보통 사람은 그가 보듯이 자기의 임무를 끈기 있게 효율적으로 하는 것으로 영예가 주어진다. 나는 또한 그가 의문시할만한 목적을 위해서는 이런 식으로 이용되도록 자신을 허용한다는 비난조도 감지한다. 만약 내가 이러한 풍자적 읽기와 작가의 가정된 의도를 비교한다면, 나는 나 자신의 생각과 기대의 구조가 얼마나 많이 나의 독서를 채색하고 있으며 나의 견해가 하우스만의 견해와 얼마나 많이 다른지를 더 예리하게 의식하게 될 수 있을 뿐이다.

유사한 추론이 디킨슨(Dickinson)의 텍스트, "**나**는 **파리** 한 마리가 윙윙거리는 것을 들었다 (I heard a **F**ly buzz.)"에 의해 지원되는 대안적 읽기(위 참고)에 적용한다. (최근에 나온 이 책에서는[18] 내가 가르친 학생들만큼이나 이 텍스트의 읽기에 이견을 보이는 많은 비평가의 견해를 인용하고 있다.) 어느 것이 디킨슨이 직접 했던 읽기인지를 결정하기 위해서는 그녀가 쓴 다른 텍스트, 직접 쓴 편지, 그리고 다른 자전적인 자료들에서 끌어낸 외적인 보조 자료가 필요하다. 디킨슨이 자신의 의도를 기록했을지도 모르고 우리는 그러한 의도가 실현됐는지 아닌지를 결정하기 위해서 여전히 텍스트로 돌아가야만 한다. 그녀의 다른 텍스트들도 그녀의 전형적인 태도를 찾아내기 위해서 해석될 수도 있다. 그러나 심지어 이러한 것도, 순수하게 지적이거나 심미적인 다른 기준이 여전히 우리로 하여금 이러한 예에서 시인이 비전형적인 분위기를 표현하기 위해서 노력했는지 궁금해 하도록 유도할 수도 있으므로, 확정적인 것이 될 수 없다. 예를 들면, 청결에 대해서는 뉴잉글랜드 전통적인 가정주부의 열성을 가진 디킨슨이라면 파리에 대해서는 오로지 혐오감을 느끼리라는 것이 자연스럽게 논의된다. 나에게 이것은 앞서 토의한 대안적 읽기보다 그녀의 재능을 덜 가치 있게 만드는 정서적으로 기교적으로 한층 더 격이 낮은 작업이 되게 하는 것으로 보인다.

앞에서 한 "수면이 나의 영혼을 봉인했다(A slumber did my spirit seal)"는 구절에 대한 토론에서 텍스트의 우선권에 대한 기준은 외적인 전기적 자료에 근거한 해석을 거부하도록 나를 이끌었다. 이 텍스트는 워즈워드의 철학적 태도에 관한 지식에서 파생된 가설적인 해석을 지지하지 않았다.

셰익스피어의 소네트 73번의 시행("방금 전까지도 고운 새들이 노래하던 텅 빈 폐허가 된 성가대석(Bare ruin'd choirs where late the sweet birds sang)")에 대해서 엠프슨이 한 주석을 인용하면 타당성에 대한 대안적 기준에 관한 요점을 예시하는데 또한 도움이 될 수 있다.

어린 성가대 소년에 대한 연상은 소네트의 "그대(you)"에 대한 셰익스피어의 추정되는 동성애 관계를 보여주는데 적절했다는 엠프슨의 말은 텍스트 읽기에 전기적인 문서를 반영하는 것이다. 이 소네트 텍스트에는 어느 것도 그러한 읽기를 요구하지는 않는다. 엠프슨은 실제로 폐허가 된 수도원을 "역사적 배경"으로 언급한 것에 대해 변명했다. 이런 해석은 텍스트 읽기를 문서로 제안하는데, 이 문서에서는 심상이 동시대의 역사적인 이벤트에 대해서 작가가 의식하는 바에 대한 단서로 분석된다.

그러한 전기적이고 역사적인 해석이 근간이 되는 학문적인 표준은 텍스트의 심미적인 독서에 적용되는 기준과는 다르다. 이런 점에서 텍스트에서 재현된 등장인물(persona)은 그 단어들을 썼던 역사적 인물과는 분리된다. 소네트 73번의 단어들에 함축된 생각과 감성은 자신이 노화하고 있다고 느끼는 사람이 연인에게 말하고 있을 수 있는 말로 경험될 수 있다. 이러한 해석의 타당함은 문학적 기준의 근거에서 판단되어야 할 것이다. 즉 타당한 해석을 조직하는 원칙은 전체 텍스트에 대한 반응을 포함해야 하고, 감각적인 심상, 정서적인 어조, 구조적인 생각을 종합적으로 다루어야 한다. 같은 기준이 이야기를 구체화하는 소네트의 연속체의 일부로서 이 텍스트 읽기에 적용되어야 할 것이고, 그런 문맥에서 이 행들은 다르게 해석될 수도 있다.

텍스트에 특별히 체계적인 관념론(ideology)을 도입하는 해석자들은 특별히 그들의 타당성의 기준에 대한 효과를 측정해볼 필요가 있다. 예를 들면, 초기 기독교 성서 해석자들은 유일하게 수용할 수 있는 해석은 구약성서의 모든 부분은 신약성서의 예표로 쓰여진 것이라는 근본적인 가설을 가지고 구약성서를 읽었다. 말하자면, 아담을 예수의 전조로 보는 해석만이 수용될 수 있다. 자신의 해석이 텍스트를 제대로 평가했다고 주장하는 유대교 신학자라면 거의 감명을 주지 못할 것이다. 즉 해석의 타당성에 대한 이들의 표준에는 근본적인 차이점이 있다.[역주] 구약성서를 문학으로 접근하는 사학자와 독자도 마찬가지로 자신들의 해석은 물론 신학자들의 다양한 해석을 평가하는, 여전히 타당성에 대한 다른 기준을 가지고 있을 것이다. 프로이드 이론이나 마르크스의 사상을 자신들의 독서에 적용하는 사람들은 보통 해석의 타당성에 대한 아주 특별한 기준을 도입하고 있다.

독자들은 작품에 대해서는 동의하는 경향이 있고 단지 세부 사항에 대해서만 의견이 다르다는 것이 때때로 주장되고 있다.* 결코 증거에 의해 지지받지 못하는 이러한 인상은 어떤 텍스트의 토론이 같은 문화적 분위기를 공유하는 사람들 사이에서 이루어지는 경향이 있다는 사실에 주로 기인한다. 특별한 시대, 문화, 사회적 환경이라는 배경 안에서, 일군의 독자 또는 비평가들은 꽤 동질적인 독서에 도달할 수 있도록 텍스트에 충분히 유사한 경험을 가져올 수 있다. 그리고 이들이 완전한 독서를 구성하는 것에 대한 일련의 공통된 기준을 가지고 있을 때, 이들은 다양한 해석에 등급을 매길 수 있고 어떤 "관점의 위계"에 동의할 수 있다. 각각의 삶이 불가피한 특이함을 가지고

역주) 유대교에서는 신약과 예수를 근본적으로 인정하지 않기 때문에 성서 해석에 있어서 초기 기독교 신학자와 정반대의 견해를 보이고 있음.

* 부스(Wayne C. Booth)의 "견본 보존하기(Preserving the Exemplar)" 참고. *Critical Inquiry* 3, 3 (1977), 412. 콜린즈(Collins)씨가 베넷(Elizabeth Bennet)에게 청혼하는 것에 대해서 모든 사람들이 좋게 생각하는 것은 오스틴(Austen)의 독자들이 특정한 문화적 사실을 공유하고 있다는 전제가 필요하다. 예를 들면, 청혼은 낭만적인 용어로 둘러싸여야 한다는 것이다.

있음에도 불구하고, 그런 환경에서 독자들은 만약 유사한 문학적 훈련을 받고, 같은 책을 읽고, 같은 사회적 환경에 참여하고, 유사한 윤리적 심미적 가치를 습득했다면 유사한 상황에서 사용되는 언어를 습득할 수 있을 것이다. 그러므로 그런 일군의 독자들은, 텍스트에 대한 그들의 어느 정도까지는 그래도 다양한 개인적인 반응에 관하여 서로 쉽게 의사소통할 수 있을 것이다. 이들은 또한 어떤 읽기가 가장 만족스러워 보이는지에 관해서 공통의 판단에 이를 수 있을 것이다. 그러나 항상 이러한 판단은 특별한 시간과 장소 **그리고** 적절한 독서를 위한 일련의 특별한(다소 일관성 있는) 기준에 적절한 특별한 언어학적, 의미론적, 형이상학적 요소에 의해서 이루어질 것이다.

실제로 특정한 작품을 읽고 난 후에 하는 토론은 특별한 문화적 문맥 안에 있는 사람들 사이에서 수행될 수 있기 때문에 이들에게는 주로 "통제" 또는 "규범"으로서의 텍스트가 최상의 것으로 보인다. 독자들은 단어들이 자기들에게 환기시켜주는 것을 비교하려고 노력하는 과정에서 일련의 상징을 지적한다. 어느 독서가 적절하고 적절하지 못한 것은 무시되어버렸거나 텍스트에 구축된 의미론적 구조의 나머지에 엮이지 못한 텍스트의 부분들을 지적함으로써 증명될 수 있다. 유사한 "배경"을 공유하는 독자들은 이들이 공동으로 가지고 있는 가정을 당연하게 여긴다. 그러나 우리가 보아온 것처럼 심지어 가장 유사한 문화적 상황 내에서도 독자들이 텍스트에 가져오는 차이점과 타당성의 기준에 대한 차이점은 어느 정도까지는 다르면서도 여전히 "수용 가능한" 독서를 만들 것이다.

심미적인 입장에서 독자는 아마도 많은 잠재적인 제한된 체제에서 원호를 선택해낼 것이고 독자는 그 안에서 텍스트가 그의 내부에 재현시키는 기준과 감성의 모든 양상을 합성하려고 노력할 것이다. 독자는 또한 자신이 성취한 것을 평가하기 위한 일련의 특별한 기준을 여기에 가져온다. 독자가 더 많이 자기 자신을 의식할수록 자신과 텍스트 사이에 상호교통으로서 "시"에 대한 자신의 시적 재현을 비평적으로 세밀히 조사하는 것이 필요하다는 것을 더 많이 느낄 것이다.

텍스트를 규범 또는 "규범의 체계"로 보다는 제약으로 생각하는 것은 정해진 표준이라기보다는 관계를 제안하는 것이다. 고정된 틀로서 기능하는 대신에 기호는 독자가 다음 단계로 인도하는 언어적 상징으로서 해석하는 유형으로 쓰이게 된다. 이러한 기호들은 제한 즉 통제를 할 것을 제시한다. 즉 독자로 인해서 텍스트에 유입된 개성과 문화는 결과적으로 생겨난 합성 즉 체험된 예술 작품에 대해서 또 다른 유형의 한계를 만들어낸다. 그러므로 문학 작품의 "존재 양식"에 대한 상호교통적 견해는 독자에 대해서 절대적으로 거부하던 우리를 자유롭게 해주고, 텍스트의 중요성을 보존해주며, 텍스트에 대한 역동적인 견해를 언제나 새로운 개인적인 독서, 그러면서도 분명하게 자기의식과 훈련이 될 수 있는 독서의 기회를 허용하는 것이다.

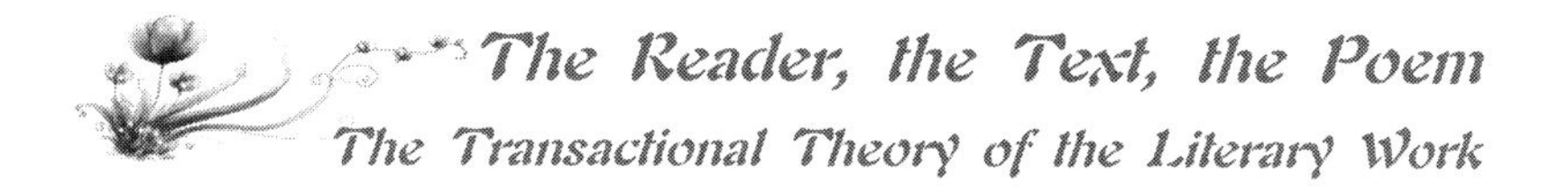

7장 해석, 평가, 비평

INTERPRETATION, EVALUATION, CRITICISM

1세기 전에 월터 페이터(Walter Pater)는 경험의 우선권, 즉 재현을 장담했다. 즉, “자신이 받은 감명을 있는 그대로 알고, 그것을 식별하고, 분명하게 인식하는 것이 첫 단계이다.”라고 그는 선언했다.

> 이 노래 또는 그림이 … **나에게**는 무엇인가? 이것이 나에게 진정 어떤 효과를 만들어내는가? 나에게 기쁨을 주는가? 그리고 만약 그렇다면 어떠한 종류이며 어느 정도인가? 그것이 있음으로 해서 나의 본성이 얼마나 바뀌었으며 어떠한 영향을 받고 있는가? 이러한 질문에 대한 대답은 심미적인 비평가가 해야 할 가장 본질적인 요소이다. 그리고 빛, 도덕, 숫자에 대한 연구에서처럼 비평가는 자기 자신을 위해서 그런 1차적인 자료를 인식해야만 하고, 그렇지 않으면 아무 것도 아니다.[1)]

이 글은 페이터가 “심미적” 또는 더 일반적으로는 “인상주의”라고 명명한 특별한 부류의 비평가에게 뿐만 아니라 모든 비평가에게 해당된다. 게다가 페이터가 생각하는 비평가에 대한 첫 번째 단계는 단순하게 말하자면 독자로서의 비평가에게 요구되는 첫 단계이기도 하다. 훨씬 더 사소한 것이 문학적 경험으로부터 흘러나올 수 있고 한층 더 많은 혜택이 생각과 비평에서 파생될 수 있다. 그러나 예술로서의 문학의 내재적 가치는 텍스트와의 상호교통을 통해서 독자가 생존하는데 있다.

그러나 상호교통 이론은 중요한 점에서 인상주의자의 관점과 다르다. 페이터를 여기에서 거론하는 것은 부분적으로 이 점을 명백히 하기 위해서인데, 독자의 중요성에 대한 언급은 거의 대부분 옛 인상주의가 재생된다는 잘못된 추론을 야기하기 때문이다. 이것은 전혀 그런 경우가 아니다. 페이터는 여전히 옛 이원론적인 가정을 고수한다. 그러므로 그는 독자 쪽에서의 특정한 수동성을 제시하고 그가 "대상" 즉 작품의 "공식"이라고 하는 그의 인상의 명료성을 모색한다. 또한 페이터는 엄청나게 주관적인 인상주의 비평가로 생각된다. 이 점에서 가장 많이 인용되는 실례는 모나리자(Mona Lisa)에 관한 그의 서사시이다.[2] 그는 우리가 그 그림에서 멀어지도록 주문을 걸고 자기 나름대로 예술 작품을 창조한다. 심지어 예이츠도 이 수필에서 발췌해서 자유시로 바꾼 그의 책인, 『옥스포드의 현대시 선집(*Oxford Book of Modern Verse*)』의 서두에 사용했다. 페이터의 글은 심한 극단은 피하지만 그의 인상주의 이론은 약점을 지니고 있고 그를 모방하는 이들은 그 텍스트를 주로 비평가의 "자기 표현"을 위한 출발점으로 삼았다. 문학적 경험에 대한 상호교통의 개념은 형식주의자들이 말하는 실체화된 작품을 기반으로 하는 객관성과 인상주의자들이 주장하는 주관성 둘 다를 거부하는 비평적 관점을 포괄한다.

이러한 특성과 더불어 우리는 독자와 비평가에 대한 페이터의 첫 단계에 충분한 의의를 부여한다. 독자가 텍스트를 만날 때 그의 1차적 목표는 그가 상호교통 시에 가져오는 그의 능력과 감수성, 몰입, 추억이 주어진다면 가능한한 충분한 심미적인 경험을 하는 것이다. 비평가는 텍스트들이 그런 강렬함과 복잡함을 생산해내는 능력에서 어떻게 다른지에 대한 명백하게 중요한 문제에 집중하는 경향이 있다. 그러나 독자는 언어적 자극이라는 전자 충격을 수동적으로 받으면서 낡은 자기 이미지를 탈피할 필요가 있다. 그런 다음 경험된 것으로서의 작품의 특성은 자기의 반응을 스스로 다룸으로써 생산된 질적인 뉘앙스에 대한 긴밀한 관심에의 기능으로 보여진다.

문학 작품이 나중의 조사를 위해서 정적으로 묶여질 수 없다는 순간적인 개인적 재현은 사실이다. 이것은 어떤 다른 이들과 직접적으로 공유될 수 없고 다른 이들에 의해서 직접적으로 평가될 수도 없다. 작품의 일시적이고 내적인 특성은 분명 문제를 제시한다. 문학 작품에 대해서 이야기하는데 있어서 우리는 아주 단순하게 과학자의 객관성을 모색하는 사람에게는 저주라고 할 자기성찰과 기억력에 호소해야한 한다. 우리는 이러한 어려움을 대면해야 하고 이러한 것들의 존재를 부정하지 말아야 한다.

4장에서는 텍스트로부터 작품을 재현시키는데 포함된 중요한 과정 몇 가지를 간단히 언급했다. "어떻게 책을 읽어야 할 것인가?"에서 울프(Viginia Woolf)는 "가장 잘 이해한 인상을 받아들이는 것은 단지 그 과정의 절반일 뿐이다 … 우리는 이런 덧없이 지나가는 형상을 견고하며 영속하는 것으로 만들어야 한다."고 단언했다. 울프(Viginia Woolf)는 "그러나 직접적으로는 하지 말고"라는 말을 첨가할 때 이것을 의식적인 노력 없이 일어나는 것으로 본다.

> 책의 분진(粉塵)을 가라앉히기 위해서 기다려라, 그래서 갈등과 의문이 조용히 가라 앉도록. … 그러면 우리가 의도하지 않더라도 홀연히 책은 돌아올 것이다. 하지만 그것은 다른 모습일 것이다. 왜냐 하면

자연이 이러한 변화를 떠맡기 때문이다. 책은 전체로서 정신의 윗부분으로 떠오를 것이다. 그리고 전체로서의 책은 현재 분리된 구절로서 받아 들였던 그 책과는 다르다. 이제 세부 사항은 자기들의 위치에 스스로를 고정시킨다. 우리는 그 형상을 처음부터 끝날 때까지 본다. 그것은 창고일 수도, 돼지 우리일 수도 있으며, 대성당이 될 수도 있다. 그런 다음 이제 우리는 건물을 건물과 비교하듯이 책을 책과 비교할 수 있다.[3)]

모든 사람들이 이런 형성 과정이 항상 완벽하게 무의식적이거나 잠재의식적이며, 또는 항상 독서가 끝난 다음에 일어난다는 것에 동의하지 않을 것이다. 울프가 이점에 있어서 다소 특이할 수 있을 것이다. 우리는 독서하는 동안에 정리하는 과정이 계속되며 새로운 요소들이 관심의 초점에 들어올 때 임시적인 구조들이 만들어지고 수정된다. 그러나 중요한 점은 미묘한 특성이 있긴 하지만 울프는 경험한 작품에 대한 감각을 전체로서 사고의 대상이 될 수 있는 구조로서 독자가 결정화하는 것을 강조했다는 것이다. 이것은 혹자들이 두려워하는 것만큼 그렇게 덧없는 것은 아닐 것이다. 우리는 심리학자들이 자신들과 고객들에게 문학적 경험을 가진 다양한 유추를 제공하는 가상의 형태인 꿈을 상기하도록 가르쳐 왔다는 것을 알고 있다(그러나 이 둘은 서로 혼돈되지 않아야 한다. 프로이드파 학자들은 잊어버리는 경향이 있긴 하지만 문학 작품은 항상 텍스트 안에 고정되어 있다).

때때로 회상하는 것은 단순히 경험의 연속체를 조직하고 완성하며, 결론에 도달한다는 감각을 기록한다. 때때로 사람들은 더 단단한 조직, 더 탄탄하게 엮여진 요소에 도달하기 위해서 재현된 것을 숙고하는데 끌리게 된다. 예를 들면, 어떤 사람은 소설이나 드라마에서 등장인물의 다양한 말이나 행동에서 좀 더 만족할 만한 근원적인 연결 부분을 찾을 수도 있다. 특히 이런 식의 회고는 드라마 또는 현대시, 전지전능한 화자에 의해 제공되는 명확한 단서를 회피하는 유형의 담화소설과 같은 특히 "열린" 텍스트 읽기에서 더 분명해진다. 나는 이미 다중 관점 또는 의식의 흐름의 소설 및 소위 말하는 반(反)소설(anti-novel)의 열린 구조에 대해서 언급했다. 그러나 우리는 완전히 열린 구조는 아니지만 전통적인 텍스트 읽기 역시 구조에 있어서 이러한 회상적인 돌아보기 및 결정화를 생기게 한다는 것을 보아왔다. 독서 과정을 언급한 장에서 이것은 일반적 용어로는 문제의 해결 또는 다양한 생각과 감정을 종결하는 노력으로 언급되었다. 텍스트와 독자 둘 다에 있어서의 차이점 때문에 울프가 설명했듯이 전체로서의 작품의 감각이 결정화 되었다고 말하는 시점에는 분명히 큰 변이가 있다.

심지어 가장 단순한 작품의 재현도 그 작품의 어조, 태도, 감정, 생각의 혼합과 균형으로 인해 엄청나게 미묘하고 복잡하다. 울프가 언급한 것처럼 무의식적으로 생산되었든지, 의식적으로 의도되었든지, 목적은 재현된 작품을 명백하게 하고, "고정시키고"(화가가 자기 그림의 색채를 "고정"하듯이), 작품의 움직임, 속도, 구조를 감지하고, 만난 또는 공감을 느낀 인물들을 기록하고, 경험의 특별한 속성과 구성을 단단히 잡아두는 것이다.

보드킨(Maud Bodkin)은 『햄릿』의 토론에서 분석했던 것을 상세하게 설명한다. 그녀는 햄릿이라는 인물을 마치 그가 실제 인간인 것처럼 말하지 않았고 "셰익스피어의 마음 속의 의도"도 분석하지 않았다고 말한다. 보드킨은 "우리가 하는 분석, 우리가 셰익스피어가 우리에게 준 드라마의 단어들과 구조에 우리들 마음에 있는 모든 자원과 함께 참여하면서 드라마의 예술 속에서 살아갈 때 우리 자신들에게 소통된 경험"[4]이라고 한다. 문학적 경험에 대해서 성찰한다는 것은 재현된 작품을 다시 경험하고, 다시 수행하며, 작품에 대한 우리의 반응을 배치하고 다듬는 것이다.

화학자나 생물학자는 자연 현상을 "해석한다." 그는 자연 현상을 어떤 공식(예를 들면, H_2O) 또는 일련의 서술적인 용어(예를 들면, 포유류의 특성)를 통해서 설명한다. 아무도 이렇게 서술된 것을 이제까지 해석된 현상에 대한 복잡한 실체와 혼동하지 않는다. 과학자는 현상에 대한 자기의 설명과 종의 분류에 대한 서술이 실재에서 이탈한 것임을 인식한다. 그는 다른 공식, 다른 특성이, 분석에서 다른 코드를 설정함으로써(예를 들면, 뉴턴의 물리학 또는 아인슈타인의 물리학, 유클리드의 기하학 또는 비-유클리드의 기하학) 같은 현상에 의해서 기각될 수 있다는 것을 안다. 이러한 이탈은 과학자의 목적에 도움을 준다. 그리고 과학자는 그가 묘사하는 실제 현상에 대한 질적인 "감정"을 재생산할 공식을 발견하도록 요청받지 않는다. 특별한 과학의 가설이 주어지면 과학자는 자기의 해석을 실험하는데 사용할 수 있는 방법만 제공하면 된다.

대조적으로 문학적 해석에서 고유한 부분은 독자가 예술 작품으로서 보는 것에 대한 본질과 특성을 나타내야만 한다. 독자는 서정시나 소설 또는 드라마를 구체화할 수 없기 때문에 텍스트를 사용해서 그가 생각해낸 세상의 복잡함에서 추상적인 것을 필연적으로 골라내야만 한다. 그러므로 문학적 해석은 역설적으로 특성을 묘사하기 위해서 추출하는 참조문 또는 방법의 어떤 틀을 동시에 적용하면서 감지되고 느껴진 생각, 재현의 본질을 지적하려는 노력을 포함한다. 독자는 전체 문학적 상호교통의 문맥 내에서 재현된 작품을 해석한다.

독자나 비평가는 근본적으로 의사소통의 문제와 대면하고 있는데, 이것은 해석되는 것에 대한 논평은 물론 무엇이 해석되고 있는지를 분명히 하기 위해서이다. 경험의 질적인 특성, 가정, 경험을 형성하는데 들어간 생각 그리고 재현에 대한 우리의 반응, 이 모든 것이 관심을 요구한다. 물론 심미적인 이벤트에 관한 이러한 보고의 과정은 진공상태에서 일어나는 것이 아니라 사회적 문맥에 의해 철저히 조절되어 있다. 그런 논의가 있을 것인지, 어떤 형식을 취할 것인지, 어떠한 양상이 표현될 것이며, 영어권에서의 그런 활동의 역사가 증명하듯이 어떤 가정 또는 해석적 체계가 유지되고, 폭넓게 변하도록 들여오는가 하는 것들이다. 기본(Gibbon)이 독자가 관심을 가지고 토론할만한 것, 작품이 그의 내부에 불러일으키는 것을 발견하고 기뻐한 것을 상기해보라. 자명(自明)하다는 것은 일반적으로는 유행하는 교육적인 양식이고, 특별하게는 개인이 문학 작품에 참여하도록 인도되는 방식이라는 점에서 아주 중요하다.

아주 극소수만이 경험의 이동을 가능한 한 직접 얻기 위해서 예술적인 수단, 단어들 또는 어떤 다른 매개체의 사용을 시도하며, 작품의 느낌, 긴장, 분위기의 병행을 시도한다. 예를 들면, 『신곡(The Divine Comedy)』에 대한 설명이나 드뷔시의 "목신의 오후(L'Après Midi d'un Faune)", 또는 모나리자에 관한 페이터의 찬사를 주시해보라. 분명 우리는 해설자가 체험한 것과 유사하다고 생각한 또 다른 심미적인 상호교통에 관여하도록 요청받고 있다. 이것은 보통 단순히 원래의 문제를 혼합하고, 원래의 상호교통이나 예술 작품에서 주의를 분산시키며, 그런 다음 주로 새로운 창의적인 기획을 위한 자극으로서 도와준다. 게다가 어떠한 예술 작품도 다른 작품의 해석으로는 충분할 수 없다. 문학적 상호교통을 올바로 하기 위해서 우리는 작품을 우리가 상상하는 대로 묘사하는 것은 물론 그 작품의 구조와 감정이입에 그렇게 많이 공헌했던 반응의 이차적 물결에 이용해서 묘사하기를 원한다. 그러므로 대부분의 경우에 독자와 비평가는 해석의 매개체로서 말(words)에 의존한다.

상당히 많은 추상적 접근이 가능하다. 우리는 작품을 우리의 정서적인 반응에 의하여 특징지을 수도 있는데 가장 분명한 것은 웃는 것과 눈물일 것이다. 예를 들면, 우리는 소네트를 설명하면서 등장인물의 생각과 태도의 연속체를 보고할 수 있다. 우리는 등장인물과 소설에서 재현된 인물의 외모, 다양한 행동, 말에 대한 자세한 세부 사항을 통해서는 물론 우리가 이들을 함께 연결하고 응집된 개성을 볼 수 있도록 한 것에 의해서 심리적 가정의 진술을 통해서도 묘사할 수 있다. 우리는 소설이나 드라마의 일화를 요약하고 배경과 상황 또는 복잡한 문제를 확인할 수 있다. 우리는 "복권 추첨(The Lottery)"에서 다시 생각하는 회상 또는 앞서 언급한 "**나**는 **파리** 한 마리가 윙윙거리는 것을 들었다(I heard a **F**ly buzz)."의 반절정과 같은 재현의 구조에 초점을 맞출 수도 있다. 우리는 생각, 감정, 이벤트의 결합을 명백하게 할 수도 있는데 이들을 인과관계로—예를 들면, 행동이나 일화가 이전의 것들의 결과로 된 것으로 느끼는 것과 같은—연결되어 있는 것으로 보든지 또는 주제나 근원적인 철학적 태도와 같은 어떤 다른 조직하는 원칙을 통해서도 할 수 있다. 우리는 위에서 인용된 "병든 장미(The Sick Rose)" 읽기에서처럼 텍스트에 대한 우리의 반응을 조직했던 것에 의해서 상징적인 문맥을 강조할 수도 있다. 그리고 우리는 아마도 서정시, 드라마, 소설, 소네트, 목가적 연가, 풍자 또는 비극과 같은 어떤 문학적 개념의 프리즘을 통해서 우리의 재현을 볼 수 있어야 할 것이다. 독자가 더 세련될수록 그런 습관적인 유형을 수용 또는 거부하거나 이들의 한계나 상호 의존을 볼 준비가 더 잘 되어 있다.

이러한 방법들 중 어느 것이라도 체험된 시, 소설 또는 드라마에 대한 반향하는 복합성에서 아주 부분적인 추상적 개념을 분명히 제시한다. 해석하는 것은 그러한 통찰력에 대한 관점의 넓은 영역을 필요로 하며, 작품이 결정화되는 가능한 한 많은 개인적 매트릭스를 통합함으로써 엄청나게 많은 추상적 개념의 까다로운 효과를 피할 수 있다. 그러므로 나의 주장은 보통보다 훨씬 더 많은 관심이 즉 문학적 상호교통을 기록하거나 감상하는 "첫 단계"에 허용되어야 한다는 것이다. 독자가 나중에 그 원래의 창의적인 활동에 부가하는 것은 무엇이든지 독서 이벤트 중에 그 자신의 반응 속에 또한 기초하고 있다. 독자의 주요한 주제 문제는 그가 자신과 텍스트 간에 엮어내는 감정, 감각, 심상, 생각의 그물망이다.

어떤 이들은 이것이 너무 의식적이거나 심리적으로 들린다고 주장할런지도 모른다. 상호교통적 반증은 항상 텍스트는 과정의 외적인 받침대이라는 것이다. 일련의 언어적 상징으로 보이는 기호는 자극제는 물론 우리가 생각한 것에 대한 관계를 확인하는 공적인 통제 수단이 된다. 신비평에서 말하는 "정독"은 텍스트가 중심에 오도록 한다. 상호교통적 견해 역시 기호의 유형에 친밀한 주의를 기울일 것을 추정한다. 그러나 상호교통에서는 기호의 그런 특별한 병치가 각 독자의 내부에서 자극하는 것에 대해 똑같이 친밀한 주의를 가정한다. 우리는 단지 텍스트를 보고 독자가 그것에 대해서 어떻게 생각하는지 예상할 수 없다. 그러나 독자와 우리는 그가 보고한 재현, 즉 그의 해석이 텍스트에 있는 요소를 무시하는지 또는 그것에 텍스트에서 방어할 근거가 없는 경험을 투사하는 지를 판단하기 위해서 텍스트에 집중할 수 있다. 앞 장들에서 보았듯이 해석의 타당성에 대한 문제는 항상 두 요소를 포함한다. 이것은 결코 예술로서의 문학의 특별한 속성에서 흘러나오는 어려움을 부인하는 것은 아니다.

독자가 자신의 재현을 묘사하기 위해서 시도하면서 종사할 수 있는 일종의 해석적인 활동의 목록은 분명히 비평가들이 종사하는 어떤 활동들—그것이 부연설명이든지, 질적인 표현이든지, 심리적 혹은 철학적 연계 또는 주제의 진술이든지—의 목록이기도 한다. 여기서 추론하는 것은 비평가가 독자가 됨으로써 시작해야만 한다는 것을 단지 증명하는 것이 될 것 같다는 사실이다. 역설적으로 대조 또한 진실이어서 독자도 비평가가 되어야만 한다. 보통 비평이라고 인식되는 것의 다양한 양상은 독서 과정 그 자체에 이들의 근거를 가지고 있고 재현적이고 해석적인 양상에서 뿐만 아니라 내가 반응의 두 번째 물결이라고 한 것에도 있다. 예를 들면, 작품에 대한 감각의 형성은 텍스트에 반대되는 불확실한 조직에 대한 일종의 미발달된 비평적 시험을 요구한다. 독자는 텍스트에 몰입함에 따라 우리가 본 것처럼 가설적인 구조(체제)를 설정하고 무엇을 따를 것에 관한 기대를 즐기며 그리고 이러한 것들을 대안적인 반응에서 선택해내는 지침으로 사용한다. 텍스트가 새로운 요소들을 제시함에 따라 독자는 앞에서 종합한 것을 수정하거나 새로운 구성하는 원칙을 개발하는 것이 필요하다는 것을 발견한다. 그러므로 텍스트를 대면하는 자기 비평의 요소—해석의 타당성에 대한 관심—는 작품의 바로 그 재현에 참여한다.

게다가 우리는 전개해나가는 작품과 텍스트가 "나타내는" 것에 대한 반응에 대한 동반하는 물결이 있다는 것을 보아왔다. 이것의 상당한 부분은 논리가 없이 남아있고 쾌락이나 불안, 긴장에 의한 즐겁거나 불쾌한 기분, 충격 받은 반작용 또는 이전의 가설에 모순이 되는 생각이나 심상에 번쩍이는 광원과 같은 그런 용어로 특징지어질지도 모른다. 때때로 반응은 충분히 표현되고 자기 의식을 하게 된다. 이 모든 것들은 누적적으로 경험의 조직에 영향을 주며, 이것은 재현과 비평가들이 자신의 나중의 활동을 구축하는 이차적 반응을 둘 모두 차단하고 조직하는 양상을 통해서 된다(여기서 나중의 활동 작품의 해석과 평가일 수도 있거나 작품을 더 광범한 개인적, 사회적, 지적 문맥에 놓으려는 노력일 수도 있다).

모든 독자는 어느 정도까지는 초보 비평가이고 모든 비평가가 독자의 내면적 활동을 한층 더 잘 수행하는 사람이라는 사실이 주어질 때, 보통의 독자와 비평가 간의 구분은 희미하고 동요하는 것이 된다. 존슨(Samuel Johnson)이 한 비평가의 판단과 보통 독자의 "상식" 간의 대조는 보통 독자에게 강조점을 두고 있다. 내가 독자를 보통 혹은 평범한 혹은 일반 독자로 보는 것은 자기의 짧은 인생의 일부를 문학적 또는 심미적 독서라고 부르는 일종의 경험에 전문적으로 하지 않고 개인의 만족을 위해서 바치기로 선택한 사람을 일컫는다. 텍스트에 대한 심미적인 입장을 채택하는 것은 기본적인 기준이다. 즉 독서의 질이나 "수준"의 문제는 텍스트와 독자 둘 다에 의존하는 분리된 문제이다. 그러므로 일반적인 독자라는 말은 카프카의 『범죄자 식민지(*The Penal Colony*)』의 독자는 물론 만화책의 독자도 포함할 것이다.

최근의 비평과 문학 이론은 "교양 있는 독자", "유능한 독자", "이상적 독자"에 대한 언급으로 가득 차 있다. 이 용어는 모두 보통 독자를 향한 직접적인 겸손한 표현이 아니라면 보통 독자와 어떤 구분을 하고 있는 것이다. 이것은 최근 몇 십년간 학구적이며 문학적인 학파를 지배하는 경향이 있어온 문학과 비평에서의 엘리트적인 견해를 반영한다. 우리는 여기서 많은 작가들을 분리하는데 기여하고 작가 자신들과 그들의 독자들 간의 간격을 작가들이 수용하도록 유도했던 우리 사회와 지적인 환경에서의 다양한 지배 세력에 대한 다양한 해설을 반복할 필요가 없다.[5] 상호교통적 용어로 보면 결과는 독자에 대한 단서, 개인적 혹은 심원한 은유와 상징에 대한 설명이 아주 적고 전이와 직접적인 언급이 빠져버린 많은 텍스트가 생산되었다는 것이다. 이는 비평가의 역할을 들어올렸으며, 이는 작가들 스스로가 비평가를 자기들의 텍스트와 보통 독자 간의 중재자로서 도움을 준다고 하면서 비평가에게 역할에 대한 자부심을 준 것 같다. 『황무지』에 부록으로 첨가된 엘리엇의 주석은(어떤 이유에서건)[6] 실제로 말하자면 밀턴의 "리시더스(Lycidas)"에서나 허용되었던 일종의 비평적-학자적인 취급을 한 것 같아 보인다. 제임스 조이스는 그의 작품 『율리시즈(Ulysses)』와 『피네건스의 철야(*Finnegans Wake*)』을 안내했던 설명과 복잡한 윤곽의 해석를 썼던 친구와 협동작업을 했다.[7] 조이스나 엘리엇 같은 예술가에게는 혁신에 대한 댓가가 될 수도 있는 모호함이 종종 이들의 모방자들에게는 정수(精髓)가 된다. 이들은 엄청나게 복잡한 텍스트를 창작하기 위해서 독자의 문제를 무시하거나 심지어 의식적으로 증가시키면서 영감을 받고 있다. 만약 이들의 텍스트가 제한된 독자를 얻었다면 주로 비평가의 개입을 통해서 그렇게 된 것이다. 벨로우(Saul Bellow)는 1976년 노벨상 수상 강연에서 이러한 "위대한 작가와 일반 대중 간의 분리"를 강연의 첫 부분에서 언급하는 격한 감정에 휘말렸다. "그들은 일반 독자와 부르조아 집단에 대한 현저한 멸시를 전개해냈다."[8)]

신비평가들은 텍스트를 설명하는 겉으로 보기에는 신중한 것 같은 과제를 스스로에게 설정하고 비평의 과제는 "독자가 예술 작품을 소유하게 하는 것"[9)]이라고 했다. 이들이 훌륭하지만 때로는 무미건조한 비평을 생산해냈다는 것은 진부한 그 어떤 것이 되었다. 불만은 주로 이들이 역사적, 전기적 관심이 부족한 것과 이들이 예술을 사회적, 정치적 관심에서 고립시켰다는데에 초점이 맞추어진다. 나의 특별한 불만은 시의 본질에 관한 이들의 잘못된 이론이 이들이 비난했던 전임자와 이들을 비난했던 후계자들처럼 이른바 비개성적인 형식과 기법의 분석에 집중하느라 생명이 있는 예술 작품을 무시하도록 종종 이들의 비평을 유도했다는 것이다. 이들은 텍스트가 단순히 전기적 혹은 역사적 문서가 아니라고 주장하는 문제에 있어서는 중요한 업무를 수행했다. 그러나 복잡한 해석을 할 더 큰 기회를 제공했다는 것을 제외하고는 왜 이들이 어느 텍스트는 설명하고 다른 텍스트는 그러지 않았는지 이해하기 힘들다. 비개성적인 비평가의 이미지를 창조하는데 있어서 이들은 자신들과 다른 사람들을 무엇보다도 인간 그리고 자기들이 가장 비개성적일 때에도 이들은 여전히 아주 개성적인 독자라는 것을 인식하는 데는 등한시했다.

신비평이 주도하고 이와 병행하는 프로이드의 상징주의, 융의 신화, 마르크스의 결정론, 또한 더 최근의 구조주의와 같은 "객관적인" 문학 분석의 동향 하에서 우리가 살고 있는 세기는 처음으로 "비평의 시대"라는 절찬을 받았다. 정확하게 말하자면 비평가로 존경받을 만큼 교육을 받은 사람들이 종종 문학 텍스트와 관련해서는 또한 가장 확신이 없는 것 같았다. 자신감의 부족 혹은 관심의 부족으로 이들 자신들의 직접적인 반응과 그럼으로써 스스로를 자신들의 심미적인 근거로부터 차단시키면서 이들은 설명과 비평에 대한 지도를 찾기 위해서 애썼으며 종종 텍스트 자체보다는 더 많은 관심을 기울였다. 엘리트 문학 게임을 하는 비평가들을 수동적으로 구경하는데 만족한 많은 독자들에게 문학은 거의 구경하는 놀이가 되었다.*

이러한 상황에 보완할 수 있는 것은 독자에게 거의 요구를 하지 않고 이들의 독자들도 텍스트나 자신들에게 거의 요구를 하지 않는 대중적인 텍스트를 대량 생산하는 것이다. 역설적으로 이런 것은 가장 자유롭고, 가장 정직하며, 가장 개인적인 문학적 상호교통이 일어나는 그러한 독자들에게나 있을 법하다. 만약 독자들이 실제로 "예술로서의 문학을 보유하는데 있어서" 도움이 필요하다면 실제 문제는 더욱 더 요구되는 텍스트와의 보상하는 관계를 떠맡을 능력을 동시에 키워주는 한편 그런 자발성과 자기 존중심을 유지하게 하는데 있다.

더욱 교양 있고 세련된 독서에 대해서 관심 있는 대중은 내가 보통 즉 평범한 독자가 하는 텍스트와의 자발적인 상호교통을 옹호하는

---

* 『새로운 지도자(*New Leader*)』[6 Dec. 1976(p. 11)]에서 매튜슨(Ruth Mathewson)은 "정보를 얻기 위해서, 일종의 박식함을 위해서, 소설과 시로서 단지 작가의 능력을 대리 경험하기 위해서, 비평에 전적으로 의존하는 새로운 지식 계급을 개발해내고 있는 가능성"에 대해서 경고한다. 그리고 소설과 시에 대해서 말하자면 "대리하는"과 "경험"은 자기 모순이 되기 때문에 허황되다고 부가할 수 있다.

것에 반대를 할지도 모른다. 내가 무질서한 평등주의에 대한 예언을 실현한 것인가? 이러한 입장은 조화롭게 될 수 있고 실제로 가장 우선 되어야 할 것은 보통 독자에 대한 더 큰 존중심에 의한 능동적인 진보가 되어야 할 것으로 보인다.

내 생각에 해결책은 어떤 비현실적인 특정화되지 않은 절대적이거나 "올바른" 독서 또는 이상적 독자에 몰두하는 것을 거부하는데 있다. 문학적 기획, 즉 우리 문화에서 일종의 인간의 활동으로서의 "문학"에 대한 실체를 살펴보자. 보통 독자와 박학한 비평가 간의 대조나 분열 대신에 우리는 예술로서의 문학에 대한 모든 독자들의 기본적인 친화력을 강조할 필요가 있다. 일반적인 독자는 텍스트와 자기 자신과의 관계를 인정할 필요가 있다.

여기서 다시 심미적인 독서와 음악 공연 간의 유추가 우리에게 도움이 될 수 있을 것이다. 말하자면 물론 모차르트의 콘체르토 같은 많은 공연이 있다. 어떤 공연은 불완전하거나, 무감동적이거나, 감상적일 수도 있으며, 다른 공연은 기교적으로는 완벽하고, 뛰어나며, 고상할 수도 있다. 후자의 훌륭한 공연에 우리가 보낸 찬사는 좀 더 수준이 낮은 노력은 경멸하도록 우리를 유도해야 하는가? 내가 거장의 연주를 즐길 수 있는 만큼이나 내가 그 콘체르토를 내 능력이 닿는 한 잘 연주하려는 노력을 하는 것은 가치가 있다는 것을 우리는 인식하지 않는가? 그리고 우리가 서더랜드(John Sutherlands)나 카루소(Carusoes)가 아니면 노래 부르는 것을 중단해야 하는가?

내가 어떠한 독자와 어떠한 독서라도 모든 다른 독자만큼 "훌륭한" 독자라고 말했는가? 아마도 우리는 터취스톤(Touchstone)이 자기의 오드리(Audrey)에 관해서 한 말에 대해서 상세하게 설명한 유명한 해석을 상기해야 할 것이다(이 해석은 내가 한 것으로 별 볼일 없다고 여기더라도 나는 개의치 않는다). 그리고 아마도 독자는 자신의 공연에 관해서 다른 어떤 사람의 판단을 받아들일 준비가 그렇게 잘 되어 있지 않아야 한다. 누구에게 어떤 상황에서 "형편없다"는 것인가? 보통 독자는 그의 공연이 "형편없는" 것으로 취급되는 기준 외의 것에 관심이 있을 지도 모른다. 자신의 창의력을 발휘하는 능력이라는 점에서, 텍스트에 대한 자신의 개인적인 독서는 명인-비평가가 한 공연의 가치를 반박하지 않는 만족 및 의의를 가질 수 있을 지도 모른다.

이것도 모든 유추처럼 어떤 한계를 정할 것을 요구하지만 그것은 텍스트에 대해서 독자가 한 수행의 자동성에 관한 나의 요점을 강화한다. 즉 최고의 피아니스트가 연주한 악보는 다른 사람들에 의해서 경험될 수 있으며 그의 해석은 그가 연주하는 악기에 의해서 의사소통될 수 있다.* 뛰어난 "이상적인" 비평가-독자는 그의 해석에 대한 언어적 개념만을 우리에게 줄 수 있고, 그의 재현은 기억으로 남는다. 게다가 텍스트로부터 작업을 하는 창작가, 재현자로서의 자신의 역할을 포기하기 위한 보통 독자의 거부에 대한 이 모든 것 이상의 이유가 있다. 여기서 우리는 상호교통적 현실로 돌아온다. 즉 아무리 능력이 많이 있고 박식하며 이상(그것이 무엇이든지)에 가깝다 하더라도 아무도 우리를 위해서 시나 소설 또는 드라마를 읽어(공연해)줄 수 없다.

---

* 독자의 해석처럼 파아니스트의 해석도 악보에 대한 그의 내적 독서 즉 재현이다. 그가 피아노에 의해서 생산해낸 것은 그의 "내면의 귀"에서 그가 재현해낸 것과는 엄청나게 형편없을 수도 있다. 하지만 공연 관람자들은 심미적인 입장을 채택하고 점 더 직접적으로 연주자의 공연에 참여하기 때문에 비평적 해설을 하는 독자보다 덜 의존적이다.

자신을 메누힌(Menuhin)[역주]이라고 상상하는 아마추어 바이올린 연주가는 물론 어리석은 사람이다. 그리고 자기의 『템피스트(*Tempest*)』 해석이 나이트(G. W. Knight)의 해석만큼 "훌륭"하다고 생각하는 보통 독자도 어리석은 사람이다. 그러나 그의 독서가 사실 그만큼 "훌륭"하다는 것에는 의미가 있다. 즉 그는 자기 자신의 과거의 삶과 독서의 저장소에서 이끌어내면서 직접 그 경험을 체험했으며 그것을 정리하려고 노력했고 자신의 호흡에 맞게 그것을 느꼈다. 이제 그것은 그가 미래를 대면할 인생 경험의 일부이다.

비평가나 학자는 이러한 사실에 상당히 충격을 받았다. 일차적으로 텍스트에 대한 책임감을 느끼고 그는 경시되어온 모든 작품을 지적한다. 그보다는 『템피스트』의 정교함을 바르게 나타내는 것이 더 낫다는 것을 아무도 부정하지 않을 것이다. 내가 염려하는 것은 거의 정의에 의하여 오로지 "훌륭한 문학"을 단지 엘리트 비평가에게 접근 가능한 작품들로서 설정하고 보통 독자로 하여금 그는 단순히 이 작품들에 참여할 능력이 없다고 생각하도록 유도하는 사회적, 지적인 분위기이다. 우리의 전체 문학에서의 문화는 이러한 패배주의자적 태도를 생산해내는 것이다. 전문적, 학자구적 비평가 모두가 이것을 강화한다.

이전 세기에 작가와 대중 간의 분열에 기여했던 지적, 사회적, 문학적 요인에 대한 연구에서 나는 작가들의 상당한 현재의 소외에 기초가 되는 태도의 결정화를 식별했다. 내 생각에 해결책은 심미적 가치를 감상하고 진지한 예술가에게 자유와 지원을 줄 수 있는 독서 대중

역주) 메누힌(Menuhin)(1916-99). 미국 출생의 영국 바이올리니스트.

을 교육하는 것이다. 그러나 예술가 또한 책임이 있다. 이렇게 길러내는 독서 대중의 창조는 벨로우가 현대 작가에게 특징적인 것으로 탄식했던 일반 대중에 대한 멸시를 제거함으로써 촉진될 수 있을 것이다. 대중 및 비평가, 학자와 교사의 문학적 공동체와의 중재자는 불행하게도 그러한 부정적인 태도를 반영하고 강화하는 경향이 있다.

게다가 비평가들과 문학 학자들은 다소 편협한 반응의 스펙트럼을 주장하는 경향이 있지 않은가? 독자들은 전통적 비평에서 무시되어온 경험, 인식, 욕구를 텍스트에 가져올 수도 있다. 예를 들면, 여성은 작가와 비평가로서 인종적으로 소수 민족이고 특수한 문화적 집단인 자신들의 소리를 찾고 있다. 노동자들은 균질화된 프로레타리아로서가 아니라 농장에서 도시에서 사회에 특별한 기여를 하는 사람들로서 자신들을 표현하고 자의식을 가지게 된다. 이러한 집단에 속한 어떤 이들은 그들과 너무나 낯설어서 이들은 말하자면 단지 여성만이 문학에서 여성에 관해서 말할 수 있거나 흑인만이 흑인이 쓴 작품을 이해할 수 있다는 불합리한 주장을 하면서 반응해 올 만큼 지배적인 문학적 연민을 느꼈다. 물론 이것은 기질, 성별, 종족, 문화이든지 상관없이 독자를 개인적 한계를 초월하도록 할 수 있는 예술로서의 문학의 능력을 부인한다. 목표는 비평적 소리의 영역을 넓히는 것이 되어야만 한다. 이는 문학 전공 학도들의 기여를 거부하는 것이 아니라 이들과 평범한 독자 간의 친화력을 강화하는 것이다.

우리가 한편으론 문학의 정예주의의 시기를 통과하고 있으며, 다른 한편으로는 문학과 취향의 일반적인 수준을 위협하고 심지어는 격하하는 세력의 출현을 목격하는 바로 이 시기에 보통 독자와 비평가 간의 연속성이 확인될 필요가 있다. 탁월하거나 기교적으로 복잡한 작품의 읽기와 인기 있는 "쓰레기 같은" 작품의 읽기 간의 차이에도 불구하고, 이들은 어떤 공통적인 속성을 공유한다. 즉 텍스트, 감성, 생각, 행동, 갈등, 확신 등의 지도에서 독자 자신의 세계의 영역을 넘어선 심미적 입장 및 체험이다. 비록 낮은 수준에서이긴 하지만 인간과 사회의 지나치게 단순화된 견해 사이에서, 예술로서의 문학 작품의 범주에 속하는 인기 있는 로망스와 사실에서 전형화된 상황과 해결책, 속물적인 가치 체계, 낡아빠진 경구 등을 식별하는 것은 가능하다. 그런 모든 독자를 함께 연결하는 가능성에 대한 지각은 심지어 최고의 명성을 지닌 작가와 비평가에게도 효과가 있다. 언어적으로 복잡한 텍스트에 참여하는 능력은 우리의 교육 체계에서는 널리 조성되지 않으며, 바람직한 깊은 사고와 해석, 평가의 습관은 확산되지 않고 있다. 이러한 것들이 언어 훈련과 문학 교육에서 강력한 개혁을 일으켜야만 할 목표이다. 그러나 만약 좋은 예술로서의 문학이 단지 소수의 고등 교육을 받은 엘리트의 범위에서 계획된다면 이러한 것들 중 어떤 것에도 도달할 수 없다. 일단 문학 작품이 개인적 삶의 조직의 부분으로서 보여진다면 그 간격은 적어도 우수함의 표준에 대한 인식을 포기하지 않고 좁혀질 수도 있을 것이다.

독자는 작품의 재현에서 그가 체험하고 있는 바를 충분히 인식하고 존중할 필요가 있다. 이것은 전문가, 비평가로서는 같은 종류의 창의적인 사업이라는 점에서 방식이 얼마나 아마추어인지에 상관없이 어느 정도의 몰입을 불러일으킬 수 있다. 어떤 혼동하기 쉬운 명시되지 않은 절대적이거나 이상적인 독서라는 관점에서 보면 모든 독서는 실패인 것이다. 창의적인 상호교통, 인간이 함께 부딪치는 것(과거의 경험을 암시하고 선입관을 제공하는 모든 것과 더불어) 그리고 텍스트(참여를 위한 잠재성을 암시하는 모든 것과 더불어)에 오히려 강조가 되어야만 한다. 이러한 관점에서 독자는 그런 특별한 텍스트에 가져오는 장점과 약점에 관하여 현실적으로 생각할 수 있다. 여기에 우리가 학자들이 해석의 타당성에 대한 관심으로 분류하는 독자와 텍스트 간의 관계에 대해서 염려하는 근본적인 이유가 있다.*

과학자들은 잠재적인 개인적 편견이나 왜곡을 방지하기 위해서 고도로 통제된 연구 기법을 개발해 왔다. 심지어 그렇더라도 이들은 관찰자는 관찰의 일부이고 도구는 발견의 일부라는 것을 인식한다.[10)] 통계학자들은 "오차의 계수"를 이야기한다. 심미적인 입장의 본질이 주어졌을 때 개인적인 요인은 부정 계수는 물론 긍정 계수의 근원으로 보인다는 것을 제외하면 같은 원칙이 문학적 해석의 타당성에 대한 문제에 적용하는 것으로 보인다.

해석의 정확성 또는 타당성에 대한 근본적인 관심을 가지고 자기 학생들의 시 해석을 관찰하면서 리차즈(I, A. Richards)는 "비평에서의 난제"을 분류하고 독자의 잠재적인 약점을 강조했다. 즉 상식을 이해하지 못한 것, 형편없는 감각적인 판단, 심상의 일정하지 않은 재현, 코드화한 부적절한 진술에 빠지지 쉬운 취약점, 진부한 반응, 감성에 대한 지나친 순응 또는 억제, 교의나 신조에 대한 지나친 집착, 유연성 없는 기교적 전제조건, 비평적 선입관 등이다.[11)] 그러나 이러한 부정적인 강조는 형식주의자들이 한 것처럼 타당한 해석에서 개인적인 요인을 격하하거나 제거하기 위해서 바르게 하는 노력으로서 해석되어야 한다. 이러한 각각의 범주와 병행해서 독자는 부정 계

---

* 해석의 타당성에 관한 일반적인 문제는 의견 일치를 위한 상황이 공유된 가정과 기준과의 문화적 공동체를 포함하기 위해서 제시했던 6장에서 이미 다루었다.

수는 물론 긍정 계수의 근원으로서 배려되어야 한다. 예를 들면, 리차즈는 "코드화한 부적절한 진술"을, 독자가 어떤 개인적인 장면 또는 모험, 일정하지 않은 연상, 시와는 아무 상관이 없을 수도 있는 과거에서 온 감정적인 반향에 의한 방해 등을 상기하도록 하는 현혹하는 효과"라고 한다. 이러한 기억들은 실제로 잘못된 독서를 유도할 수도 있으므로 고려하지 않고, 무시하고, 제거되어야 한다. 그러나 그것은 우리로 하여금 문학적 경험을 하는 것을 전적으로 가능하게 할 우리의 기억이며 우리의 코드화한 부적절한 진술이라는 것을 명심해야만 한다. 경험으로서의 작품은 부적절한 것에서 적절한 것을 골라내는 어쩌면 더 많은 만족할 만한 분류를 위한 숙고의 대상이 된다.

각각의 독자는 특별한 과거의 삶과 문학사 또한 내재화된 "코드"의 목록 뿐만 아니라 모든 선입관, 염려, 의문, 열망을 포함한 아주 능동적인 현재도 상호교통에 가지고 온다. 이러한 것들은 재현된 작품과 작품에 대한 독자 자신의 해석 둘 다를 획득하는데 역할을 했다. 독자가 회고하듯이 텍스트와 자신의 반응에 초점을 유지하는 것이 다양한 종류의 해명을 가능하게 한다. 한편으로 독자는 독서하는 동안 누구의 영향 하에서 살고 있었는가 하는 코드를 지각한다. 다른 한편으로 독자는 그가 상호교통에 가져 왔던 필요성, 가정, 감수성, 그리고 맹목적인 지점을 인식하게 될 수 있다. 그가 느꼈던 만족은 분명히 자기 자신의 코드의 한계로부터 잠시 동안 자유롭게 되었던 바로 그 사실에서 왔을 수도 있다. "승화(sublimation)"는 우리의 문화에서 금지된 즉 난색을 표시하는 행동에서 가상적으로 공유할 때 가장 빈번하게 재현되었던 용어다. 그러나 익숙했던 것으로부터 환치가 단순히 억압된 감성이나 충동의 방출보다 더 일반적이다. 이것은 인간 기질의 잠재성, 가치의 척도, 신체적 현상에 대한 태도, 요약하면, 언어적 텍스트를 통해서 심미적으로 경험될 수 있는 다른 기질, 상황, 사회, 문화를 구성하는 온갖 가정을 넘어서는 범위를 가지고 있다.[12)]

그러므로 해석은 독자의 동반하는 반응의 두 번째 조류에 대한 함의를 주지하려는 노력에 의해서 병행되어야 한다. 말하자면, 『리어왕(*King Lear*)』, 『오만과 편견(*Pride and Prejudice*)』 또는 『고도를 기다리며(*Waiting for Godot*)』를 이해한다는 것은 이해의 추론으로, 독자가 자기 자신의 참조 요점을 설정하는 것을 가져야 한다. 미드(George Herbert Mead)와 그의 후계자들이 분명해 했듯이 개인적 정체성을 지각하는 것은 주로 "타자," 외적인 인간 세상과 사물에 반대하는 자기 정의에서 나온다. 문학 텍스트는 이것을 통해 우리 자신과 우리가 사는 세상을 정의하는 넓게 확장된 "타자"를 우리에게 제공한다. 텍스트와 우리가 조화하는 것에 관한 숙고를 함으로써 다양한 방식에서 자기 정의의 과정을 촉진한다.

실제로 독자들은(적어도 자신들의 반응을 무시하도록 교육받지 않은 사람들) 종종 최근의 작품에 수반하는 감정과 생각에 먼저 주의를 기울인다. 비극의 본질에 대한 가장 미묘하고 객관적으로 보이는 생각이 또한 이러한 텍스트와 공동으로 작용하는 대화에 끌어들인다. 특별히 새로운 경험이 독자의 가정과 이해에 도전할 때 독자는 자기 자신의 가치, 세상과 세상에서의 가능성에 대한 자신의 이전의 생각을 분명히 하기 위해서 자극 받을 수 있다.

나 자신의 내부에 있는 무엇이, 어떤 개성이 강한 학습이, 어떤 표준이 나로 하여금 텍스트에 의해서 상징화된 세계에 생명을 불어넣는 것을 덜 쉽게 또는 더 쉽게 했는가? 라고 독자는 물을 수도 있다. 이런 경험을 통해서 내가 이제까지 사용되지 않은 감정, 생각 혹은 행동에 대한 어떤 잠재성을 발견했는가? 가능성은 무한하다. 즉 나 자신의 기질과 나 자신의 환경과의 대조에서 파생된 통찰력, 폭력으로 감정이입, 지금은 맞서서 통제할 수 있는 가학적인 충동, 이전에는 낯선 것으로 느껴졌던 다른 사람에 대한 연민, 피어스(C. S. Peirce)가 "이상적인 실험"이라고 한 것에 대한 기회, 즉 가상의 상황에서 행동의 대안적 양식을 실험하는 것 등이다. 시, 드라마 또는 소설의 세계를 생각하면서 이에 대해서 회상하고 그 세상에 대한 자신의 반응을 회상하는 독자는 특정한 자의식, 자신의 선입견에 대한 특정한 관점, 자신의 가치 체계를 성취할 수 있다.

다른 사람들이 텍스트에 대해서 생각하는 것을 안다는 것은 이것에 대한 자기 자신과의 관계에 대한 그런 통찰력을 엄청나게 증가시킬 수 있다. 텍스트에 의해서 감동을 받거나 혼란스럽게 되는 독자는 종종 그것에 관해서 이야기하고, 분명하게 하며, 그 작품에 관한 자기의 감각을 결정화하고 싶은 충동을 드러낸다. 그는 다른 사람의 견해를 듣고 싶어 한다. 그러한 상호 교환을 통해서 그는 다른 기질, 다른 문학적 경험과 인생 경험을 텍스트에 가져오는 사람들이 어떻게 텍스트와 아주 다른 상호교통에 참여하는지 알 수 있다.

우리는 텍스트를 작가와 독자 간의 의사 소통의 매개체로서 생각해 왔다(비록 5장의 토론이 자동화된 과정에 의해서 된 것이라고 우리에게 상기시켜 주지만). 어쩌면 우리는 텍스트를 심지어 더 보편적인 **독자 간**의 의사 소통의 매개체로 생각해야 한다. 우리가 경험을 교환함에 따라 우리는 우리의 해석을 가장 잘 해설하거나 지원할 텍스트의 그러한 요소를 지적한다. 우리는 우리가 간과했거나 경시했던 단어, 구, 심상, 장면들에 참여하도록 서로를 도울 수 있을 지도 모른다. 우리는 텍스트를 다시 읽고 우리 자신의 해석을 수정하도록 지도받을 수도 있다. 때때로 우리는 다른 해석에 대한 잠재성을 부인하지 않으면서 텍스트를 "바르게 평가하고" 있다는 우리 자신의 감각에서 강해지게 될 수도 있다. 때때로 주고받기는 통찰력의 일반적인 증가와 심지어는 교감에 이르도록 이끌 수 있다.* 물론 때때로 상호 교환은 우리가 사회적인 것이든 문학적인 것이든, 다른 하위 문화에 속하고 있다는 것을 나타낸다. 예술의 본질, 텍스트에 접근하는 우리의 습관, 텍스트에 대한 반응을 다루는 방식 등에 대해서 우리가 이해하고 있는 것은 너무나 다양해서 우리는 토론하기 위한 아무런 공통된 받침대도 찾을 수 없다. 이것 또한 그러한 문학의 상호교통에 관한 무언의 근원적인 가정에 노출하도록 끌고 나온다면 아주 기본적인 자의식으

---

* 불행하게도 나는 대학과 대학원에서 영어 전공자와 같은 문학에서 가장 광범하게 "훈련" 받아온 사람들이 종종 경험을 공유할 필요성에 대해서 논의하기를 가장 꺼린다는 것을 알았다. 그들은 자연스러운 반응이 "자신들을 폭로하고" "옳은" 또는 적어도 충분히 세련된 해석을 하는데 실패했음을 드러내 보일까 불안하고 두려워하게 되었다. 분명 문학 이론은 문학 교육 이론을 포함하며, 이 책보다 먼저 나온 『탐구로서의 문학(*Literature as Exploration*)』에서 나는 교실이 비평 능력의 성장을 위해서 출발점에서 방해받지 않는 상호교환에 도움이 되는 환경을 제공할 수 있는 여러 방법을 제시했다.

아마도 인류학자들은 우리의 문화를 예로 들자면 지중해 지역의 문화와는 대조적으로 감성의 표현과 어느 정도까지는 감성적인 자의식을 억제한다는 것을 우리에게 상기시킬 것이다. 그러므로 최근의 "자신들의 감성을 접촉하도록 사람들을 돕기 위한" 다양한 조직된 노력의 출현은 "저항 문화"의 일부로 보인다. 비록 나는 감성적인 자의식은 물론 지적인 자의식에도 관심이 있지만 이러한 문화적 상황은 확실히 문학의 상호교통에 잠재하는 개인적인 자원을 두드리는 문제를 복잡하게 한다. 다시 한 번, 가능한 교육적 해결책에 대한 논의로 우리를 이끌 수 있다.

로 이끌 수 있다. 예를 들면, 상당한 부분은 그 접근법이 마치 분석되어야 할 꿈인 것처럼 문학적 재현에 대한 프로이드적 접근 및 주로 명백한 문학적 내용을 다루게 되는 접근 간에 볼 수 있는 차이를 예로 들어보자.

다른 독자들 중에서도 우리가 그러한 시각을 얻을 수 있는 가장 뛰어난 사람은 비평가다. 대리 독자로서의 비평가를 거부하면서 나는 이제 비평가를, 내가 문학적 상호교통에 가장 중요하다고 윤곽을 정했던 과정을 수행하는데 있어서 자신의 특별한 능력을 통해서 나의 관심을 얻는 동료 독자로서 환영할 준비가 되어있다. 분명 비평가는 언어의 미묘한 차이에 수준 높은 감수성을 가지고 있을 것이며 지적이고 감성적인 자기 인식 및 자기 비평을 위한 능력을 습득하는 데에 상당한 힘을 바쳤을 것이다. 다른 가치 있는 속성은 심원한 인간성과 광범한 문학적 경험이다. (나는 문학적 경험이 "리시더스(Lycidas)"를 바르게 평가하기 위해서는 목가적 연가의 전통에 대한 지식보다 더 중요하다고 믿기 때문에 이것들을 연결한다.) 지식이나 통찰력을 소유하는 것은—예를 들면, 역사적, 철학적, 심리학적, 정치학적—비젼이나 강력한 조직하는 체제를 만들기 위한 특별한 관점을 산출할 수도 있다. 비평가는 보통 독자의 즐거움을 위해서 독서하는 능력을 유지하게 하는 한편, 훌륭한 독자가 되기 위해서 체계적으로 노력하는 것은 물론 자기의 경험을 다른 사람과 의사 소통하기 위한 능력을 개발하기 위해 노력하기 때문에 전문가로 간주될 수 있다. 그는 이렇게 해서 독서 이벤트에 대한 상호교통적인 속성의 충분한 인식에 의해 도움을 받게 될 것이다.

어떤 다른 독자가 우리를 위해 텍스트를 읽어줄 수 없는 것과 마찬가지로 비평가도 우리를 위해서 텍스트를 읽어줄 수는 없는 것이다. 우리는 비평가에게 독서 중에 우리가 직접 체험해야만 할 것을 판결해주는 권위자가 되어주기를 기대해서도 안 된다. 우리가 텍스트와 직접 만나기 전에 비평가가 한 해석을 학습하는 것은 종종 자율적이 되어야 할 개인적인 독서를 방해하는 것이다. 기대감이 제기되었다. 우리는 "무엇을 추구해야 할지를 알고 있다." 비평가는 4장에서 개관했던 능동적인 과정을 통해서 그의 정리하는 원칙을 달성해야만 한다. 독자가 수동적으로 자신을 위해서 그 원칙을 수용할 때, 창의적인 전 과정이 방해된다. 독서는 주로 신선한 개인적인 재현과 해석이 되기보다는 비평가의 경험을 확인하는 일이 된다. 아마 비평가 자신은 적어도 해석에 있어서 개인적인 매트릭스를 상기하도록 도입함으로써 자신의 해석이 끼치는 영향을 제한하는 책임을 지도록 해야 할 것이다.

텍스트와 자기 자신과의 상호교통 후에 비평가의 해석에 접근함으로써, 독자는 그 경험의 특성을 더욱 예리하게 의식하는데 도움을 받을 수 있다. 비평가들도 다른 독자들처럼 우리의 것과 다른—어쩌면 더 감수성이 있고 더 복잡한—반응에 대한 텍스트의 잠재성을 드러낼지도 모른다. 비평가는 그가 문학의 상호교통에 가져오는 문학적, 윤리적, 사회적 또는 철학적 개념에 대한 더 충분하고 더 명확한 의식을 개발할 수도 있을 것이며, 그러므로 우리 자신의 반응을 근간으로 하는 가설을 발견할 토대를 우리에게 제공할 수도 있을 것이다. 비평가는 이러한 방식으로 반향이 될 무의미한 모형으로서가 아니라 우리가 문학의 상호교통에 창의적이고 자기 비평적으로 참여할 우리의 능력이 자라도록 우리를 자극하는 교사로서 기능을 할 수 있을 것이다. 그런 관계에서는 어떤 것도 비평가가 세상에 알려지고 고려된 가장 좋은 것을 편견없이 전달하기 위해서 아놀드(Matthew Arnold)의 권고를 수행하는 것을 방해하지 않을 것이며, 그러므로 우리의 문학적 만남을 더 광범하고 더 인간적인 문맥에 놓을 수 있도록 도와줄 것이다.

이제 대치해야 할 것은 "작품"을 거의 과학적인 확실함을 가지고 우리를 위해서 설명하면서 자기 억제하는 대상으로 표현하는 비평가의 이미지이다.* 대신에 비평가는 텍스트로부터 문학 작품을 창작하는 힘든 과정을 통과한 동료 독자로서 모든 함의된 개인적인 연관, 반응에 대한 시도와 실수, 좌절, 그리고 성취 등과 함께 우리에게 온다. 일반 독자를 위해서 쓰여진 비평은 특별한 개인적 또는 환경적 문맥에서 비평을 그 당시의 이벤트로 보고하면서 독서의 역동성을 더 많이 반영해야만 한다. 이런 방향으로 움직이면서 요즘 어떤 비평

---

* 아이러니하게도 중세기 비평에의 몰입이 궁극적으로 실체화된 작품의 객관적인 설명을 위한 주장에 대한 간접 증명법이었던 것을 대량 생산했다. 출판업자는 한 작가 또는 작품에 대한 비평 논문 모음집을 주로 학교와 대학 수업 용도로 생산해내기 시작했다. 이것이 의미하는 것은 이러한 논문들은 같은 실제 작품에 다른 접근법을 제시한다는 것이다. 실제로 종종 나타나는 것은 같은 텍스트에서 다른 작품의 재현에 대한 흔적이다.

이러한 모음집에 대한 크류스(F. C. Crews)의 풍자, *The Pooh Perplex* (New York: E. P. Dutton, 1963)는 밀네(A. A. Milne)의 『아기곰 푸(*Winnie the Pooh*)』에 대한 다른 비평적 "접근"—예를 들면, 형식주의자, 프로이드주의, 마르크스주의, 역사주의—에 대한 재치 있는 모방을 함으로써 상당한 즐거움을 유발했지만, 독서의 상호교통적 본질에 대한 증거보다는 주로 다른 학교들의 편협함과 과장을 드러내는 것으로 해석되었다.

가는 이들이 텍스트에 가져오는 태도와 경험을 표현한다. 또는 적어도 이들은 자신들의 활동에 활용된 가정이나 체계적인 접근을 우리에게 알려준다. 어떤 의미에서는 이것은 우리가 비평가가 텍스트에서 재현한 특별한 작품에 참여하고 그 작품에 대해서 자신의 동반하는 반응에 대한 생각을 이해하도록 돕는 것을 필요로 한다.

그러나 수천 건의 출판물이 나오고 많은 다른 독서 대중이 있는 이 시대에 어떤 텍스트를 우리가 선택해야 하는지 알 수 있을까? 하는 질문이 나올 것이다. 여기서 비평가는 우리가 필요한 것 이상을 우리에게 제공한다고 나는 제안한다. 실제로 독자가 그 값을 더 많이 치를수록, 어쩌면 비평가는 안내자로서 엄청나게 더 많은 것을 제공할 것이다. 대신 우리는 충분히 잘 지적해 주어서 어떤 작품이 우리의 시간과 주의를 기울인 것의 가치가 있는지 판단해 줄 수 있는 사람이 필요하다. 이것은 비평가가 할 수 있는 중요한 역할을 암시한다. 또 다시, 우리는 비평가의 영역, 문학 작품의 본질과 기능에 관한 그의 가설 그리고 그가 텍스트에 가져오는 기준을 알 필요가 있다. 그가 우리와 취향이 같고, 우리가 그의 취향을 존중할 수 있다면 그의 추천을 수용할 수 있다.

불운하게도 신문이나 잡지에서 검토자의 역할을 하는 많은 사람들이 이것보다 더 이상을 하도록 강요받는다고 느끼며, 보통 깊이 생각하거나 자기 비평을 하는데 필요한 시간을 가지지도 못한 채 비평가의 임무를 떠맡고 있다. 우리는 때때로 이들이 재현한 작품을 전달하려는 이들의 노력이나 그것에 대한 이들의 특별한 판단을 무시하면서 우리 자신들을 보호하지만 종종 우리가 텍스트를 정확하게는 우리가 개별 독자라는 이유로 텍스트와의 실제 관계가 우리로 하여금 내던져

버릴 것을 요구하는 기대와 시험적인 해석 없이 접근해야만 한다는 것은 불운한 일이다. 어쩌면 해결책은 비평가로 하여금 그가 읽은 다음 주의를 기울일 가치가 있다는 것을 발견한 작품 목록을 출판하는 것이며, 이것은 그가 비평한 논평 즉 비평적 에세이가 적절한 기간이 지나면 나올 것이며, 그 동안 독자는 자신들의 독서를 하면 될 것이라는 이해에서 나와야 할 것이다. 만약 이것이 유토피아라면 우리는 적어도 점차적으로 독립적인 독자 집단이 나오도록 기대해야만 하는데, 여기서 독립적인 독자란 비평가에게 동의를 할 수도 하지 않을 수도 있으며, 그의 통찰력의 관점이 어떤 면에서는 자기들의 것과 다를 수도 있으므로 비평가를 모델로서가 아닌 동료 독자로서 여기는 독자를 말한다.

문학적 상호교통에 대한 많은 생각은 인간과 사회, 그리고 텍스트—예를 들면, 『코리오레이너스(Coriolanus)』 또는 『남자의 운명(*Man's Fate*)』—에서 파생된 세상을 지배했던 가치의 위계에 관한 가설을 그대로 드러내면서, 효과적으로 포함되어 있다. 현재는 사람들이 비평가의 맹목적인 가설에 대한 유사한 분석에 너무 빈번하게 참여한다. 만약 비평가가 텍스트에 가져오는 생각과 가치의 구조에 관해서 표현이 더 명확하다면 일반 독자에게 전하는 비평적 담화는 더 의미가 있을 것이다. 우리가 모든 독자에게 요구한 일종의 수준 높은 자기의식과 자기 비평을 비평가에게 요구하는 것은 정당하게 보인다. 다른 독자와의 비교가 우리들 각자에게는 교육이 될 수 있기 때문에 우리는 비평가가 우리 자신의 가정과 가치를 명백히 하기 위해서 부딪칠 특별한 분명하고 건실한 받침을 제공하도록 기대할 수 있다.

문학 비평을 시도하는 이유는 분명 각 개인과 각 환경에 따라 다양하다. 가장 보람있는 접근은 텍스트와 우리의 공유된 만남에 관해서 대화하기 위해서 친구에게 도움을 청하는 것과 마찬가지로 비평가에게 도움을 청하는 것이라고 제안되었다. 우리는 우리 자신의 독서를 그의 감수성과 태도를 우리가 존경하는 다른 사람의 독서의 문맥에 놓아둔다. 분명 우리는 비평가의 개성과 그의 말이 그의 마음의 감동을 전달하는 방식을 즐길 수도 있다. 그러나 우리는 주로 우리가 그와 공유하는 텍스트에 대해서 그가 생각하는 것에 관심이 있다. 우리는 그가 제공하는 생각의 좀더 세련된 구조, 다른 텍스트와 함께하는 더 훌륭한 대화, 확장된 시야 등을 좋아한다.

독자는 일차적으로 특별한 개성 유형 혹은 비평가의 분명하지 않은 갈망을 찾는 데에 관심 있는 비평에는 거의 접근하지 않는다. 잠재의식적 동기 추구는 부적절해 보인다. 비평가의 문학적 반응과 가치는 어떤 잠재의식적 근원을 가지고 있을지 모르지만, 우리는 비평가가 그 위에 구축한 것 즉 어떤 문학적 사회적 개념의 초구조를 그가 입증하기 위해서 가져왔는지에 관심이 있다. 물론 우리는 아놀드 혹은 윌슨(Edmund Wilson)의 아주 타당한 분석과 같은 비평 연구를 가지고 있다. 그리고 비평가의 텍스트는 보통 일종의 예술로서의 문학의 조화된 연구를 수용한다. 그러나 일반적 독자에게는 비평은 일차적으로 작품을 다른 개성에 의해서 재현된 것으로 주시할 기회 및 어떤 관계의 구조, 어떤 해석적 평가적 기준을 비평가가 적용했는지, 예술, 인간, 사회에 관한 어떤 가설을 그가 작품에 가져왔는지를 관찰할 기회를 제공한다. 이것은 다시 비평가가 자기 비평적으로 그의 독서에 대해서 숙고했고 우리가 그의 경험에 참여하도록 도울 수 있다는 것을 가정한다.

재현과 해석의 차이를 구분했던 앞 페이지에서는 텍스트에 대한 책임의 가설에 대한 의존을 얘기했다. 최근의 가정된 대상으로서의 작품에서 멀어지려는 반작용을 하는데 있어서 어떤 이들은 정반대의 극단으로 나아가서 단순히 독자의 반응에 집중하는 것에 만족한다. 주된 관심사는 각 독자의 심리적 유형과 콤플렉스를 발견하는 것이다. 수년에 걸쳐서 나는 독자의 특성이 있는 반응은 그에 관한 많은 것을 드러낼 수도 있다는 것을 반복적으로 강조해 왔다. 문학적 상호교통을 독자가 근저가 되는 편견과 강박 관념적 태도를 말로 토해냄으로써 자유롭게 할 수 있다. 자기 이해를 증가시키는 방법으로써 독자들 사이에서의 상호 교환의 가치에 대해서 지적하는데 있어서 나는 종종 그러한 개인적 차이점들이 자기 자신들을 표현할 수 있을 것이라고 가정하였다.

여전히 과감하게 주관적인 접근은 상호교통을 특별히 문학적으로 만드는 것, 즉 독자와 텍스트의 양방향 상호교통적 관계를 쉽사리 등한시할 수 있다. 대신에 독자는 혼란스럽게 될 수 있는 기억과 자유연상에 참여하도록 격려를 받는다. 그의 반응은 근원적인 충동과 환상의 징후가 되는 것으로 학습된 이차적 텍스트가 된다. 그러므로 텍스트는 로르샤흐의 잉크 얼룩[역주]의 기능으로 축소될 수도 있다. 그러나 관찰자가 그 위에 해석을 투사하는 중립적인 잉크 얼룩은 심리연구에 한층 더 과학적인 도우미 같아 보인다. 사회적으로 생산된 언어라는 매개체를 이용하는 특별한 개인에 의해 창조된 텍스트는 그 합성물에 외면적으로 생성된 유형을 도입한다. 상호교통적 견해는 독

역주) 로르샤흐의 잉크 얼룩(Rorschach inkblot): 잉크 얼룩 같은 도형을 해석하여 사람의 성격을 판단하는 로르샤흐 검사를 말함.

자의 기여의 중요성을 주장하는 한편, 텍스트의 가치를 떨어뜨리지 않으며 해석의 타당성에 관한 관심을 받아들인다. 그러므로 잘못된 해석은 독자의 선입견에 단서를 제공할 수도 있으나 반응은 또한 문학적 만남이라는 특이하게 복잡한 본성의 견지에서 조망되는 텍스트의 특성에 기능할 수도 있다.

여기에서 독자의 반응을 해석하기 위해서 사용될 많은 가능한 심리학적인 구조를 평가하는 것이 나의 목적이 아니다.* 이것이 독서요법, 즉 심리학적 상담과 치료를 하도록 훈련받은 사람들에 의해서 문학 텍스트가 사용되는 것에 대한 반대로 인식되어야한 한다. 반대로 심리적 치료에 문학 작품 사용의 성공에 대한 보고는 어떤 실례에서는 문학적 상호교통의 개인적이고, 경험적인 것에 관한 나의 이전에 출판된 견해에 대한 경험적인 타당성으로 제공되었다.[13] 나의 요점은 단지 개성을 연구하는 목적으로, 치료적인 목적으로 문학 작품을 이용하는 것은 많은 방법론적인 위험을 일으킨다는 것이다. 그리고 그

---

* 특별한 독자의 개성 유형에 대한 통찰력에 관심이 있는 사람들은 인간 발달과 유형의 체계—방어 기제, 환상, 오이디푸스(oedipal) 증상, 열등감 콤플렉스, 보상—에 관한 특별한 가설에 관찰된 반응을 맞추면서 기록된 반응에 접근하는 경향이 있다. 연구와 가르치는 상황에서 시험되어야만 하는 가설적인 심리학적 개념을 가진 실험 대상, 즉 학생들을 가르치는데서 기인하는 어떤 순환성의 가능성이 있다. 나는 여기서 무의식 또는 잠재의식적인 활동에 대한 가설로 심층 심리학의 일반적인 개념을 언급하고 있는 것이 아니라 오히려 프로이드주의자들 및 다른 학파에서 생산된 임시적인 가설로서의 그 유용성이 종종 이들을 프로크루스테스 같은 독단적이고 지나치게 단순화된 사용에 의해서 무효화하는 것으로 보이는 특별한 심리학적 기제의 목록을 언급하고 있다. (역주: 프로크루스테스(Procrustes): 잡은 사람을 쇠 침대에 눕혀, 키 큰 사람은 다리를 자르고, 작은 사람은 잡아 늘였다고 하는 고대 그리스의 강도(强刀), 개개의 사정을 무시하고 폭력으로 규준에 맞추려고 하는 독단적인 경우에 쓰이게 됨.)

것은 문학적 해석과 비평과는 분명히 구별이 되어야만 한다.

울프는 문학 작품을 "광, 돼지 우리, 또는 대성당"으로 인식한다고 말한다. 이러한 독자 활동의 평가적인 양상은 우리의 논의에서 지금까지는 대체로 인정되었다. 그러나 이것은 재현된 과정과 해석적 과정과 혼합되어 독서 이벤트에서 내재되고 계속되는 요소이다. 물론 재현된 작품의 가치 체계와 독자의 가치 체계를 구분하는 관점은 종종 평가적인 양상을 가지고 있다. 텍스트를 내려놓지 않은 것 그 자체가 최소한의 평가 행위이다. 단순히 "나는 그걸 좋아한다" 또는 "나는 그걸 좋아하지 않는다"는 새로운 작품에 대한 누적적인 반응을 요약한다. 때로는 우리의 반작용은 너무나 결정적이어서 그 자체를 즉시 돼지 우리라면서 거부하거나 대성당의 장엄함 같은 경외의 감정을 표현한다. 평가는 그 경험이 시간과 노력들 들인 가치가 있느냐를 결정하는 형식을 취할 수도 있다. 보통 판단은 다른 문학적 상호교통과의 비교(심지어 가끔은 절대적이지 않지만)를 포함한다. 때때로 우리는 이 텍스트의 잠재성을 같은 저자가 쓴 다른 텍스트를 비교하고, 때로는 같은 장르의 다른 텍스트들을 더러는 기억하는 읽은 모든 작품을 비교하고 있는 스스로를 발견한다.

이러한 측정에서 우리는 어떤 표준 즉 기준—모호한, 특성이 없는, 명확하게 보이기는 하지만 등의—을 적용하고 있다. 특별한 문화 및 특별한 하위 문화 혹은 사회적 집단의 구성원으로서 우리는 문학 예술, 추구해야 할 만족감, 관찰되어야 할 관례, 찬사받아야 할 속성 등의 본질을 지배하는 개념을 흡수해 왔다. 가족은 물론 학교, 라디오와 텔레비전, 신문과 잡지 등도 각각의 독자가 텍스트에 가져오는 많은 가치 개념을 보급한다. 그는 자연과 문학에 대한 만족감에 관한 많은 가설을 자신이 속한 사회의 문화와 공유할 것이다. 말하자면, 같은 언어—예를 들어 영문학—내에서도 한 세기의 독서와 독서 습관은 다른 세기의 것들과 다르거나 시에서 찾는 가치의 개념에 있어서도 문화 간의 차이점이 있는 것이다.

하지만 어떤 한 문화 안에도 종종 많은 하위 문화, 즉 문학적 가치에 대한 아주 다른 척도를 가진 집단이 있다는 것을 우리는 알고 있다. 그리고 그런 집단 내부에서도 우리는 다시 개별 독자의 독특함의 실상과 만나게 된다. 특히, 우리의 이질적인 사회에서 우리가 거하고 있는 범위 내에서 우리는 상호작용하는 사회 집단의 다양성과 교육 및 직업 훈련에서의 다양함에 기인하는 다양성의 광범한 영역과 더불어, 보통의 서구 문화에서 파생된 표준의 공유를 포함해야만 한다. 마지막 분석에서 보았듯이 텍스트와 자신의 개인적인 상호교통을 평가하는 사람은 항상 개별 독자이다. 그러므로 우리는 문화적 분위기에서 개인이 특별히 선택하는 요소에서 파생하는 독특함과 문학적 상호교통이 일어나는 독자의 삶에 내재하는 독특한 순간에 기인하는 특별한 가치 수요를 인식해야만 한다.

독서 과정에서 나타나는 재현할 수 있고 해석적인 양상으로 할 수 있었던 것처럼 반영은 그런 중요한 평가할 수 있는 반응 중에서 명확함, 확증 또는 수정을 끌어낼 수 있다. 심지어 어쩌면 해석의 영역 그 이상으로 평가는 단순하거나 정적인 절대적인 것은 제공하지 않는다. 심지어는 우리가 오늘날 위대한 걸작이라고 생각하는 그런 텍스트에게도 일어나는 변하고 있는 운대 혹은 특별한 현대 텍스트에 놓은 차별화시킨 가치를 인용하는 것은 거의 필요치 않다. 독서 이벤트의 상호교통적인 본질에 관한 이론은 불가피하게 **취향에 관한 논쟁**[역주], 즉 비평적 혼란을 초래한다는 비난을 받는다. 평가의 논리는 이를 반박하고 문학적인 판단을 할 근거를 제공한다.

첫 번째 이면서도 보통 무시되는 문제, 사실 무엇이 평가 되느냐? 하는 것이다. 일반적으로 텍스트의 가치, 즉 텍스트가 훌륭하다는 것에 대해서는 고정관념이 있어 왔다. "비잔티움(Byzantium)"이나 『미들마취(*Middlemarch*)』와 같은 작품을 예를 들어서 살펴볼 수 있을텐데, 문학적 판단을 한다는 것은 실제로 이러한 텍스트들의 잠재력이 독자로 하여금 심미적인 상호작용을 재현할 수 있느냐에 대한 판단을 하는 것이다. 텍스트의 우수성이라는 관점에서 고려하는 사람들은 보통 독자 즉 관객의 본질을 명확하게 하지 않는다. **그럼에도 불구하고 이들은 항상 독자를 가정하고 있다.** 때때로 비평가는 텍스트에 부여할 수 있는 가치를 정하는데 있어서 이러한 텍스트들이 훌륭한 문학적 궤변과 특별한 "배경" 지식을 가진 독자들이 있는지의 여부에 의해서만 단정한다. (물론 여기에는 비평가도 이러한 독자가 된다는 가설이 암시되어 있다.)

그러나 이것은 또 다른 기준을 세우는데 이론적으로 타당하지 않은 것은 아닌가? 톨스토이의 『예술이란 무엇인가?(*What Is Art?*)』[14]는 어떠한 텍스트, 심지어 셰익스피어의 텍스트도 거부할 준비가 되어있기 때문에 이러한 점을 돋보이게 하며, 이것은 모든 다른 사람들과 더불어 자신의 보편적인 인간성의 감성을 그에게 불러일으키기 위해서 보통 인간에게 있어서 활발한 감성적인 반응을 자극하도록 기대되어

역주) 라틴어 "de gustibus non disputandum"에서 나온 말로 영어로는 "There's no disputing about taste."

질 수 없다. 톨스토이는 또한 종교적이고 인간적인 준거를 적용하지만 무엇이 예술 작품을 구성하는가에 대한 그의 기본적인 견해는 보통 독자에게 감정을 환기하고 상호교통할 텍스트에 대한 이런 능력에 달려있다. 이것은 독자에로의 접근성과는 상관없이 어떤 텍스트의 성향에 거의 전적으로 초점을 맞추는 준거보다 조금이라도 덜 편협한가?

물론 각 실례에서 부족한 것은 문학적 상호교통에 존재하는 것으로서 작품의 개념에 대한 명확한 인식이다. 일단 이해되면 다양한 준거에 따라 실제 상호교통에 대한 평가가 가능하다. 이제까지 주로 우리가 다루어온 기준은 해석에 대한 타당성, 즉 텍스트에 대한 충실함에 관심을 가진 것이다. 그러나 말하자면 왜 우리는 심미적인 이벤트로서 상호교통의 질을 판단할 수 없는 것인가? 독자가 자신이 수행한 재현, 즉 텍스트가 제공하는 단서에 충실하면서 응집된 구조로 엮여진 여러 가닥으로 된 인식의 복합성에 의해 시험하는, 재현을 지각하는 완전함 및 강렬함의 기준을 우리가 적용한다고 생각해보라. (다른 사람들은 분명 경험의 심미적 속성에 대한 다른 테스트를 제안할 것이다.) 어떤 사람은 『카라마조프의 형제들(The *Brothers Karamazov*)』 보다는 『대이빗 카퍼필드(David Copperfield)』에서 섬세하게 지각되고 깊이 느껴지는 경험에 대해서 더 완전한 구조를 수행하는 독자의 가능성을 예견할 수 있다. 비록 『카라마조프의 형제들』이 지닌 잠재성이 일반적으로 더 크다고 인정되지 있지만.

그러나 문학적 상호교통의 질에 대한 관심은 "더 나쁜" 또는 "더 쉬운" 텍스트가 일반 독자를 위해 규정되고 있다는 가정으로 통속화되지 않아야 한다. 독자가 『카라마조프의 형제들』에 나오는 어떤 요소들을 동화되지 않음에도 불구하고 그가 "당연하게 여길" 수 있는 것에서 보다는 그 텍스트에서 아직도 훨씬 더 민감하고 더 확고하게 구조화된 재현을 조직하도록 동요될 수도 있다.

간단히 말하자면, 우수함 또는 훌륭함에 대한 본질이나 기준은 구체적으로 서술될 수 없기 때문에 논리학자들은 "이 시가 우수하거나 훌륭하다"라는 진술은 불완전하다고 지적할 것이다. "어떤 표준에 의해서 어떠한 점에서 좋다는 것"은 명확하게 지적되어야만 한다. 그리고 "시"는 텍스트에 대한 독서를 함축하기 때문에, "누구를 위해서 어떤 상황 하에서"라는 그 이상의 질문들에 대한 답이 되어야 한다. "우수한" 또는 "훌륭한" 작품, 또는 "형편없는" 작품과 같은 획일적인 개념은 평가 기준의 망상 조직을 차단한다. 우리가 기억하듯이 문학 작품의 해석은 비현실적 관념이며, 실제적 문학 재현에 대한 살아있는 복잡함에서 이끌어낸 관념의 틀이다. 문학적 판단 또한 재현된 작품의 존재론적인 다양성의 선택된 양상에 적용된 특별한 추상적인 준거에서 나온 결과이다.

또 다른 요점이 제거되어야 하는데, 이는 상호교통적인 접근은 "예술로서의 문학 작품" 또는 "문학"과 같은 용어에 우월감을 부여하는 식의 사용을 허용하지 않는다는 것이다. 우리 모두는 "그거 재미있긴 하지만 그게 예술이에요 아니면 문학이에요?"라는 말을 듣는다. 상호교통적인 견해는 독자가 텍스트에서 비롯한 체험된 경험에 주목하는 모든 독서의 심미적인 영역을 수용하는 것이다. 그러므로 우리는 상호교통이 형편없거나 좋은 예술로서의 문학 작품을 만들어냈는지에 대한 평가적인 질문을 열어놓을 수 있다. 우리는 우수한 예술 작품을 구성하는 것에 대한 우리의 기준이 무엇이든지 간에 이들을 적용할 수 있다. 다시 말하면, 우리는 우리의 일상의 준거에 의존할 수 있지만, 이들이 체험된 경험에 적용될 수 있다는 것도 항상 알고 있다. 만약 상호교통이 이러한 요구에 거의 없거나 낮은 정도 또는 아무런 긍정적인 답변을 제공하지 못했다면 우리는 그 작품이 형편없거나 심지어는 가치없다고 말할 수 있을지도 모른다. 우리는 이러한 부정적인 가치를 올릴 지도 모를 어떤 것을 보기 위해서 텍스트에 관심을 돌릴 수도 있다. 또는 다른 이들은 텍스트를 정당하게 평가하는데 실패했다는 것을 증명할 수도 있다. 그러나 무엇보다도 이것은 심미적인 입장을 가지고 접근되어야 하며, 이것이 우리로 하여금 예술 작품으로서 이러한 평가에 이르도록 한다.

페이터는 "문체(Style)"[15]에 대한 그의 에세이에서 특별히 평가에 대한 일차적인 토대로서 "문학적" 질을 가정했다. 그러나 그는 이때 그 이상의 문제에 직면했다. 즉 그가 제시하는 문체와 형식에서의 기준을 잘 맞춘 작품이 주어졌을 때 그 이상의 평가는 어떻게 하는가 하는 문제이다. 페이터는 성급한 결말에서 윤리적, 정치적, 또는 심리학적인 고려와 같은 가치에 대한 부가적인 척도를 도입하는 것이 필요하다는 것을 알았다. 사실 자신의 실용적인 비평에서 그는 종종 **예술 작품**으로서 예술로서의 문학 작품이 형식적이거나 기교적 또는 문체적인 가치는 물론 다른 가치도 포함한다는 것을 인식했다. 특히 인간이 예술로서의 문학 작품이 실지로 시간 속에서 일어나는 이벤트라는 것을 알게 될 때 우리 자신을 형식적 오류에서 자유롭게 하는 것이 필수적인 것 같아 보인다. "문학적 판단" 또는 "문학적 평가"는 기교적인 면에서 시작해서 도덕적, 정치적, 개별적인 면에 이르기까지, 기준에 대한 모든 다양한 여러 가지 기준이나 범주가 포함되는 어떤 것에 속하는 포괄적인 용어로 보다 더 정확하게 고찰된다.

기준에 대한 범주를 말하는 것이 필요하다. 즉 이러한 범주에 속한 어떤 것이라도 넓은 영역의 의견을 달리하는 넓은 영역의 표준을 나타낸다. 예를 들면, 형식적 가치에 대한 다른 범주에서 현대의 독자들 중에서 단순함과 정렬된 구조에 대한 반대로서 복잡한과 미묘함에 대해서 내리는 이들의 평가에 주목해보라. 즉 페이터는 작품이 인생의 얼마나 많은 것을 포함하는지를 보여줄 "영역"으로 표현될 수 있는 범주를 제안했다. 그런 범주에서 우리는 『전쟁과 평화(*War and Peace*)』가 『오만과 편견(*Pride and Prejudice*)』보다 더 높게 등급이 매겨질 수 있다는 것에 동의할 수도 있다. 그러나 이러한 범주에서 인간의 생리학에 대한 얼마나 많은 자질구레한 것에 대한 현재의 관심이 성적인 관계를 허구적으로 다루는 일에 수용될 수 있는지 주목해 보라. 윤리적, 종교적 또는 정치적인 범주에 대해서는 그러한 제목 중의 어느 하나에서도 독자의 다른 가치 체계를 예시하는 것은 불필요하게 보인다.

일반 독자 그리고 더욱더 비평가는 많은 요소가 문학적 판단을 하는데 개입했고 같은 작품에 대한 그런 다양한 평가가 기준에 대한 다른 범주의 적용과 어떤 한 범주 내에 있는 가치의 다른 위상 둘 다를 초래할 수 있다는 것을 인식할 필요가 있다. 그러므로 범위보다는 형식이라는 범주를 더 많이 강조하는 이들과 형식의 범주에서 구조의 명확성에 우위를 부여하는 이들은 아마도 『오만과 편견』보다는 『전쟁과 평화』의 가치를 더 적게 인정할 것이다. 범위를 강조하고 아마도 형식에 대해서 더 "낭만적인" 견해를 가지고 있는 사람들은 분명히 그러한 판단을 뒤엎을 것이다.

"모래톱을 건너서(Crossing the Bar)"를 깊이 생각하는 사람은 이 시가 자신으로 하여금 죽음에 대해서 그의 감정을 조직하도록 하는 것에 가치를 둘 수 있다. 그는 기교적이고, 형식적이거나 감각적인 양상에 대해서 거의 생각하지 않을 지도 모르며, 그럼에도 불구하고 그는 상호교통 중에 그것에 반응했을 수도 있다. 우리는 그 사람이 단지 하나의 특별한 척도 혹은 어쩌면 종말론적인 기준을 적용하고 있다고 말할 수도 있다. 다른 이들은 시를 기교적이거나 형식적인 기준에서는 더 높게 두더라도 생각과 감정의 세련됨과 관련해서는 상당히 낮게 평가할 수도 있다. 형식적이거나 기교적인 것에 대해서 주장하는 이들은 단지 다른 척도 또는 더 보편적으로 말해서, 예술을 위한 예술에 대한 범주 하에서 자신의 도덕적, 사회적 가설 속에서 무의식적으로 숨기고 있다.

실제로 예술을 위한 예술의 입장은 어느 의미에서는 문학 작품의 상호교통적인 속성의 지지를 받는다. 체험된 이벤트는 시간과 환경에 대해서 특정한 자율성을 가지고 있다. 경험은 그 자체의 역동성, 응집성, 정교함, 강렬함, 감각에 대한 순서, 감정, 새로운 전망에 대한 공개성이라는 관점에서 독립적으로 판단될 수 있다. 이것은 심미적인 이벤트로서 평가될 수 있다.[16] 하지만 독자의 삶에 있어서 심미적인 경험은 비록 구분은 할 수 있지만 그가 벗어나서 텍스트에 다가가서 돌아가야만 하는 삶과 분리가 되어 있지는 않다. 문학적 창조의 행위처럼 문학적 상호교통은 사회적 기원과 사회적 효과를 가지므로 기준에 대한 다른 범주에 평가될 수 있다.

순진한 독자들은—사실은 그렇게 순진하지 않은 독자들이다—그들 자신들의 삶의 염려에 밀접하게 연관되어 있는 범주에서 가장 기꺼이 판단을 조리있게 표명하는 경향이 있다. 만약 이러한 것들이 독자들이 형식, 문체, 구조에 대한 고려를 차단하는 정도로까지 지배한다면 우리는 독자들이 텍스트를 단지 도덕적이거나 정치적인 문서로 취급한다고 비난할 수도 있다(할지도 모른다). 그러나 페이터가 발견한 것처럼 작품을 단지 소위 말하는 형식적인 양상의 관점에서 평가하기를 주장하는 비평가는 똑같이 예술 작품에 대해서 잘못 판단하는 것이다. 텍스트에 나타난 기교적인 묘기에 매혹된다는 것은 텍스트의 범위의 부족 또는 비평가 자신의 이상에 모순된 가치 체계를 구체화하는 것에 대한 판단을 배제해야한다. 이에 반해서 우리는 종종 텍스트와 텍스트에 담긴 진부한 개념, 조야한 문체 혹은 난잡한 구조에 의해서 강화된 훌륭한 사회적 또는 윤리적 가치를 구분할 필요가 있다는 것을 발견한다. 이러한 가치의 다양한 범주는 단지 문학적 상호교통에 대한 유기적인 총체를 바라보는 것에 대한 인용문의 틀이 된다. 분명히 우리는 많은 범주에서 높이 평가할 수 있는 텍스트를 찾고 있다.

이러한 평가 활동의 상당한 부분은 작품이 재현되고 해석될 때, 그리고 우리가 그러한 해석에 대한 타당성을 검사할 때 일어난다. 그러므로 내가 이전에 강조했던 가설과 체험한 태도를 명료하게 하는 자의식은 평가의 과정이 떠맡게 됨에 따라 한층 더 중요하게 된다. 상당한 문학적 토론에 있어서 평범함과 극단적인 독단은 이러한 기준의 명료화와 더불어 사라질 수 있다. 이러한 분명함은 또한 과거와 현재의 훌륭하고 위대한 작품을 논쟁의 분위기에서 구해내고 이들을 보통 독자가 이해하도록 강요할 수도 있다.

문학적 상호교통은 개인의 삶의 구조에 엮어져 있다. 개인적 의미는 적어도 독서 이벤트를 평가하는 독자에 의해 적용되는 가능한 기준의 하나로서 인식되어야만 한다. 물론 강력한 개인적인 영향과 강렬함 또는 해명의 순간은 독자와 텍스트를 특별히 적절한 순간에 함께 불러오는 결과를 낳을 수도 있다. 독자는 그의 인생에 있어서나 그러한 사회적 상황에서 그 시점에서 그가 텍스트에서 끌어내는 것에 대해서는 일종의 확대경인 특별히 수용적인 문맥을 제공한다고 말할 수 있다. 물론 우리는 독자가 자기의 생각을 투사하는 기여도의 범위를 인식해야만 만다. 그럼에도 불구하고 우리는 경험의 완성의 강도와 완성도를 존중해야 한다.

이러한 견해는 독서 이벤트가 포함하는 범위 때문에 문제를 야기한다. 성숙한 개인이 『리어왕』텍스트에 대해서 그가 십대에 할 수 있었던 것 보다 더 풍부한 문학적 경험을 가질 것이라는 제안에 대해서 반대할 사람은 거의 없을 것이다. 그러나 독자가 텍스트가 보통 뒷받침할 수 있는 것 보다 상호교통에 훨씬 더 많은 것을 투사할 수 있다는 실례는 어떻게 되는 것인가? 사별(死別)은 독자가 강렬한 감정에 집중, 준비하고 발산할 수 있도록 감정의 상태를 준비하도록 독자를 이끌 수도 있다. 어떤 이는 엄청난 당혹감을 가지고 사랑하는 사람의 죽음에 관한 상투적인 텍스트를 읽었다는 것을 듣는다. 이러한 독서는 텍스트에 의해 제공된 단서와의 관계에서 지나친 감정의 확대로서 감상적인 것으로 진단될 수 있다. 그러나 이러한 상호교통의 요소는 단(Donne)의 "죽음이여, 자만하지 말지니(Death, be not proud)"에 대한 다른 사람의 독서와 대응될 수 있다는 것을 인정해야만 한다. 왜냐하면 후자 또한 "죽음의 지배력"을 대면할 독자의 개인적 요구를 포함하고 있으며, 감정을 다루고 지배하는 언어적인 수단을 제공하기 때문이다. 우리는 생각과 감정을 이끌어내는 텍스트의 가능성 안에서 어느 텍스트의 우수함을 판단할 수도 있지만 이런 잠재성이 독자에 대한 유사한 관계를 공통적으로 가지고 있다는 것을 부정할 수도 없다.

우리는 "나는 예술(혹은 음악, 혹은 시)에 관해서는 아무것도 모르지만 나는 그것을 볼 때(또는 그것을 듣거나 읽을 때)에 내가 좋아하는 것은 알고 있다."고 공언한 배빗(Babbit)이나 죠르당(Monsieur Jourdain)의 말을 즐길 준비는 되어 있다. 문체에 대한 전통과 기교에 대한 이해의 중요성을 이들이 모르고 있음에도 불구하고 이 솔직한 진술을 한 가지 사실을 기술하고 있다. 즉 사람들은 자기들이 심미적인 자극을 만들어내는 것은 그 무엇에도 평가적인 반응을 한다는 것이다. 우리는 이러한 독자들이 텍스트에서 많은 것을 얻어내거나 자기 비평적으로 그들 자신의 반응을 다루도록 준비되지 않은 상태에서 텍스트에서 도달하는 것을 유감으로 여길 수 있다. 그러나 개인적 수용이나 거부, 개인적 쾌락이나 무관심에 대한 기준은 심지어 다른 더 세련된 기준이 적용될 때조차도 관계있는 것으로 인정받지 않는다. 너무나 많은 비평가와 학생들의 독서가 이러한 고려를 하지 않은 것 같아 보인다. 그리고 이것은 때로는 작품의 주제, 상징 그리고 기교적인 전략에 대한 20세기 해석을 읽음으로써 비평가들이 심지어 문학적 상호교통이나 개인적 의미에 대한 감각에서 개인적인 즐거움을 희미하게라도 가지고 있는지를 발견한다는 것은 어려운 일이다.

때때로 "솔직하"거나 "단순하"거나 "개인적인" 반응을 유감스럽게 생각하는 사람들은 특히 문학적 경험의 인간적인 가치에는 어두운 것 같다. 이러한 점은 대중적인 열성을 이끌어내는 상투적인 표현이

제거된 텍스트가 주어지면 이해 가능하다. 언어적인 진부함은 감성적이고 지적인 진부함과는 불가분의 관계가 있는 것 같아 보인다. 하지만 그럼에도 불구하고 텍스트는 일반화된 문학적 기준에 따라서 낮게 평가되더라도 심미적인 입장이 채택되고 보상을 부여하는 개인적으로 의미 있는 상호교통을 야기할 수 있다. 사람들은 종종 우리가 존경하는 예전의 세련된 작가들이 평범한 현대 작품에서 만족감을 발견한다는 사실에 놀란다. 아마도 우리는 특별한 시점과 장소에서 인간에 중요했던 과거의 작품을 너무 경멸하면서 잊어버리기도 한다. 이것은 결코 셰익스피어의 몇몇 작품을 너무 터무니없이 동의하는 기준, 즉 문화적 차이를 초월하고 많은 서로 다른 세대의 독자에게 호소할 능력을 배제하지 못한다.

문학적 경험의 다른 종류 또는 수준에 대한 연속성의 개념은 또한 단일의 개인적 독서에 또한 적용한다. 콜리쥐와 포우는 다소 다른 이유에서 장시(long poem)가 있을 수 없다고 단언했다.[17] 이들의 진술은 시의 최고의 형식은 서정시로 연상되는 생각, 감정 그리고 주의의 강렬함에 있다는 확신을 반영했다. 그러므로 포우는 『실낙원(*Paradise Lost*)』은 독자의 능력이 쇠퇴하고 회복함에 따라 시와 비시의 연속체로 구성되어 있다고 주장할 수 있었지만, 만약 그가 텍스트에서 다른 시점에서 시작했다면 시가 아니었던 그 구절이 살아나고 이전에 시적이었던 부분은 자동력이 없게 된다. 이러한 점은 내가 과감히 증명하려고 시도하는 것보다 독자의 기여에 대해 한층 더 극단적인 강조를 하는 것이다.

심지어 우리가 시의 필수 조건과 같은 고도의 서정적인 강렬함을 수용하지는 못할지라도 우리는 독자의 주의 집중력에 대한 포우의 관심과 심미적인 의식의 높은 수준을 주장하는 그의 능력을 존중해야 한다. 대작을 꾸준하게 독서해서 소화하는 사람은 거의 없다. 심지어 가장 교양 있는 독자들도 최소한의 정서적인 것에 호소하면서 단순한 문제만을 제시하고, 문제를 해결하는 단서(물론 잘못된 단서이다)를 강조하고, 독자하게 미미한 요구를 하는 탐정소설에 빠져든다. 그러나 장르로서의 탐정소설 내에서 이 장르의 독서 애호가들의 폭은 문학적인 장점의 더 높은 수준을 향하여 상승하도록 만든다. 아마도 영화가 아직도 예술 형식으로 충분히 인정되지 않았기 때문에 영화 애호가들은 문학 그 이상에서 제안되는 일종의 민주적인 교차 국면에 좀 더 가깝게 접근한다. 즉 시인, 소설가 그리고 학자들은 "영화 광"이 되는 것을 기꺼이 인정하고 있다. 실험적이거나 "진지한" 영화는 폭넓은 대중을 위해 제작된 상업용 영화에 영향을 주는 것으로 보여 질 수 있다. 아마도 이러한 단면적(斷面的)인 사회를 즐기는 마지막 작가는 디킨즈(Charles Dickens)일 것인데 그의 작품은 현대 비평가들이 주목하듯이 상류 사회의 주인과 마님, 교실의 학생, 다락방의 하녀 등 다양한 독자에게 읽혀지고 있다.

개인적인 이벤트로서 각각의 독서를 인식하는 것은 일종의 합의에 근거를 둔 한층 더 보편적인 기준을 경시하지 않는다. 내가 이전에 제시했듯이 독자는 그러한 합의를 찾자마자, 보편적으로 유지된 수용된 기준을 통해서 각자 자기 자신의 의견을 성취하는 다양한 대중을 찾게 된다. 어떤 판단은 텍스트에서 출생, 죽음, 가족, 보통의 사회적 관계와 같은 평범한 인간 경험에 대해서 호소하는 증거에 의존한다. 다른 사람들은 언어적으로 세련된 독자들의 고도로 선택된 집단 반응에 의존한다. 여전히 다른 이들은 아마도 시간과 텍스트에 대한 독자들의 제한된 집단의 변화하고 있는 세대를 통한 지속에 근거를 두고 있다. 거의 정의에 의해서 더 보편화된 기준은 개인적인 특이성이나 상황을 거의 허용하지 않는다. 그러나 특별한 시나 이야기가 그 자체로 특별한 가치를 가진다고 말하고, 그 자체로나 텍스트에서 이것은 어떤 이유인지를 알아보는 것이 가능해야 하며, 여전히 일반적인 문학적 기준에 의해서 텍스트가 평범한 것으로 간주된다는 것을 이해해야만 한다. 그러한 독서에 대한 성찰은 더 보편적으로 가치 있는 텍스트에 대한 독자의 반응에 대한 성찰로서 같은 방식으로 자기-이해로 이끌 수 있다.

또 다른 고려가 있다. 즉 독자는 작품을 전체로서 봐야하지만, 그러나 실제 문학적 상호교통에서는 강렬하게 개인적 반향을 가진 비교적 중요하지 않은 부분이 될 수도 있다. 시는 우리를 위해서 갑자기 삶의 "기쁨"과 "정수"를 구체화하며 단지 한 구절을 통해서 기억 속에 살아 있을 수도 있다. 어떤 장면, 어떤 짧은 대화, 어떤 일화가 독자 자신 또는 다른 사람의 본성에 통찰력을 번득이게 하거나 새로운 이해의 방식과 새로운 가능성에 대한 감각을 풀어 놓게 할 수도 있다. 그런 강렬함의 순간은 전체 작품의 가치에 관한 가능한 일반적인 합의에 근거한 어떠한 평가에 그림자를 던지면서 우리들을 위해 작품의 장점을 구성해줄 수도 있다.

학구적인 비평 문화는 우리 사회에서 대중적이고 "중간 정도의" 문학적 제도를 무시하거나 잘해야 탄식하기를 되풀이한다. 상호교통적인 설명은 이제 나란히 존재하는 두 개의 문학적 문화 간의 이론적인 교량을 제공한다. 내가 본 바에 따르면 이 교량은 좋은 것에서 나쁜 충동을 이끌어내는 그레샴(Gresham)의 법칙을 조장할 필요는 없다.

오히려 기본적인 문학적 과정과 관심에서 연속체에 대한 의식은 문학적 기획의 좀 더 소박한 편성에서부터 상승하는 비평과 교육에 영향을 줄 수 있고 심미적인 문식력의 일반적인 수준이 올라가도록 안내할 수 있다.

만약 오늘날 "좋은" 작품과 인기 있는 작품 간의 큰 간격이 있다면 어느 정도까지는 소위 말하는 좋은 문학이 너무 자주 실제적인 개인적이고 사회적인 삶이 필요로 하는 기준에 종속되어 있지 않기 때문은 아닌가? 항상 예상할 수 있는 압도하는 예리한 반박이 나타나게 된다. 즉 『톰 아저씨의 오두막(*Uncle Tom's Cabin*)』이 사람들의 생각과 감정에 미친 영향을 인정하기 때문에 이 작품이 대작으로 고려되어야만 하는가? 실제로 그 문제는 내가 제안하는 것과는 다른 입장을 가정한다. 톨스토이와는 달리 개인적이거나 사회적인 의미가 유일하거나 중요한 기준이 된다는 점은 반박하지 않는다. 이것은 단지 다른 것 중에서 판단을 할 한 가지 표준으로서 수용된 심미적, 도덕적, 경제적 또는 사회적인 모든 양상 안에서 계속되는 삶에 대한 것이어야 한다. 텍스트는 고립해서 존재하지 않기 때문에 시간과 공간면에서 특별한 한 시점에서 특별한 독자에 대한 실제적이거나 잠재적인 관계 속에서 평가될 수 있다. 그러므로 "좋다"는 것과 "훌륭하다"는 것은 많은 요소가 있을 것이다.

텍스트를 특별한 독자와의 관계와 특별한 문화적 상황 속에서 고려하고 또 문학적 경험의 역할을 개인적인 삶의 문맥에서 존중하는 그러한 노력은 여기서 상세하게 설명할 수 없는 강력한 교육적인 암시를 가지고 있다. 적어도 이런 것은 지적이 될 수 있다. 전체적으로 일차적인 관심은 문학적 상호교통 과정에서 충실하고 개별적으로 살기 위해서 심미적인 입장을 채택하고 유지하는 개인의 능력 개발이 될 것이다. 여기에서 더욱더 필요하고 더욱더 보상하는 텍스트와 더불어 상호교통에 필요한 모든 종류의 자원에서부터 성장이 생겨나올 수 있다. 그리고 또한 여기에서 심미적, 도덕적, 경제적, 또는 사회적인 모든 양상 안에서 계속되는 삶에 대한 개인적인 문학적 이벤트와의 관계를 위한 인간적인 관심이 흘러나온다.

이제까지는 재현, 해석, 평가와 같은 이런 기본적인 활동들은 이들이 독자라는 전체적인 연속체에 몰두할 때 토론하는 것이 가능하였다. 비평가는 단지 자기의 훌륭한 기량과 전문성에 의해 맞수인 독자와 구분되었다. 그러나 특별히 문학 비평과 텍스트와 연계된 다른 종류의 전문적인 활동을 구분하는 것이 불가피하다. 다시 말하자면, 여기에서 중요한 것은 심미적인 입장과 정보 추출적 입장 간의 근본적인 구분을 하는 것이다. 정확하게 말해서 문학적 재현의 일시적이고 포착하기 어려운 속성 때문에 비평가는 초점이 왜곡되거나 손상되는 것을 경계해야 한다.

예술로서의 문학 작품 텍스트가 정보 추출 목적으로 또한 읽혀질 수 있음이 다시 한번 반복 강조되어야 한다. 그리고 다른 어떠한 인간의 활동에서처럼 텍스트를 생산하고 독서하는 것은 역사, 사회학, 경제학 또는 인류학과 같은 학문 분야의 실천가에 의해서 여러 다양한 각도에서 이들의 사회적 문맥 안에서 연구될 수 있다. 텍스트는 언어의 구조와 발달에 관한 다른 증거와 상호 연관된 문서로서 해석될 수 있다. 텍스트는 작가의 초기의 경험, 그의 기질, 그의 지식, 그가 했던 독서를 쏟아내는 빛이라는 점에서 작가의 전기를 기록한 문서로서 연구될 수 있다. 텍스트는 그것이 생산된 사회에 관한 증거를 제공할 수 있다.

너무나 잘 알려진 이 모든 것은 문학 비평이라는 용어로 문학 텍스트를 많은 그런 정보 추출적인 처리를 구분 없이 함께 하나로 묶는 경향이 있어왔기 때문에 상기되고 있다. 그러나 이러한 다른 관심이 그 자체로 끝장이 나거나 두드러지게 눈에 뛰게 될 때 학생이나 학자는 문학 비평가로서가 아닌 언어학자, 전기작가, 역사가, 심리학자, 문학 이론가, 문장가 또는 어떠한 기술적, 학문적 전문성과 관련 있는 직책을 붙인 학자로서의 역할을 하고 있는 것이다. 이것은 결코 그러한 관심이 손상되는 것으로 인식되어서는 안 된다. 그럼에도 불구하고 이러한 방식으로 구별하는데 대해 실패한다는 것은 예술로서의 문학 작품을 생산하는 상호교통의 특별한 개인적 속성에 대한 이해를 흐리게 한다.

"문학 비평"이라는 용어는 텍스트와의 심미적인 상호교통을 자기의 일차적인 문제로 삼고 있는 사람을 위해서 남겨두어야 한다. 즉 이 사람은 그가 재현하는 예술로서의 작품을 반영한다. 앞에서 해석과 비평을 형성하도록 도울 일종의 지적인 종류의 틀을 제안했다. 그러나 그러한 주로 정보 추출적인 관심은 순수한 예술 작품을 구성하는 내적으로 초점을 맞춘 체험해낸 경험과는 거리가 먼 관심을 가지도록 부추길 수도 있다. 문학 비평가는 정보 추출적인 분석의 결과를 이용하거나 그런 심미적인 이벤트를 조명하고, 강화하거나 풍요롭게 하기 위해서 또는 문맥 속에 넣기 위해서 연구한다. **그러면 기본적인 문학 비평의 범주에서는 텍스트와의 강도 깊게 인식된 심미적인 상호교통에서부터 의미론적 혹은 기교적인 세부 사항 또는 다른 세부 사항에 대한 성찰로의**

이동이 있게 된다. 이러한 이동은 특별히 개인적으로 감지된 심미적 독서로 돌아가서 위에서 언급한 세부 사항과 상호 연결하기 위해서이다.

비평가는 어떻게 텍스트의 특별한 요소가 나로 하여금 그런 특별한 경험적인 작업을 창조하도록 이끌어가는지를 묻도록 종종 유도하고 있다. 어떻게 포크너의 『압살롬, 압살롬!(*Absalom, Absalom!*)』 같은 텍스트가 그런 다중 시점 소설의 각각의 화자에게서 다른 퍼소나를 구축하도록 나를 도울 수 있었는가? 또는 그 텍스트의 어떤 면이 그 작가의 특이한 점으로 보이는 목소리, 문체를 내가 감지하도록 설명하는가?

주제, 문체 또는 기법을 분석하도록 자극하는 그러한 질문들은 태도의 혼란을 조성할 수 있다. 여기서 나는 독서 이벤트 중에 일어나는 고양된 단어, 구절 또는 반복하는 효과의 종류를 언급하고 있는 것이 아니다. 오히려 나는 정보 추출적 독서 또는 일종의 텍스트와 관련한 세부 사항을 고립시키는 형태를 취하는 텍스트에 대한 "연구"를 언급한다.

앞 장에서 전통적인 수사적, 문학적 용어, 개념에 대한 정보 추출적 함의와 심미적인 함의를 구분하는 것이 계속적으로 필수적인 사항이었다. 어떻게 엠프손의 "모호함"에 대한 토론이(4장) 때때로 총체적인 심미적 작품에 대한 이러한 것들과의 관계에 대해서 충분한 참조 없이 대안적인 의미에 대한 정보 추출적인 생각이 되도록 보이게 되는지 생각해 보라.

그러한 연구는 체계적인 조사를 실행하기 위한 어떠한 시도라도 함으로써 어떤 요소가 잠재적으로 중요한가와 같은 가설을 필요로 한다. 이것들은 반복적인가 아니면 누적적인가? 우리는 이들의 영향력의 범위를 고려하고 반복의 유형을 찾을 수도 있다. 분명 그러한 문제들은 텍스트에 대한 비개인적인 면밀한 조사를 필요로 한다. 그러므로 때때로 그러한 조사는 컴퓨터와 같은 새로운 기술 그리고 예를 들자면 둘 이상의 변수를 가진 해석과 같은 새로운 통계 기법에 의존하게 된다. 텍스트의 요소에 대한 정보 추출적 분류와 분석은 상당히 흥미 있는 데이터를 산출할 수 있다. 그러나 그것은 작품과 제때에 실제적인 심미적 이벤트에 대한 무관심으로 이끌어갈 수 있다. 그 구성이 그렇게 관심을 흡수하므로 그것이 향상시켜야만 하는 그림이 없다는 것은 눈에 띄지 않고 지나가 버린다.

우리는 그러한 분석 그 자체에서 무엇을 이끌어낼 수 있는가? 이러한 분석은 분명 작가에 의해 내재화된 언어적 습관에 관한 어떤 것을 드러낸다. 문서로서 텍스트는 작가의 언어 체계가 어떻게 그와 동시대 또는 다른 시기의 다른 텍스트의 언어 체계와 어떤 공통점이 있는지 혹은 어떻게 다른지 밝힐 수 있다. 물론 어떠한 정보 추출적 분석이 드러내듯이 우리가 "문체"를 한정하는 것을 방해하는 것은 아무것도 없다. 말하자면 우리는 특별한 텍스트가 셰익스피어 작품인지 말로우(Marlowe)의 것인지 결정하기 위해서 컴퓨터를 설치할 수 있다. 그러면 문체는 어떻게 **특성을 기술**할 수 있는가? 추상어의 백분율과 같은 그런 것으로 하는가? 문제는 여전히 남아있다. 즉 만약에 있다면 어떠한 질적인 중요성이, 특별한 독자에 의해서 재현된 작품을 위해서 이러한 특별히 양적인 차이를 가지게 하는가?[18] 게다가 독자의 반응에 대한 연구는 대다수가 어떤 통사적 또는 의미론적 요소를 발견했다는 것을 드러낼 지도 모르지만, 이것은 단순히 그러한 독자의 집단에 관한 어떤 것을 우리에게 말해준다. 이것은 모든 잠재적인 독자에 의해서 수행되는 균일한 심미적 독서를 하도록 할 처방을 제공할 수 없다.

셰익스피어의 심상에 관한 연구는 어떻게 텍스트의 분석이 순전히 정보 추출적 목적에만 활용될 수 있는지 또는 내가 정의한 것처럼 문학 비평에 도움을 줄 수 있는지 두 가지 중 한 가지는 좀 더 예시할 수도 있다. 셰익스피어의 심상에 대한 스퍼전(Caroline Spurgeon)의 선구적인 연구는 연구자의 이중적인 목적 때문에, 두 가지 경향을 예시한다.[19] 셰익스피어에 관한 전기적인 지식이 부족한 점을 고려하여 스퍼전은 셰익스피어 극에서 반복하는 심상을 분류하고 계산함으로써 셰익스피어가 한 경험, 그가 좋아하는 것과 싫어하는 것 그리고 아마도 그의 개성과 같은 단서를 얻을 수 있기를 원했다. 이것은 증거에서 직접 사실을 수집하고 추론하는 정보 추출적이고 귀납적인 단편이었다. (실제로 그녀가 한 전기적인 추론은 심지어 심상의 극적인 용법의 문제를 고려하더라도 실망스러운 것이었다.) 대조적으로 "셰익스피어의 예술에서 배경과 잠재적 요소의 기능"이라는 제목을 붙인 스퍼전 책의 제2편은 문학 비평의 범주에 놓을 만한 가치가 있다. 여기서 스퍼전은 지배적인 심상, 예를 들면, 『로미오와 줄리엣(*Romeo and Juliet*)』에서 번뜩이는 빛의 심상 혹은 『리어왕(King Lear)』에서 육체적인 고통에 대한 심상과 같은 것을 전체적인 극의 효과에 연결하려고 노력한다.

클레멘(Wolfgang Clemen)의 『셰익스피어의 심상의 발달(*The Development of Shakespeare's Imagery*)』[20]은 내가 말한 요점을 더 분명하게 강화해준다. 클레멘은 스퍼전의 책에 합당한 평가를 하지만, 자신을 "분류하고 범주화"하는 경향으로부터 분리하려고 노력한다. 그는 "분류에 대한 엄격한 도식적 체계가 시적인 작품에 대한 통일성과 많은 색깔의 각도에 따라 색이 달라 보이는 풍성함 둘 다에 대한 생명 있는 감정을 파괴한다"고 주장한다. 비록 클레멘은 그의 견해를 주로 텍스트를 형성하는 작가의 선택이라는 측면에서 표현하면서도 "관객"의 시각을 통해서 나타나는 심상을 반복적으로 면밀히 검토한다. 그는 비극을 쓰는 것에 관해서 다음과 같이 말한다.

> 특히 첫 몇 막에 나타난 심상은 가끔 독자의 마음속에 있는 어떤 기대를 심어주는 말하자면 혼란스럽게 한다. 그래서 관객의 상상력과 태도에 영향을 주는 극적인 긴장이 일어나게 한다. 극작가에게 심상은 자신들도 모르는 사이에 극을 통해서 관객에게 영향을 주고 이끌어주는 미묘한 방식이 되는 것이다. 심상의 다양한 경향, 연결고리, 유형은 말하자면 실제 구성과 다양한 방식으로 구성과 서로 연결하는 것 저변을 흐르는 행동의 2차적인 조직망과 결합한다. (223쪽)

좀 덜 수동적인, 즉 상호교통적인 어법이 될 것이다. 즉 독자는 극의 단어에 의해서 표시된 극적인 행동에 일차적으로 참여하고 있는 동안 그는 자신이 재현하는 심상에 의해서 야기된 서로 뒤섞인 감정과 태도를 또한 의식하고 있다.

클레멘의 극에 대한 "살아있는 감정"과 그것의 구성 요소를 "분류하고 목록으로 만들려는" 욕망은 작품에 대한 심미적이고 정보 추출적인 입장을 말없이 대조시킨다.

> 통계적인 접근 방식에서 실수의 주요한 원인은 일련의 통계가 포함하는 모든 현상은 그것들 안에서는 동등하다는 환상을 우리에게 주는

> 것이다. 그러나 실제로는 이것은 단지 사례에 지나지 않는다. 예를 들어, 만약 우리가 어떤 극에서 여덟 가지의 정원에 관한 은유와 반대되는 바다에 관한 심상이 있다고 주장한다면 통계적인 진술 그 자체는 여전히 거의 도움이 되지 않고 실제로 판단을 그르치게 할 수 있다. 세 개의 바다에 대한 심상은 더 포괄적이고 중요한 요점을 나타낼 수도 있고 정원에서 나온 여덟 개의 은유보다 드라마에 더 큰 의미를 부여할 수 있다. (「셰익스피어의 심상의 발달」, 8쪽)

어쩌면 클레멘은 어떤 심상이나 심상의 유형이 반복되는 것이 누적 효과를 가질 수 있을 수 있다는 스퍼전의 요점을 제대로 평가하지 못한 것이리라. 그러나 분명 클레멘은 문맥 안에서 심상에 대한 독자의 심미적인 동화가 되는 중요한 요인에 대한 판단은 옳게 한 것이다. 컴퓨터와 같은 획일성과는 상관없이, 독자의 반응은 텍스트 안에 있는 요소의 빈도는 물론 독자가 텍스트에 가져오는 것에 의해서 통제된다는 것을 우리는 보아왔다. 개인적 태도, 사회적 문학적 기대, 시험적인 조직하는 기본 구조, 분명해지는 재현에 대한 반응 등이 독자의 주의를 이끌고 텍스트의 자극에 대한 다양한 충격에 영향을 준다. 클레멘은 극의 읽기에서 나온 자신의 심미적인 통합을 전달하려고 노력하며, 특별한 실례에서 어떻게 심상이 이러한 재현을 일으키는데 공헌하는지 보여주려고 노력한다.

이러한 이론적인 상황이라는 관점에서 많은 문학적 분석은 문학비평으로서 불완전하거나 부적절하게 남아있다. 유사하면서도 때로는 상반되는 것으로 보이는 미국 신비평의 경향, 이런 저런 신화 유형학 개발자들, 러시아 형식주의자들 또는 더 최근에 나타난 프랑스의 구조주의자들은, 과학도의 "객관성", "정확성" 또는 체계에 대한 유사한 갈망의 표현이 되는 통찰력에 대한 상호교통적인 각도에서 나온 것으로 보인다. 그리고 특히 모델을 제공한 과학이나 유행하는 용어를 사용하기 위해서 범주는 언어학이 되었다. 미국의(혹은 블룸필드 학파의[역주]) 언어학자들은 의미보다 먼저 혹은 의미와 별개로 구분되는 이들의 가설을 제의했다. 소쉬르 학파의 학자들은 빠롤(*parole*)[역주]이라고 한 우연한 개별성과는 상관없는 이상적인 랑그(*langue*)[역주]에 대한 자신들의 견해를 제의했다. 이들의 연구 방법은 실제 현상의 혼란으로 보이는 것에서 자유로울 수 있는 관계의 체계로서 언어에 접근했다. 이러한 방법은 레비 스트라우스(Claude Lévi-Strauss)가 이를 문화에 적용하고 또는 야콥슨(Roman Jakobson)과 프랑스 구조주의자들이 예술로서의 문학 작품에 적용했듯이 모든 종류의 관례적인 체계에 적용될 수 있다.

소쉬르의 접근법을 개발한 야콥슨은 다른 분야의 학자들의 방법론에 영감을 준 많은 언어학적 개념 형성에 기여했다. 게다가 아마도 러시아 형식주의 운동에 일찍 참여한 연유로 소쉬르는 시를 해석하는데 언어학적 개념의 가장 흥미 있는 적용을 몇 가지 했다. 그의 뛰어난 기여와 엄청난 영향은 그의 작품에서 정보 추출적인 관점의 텍스트와 심미적으로 재현된 시 사이에 존재하는 명백한 경계의 부재를 강조하는 것을 더 중요하게 만든다. 야콥슨이 언어의 문체에 관한

역주) 블룸필드 학파: 블룸필드가 대표적인 학자로 예일대에서 시작한 미국의 구조주의 학파. 언어 단위의 변별적 특징성에 관심을 가지기 보다는 언어 단위의 분포에 주의를 집중한다.

역주) 빠롤(parole): 구체적 언어 행위, 즉 발화

역주) 랑그(langue): 공동 사회 구성원들에 의해 공유되는 추상적 언어 체계, 즉 체계로서의 언어

그 유명한 1958년 인디아나 학회에서 발표한 "언어학과 시학(Linguistics and Poetics)"[21]에 대한 발표문은 "지난 40년에 걸쳐 그의 연구에서 발전되어 나왔듯이 시에 대한 야콥슨의 이론을 응집된 형식 속에서 묘사하고 있다."[22] (자신의 언어학적 체계의 폭과 미묘함을 증명한) 야콥슨은 이 발표문에서 시학을 언어학의 하위 영역으로 만들고 시적인 것에 관한 그의 견해를 단어들 그 자체를 위한 단어의 활용으로 반복한다. 그가 한 "시적인 기능"에 대한 언급과 그가 어떤 후설주의자(Husserlian) 또는 현상학적인 공식을 채택한 것은 텍스트에 있는 언어학적 장치의 체계적인 분석에 대한 그의 관심을 수정한 듯이 보이지 않는다. 야콥슨은 그 학회의 어디서도 웰렉의 반박을 적절하게 대처하지 못한 것 같아 보인다. 즉 "문학적 분석은 언어학적 분석이 끝나는 곳에서 시작하며" (「언어학과 시학」, 417쪽) 또한 "문체론 과학에 의해 분석될 수 있는 중립적이고 가치-증명적인 특성의 수집은 없다. 문학 작품은 본질적으로 단지 구조에 집착하지 않고 바로 그 본질을 구성하는 총체적인 가치"(「언어학과 시학」, 419쪽)라는 것이다. 아이러니하게도 야콥슨의 입장에서 웰렉이 발견한 약점에 대한 통찰에도 불구하고 우리가 본 것처럼 웰렉은 가치는 항상 인간적 가치를 함축한다는 사실을 무시하면서 어떤 면에서는 "시 자체"를 구체화로서 텍스트에 대해서 야콥슨이 기울이는 집중을 공유하는데 이것은 단지 단어들 그 자체를 위해서 뿐 아니라 그 단어들이 작가나 독자에게서 불러일으킬 수 있는 것을 위해서 한다.

야콥슨 방식에 대한 최근의 예는 셰익스피어의 소네트 129번에 관한 그의 해석(로렌스 존스와 함께한), "치욕의 낭비로 인해서 영혼이 치르는 비용"이다.[23] "이중의" 일치와 반대에 관한 원칙을 적용하면서 이들은 "구성 요소: 운율, 연, 행"을 분석한다. 각 장의 제목은 "널리 미치는 특징", "짝수와 대조되는 홀수", "내면과 대조되는 외면", "후면과 대조되는 전면", "4행시와 대조되는 2행 연구", "가장자리와 대조되는 중심부"를 포함한다. 분석은 많은 통사론적, 의미론적, 그리고 음소론적 일치와 반대, 조화와 부조화, 반복과 치환을 가져온다. 요약된 유형이 작동하는 상세한 설명과 예리한 통찰력이 가장 인상적이다. 즉 규칙과 일탈이 결정적인 무게를 떠맡게 되므로, 우리는 야콥슨이 한 "이것은 우연적인 것이 될 수 없다"는 말을 상기하게 된다.

이 연구는 확실히 셰익스피어의 현상적으로 감수성이 강한 귀와 언어의 원천을 숙달했음을 체계적으로 증명한다. 그러나 텍스트의 요소에 대한 묘사와 분류는 우리로 하여금 이 위대한 텍스트가 생명을 갖게 되고 많은 명문화된 요소의 시적인 기능이 심미적인 독서에 의해서 가설적으로 간파되도록 남아있는 과정을 이해하도록 도와주지 않는다. 그리고 이러한 심미적인 독서는 음성학적, 통사론적, 심지어 의미론적인 일치와 대립에서 나온 확대경 아래에서 생기게 된 팽창에 의해 방해받을 수도 있다.

야콥슨은(우리는 다른 증거로 아는데) 시를 세련되게 재현하는데, 이러한 연구는 텍스트에 대한 그의 독서에 관해서 많은 것을 전달하지 못한다. "부끄러움"과 "영혼"과 같은 단어들을 엘리자베스조 시대의 익살스러운 용법을 강조하는 산문조의 바꿔 쓰기는 제목이 잘못 붙여진 "해설"이다. 마지막 부분은 다른 사람들에 의한 다양한 독서를 거부하지만 모든 세부적인 해석은 이러한 거부를 지지하는데 필요했다는 것은 분명하지 않는데, 이것은 "모든 서로 얽혀있는 국면 속에서 텍스트와 시적인 특성의 구조적인 분석에 의해서 확증"된다는 주장이 있다. 그러나 아주 가끔 특별한 "이중의" 유형과 "시적인 특성" 간에 관계가 있다는 암시가 있다. 어떻게 주목할 만한 많은 세부 사항이 재현할 수 있는 통합에 기여하거나 그 안에서 역할을 하는지는 분명하지 않다. 작품이 아닌 텍스트가 분석되어야만 한다. 이것은 언어학적인 분석의 미묘한 한 단편이지만 문학 비평을 위한 우리의 요구를 수행하는데는 부족하다. 그것은 질적인 이벤트("시적인 특성")를 의식함으로써 시작해서 정보 추출적으로 주목할 만한 음률적인, 음운적, 의미론적 세부 사항의 어느 것이 질적인 이벤트에 그리고 어떠한 식으로 기여하는지를 발견하려고 시도할 것이다.

"선택적인 주의력"에 대한 사실이 다시 상기 되어야만 한다. 심미적인 입장을 채택한 독자는 텍스트에 의해 제공된 모든 복잡한 자극에서 자신에게 미치는 영향에 대해서 똑같은 주의를 기울이지 않을 것이다. 어떤 이들은 모든 경험에 영향을 끼치고, 어떤 이는 예리한 충격을 가할 것이며, 다른 이들은 의식의 외적 변두리를 그럴싸하게 감추거나 그대로 남겨둘 것이다. 아마도 어떠한 유형에 대해서 잠재의식적으로 행동하고 있다고 말하는 것은 어떠한 정보 추출적인 분석 방법을 성취하더라도 이것들은 단지 실제적인 체험에서 나온 문학적 상호교통을 예상하거나 규정하기 위해서 사용될 수는 없다고 말하는 —그러나 오히려 이러한 관점에서 해석 되어야만 하는—다른 방식인 것이다.*

* *Times Literary Supplement*의 1970년 5월 28일자 비평에서 라차즈(I. A. Richards)는 야콥슨의 연구를 새로운 시대의 혁명적인 개방으로 공표하면서 시작하지만 이러한 접근에서 가능한 나쁜 효과를 목록으로 마무리하고 "아마도 의식적으로 *설명* 속

아마도 야콥슨의 분석은, 예를 들면 통사론적 유형, 음소적이고 형태소적인 사례의 발생과 반복을 잠재적으로 제공하는 어떠한 한계와 통제의 종류를 제안한다. 그러나 이것은 개별 독자가 그러한 한계 내에서 자신들의 반응을 능동적으로 통합할 때 텍스트의 의미론적 선택과 동시에 존재하는 개방성과 부딪치지는 않는다. 다시 말해 강조에서의 차이점은 분명해진다. 즉 우리는 워프(Whorf)와 다른 이들과 함께 언어가 바로 그 범주의 구조에 의해서 생각하는 사람을 제한하는 범위를 강조할 수 있거나 (내가 하는 것처럼) 어떤 언어라도 그런 필요성이 생길 때 새로운 생각을 포함할 용어를 만들어 낼 수 있다는 보아스(Boas)의 지적을 상기할 수 있다.[24] 언어 체계가 유연성과 한계를 둘 다 제공하는 것처럼 예술로서의 문학 작품의 설계도를 제시하는 텍스트도 개방성과 통제 둘 다를 제시한다.

60년대에 출현해서 최근에야 미국에 알려지게 된 프랑스 구조주의자들은[25] 언어학적인 체계를 가진 유추를 극단적으로 실행했다. "신비평"(미국의 신비평과 연관이 없는)의 도약은 소쉬르의 언어학에서 영감을 받아 순수 관계 형식의 개념을 문화 연구에 적용한 인류학자 레비 스트라우스의 작품에서 발견된다. 이러한 운동이 나에게는 심미적인 재현을 대신하여 정보 추출을 위한 분석에 대한 대치의 가장 명백한 실례를 제공하는 것으로 보인다. 프랑스 구조주의자들은 독자에 관해서, 그리고 글쓰기, 즉 텍스트의 창조 행위에 관해서 많은 것을 얘기한다. 이들은 독자가 없어서는 안 될 참여자이고 작가의 의도만이 해설을 지배한다고 가정할 수 없다는 견해를 수용한다. 여기에

에서 판단에서 구분되고 포함된 특징 중에서 전부는 아니더라도 어쩌면 단지 몇몇만 *반응*을 형성하는데 효력을 발생한다.

서 상호교통적인 이론에 대한 강화를 찾을 수 있는 것 같아 보인다.

불운하게도 우리는 다시 텍스트와 총제적인 개인적 상호교통으로서의 독서에 단지 입으로만 찬사를 하면서 체험된 이벤트로서 예술작품에서 벗어나야할 상황에 직면하고 있다. 통제하는 힘은 숨겨진 기본이 되는 구조에 대한 체계적인 묘사의 방법을 찾는 것이다. 즉 텍스트는 "해석"되거나 "암호화"되어야 한다. 독자는 자신이 독서에 바라는 어떤 것도 자유롭게 가져올 수 있다는 것은 사실이고 과거의 해석에 제한받지 않는다. 그러나 그의 임무는 일차적으로 언어학적, 의미론적, 막시즘, 심리분석이나 심리학적, 혹은 사회학적인 이런 저런 암호의 적용에 대한 것이다. 기본적인 모형은 의미에 앞서 언어학자가 강조하는 유형이다.

바르뜨(Roland Barthes)는 특히 상호교통 이론을 지지하는 것처럼 보이는 입장을 취하고 있다. 그럼에도 불구하고 그는 구조학자들이 우리로 하여금 독자와 텍스트 간의 상호교통에 들어있는 예술로서의 예술 작품에 대한 개념에서 멀어지게 유도한다는 불평을 설명하는데 에서는 도움을 줄 수 있었다. 어떤 사람은 『라신느에 대하여(*On Racine*)』에서 프랑스 비평을 역사적인 학계의 전통에서 자유롭게 하기 위한 바르뜨의 노력과 『S/Z』에서 제기한 그의 주장에 공감한다. 여기서 바르뜨는 "이러한 나의 세계에서 무력으로 [텍스트]를 끌어내기를" 그가 바라는지에 따라서 텍스트를 평가한다. 그러나 발작(Balzac) 소설 『사라신(*Sarrasine*)』에 대한 주석에서 바르뜨는 "읽혀질 수 있는" 것과 "쓰여질 수 있는" 것을 대조함으로 시작해서 곧 그의 편견을 드러내게 된다.

작가답다는 것이 왜 우리의 가치가 되는가? 왜냐 하면 문학 작품의(작품으로서의 문학의) 목표가 독자를 더 이상 소비자로 만드는 것이 아니라 텍스트의 생산자로 만들기 때문이다. 우리의 문학은 문학적 관례가 텍스트의 생산자와 사용자, 텍스트의 소유자와 소비자, 텍스트의 작가와 독자 사이에 유지하고 있는 냉혹한 결별에 의해 특징지어진다. 그러므로 이러한 독자는 무기력하게 되는 일종의 나태함에 빠지게 된다. 요약하면 독자는 **딱한 상황**에 있다. 즉 자기 자신을 제대로 기능하고 의미의 매력과 글쓰기의 즐거움에 접근하는 대신에, 단지 텍스트를 수용하든지 거부하든지 한 가지를 택하는 불쌍한 자유만 주어진 채 남겨지게 된다. 즉 독서는 어느 한 쪽에 **표를 던지는** 것 그 이상은 아닌 것이 되어 버린다. 그렇게 되어 작가다운 텍스트와 반대되는 것은 텍스트에게 반대되는 가치, 부정적이고 역행되는 가치가 된다. 즉 읽혀지게 될 수는 있지만 쓰여질 수는 없는 것, 즉 **읽혀지는** 것이다. 우리는 읽혀지게 되는 텍스트는 무엇이든 고전 텍스트라고 한다. ('사라신', 4쪽)

독자의 중요성에 대한 주장에서 시작한 것은 두 종류의 텍스트 간의 구별을 함으로써 결말을 맺는다. 바르뜨는 쓰여질 수 있는 것이나 읽혀질 수 있는 것이 될 수 있는 특성을 어떤 텍스트에 대한 독자의 태도로 보지 않고, 이를 텍스트의 탓으로 돌리고 있다. 독자를 수동적 즉 "비수행적"으로 만드는 것은 고전 **텍스트**가 아니다. (실제로 우리는 독자가 완전히 수동적이면서도 텍스트에서 어떤 의미를 이끌어낼 수 없다는 것을 보아왔다.) 바르뜨의 "읽혀질 수 있는"에 포함된 것은 독자는 텍스트에서 어떤 권위, 전통, 교사 또는 비평가, 판결이 수용되는 특별한 효과 또는 해석을 발견해야만 한다는 전통적인 관념이다. 뷰터(Michel Butor)는 분명히 바르뜨를 위해서 전형적으로 작가다운 텍스트를 제시했지만 바르뜨 자신의 실례에서 보여주듯이 라신의 텍스트 또한 복수성을 띠고 있다. 상대적으로 많은 "현대" 텍스트에 대한 더 큰 개방성이 5장에서 주목되었지만 이것은 종류에서 단지 정도에 대한 차이점을 구성하지 않는 것으로 보인다. 비록 어떤 텍스트는 독자에게 더 많은 단서를 제공하지만 모든 텍스트가 활동, 즉 두 가지 방식의 상호교통을 필요로 한다.

텍스트에 대한 그의 실제적인 접근 방법에서 바르뜨는 독자의 이미지를 "생산자"로서 분명하게 남기고 있다. 그는 일상적이거나 습관적인 독서에서 오는 "자연스러움"을 거부하는 해석 과정을 마련한다. 즉 "[텍스트는] 자연스런 (통사적이고, 수사적이며 일화적인) 구분에 대한 어떠한 고려도 없이 끊임없이 깨어지고 방해받을 것이다. 목록 작성, 해설, 이탈 등은 극적 긴장에 대한 어떠한 관찰도 방해할 수 있으며, 심지어 동사와 보어, 명사와 한정사를 분리할 수도 있다. 주석 작업이 일단 전체에 대한 어떤 이상과 분리되면 심하게 텍스트를 **거칠게 다루고** 또 텍스트를 **방해하게** 된다." (15쪽). 임의적으로 선택된 단위는 바르뜨가 때로는 다소 특이하게 하면서, 이름을 붙이는 다섯 가지의 "암호" 또는 "목소리"라는 말로 주석이 달리게 된다. 이 다섯 가지는 해석학적, 의미론적, 전위적(proairetic), 문화적, 상징적인 것이다. "다섯 개의 암호는 전체 텍스트가 여기를 통과하는 (또는 오히려 통과하면서 텍스트가 되는) 개념인 일종의 조직망을 창조해낸다 (20쪽)." 각 암호 또는 이들 안에서 5개의 암호를 구조화하기를 거부함으로써 바르뜨는 텍스트에 대한 복수성 즉 다원성의 증거를 제공한다는 것을 가정한다. 그러므로 바르뜨는 자신이 "텍스트의 목소리들 중의 하나를 듣는다는 것은 … 여러 종류의 (심리학적, 심리분석학적, 주제에 관한, 역사적인, 구조적인) 비평에 대한 의미론적 요점"을 제공하는 것이라고 주장한다 (14-15쪽).

바르뜨는 하나의 해석을 제시하는 것을 거부하지만 다양한 이탈, 암시의 해석, 이야기에서 일어나는 것에 대한 토의("수수께끼"의 제시, 긴장감 구축 또는 성적, 경제적 그리고 문학적 요소, 실제로 독서와 더불어 성적인 유추와 동일한 것에 대한 암시와 같은 그런 것들), 또는 발작의 작품에서 유행에 뒤떨어진 "상투적인 표현"에 대해서 경멸하는 표현 등이 특별한 독자가 텍스트에 정보 추출적으로 접근하는 것은 물론 작품에 대한 자기 자신의 개인적인 감각으로 계속해서 다시 빠져버리는 사람을 때때로 암시한다는 것을 인정하지 못한다.

바르뜨는 가끔 엄청나게 인상적이고 비실제적인 용어로 나의 상호교통 이론과 아주 부합하는 생각을 내놓는다. 즉 그것은 독자는 항상 일련의 문화적으로 습득된 가설, 가치와 생각, 그리고 특별한 문학적 태도를 가지고 텍스트에 접근하는 것이고 어떠한 텍스트도 의미론적, 문학적, 문화적 요소 또는 "암호"를 구체적으로 표현하며 어떠한 텍스트도 다양한 독서가 가능하다는 것이다. 그리고 독자는 흥미 있는 언어적 문제, 특히 화법에 관한 것을 제기한다. 전체를 통해서 특정한 독자와 특정한 텍스트 간의 본질적이고 역동적인 상호작용에 대한 충분한 인식이 부족하다는 것이다. 어떤 텍스트가 얼마나 철두철미 고전적이고 "독자다운" 텍스트이든지, 잠재적으로 얼마나 예술적인 작품이든지 아니든지 상관없이, 어떠한 독서도 독자로부터 어느 정도의 "작가다운" 활동을 요구한다.

게다가 바르뜨의 분석은 **예술로서의 문학 작품**이 포함된 것을 당연하게 여긴다. 그는 자신의 주석에서 이러한 예술로서의 작품의 텍스트에서 나온 재현을 설명할 수 있는 그러한 "작가다운" 활동과 이런 저런 해석적 체계에 따라서 보유되기 위한 지식을 단지 정보 추출적으로 제시하는 것들을 구분하지 않는다. 프랑스 구조주의자들에게는 두 종류의 혼돈을 초래한다. 말하자면, 작가와 독자의 창의적인 활동의 융합 그리고 독자 비평가의 심미적 활동과 정보 추출적인 활동을 구분하지 못한 것을 들 수 있다. 여기서 기본적인 오류는 정보 추출을 위한 활동과 시, 이야기 혹은 드라마를 재현하는 특별한 경험 지향의 심미적인 과정을 가진 텍스트에 관한 주석을 병합하는 것이다.

그러므로 구조주의자의 분석은 주로 사람들이 이런 저런 체계나 암호에 의해서 또는 해석에 대한 공시적인 축과 통시적인 축을 대조함으로써 언어학에서 끌어낸 개념에 의해서 분류된 별개의 독립된 단편으로 텍스트를 정보 추출 목적으로 쪼개고 있는 것으로 인식하게 한다. 그러면 모자이크는 자신의 암호, 예를 들면 프로이드주의 또는 마르크스주의 같은 암호의 가설에 의해서 유도되어 비평하는 독자가 만족하도록 재배열되고 해석된다. "해석"이 정립된 기반 위에서 정보 추출 목적의 분석은 채택되었지만 모든 살아있는 독자와 그 텍스트 간의 경험적인 심미적 상호교통에 관계될 수도, 되지 않을 수도 있는 활동으로 여전히 남아있는 특별한 암호라는 점에서 그것의 사용과 "타당성"을 가질 수 있다. 그리고 그것은 구조주의자를 지향하는 비평가-독자 또한 포함한다. 때를 맞춰 개인적이고 상호교통적인 이벤트로서 예술로서의 문학 작품을 이렇게 경시하는데서 오는 궁극적인 결과는 아마도 텍스트의 "파괴" 또는 "해체"라는 몇몇 구조주의자들이 이렇게 부른데서 나온 것이다. 다시 말하면, 이들은 이런 저런 코드 또는 메타언어에서 파생된 의미가 밀려들어오는 하나 또는 다른 것에서 파생된 빈 공간, 추상적 형태, 용기로서 텍스트의 개방성에 주의를 집중한다.

구조주의의 접근 방식과 상호교통적인 접근 방식 간의 이러한 현저한 차이는 인간이라는 총체적인 개념 안에 있는 상당히 더 많은 기본적인 차이점을 반영한다. 구조주의의 분석에서 텍스트는 암호의 망상조직으로 해석될 뿐 아니라 독자는 또한 그러한 교차하는 체계의 중심을 분리시킨다. 어떤 중요한 연구에서는 "인간(또는 인간의 의식)은 지적인 존재 또는 그 자체가 연구 분야이기도 한 인간 본성과 개념의 더 오래된 범주의 거부로서 개념적으로 이해되어야만 하는 사조로서 구조주의의 이러한 양상"을 지적하고 있다.[26] 여기서 사조는 막스주의와 반막스주의 둘 다에서 똑같이 발견되는 호전적인 반 인도주의를 말한다.

만약 이것이 외부 세계와 상호작용하는 분리할 수 있는 실체로서 자아의 옛 개념을 단지 거부하는 것이라면, 바로 이 토론의 서두에서 제시된 상호교통적인 견해와 불일치하는 것은 아니다. 심지어 관계의 중심으로서 "주제" 또는 의식에 대한 견해는 상호교통적인 또는 환경 친화적인 자연주의를 지지하는 사람들에게 문제를 제의하지 않는다. 유기체와 환경 간의 상호교통적인 관계 및 각각의 존재가 다른 존재에게 역할을 한다는 주장은 "정신"은 표면에 제한된 것이 아니라는 인식을 전하고 있다. 그러나 거부된다는 것에 함의되어 있는 것은 어느 정도까지는 일종의 구조물이라고 할 수 있는 개인의 의식은 사회적이면서 자연적인, 단지 유형화된 힘의 집합 또는 교차점으로 인식되는 어떤 것이라는 사실이다.

개인의 의식이 생물학적 유기체를 초월하는 힘을 구체화한다는 것을 확인하기 위해서 주관적인 의식과 객관적인 의식 사이에 뚜렷한 구분이 없다는 것이 생기 있고, 역동적이고, 능동적이며 경험적인 자아를 분배해야 함을 요구하지는 않는다. 그러나 그러한 동일한 실험은 우리가 새로운 단서를 보도록 또 해석상의 새로운 유형을 부과하기 위해서 우리가 배울 수 있는 것을 증명한다. 선택적 관심에 대한 제임스 학설 신봉자의 견해와 유기체는 환경에 대한 상호교통적인 반응에서 능동적이고 선택적인 역할을 한다는 듀이 학설 신봉자들의 조언을 상기해보라. 자아와 세계의 상호 의존 만큼이나 중요한 것은 우리의 의식과 행동을 수정하고 재형성하는 능력인 대안적인 것들 중에서 선택 가능한 잠재성이다.

그러므로 피조물과 세계 간의 낡은 구분에서 우리를 자유롭게 하는 상호교통적인 견해는 개인의 의식을 지속적인 자아 정렬, 자기 창조적인 과정으로 드러내는데 이러한 개인의 의식은 이것을 둘러싸고 있는 사회적이고 자연적인 매트릭스를 가진 상호 관계의 망상 조직에 의해 형성되고 또 형성하고 있다. 이러한 상호교통에서부터 이들의 참여가 언어 수행을 완성할 독자들을 기대하고 있는 발화로서의 작가의 텍스트는 꽃을 피우게 된다. 텍스트에 의해서 개인은 우리 문화의 축적되어온 지식과 지혜를 공유할 수도 있다고들 한다. 개별 독자에서 각 텍스트는 새로운 상황이고 새로운 도전이다. 예술로서의 문학 작품은 의식에 대한 이러한 자기 의식을 허용하기 때문에 환경과의 중요한 종류의 상호교통라는 것을 우리는 살펴보았다.

자기 자신의 특별한 기질과 텍스트에 대한 과거의 상호교통의 자금을 가져오는 독자는 새로운 상황, 새로운 태도, 새로운 개성, 새로운 갈등을 가치 기준으로 다루는 과정을 체험한다. 독자는 이러한 것들은 거부하고 수정하거나 그가 세상과 관계하는 수단에 동화한다. 구조주의자들과 형식주의자들 및 다른 사람들은 어떠한 종류의 묘사하는 체계라도 선택하고 어떠한 분석 수준에라도 초점을 맞추는 자격이 주어지지만 예술로서의 작품의 진수는 바로 의식이 유기체의 많은—어떤 사람은 모두라고 말할 유혹을 받을 수 있다—수준을 포함하는 텍스트에서 나온 재현에 공감하면서 살고 있다. 우리는 정보 추출을 위해 이러한 이벤트를 분석하고 묘사하는 어떠한 시도도 주의 집중을 위한 몇몇 양상을 골라내며, 우리가 예술로서의 문학 작품이라고 부르는 유기체와 환경과의 연관성에 대한 그런 특별한 순간과 혼돈하고 대치해서는 안 된다는 것을 인식해야 한다.

문학 비평은 태도에 있어서 변화에 대한 예리한 의식을 요구한다. 그러므로 정보 추출을 위한 일반화 또는 정보의 가치는 문학적 상호교통에 의한 체험된 작품, 총체적인 개인적 영향력 및 인간 의미에 대한 이들의 관련 문맥 제공, 심지어는 기본 구조의 조직에 의존할 수 있을 것이다. 심미적 태도는 당연시되어 경시되어 왔기 때문에 나는 문학 비평과 독서의 다른 양식을 서로 대조할 것을 주장했다. 또한 2장에서 정보 추출적 태도와 심미적인 태도 간의 대조는 먼저 가장 극단적인 용어로 공식화되었다. 앞에서의 논의에서처럼 이것은 이제 내가 한 문학 비평에서 범주에 대한 공식은 연속성을 나타낸다는 것을 인정하는 것이 가능하다. 즉 대부분의 문학 비평은 정보 추출을 위한 분석을 수반한 심미적 재현의 보고를 혼합할 것이다.

두 가지 양식 사이를 이렇게 왔다 갔다 하는 것은 특히 작가의 창의적인 과정에 대한 연구에 적절하다. 어쩌면 많은 비평가들이 **시인 지망생**이라고 주장하는 것처럼 이들은 가끔 텍스트에 가려진 작가와 동일시하고, 그의 문제, 솔직한 대안, 그의 선택을 유도하는 영향력을 지각하려고 노력한다. 비평가는 작가의 가능한 의도에 대한 모든 종류의 단서를 찾으며, 작동하고 있는 문학적이고 신체적인 압력을 세밀히 조사한다. 때때로 텍스트의 수정본이나 다른 판본의 연구는 해결되어야만 했던 창작에의 긴장을 드러낸다. 그러나 6장에서 작가의 의도에 대한 논의는 비평가가 텍스트에 대해서 신중한 심미적 독서에 비추어 그러한 단서를 자기 의향대로 검토할 필요가 있다는 것을 우리에게 환기시킨다. 이것은 작가의 텍스트의 최종본에 대해서 존중할 것을 분명히 한다.

어쩌면 앞 페이지에서 묘사했던 과정은 소위 말하는 "객관적" 비평과 이기적인 자기도취적인 인상주의 즉 주관주의 둘 다를 구별하는 "상호교통적 비평"이라고 불러야 할 것이다. 독자-비평가는 텍스트와의 체험을 통한 상호교통을 하는 동안 자신의 개인적 재현을 가능한 한 충분히 맛본다. 이것이 바로 "예술로서의 문학 작품"이다. 이것이 독자-비평가의 주제이다. 그는 텍스트에 대한 자신의 반응을 계속해서 깊이 생각하면서 가능한 한 자신의 마음에 생생하고 충분하게 이에 대한 자신의 지각을 유지해야만 한다. 그는 반사적인 자기 의식을 함으로써 또 예견된 작품이 텍스트에 가져온 것과 텍스트가 활성화하는 것 사이에서 나온 반향의 산물이라는 이해를 함으로써 특정한 객관성을 성취한다. 그는 어떻게 인생과 자기의 가치에 대한 자신의 감각이 그가 텍스트와의 상호교통을 통해서 참여했던 세상과 일치하거나 또는 다른지 이해하려고 노력한다. 이러한 종류의 객관성은 부적절하게 개인적인 것을 차단하지만 과학적인 비개성과는 관계없는 아주 개인적인 요소는 인정한다. 독자 비평가는 심미적인 상호교통을 자신의 받침대로 삼고, 더 넓고 더 풍성한 문학적, 사회적, 윤리적,

철학적 문맥의 궤도에 미치면서 그가 원하는 것만큼 멀리 움직일 수 있다.

상호교통적인 개념은 단지 작가, 텍스트, 독자, 그리고 그들의 문화적 환경 간의 관계의 역동성에 들어있는 관심을 강화할 수 있다. 그 외에 나는 문학적 활동의 사례를 사회적이고 역사적인 과정의 연구를 위한 특별히 풍부한 모형으로 만들었다.[27] 문학사는 가끔 다소 잡다한 연대기가 아니라 관습의 결정화, 혁신과 변화의 리듬, 지적, 제도적, 경제적 요인의 서로 맞물리는 덩굴손 등에 관한 연구를 위한 데이터를 제공할 수 있다. 말하자면 이러한 연구는 실제로 역사 또는 사회학 또는 인류학의 영역의 일부이고 이러한 분야의 실천가는 단지 특별한 텍스트와의 특별한 만남에서의 관심을 통해서만이 문학비평가가 된다. 아무리 개인적이지 않고 객관적이라 하더라도 아무리 묘사적이며 기교적, 역사적 혹은 비평적 관심이 있어 보이더라도 말하자면, 개발되지 않은 자료는 텍스트와 개별적인 개인의 만남일 뿐이다. 우리는 사회적, 전기적, 역사적, 언어학적, 텍스트적인 것에 미치는 관심을 한 층 한 층 벗겨내고, 그 가운데에서 우리는 독자와 텍스트 간의 피할 수 없는 상호교통적인 이벤트를 발견한다.

작가, 텍스트 그리고 독자에 대한 연결된 이미지가 우리의 논의를 열었다. 일차적인 과업은 문학 작품에 대한 독자의 재현을 조명하고, 시간과 장소를 넘어서 작가의 텍스트에 의해서 가능하게 된 개성과 사회의 만남에서 독자의 역할을 충분히 이해하는 것 이었다. 엄청나게 개인주의적이면서도 전적으로 사회 작가인 휘트만(Walt Whitman)은 진정으로 민주 사회를 건설하기 위한 위대한 문학에 대한 자신의 통찰력은 독자에 대한 통찰력 또한 요구한다는 것을 인식했다.

> 책은 독서의 과정이 반 수면이 아니라 최고의 감각 속에서 운동가의 노력이라는 가설을 요구하고 보완한다. 독자가 자신을 위해서 어떤 것을 한다는 것은 경계하여야 하고 자신이 실제로 시, 논쟁, 역사, 형이상학적 수필을 구축해야 한다는 것이며, 텍스트는 힌트, 단서, 시작 또는 기본 구조를 제공하고 있다. 책이 완벽한 것이 되기 위해서 이런 것들이 많이 필요한 것이 아니라 책을 읽는 독자에게 필요한 것이다. 그것은 잘 훈련되고 직관적인 유연하고 강건한 정신이 있는 나라를 만드는 것이었다. 그리고 자기 자신에서 의존하는데 익숙해져 있고 작가라는 소수의 동료에 대한 것은 아니다.[28)]

끝맺음

이원론에 반대하면서

EPILOGUE: AGAINST DUALISMS*

---

* 이 글의 다른 판본은 『대학 영어(*College English*)』(1993년 전국 영어교사 협회(National Council of Teachers of English)에 판권이 있음)와 1994년 클리포드(John Clifford) 편저로 현대 언어 협회에서 출판한 『쓰기 이론과 비평 이론(Writing Theory and Critical Theory)』에 실려 있다. 판권 허가를 받아서 증쇄됨.

지난 10년 동안 문학이론의 발전에 대한 나의 개인적인 반응을 하도록 요청받았을 때 나는 그 논문이 분명히 쓰기 이론과 비평 이론 둘 다에 관심이 있는 책에 대한 것이었다는 사실에 충격을 받았다. 나는 1938년 나의 문학 이론을 처음 발표한 이후 많은 강의와 원고 청탁을 받았는데 이것은 주로 문학에 관한 것이었으며 때로는 작문도 포함되었다. 그렇지만 이 둘의 "연결"을 논의하도록 초청을 받기까지는 45년의 세월을 기다려야 했다! 1980년대의 10년이라는 세월은 이러한 유예를 보상해 주었다. 1983년(현대언어학회(Modern Language Association)가 『탐구로서의 문학』 제4판을 출판한 해이다) 나는 현대언어학회 쓰기 지도에 관한 지부 분과에서 쓰기와 읽기에 대한 논문 발표를 요청받았다. 1985년에는 CCCC 전국 학회에서 쓰기와 읽기에 관하여 기조강연을 하도록 초청받았다. (이전의 10년 동안 나는 CCCC의 임원진의 일원이었다.) 1986년에 나는 일리노이 대학의 읽기 연구 센터와 캘리포니아의 버클리 대학의 쓰기 연구 센터가 공동으로 읽기와 쓰기 연계에 대한 학회의 개회용 이론에 관한 원고를 내도록 요청받았다. "쓰기와 읽기: 상호교통 이론"이라는 제목을 붙인 이 논문의 두 판본이 각 센터에 의해서 전문적인 논문으로 출판되었다. 또한 1989년 출판된 학회 논문집 『읽기와 쓰기의 통합(*Reading and Writing Connections*)』에도 포함되었다. 이 주제에 대한 계속되는 관심이 나에게는 대학의 영어과에서의 변화하는 분위기에 대한 징조로 보였다. 80년대의 쓰기 이론과 비평이론의 발달을 논의하기 위해서 나는 내가 이들을 바라본 10년간의 관점을 개관해야 한다는 것을 알고 있다. 나는 1982년(사실임!) 버나드 대학에서 볼드윈(Charles Sears Baldwin)이 한 쵸서(Chaucer) 강의의 보조강사로서 가르치기를 시작했다. 콜롬비아 대학의 수사학 교수인 볼드윈은 작문에 관한 교과서를 썼으며, 나중에 고대, 중세, 르네상스 수사학에 대한 세 권의 널리 알려진 책을 썼다. 작문에 대한 그의 책은 학과에서는 아주 중요하게 받아들여졌다. 강사에서부터 정교수에 이르기까지 모든 이들이 작문 강의를 했다. 그럼에도 불구하고 돌이켜보건대 심지어 교수진에서도 내가 대학의 인문 계열 학과에서 일한 20년을 통해서 볼 때 영어 전공학생과 그들의 교수 모두에게 중요한 강조점은 문학에 두고 있었다.

대학에서 작문과 문학을 제도적으로 분리한 결과로 일어난 것은 어느 정도까지는 대공황과 이차 세계대전, 그리고 학생수의 증가에 의해 초래된 문제로 해석될 수 있다. 나는 여기서 문학이 주로 교수들의 급료 이외의 수입이 된 반면, 작문은 주로 비정규직 보조 강사에 의해 강의되도록 조성되었던 상황을 새삼 설명할 필요는 없다.

이러한 어려움에도 불구하고 어떻게 헌신적인 작문 강사들이 작문에 대한 전통적이고 상투적인 방법과 기술적인 이론에 반대했는지 또한 다시 말할 필요가 없다. 80년대까지 쓰기의 중요성이 널리 인식되어지고 있었다. 이 분야에서 선구자들이 쓰기 과정의 다양한 견해를 개발했다. 나는 이러한 쓰기 이론가들의 몇몇이 자신들의 이론과 나의 독서에 대한 상호교통적 접근의 유사점을 인용했다는 것이 마음에 든다.

나의 논의를 대학과 대학교의 수준에 제한하고 있었다는 것에 주목해보라. 학교[역주]에서의 작문에 대한 이야기는 작문에 대한 만연된 경시에서부터 언어를 기계적으로 테스트할 수 있는 단위로 파편으로 만든 워크북에 이르기까지 더 복잡하다. 쓰기가 학습될 때 일차적으로 관례적인 형식과 "정확한" 테크닉의 구사력을 증명할 목적을 도왔다. 읽기는 주로 선다식 문제를 해결함으로써 증명되는 일련의 다른 종류의 능력으로 가르쳤다. 이야기들 그리고 심지어 시(poems)도 그러한 목적에 종종 사용되었다. 고등학교 수준에서 문학은 하나의 "정확한" 해석이 있다는 가설을 갖고 지도되었다. 물론 두 가지 활동의 분리와 규범의 강조는 대학에서 지배적인 전통적인 이론적 접근에 미친 영향력의 덕을 보았다.

그러나 80년대를 통해서 나는 작가 또는 독자의 역할에 대한 강조를 절대로 포기하지 않은 교사와 교육자가 있는 학교에는 사고의 또 다른 더 많은 적합한 가닥의 요소를 알게 되었다. 그러므로 이차 세계대전 후에 그 학교에서의 상당한 지적, 재정적인 보수에도 불구하고, 나는 전통적인 인문계열 패컬티의 자리를 떠나서 뉴욕 교육대학에 임용을 수락할 결심을 했다. 이 학교는 교수법 그 자체에 제한을 두지 않으면서 "방법론"의 과목은 물론 작문, 화법, 언어, 문학의 모든 과목을 포함하는 영어과의 학부와 대학원 과정의 전과목을 제공했기에 색다른 점이 있었다. 결과적으로 나는 동료 교수와 쓰기 이론 및 문학 이론과 더불어 언어학, 의미론, 작문 그리고 문학을 포함하는 학부,

---

역주) 이 논문에서 대학(또는 대학교)이 아닌 학교는 중 · 고등학교를 말함.

석사과정, 박사과정 프로그램을 개발했다. 이 프로그램은 나의 이론적 관심 영역을 반영했다.

이 분야에서의 내 활동이 시작되었을 때부터 설립된 이론적 입장에 대해서는 비정통적인 태도를 취해왔다. 특정한 학문적 계열과 경험—인류학 공부, 박사학위 논문에서 미학 연구, 피어스(Charles Sanders Peirce), 제임스(William James), 듀이(John Dewey)의 논문 연구 등—은 문학 연구 분야에서 관례적인 영역을 초월하는 경향을 촉진했다.

심지어 학부생으로서 영어과의 집중 우등 과정을 이수하면서 보아즈(Franz Boas)와 베네딕트(Ruth Benedict)의 지도하에서 인류학을 공부하는데 또한 상당히 몰두하였다. 옥스퍼드가 아닌 그레노블 대학교에서 대학원생 특별 연구비 수혜자로 선발된 것과 파리 대학교에서 비교 문학으로 박사학위를 취득할 결심을 한 것은 나의 문학에 대한 관심을 다른 언어와 문화에 대한 인류학자의 경험과 연결시키려는 욕구를 반영해 주었다.

그레노블(Grenoble)에서 나는 프랑스 학생을 위한 강좌와 세미나에 참여했고 어느 고등학교에서 온 강사가 가르치는 불어 작문 수업을 수강했으며 영어(디킨즈 작품을!)를 프랑스어로 번역하는 강좌의 프랑스 학생들과 합류했다. 불어로 박사학위 논문을 쓰기 위해서 나 자신을 불어에 몰입시킨 것은 의미론에 대한 실제적인 접근을 마련해 주었다. 『예술을 위한 예술에 대한 생각(*L'Idée de l'art pour l'art*)』은 내가 찬사를 보냈던 프랑스와 영어 작가들을 다루었지만, 이들은 전적으로 "예술을 위해서" 글을 썼다는 것을 주장함으로써 사회적 한계로부터 작가의 자유를 옹호했다. 나의 연구는 이것은 주로 방어적인 주장이었다는 것을 알린 것이고 문학 작품은 그 자체로서 심미적인 가치를 가질 수 있으며, 그 위에 반드시 사회적인 기원, 함의 그리고 영향을 받았다는 것이다. 내가 제안했듯이 이러한 두 가지 양상 간의 긴장은 예술가의 사회적 역할의 특별한 속성을 이해한 독자들의 교육에서 감소되었다.

박사학위를 마치고 버나드 대학에서 영어를 가르치는 동안 나는 콜롬비아 대학원 인류학과에서 인류학과 언어학 분야에서 공부했다. 나는 미국 인디언 언어인 콰키우틀(Kwakiutl)과 마이두(Maidu)를 배우면서 보아스와 함께 언어학을 공부했다. 이것과 프랑스에 대한 나의 경험은 언어와 문화간의 호혜적인 관계에 대한 감각을 강화했다.

사회과학과 문학에서 나의 연구는 사회과학에서 최근의 발달을 청소년 독자에게 제시하는 책을 출판하는 임무를 맡는 인간 관계위원회 회원이 되도록 유도했다. 위원회에서 나의 임무를 마친 후 나는 비록 사회학이나 심리학 분야에서 책이 필요하지만 나의 문학 수업에서 계속되어온 일종의 인간 관계에 대한 논의가 심미적인 기능은 물론 중요한 사회적인 기능도 수행할 수 있다는 결론에 도달했다.

나는 문학 작품의 독서가 왜 그리고 어떠한 상황 하에서 내면의 심미적 가치를 가지고 인간 관계에 대한 통찰력의 발달과 동화를 가능하게 만드는 지를 설명할 문학과 교수 철학을 개발시키려 노력했다. 나의 교실 경험은 나로 하여금 그런 사회적 통찰에의 동화에 필수적인 것은 교사가 하는 해석에 전통적인 텍스트 지향적인 발표가 아니라 개인적으로 경험한 문학 작품의 재현이라는 것을 인식하도록 했다. 그리고 나는 민주 시민에게 필수적인 비평적이고 자기 비판적인 독서의 개발에 자극물로서 학생들 간의 상호 교환의 가치를 관찰했다. 그러므로 내가 쓰도록 감동받은 책, 『탐구로서의 문학』(1938)은 개인의 문학적 경험과 경험의 사회적 문맥 둘 다를 바르게 나타내는 나의 노력을 계속했던 책이다. 『독자, 텍스트, 시』(1978)는 독서과정과 비평에 대해서 이것이 주는 함축적 의미에 대한 나의 이론을 더 체계적으로 또 더 충분히 제시했다. 진정한 실용주의자로서 나의 이론은 실제 연습에서 부딪쳤던 문제에 대한 해답을 모색하고 실제 삶에는 이것들이 주는 암시 또는 영향에 따른 해결책을 평가한다.

"독자 반응 비평의 전환점(The Turns of Reader-Response Criticism)"에서 메일록스(Steven Mailloux)가 주장한 바에 의하면 "독자와 텍스트의 구분에 대한 로젠블랫의 이전의 분해"에도 불구하고 문학 이론가들은 70년대의 독자 또는 텍스트가 해석을 결정하는 가에 관한 강도있는 이론적 논쟁에 전념했다는 것이다. 문제는 나의 실용주의에 입각한 반대 입장의 인식론과 대조되는 이들의 계속되는 이원적인 인식론 수용에 의해서 살아있다고 메일록스는 계속해서 해석한다.

나의 1978년 책의 부제인 "상호교통"의라는 표현은 나의 전통적인 인식론에 대한 지속적인 거부 그리고 때로는 정신분석학적인 것과 현상주의자에서부터 구조주의자와 심지어는 해체주의 이론가에 이르는 연속체를 다루기 위해 사용된 규정인 여타 "독자 반응 비평"과 나의 이론의 차이점을 분명히 강조했다(예를 들면, 톰킨스(Tompkins)가 있다). 그러나 이들의 주장이 어떠했던지 간에 여전히 실천되고 있는 모든 것은 독자나 텍스트 둘 중의 하나에 우선권을 두고 있다는 점에 의견을 같이 한다.

『아는 것과 알려진 것(*Knowing and the Known*)』(1949)에서 듀이와 벤틀리(Authur F. Bentley)는 상호작용이라는 용어가 인간과 자연,

주관과 객관, 아는 자와 알려진 것 등을 구분된 실체로 다루는 데카르트의 이원론적인 범주와 결속되어 있다고 제안했다. 후기 아인쉬타인적인 발달의 관점에서 이들은 각각의 요소가 고정되고 미리 정해지는 대신에 다른 것을 결정하고 그것에 의해서 좌우되는 관계를 지시하는 상호교통이라는 용어를 제의한다. 상호교통에서는 관찰자는 관찰 대상의 일부이기 때문에 인식하는 사람과 인식 대상간의 차이는 구분하지만 예리한 분리는 하지 않는다. 나는 (내가 "문학 작품"을 나타내기 위해서 사용한) 시는 특정한 독자와 (지면 위의 기호인) 텍스트 사이의 상호교통 안에서 "존재하고" "일어난다"는 것을 주장했다. 우리는 독자, 텍스트, 시에 대해서 언급할 수도 있지만 각각은 특정한 시간에 특정한 사회적, 문화적 환경에서 발생하는 관계의 양상이다. (실제로 1985년까지 이 용어는 널리 인용되어서 나로 하여금 "상호교통과 상호작용: 용어에서 구출할 임무"라는 제목의 논문을 쓰도록 했다.)

메일록스가 설명하는 상황은 내 소견에 대한 배경을 제공한다. 사실 그가 주목하는 것은 "로젠블랫의 상호교통적 접근은 마침내 작문 전문가, 교육에서의 읽기 이론가, 교사 교육을 하는 교사들 사이에서 있었던 문학이론학계에서 주의를 끌고 있는 것 같아 보인다."는 것이다. 어떤 다른 시기에서처럼 80년대에도 많은 이들이 여전히 어느 정도 수정된 형식주의 접근 방식에 좌우되는 이론적 입장의 전체 범위를 발견할 수 있었다. 그러나 나는 반갑게도 내가 수 년 동안 표현해 왔던 이론적인 입장의 몇몇은 이제 대학가에서는 널리 채택되고 있다는 것을 느낄 수 있었다(비록 가끔은 메일록스의 의식과 함께 가지 않았지만).

불행하게도 나는 유사한 반대주의적 전제(종종 유럽대륙에서 그 근거가 있는)가 다양한 실례에서 나와는 아주 다른 결론으로 유도하고 있다는 것을 발견했다. 내게는 대부분의 경우에서 이원적인 정신의 습관이 존속하는 것으로 보였다. 예를 들면, 닫히거나 열린 체계로서의 언어, 개인적이거나 사회적인 것, 주관적이거나 객관적인 것, 확실하거나 불확실한 의미 같은 것에서 볼 수 있다. 하나의 문제될만한 극단에서 나온 반응은 너무나 자주 똑같이 문제될 만하고 반대편에 있는 다른 것으로 흔들려가는 추로 끌어갔다. 내가 채택했던 생각은 내가 오류있는 극단이라고 간주했던 것에 이르게 되었다.

예를 들면, 기호학의 위대한 선구자인 소쉬르와 피어스는 둘 다 언어를 개인과 환경 사이에서 중재하는 것으로 보았다. 그러나 소쉬르의 한 쌍의, 두 갈래로 된, 단어와 대상의 관계에 대한 표현인 "signifier"와 "signified"는 기호의 임의성에 대한 그의 강조와 결합하고 있으며, 자기 내포적인 체계로서 언어에 대한 견해를 야기시켰다. 어떤 이에게 이것은 작가는 언어에 의해 "쓰여지게" 되며, 독자는 자신이 속한 "해석하는 집단"에 의해서 제한되고 있는 "언어의 감옥"이라는 니체식의 개념을 주장할 근거가 되었다. 그러므로 "과정으로서의 쓰기 이론가들과 독자 반응 이론가들이 개별적인 것 즉 개인적인 것을 바르게 평가하려는 노력이 변경되었다. 낭만적 이상주의에 대한 신비평의 반동을 더욱 강력하게 밀고 나갔던 이러한 추의 흔들림은 신비평학자들이 책임감이 없다는 것을 파악한 "놀림거리"가 있음에도 불구하고 자율적인 텍스트라는 형식주의자들의 이론보다 훨씬 더 절대적으로 텍스트에 몰두하는 결과를 초래한다.

소쉬르와는 대조적으로 피어스의 공식은 삼원적이다. 즉 "기호는 표시된 것과 생각과의 연대적인 관계에 있다. …기호는 단지 정신적인 연상의 귀결로 그 대상에 연관되며, 습관에 의존한다"(3.360).*
피어스는 "생각"이 실제라는 개념을 강화하기를 분명히 원하지 않았기 때문에, 그는 삼원적인 정신 작용의 양상으로서 이해되어야만 하는 기호, 대상, "의미" 가운데서 연대 결합을 대략 표현했다 (6.347).

피어스의 모형은 1938년부터 계속해서 언어에 대한 나의 상호교통적인 견해를 강화해 주었다. 나는 언어는 사회적으로 발생되는 것으로 이해했다. 그러나 나는 언어는 항상 특별한 사회적 문화적 환경에서 특별한 시점의 상황과 상호교통 안에서 개별적으로 내재화된다는 것을 알았다. 각 개인은 화자이든, 청자이든, 작가 또는 독자이든지 삶과 언어에서 과거의 상호교통의 잔재인 개인의 언어학적 경험적 축적물을 상호교통에 가져온다. 윌리엄 제임스가 지적했듯이(1: 284), 각자는 상호교통 중에 의식의 흐름으로 가져왔던 요소에서 선택하는 선택적인 주의 집중의 과정을 수행하고 있다. "의미"는 서로서로에게 개인적이고 사회적인 이러한 모든 요소의 반향에서 나타난다.

다른 독자 반응 이론가들과 더불어 나는 자동화된 텍스트는 단 하나의 명확한 의미를 구체화한다는 개념을 거부했다. 불운하게도 어떤 이들에게 잠재적으로 이원적인 텍스트 해석은 완전한 (이원적인) 상대주의에 진자의 흔들림을 유도했다. 특히 정신 분석학에 영향을 받은 어떤 이들은 주관적인 비평을 채택했다. 내가 주지한 것처럼 다른 사람들에게 언어의 다중 의미의 특성에 대한 삼원적인 견해는 텍스트의 무한한 가능성에 대한 우스꽝스런 강조를 유도했다. 각각의 텍스트는 그 자체의 모순을 가지고 있다는 확신은 어떤 이들로 하여금

---

* 피어스 인용은 관례적으로 권수와 문단 숫자로 표기된다.

해석은 필연적으로 논리적인 곤경으로 끝나 버린다는 것을 가정하도록 했다.

다시 한번 실용주의는 절대적 진리 대 완전한 상대주의라는 이원론에 대한 해결책을 제공한다. (한 시점에서 나는 텍스트의 어떤 해석은 다른 해석보다 더 낫다는 것이 알려질 수 있다고 믿었다는 것 때문에 나의 견해가 비난을 받았다는 것을 알았다!) 듀이는 중재되지 않은 "실체"는 인식할 수 없다는 반근본적의적인 입장을 수용했다. 그는 진리라는 단어가 절대적인 것과 결정론적인 것에 대한 부대적 의미를 너무 많이 포함하고 있다는 것을 발견한다. 확실함에 대한 탐색을 보류하면서 그는 『논리학(*Logic*)』에서 심리에 있어서 "근거 있는 주장"에 대한 생각에 기여한다. 어떤 조건 또는 시행이 주장을 정당화하는가? 심리와 판단에 대한 견실한 방법을 구성하는 것에 대한 일치하는 기준이 비록 임시적이긴 하지만 "근거 있는" 해답에 대한 합의를 가능하게 한다. 비록 듀이는 『논리학』에서 과학적 문제를 찾고 있지만 모든 영역에서 문제의 해결에 적용 가능한 근거 있는 주장에 대한 개념을 고려한다(4쪽, 9쪽, 345쪽).

우리는 여전히 과학적 연구와 문학적 해석 간의 차이점을 모두 인식하면서 문학적 해석에 관한 근거 있는 주장에 대한 생각을 적용할 수 있다. 우리는 실제로 각 텍스트에 대한 하나의 "정확한" 즉 절대적인 의미를 찾는 욕구를 버려야 한다. 그러나 **만약 우리가 해석의 타당성에 대한 기준에 동의한다면** 우리는 가장 방어할 수 있는 해석 또는 해석들을 결정할 수 있다. 물론 해석의 타당성에 대한 대안적인 기준은 물론 똑같이 타당한 대안적인 해석이 있을 수 있다는 가능성은 남아있게 된다. 그러한 접근은 우리로 하여금 언어의 공개성과 제한성에 대한 세련된 해석을, 텍스트에게 대한 책임 있는 독서의 가능성을 포기하지 않고 우리의 학생들에게 제시할 수 있도록 한다(로젠블랫, 『독자, 텍스트, 시』 7장; 『탐구로서의 문학』 113-15쪽, 151-53쪽, 281-83쪽).

1978년 현대언어협회가 주최하는 컨벤션에서 나는 "독서 관정의 기본 모형으로서의 심미적인 것"이라는 제목의 논문을 발표했다. 사실 다소 장난스런 제목을 붙임으로써 나는 독자-텍스트라는 이분법은 물론 잘못된 심미적-비심미적 또는 예술-과학 이라는 이분법을 겨냥하고 있었다. 독자와 텍스트라는 이원적인 견해는 "문학성" 또는 "시적임"이라는 것이 주로 텍스트의 단어 속에 존재해야만 한다는 가설을 유도했다. 나는 심미적인 것은 텍스트에 내재된 속성이 아니라는 것을 주장한다. 심미적인 것은 단순히 텍스트 없는 독자의 의견도 아니다. 예술 작품을 쓰기를 원하는 작가는 가상의 독자를 위해 가능한 한 많은 단서를 제공하기 위해서 심미적인 태도를 채택한다. 그러나 말하자면 『줄리어스 시저』라는 텍스트가 엄청난 심미적인 잠재성을 제공할 지라도, 이 텍스트는 예술 작품 또는 엘리자베스조의 통사론 예시의 어느 한 가지로 읽힐 수 있다. 그리고 일기예보라도 시로써 읽힐 수 있는 것이다.

목적에서 이러한 차이는 소위 의식의 내용을 향한 작가 또는 독자의 태도에서의 차이점에 의해서 이행될 수 있을 것이다. 태도는 텍스트와의 상호교통하는 동안에 의식의 흐름에서 자극된 요소에서부터 주의를 기울이는 것, 골라내어서 통합하는 것 가운데서 선택을 하도록 안내한다. **정보 추출적** 태도는 일차적으로 독서 후에 보존될 것을 분석, 요약, 수집하는 것이 포함된다. 예문은 정보, 행동에 대한 방향,

또는 문제에 대한 해결책을 얻기 위하여 독서하는 것이 될 것이다. **심미적인** 태도에서 주의는 일차적으로 독서 중에 재현된 것, 체험한 것을 경험하는 데에 초점이 맞추어진다.

게다가 나는 정반대인 이분법이 아니라 두 가지 태도 사이에 있는 연속체가 있다는 것을 강조했다. 우리는 한 쪽 편에 인지적인 것, 지시적인 것, 사실적인 것, 분석적인 것, 추상적인 것이 있고, 다른 쪽에는 정서적인 것, 감성적인 것, 감각적인 것을 가지고 있는 것이 아니다. 대신에 의미에 대한 양쪽 양상—대중적인 것과 개인적인 것이라고 명할 수도 있을—모두가 항상 세상과 우리와의 상호교통 속에 존재하고 있다. 섞인 것 안에 놓여있는 차이점은—대중적인 것과 개인적인 것과의 비율, 의미의 인지적이고 정서적인 양상—독서하는 동안에 수반되고 있다. 연속체에 정보 추출적인 반쪽 어떤 지점에 떨어지는 독서에서 독자는 개인적인 요소보다는 더 대중적인 요소를 훨씬 많이 발췌해낸다. 반면 심미적인 태도는 대중적인 양상보다는 개인적인 감정, 태도, 감각 그리고 생각의 후광에 훨씬 더 많은 주의를 일치시킨다.

상호교통적인 범주는 물론 정보 추출-심미적 연속체에서 독자의 태도에 대한 개념은 나의 이론을 전통적 접근과 신비평적인 접근 또한 다른 소위 말하는 독자 반응, 구조주의, 후기 구조주의 이론 이 모두와 구분한다. 우리는 정의할 수 있는 "문학적 언어"는 없으며, 궁극적으로 사회는 "예술"로 간주되는 것을 결정한다는 사실에 동의하는 경향이 있다. 그러나 이들은 보통 단어들, 문학적 장치 그리고 관례 혹은 그것의 내용에 대한 심미적인 효과의 탓으로 돌리는데 만족한다. 단어들은 조사 기록하는 것은 물론 관찰된 것을 나타내고 있다고 간주된다. 나는 특별한 언어적인 유형이 궁극적인 효과에 필수적이라고 믿는다. 그러나 "사실"의 진술처럼 텍스트가 단순한 보고서로서 읽혀지도록 되는 것이 아니라면 이론가들은 독자는 개인적이고, 질적이거나 정서적이고, 경험적인 의식의 양상을 조화시켜야 한다는 것을 인식하지 않는다. 이론가들은 멋지게 독서 전략에 대해서 이야기하지만 기반이 되는 중요한 작동인 태도의 이동은 단순히 당연하게 여긴다. 그러므로 이들은 문학적인 것과 비문학적인 것을 해석과 평가의 문제를 발생시킬 수도 있을 차이점을 아주 미묘한 단계적 변화로 보는 대신에 이분법으로 간주한다.

우리는 작문과 비평 과목 둘 다에서 광범한 장르의 독서에 대한 논의를 점점 더 듣는다. 작문과 읽기에서 학생들이 왜 상황과 그들의 목적에 적절한 연속체상에의 한 시점에서 선택을 위한 유도적인 원리를 개발하도록 배울 필요가 있는가에는 더 많은 이유가 있다. 만약 『투명 인간(*Invisible Man*)』이 예술 작품으로서 해석 되어야 한다면, 이 작품은 먼저 체험된 것에 일차적으로 주의를 기울이면서 읽혀져야 된다. 말하자면 만약 목적이 인종적 태도에 관한 정보를 얻거나 작품의 구조를 분석하는 것이라면 독자는 개인적인 반응을 주변 장치에 주목하고 주로 대중, 즉 텍스트와의 상호교통 중에 재현된 것에 대한 상호 주관적으로 입증할 수 있는 양상에 초점을 맞추도록 강력하게 밀고나가야 한다.

흔히들 소위 말하는 문학적 장치를 사용하는 역사적인 작품이나 정치적인 연설에서는 강력한 은유나 "이야기를 구사"를 채택하면서 독자가 어떤 주요한 태도를 채택할 것인지 또한 어떤 평가 기준을 적용할 것인지를 결정하는 것이 특히 중요하다.

이제까지 나의 기억은 어쩌면 내가 1980년대에 쓰기 이론과 비평이론 간의 관계를 논의하도록 요청받았을 때 준비가 되어있었던 이유를 설명해준다. 실용주의자의 상호교통주의는 나로 하여금 말하기나 듣기, 쓰기 또는 읽기를 환경과의 개인의 상호작용의 상호 연관된 양상으로서 생각하도록 유도했다. 그러므로 나는 쓰기-읽기 이분법에 의문을 가지는 1980년대에 발단이 된 경향과 조화를 이루고 있었다. 쓰는 활동 그 자체가 읽기를 포함하는 반면, 읽기는 "작문하는" 활동이라는 것이 지적되었다. 다시 이원성은 단순한 차이점의 제거라는 위험을 야기했다. 읽기와 쓰기를 거울 이미지로 간주하고 문학 강좌에 대한 전통적인 형식주의적인 도입과 같은 그런 강좌에서 하나에서 다른 것을 배우는 자동적인 전이가 있을 것이라는 왔다갔다하는 견해가 있는 것으로 보였다.

그러므로 나는 이 주제에 관한 여러 강연에서 두 언어학적 활동의 이론적 모형은 겹치는 부분이 있지만 다르다는 것을 지적했다. 작가와 독자는 둘 다 텍스트와 이쪽저쪽으로 상호교통하는 개인적인 언어학적-경험적 저장소에 접근하고 있다. 작가와 독자는 아무리 모호하거나 또는 명확하든지간에, 선택적인 주의를 끌어가며 의미 구성의 종합적이고 조직하는 과정을 지도한다. 그러나 이러한 유사점은 아주 다른 문맥이나 상황에서 일어난다. 작가는 텅 빈 지면을 만나며 독자는 이미 쓰여진 텍스트와 만난다는 것을 우리는 잊어서는 안된다. 작가의 쓰는 활동과 독자의 읽는 활동은 보완적이며 다른 것이다.

나는 글 쓰는 상호교통 중에 일어나는 두 가지 종류의 "작가의 읽기"를 구분하는데 특히 관심을 가지고 있었다. 즉 표현 지향의 첫 번째 읽기는 이제까지 점진적으로 변화하는 내적 목적에 반하여 쓰여진 것을 시험하는 읽기를 포함하며, 수용 지향의 두 번째 읽기는 잠재적인 독자의 관점에서 텍스트 읽기를 포함한다. 상호교통이 목적일 때, 첫 번째는 두 번째를 위한 기준을 제공해야만 한다. 이것은 한편으론 텍스트에 대한 내적 응집력과 관련성을 위한 재현을 시험하고, 다른 한편으로는 이러한 재현을 작가의 의도와 관련시키기 위해서 내적이고 외적인 수단을 찾고 있는 정반대 되는 독자의 경험을 비교한다(로젠블랫, "글쓰기," 166-168쪽).

한 가지 활동에서 능력이 자동적으로 다른 활동에서의 능력을 제시하지 않는 것 같아 보였기 때문에 나는 일반적으로 유용한 언어학적 습관과 사고의 유형의 발달을 통한 건설적인 교차적인 육성을 조성할 사회적, 교육적 상황에 대해서 깊이 생각했다. 사회적 환경과 교실 환경, 개별 작가나 독자가 활동에 가져오는 것 그리고 그런 활동에서 지각된 목적이 모두 고려되어야만 한다. 협력적인 교육적 방법은 학생들 간의 음성적, 문자적 교환, 자기 자신들과 다른 사람들의 언어학적 과정에 대한 인지언어학적 발달 그리고 비평적 규범들의 구축을 포함할 것이라고 나는 주장했다.

1980년대가 계속되면서 제기된 모든 문제들이 개인적-사회적 이분법의 확장과 비교해보면 희미해지기 시작했다. 다시 내가 공유했던 전제들, 즉 각 개인은 사회 또는 문화의 가설과 가치를 흡수한다는 인식은 개인을 완전히 사회, 문화 또한 공동 사회에 의해 완전히 지배된 것으로 보는 기본 원리가 되었다. 그러므로 어떤 문화적, 역사적, 또는 마르크스 비평가들, 텍스트는 지배적인 이데올로기의 공모한 교의자가 되었다. 잘해봐야 독자는 현상 유지에 대한 확언을 "귀찮게" 하고 이에 반대하기 위해서 텍스트의 "작은 부분에도 거슬러 읽도록"

교육받을 수 있는 것처럼 보인다.

철학적이고 인류학적인 원리는 사회 또는 개인 둘 중의 하나를 무시하는 것을 똑같이 오류로 만든다. 각 원리는 다른 것에 영향을 주고 있다. 항상 특별한 상황에 들어오는 문맥적이고 인간적인 요인들과 의식적, 무의식적으로 상호교통하고, 의미를 선택하고 선택적으로 구축하는 개별적인 인간이 있다. 우리는 환경, 사회, 문화의 형성하는 힘을 인식할 수 있다. 그러나 우리는 많은 하위 문화를 가진 우리의 복잡한 문화의 요소 안에 있는 선택 혹은 열망의 가능성을 이해할 수 있어야 하고 그 문화의 민족적, 종교적, 경제적, 사회적 집단, 그리고 다른 중요한 문화적 유형의 지식에 의해 제공된 대안의 의식은 말할 것도 없고 어떤 한 개인이 나타내거나 합류할 수 있는 집단 형성의 다양성을 이해할 수 있어야 한다.

『탐구로서의 문학』의 후속으로 나온 책은 독자 반응 이론을 독자 자신들이 상호교통에 가져온 문화적으로 획득된 가설에 비판적이며 또한 경험된 문학 작품에 포함된 가설에도 비판적인 독자의 필요성과 결합할 것을 주장한다. 그러나 비판적인 태도는 완전히 부정적이거나 급진적으로 회의적인 접근으로의 흔들림을 요구하지 않는다. 1980년대에 나는 진정으로 비판적인 것은 **선택적**이라고 주장할 필요를 반복적으로 느껴왔다. 삶 또는 문학에서 우리에게 제시하는 세상에 대한 견해로 보자면 우리는 무엇을 거부하거나 변화시켜야 하는가? 마찬가지로 중요한 것은 우리는 무엇을 수용하거나 강화해야 하는가? 그리고 똑같이 중요한 것은 우리는 어떤 긍정적이고 대안적인 목표를 구축하고 이를 위해서 일해야 하는가?

우리는 비평도 하지 않고 가르치지도 않는 것이 정치적으로 완전히

"순수한" 것이라고 빈번하게 상기되고 있다. 이것이 사실이기도 하지만 우리가 소외감을 조장하는 무력한 희생자가 되는 자격을 갖추지 않은 부정적인 태도의 주입으로 인한 동요를 수용해야만 하는가? 그리고 우리는 대안에 대한 단순한 개념과 사회적 변화의 과정을 야기하는 "세력"에 대한 단순한 견해를 허용해야만 하는가? 그 대신 나는 그것이 문학적이든 사회적이든, 또는 지배적인 문화이든 소수 민족의 문화이든지 간에 선택 가능한 것 가운데서 골라내는 긍정적인 기준으로서 민주적인 가치를 분명하게 가르칠 것을 주장한다. 우리 사회와 세상에서 교정을 요청하는 이런 저런 많은 해악에 몰두하는 것은 우리로 하여금 어떠한 건설적인 구제책을 가능하게 할 기본적인 민주적인 자유에 대한 방어를 소홀히 하게 한다.

추(錘)가 한 방향으로만 흔들리는 것은 불운하게도 똑같이 극단적인 뒤로 향하는 회전이 생기게 한다. 특정한 학계에서 유행하는 극단적인 비평 이론의 파괴에 의해 위협받는 전통주의자들은 오류적인 극단과 더불어 건전한 전제(前提)를 너무나 자주 거부해왔다. 이성적인 변화를 위한 암시와 함께 더 온건한 입장은 무시되는 경향이 있다. 이유로는 형식주의자와 이들의 포스트모더니즘 반대자들이 똑같은 이원적인 사고 방식을 공유한다는 것이다. 추의 흔들림을 고정할 학문적 접근으로 복귀를 탈출하기 위해서 우리는 잘못된 이원론의 위험을 깊이 생각해야 한다.

세계적으로 엄청난 격변의 시기에 모든 국가들은 자유, 민주주의, 사회주의, 자본주의에 대한 자기들의 정의를 내릴 방법을 모색하고 있다. 또한 우리의 사회가 우리의 이상을 구현하는데 좀 더 가까이 움직이기 위한 노력을 지속적으로 검토하고 다듬어야 한다는 것이 민주주의의 본질이다. 나는 글쓰기와 비평이 우리를 그러한 더 광범위한 사회와 정치적인 관심에 가차 없이 관계시킨다고 믿는다. 듀이가 말했듯이 "민주주의는 자유로운 사회적 문제가 충만하고 감동시키는 의사 소통의 기법과 융합될 때 절정에 달하게 될 것이다"(『대중(*Public*)』, 350쪽). 우리의 역할에 대한 이러한 통찰력이 우리를 학문적이고 정치적인 논쟁에서 우리를 자유롭게 할 수 있고 1990년대에 정신과의 풍요로운 만남이 일어나게 할 수 있다.

인용 문헌

Dewey, John. *Logic : The Theory of Inquiry.* New York : Henry Holt, 1938.

______. *The Public and Its Problems.* In vol. 2 of *The Later Works of John Dewey, 1925-1953.* Ed. Jo Ann Boydston. Carbondale: Southern Illinois University Press, 1984.

Dewey, John, and Arthur F. Bentley. *Knowing and the Known.* Boston, Mass.: Beacon Press, 1949.

James, William. *The Principles of Psychology.* 2 vols. New York: Henry Holt,1890.

Mailloux, Steven. The Turns of Reader-Response Criticism. *Conversations: Contemporary Critical Theory and the Teaching of Literature.* Ed. Charles Moran and Elizabeth Penfield. Urbana, Ill.: National Council of Teachers of English, 1990.

Peirce, Charles Sanders. *Collected Papers.* 8 vols. Ed. Charles Hartshorne, Paul Weiss, and Arthur W. Burks. Cambridge, Mass.: Harvard University Press, 1931-58.

Rosenblatt, Louise M. *L'Idée de l'art pour l'art dans la littérature anglaise. Paris :Champion*, 1931. New York: AMS Press, 1976.

______. *Literature as Exploration.* New York : Appleton Century, 1939. 4th ed. New York : Modern Language Association, 1938.

______. *The Reader, the Text, the Poem : The transactional Theory of the Literary Work.* Carbondale : Southern Illinois University Press, 1978. "Viewpoints. Transaction versus Interaction. A terminological Rescue Operation." *Research in the Teaching of English* 19(1985):96-107.

______. "Writing and Reading: The Transactional Theory." In *Reading and Writing Connections.* Ed. Jana M. Mason. Boston: Allyn & Bacon, 1989.

Tompkins, Jane P. ed. *Reader-Response Criticism: From Formalism to Post-structuralism.* Baltimore: John Hopkins University Press, 1980.

참고문헌

1. 보이지 않는 독자The Invisible Reader

1) Ralph Ellison, *Invisible Man* (New York: Random House, 1947), p. 3.
2) Émile Zola, *Mes Haines* (Paris: Charpentier, 1869), p. 229.
3) John Stuart Mill, "Thoughts on Poetry and Its Varieties," *Dissertations and Discussions* (London: John W. Parker, 1859), I, 71.
4) Louise Rosenblatt. *L'Idce de l'art pour l'art* (1931; rpt. New York: AMS Press, 1977), pp. 295 ff.
5) Anatole France, *La Vie Littéraire* (Paris: Calmann Levy, 1889), p. iii.
6) *Practical Criticism* (New York: Harcourt Brace, 1929).
7) Cf. Walter Sutton, *Modern American Criticism* (Englewood Cliffs, N. J.: Prentice Hall, Inc.), p. 98 ff.;
W. K. Wimsatt, *The Verbal Icon* (Lexington: University of Kentucky Press, 1954), pp. xvii, 32, and passim.
8) *Journal*, ed. D. M. Low (London: Chatto and Windus, 1929), p. 155, Item for 31 Oct. 1762.

2. 이벤트로서의 시The Poem as Event

1) Robert Frost, *Complete Poems* (New York: Henry Holt, 1949), p. 555.
2) 다음에 오는 토론은 이 텍스트와 많은 다른 텍스트에 반응하는 수 백 가지의 그런 "전례"를 생기게 한다는 것을 주목하라.
3) Wallace Stevens, *Collected Poems* (New York: Knopf, 1964), p. 358.
4) Aaron Copland, *Music and Imagination* (Cambridge, Mass.: Harvard University Press, 1953), p. 51. Cf. Roger Sessions, *The Musical Experience* (Princeton

University Press, [1958]), pp. 82-83.

5) John Fowles, "Notes on an Unfinished Novel," in Thomas McCormack, ed., *Afterwords* (New York: Harper & Row, 1969), p. 170.

6) T. S. Eliot, *The Frontiers of Criticism* (Minneapolis: The Gideon D. Seymour Memorial Lecture Series [April 1956]), pp 15-16, reprinted in *On Poetry and Poets* (New York: Noonday Press, 1961).

7) John Dewey and Arthur F. Bentley, *Knowing and the Known* (Boston: Beacon Press, 1949), p. 69 ff. and passim; A. F. Bentley, "Kennetic Inquiry," *Science*, 112(29 Dec. 1950), 775-83, reprinted in *Inquiry into Inquiries*, ed. Sidney Ratner (Boston: Beacon Press, 1954), pp. 337-54; Sidney Ratner et al., eds., *John Dewey and Arthur F. Bentley: A Philosophical Correspondence, 1932-1951* (New Brunswick, N.J.: Rutgers University Press, 1964).

8) Arthur F. Bentley, "The Fiction of 'Retinal Image,'" in *Inquiry into Inquiries*, ed. Sidney Ratner (Boston: Beacon Press, 1954), p. 285.

9) John Dewey, "The Reflex Arc Concept in Psychology," *Psychological Review*, 3 (July 1896), 357-70, reprinted as "The Unit of Behavior," in "Conduct and Experience," ibid., p. 255.

10) Jean Piaget, *Structuralism*, tr. and ed. Chaninah Maschler (New York: Basic Books, 1970), pp. 71, 140, 142. See also, Jean Piaget, *Genetic Epistemology*, tr. Eleanor Duckworth (New York: Columbia University Press, 1970), pp. 16 ff.

11) Adelbert Ames, Jr., *The Nature of Our perceptions, Prehensions and Behavior: An Interpretative Manual for the Demonstration in the Psychology Research Center, Princeton University* (Princeton University Press, 1955) and "Reconsideration of the Origin and Nature of Perception," in Sidney Ratner, ed., *Vision and Action* (New Brunswick, N.J.: Rutgers University Press, 1953); Franklin P. Kilpatrick, ed., *Human Behavior from the Transactional Point of View* (Hanover, N,H.: Institute for Associated Research, 1952); Hadley Cantril and William K. Livingston, "The Concept of Transaction in Psychology and Neurology," *Journal of Individual Psychology*, 19 (May 1963), 3-16; Hadley Cantril, ed., *The Morning Notes of Adelbert Ames, Jr.* (New Brunswick, N.J.: Ritgers University Press, 1960); William H. Ittleson and Samuel B. Kutash, *Perceptual Change in Psychopathology* (New Brunswick, N.J.: Rutgers University Press, 1961). See also Gregory

Bateson, *Steps to an Ecology of Mind* (New York: Ballantine Books, 1972), p. 463 and passim.
12) John R. Searle, *Speech Acts* (Cambridge University Press, 1969).
13) Searle, p. 17.
14) C. E. Shannon and W. Weaver, *The Mathematical Theory of Communication* (Urbana: University of Illinois Press, 1949). See also, Colin Cherry, *On Human Communication* (New York: Wiley, 1957), p. 169.
15) Franz Boas, "Anthropology," *Encyclopaedia of the Social Sciences*, Vol. I (New York: Macmillan, 1937); Dell Hymes, ed., *Language in Culture and Society* (New York: Harper, 1964); Edward Sapir, *Selected Writing in Language, Culture, and Personality*, ed. David Mandelbaum, (Berkeley: University of California Press, 1949); Benjamin Lee Whorf, *Language, Thought, and Reality*, ed. John B. Carroll (Cambridge, Mass.: M.I.T. Press, 1956); J. Ruesch and G. Bateson, *Communication: The Social Matrix of Psychiatry* (New York: Norton, 1951); George A. Miller, *Language and Communication* (New York: McGraw Hill, 1951); James J. Jenkins, "Mediated Associations, Paradigms and Situations," in *Conference on Verbal Learning and Verbal Behavior*, ed. Charles N. Cofer and Barbara S. Musgrave (New York: McGraw Hill, 1963); Thomas A. Sebeok, Alfred S. Hayes, Mary Catherine Bateson, *Approaches to Semiotics* (The Hague: Mouton, 1964); D. S. Steinberg and L. A. Jakobovits, *Semantics* (Cambridge University Press, 1971); G. A. Miller and P. N. Johnson-Laird, *Language and Perception* (Cambridge, Mass.: Harvard University Press, 1976); J. Fodor, T. Bever and M. Garrett, *Psychology of Language* (New York: McGraw-Hill, 1974); Jack Kaminsky, *Language and Ontology* (Carbondale: Southern Illinois University Press, 1962), chap. 13.

3. 정보 추출 목적의 독서와 심미적 독서 Efferent and Aesthetic Reading

1) Frank Smith, ed., *Psycholinguistics and Reading* (New York: Holt, Rinehart and Winston, 1973), pp. 8, 28, 70 ff.
2) John Keats, *The Poetical Works*, ed., H. W. Garrod (Oxford: Clarendon Press, 1958), p. 483.

3) S. T. Coleridge, *Biographia Literaria*, ed. J. Whawcross (London: Oxford University Press, 1907), II, 6.
4) Walter Pater, *The Renaissance* (London: Macmillan Co., 1920), p. 144.
5) Arthur Schopenhauer, *The World as Will and Idea*, tr. R. B. Haldane & J. Kemp (London: Routledge, 1957); Eliseo Vivas, *Creation and Discovery* (Chicago: Henry Regnery Co., 1965), p. 263; Edward Bullough, *Aesthetics*, ed. Elizabeth M. Willkinson, (Standford, Calif.: Standford University University, 1957), p. 95; John Dewey, *Art as Experience* (New York: Minton, Balch, & Co., 1934), pp. 252-53; Immanuel Kant, *Critique of Aesthetic Judgment*, tr. James Creed Meredith (Oxford: Clarendon Press, 1911), Introduction.
6) 1926년에 "[브랑쿠시]의 조각상들의 수입을 미국 세관원들이 정지시켰다. 그들은 작품들을 예술 작품이라고 생각하지 않았기 때문이었는데, 예술 작품의 경우에는 무관세로 통관될 수 있었다. 그들은 제작된 강철 수입품쯤으로 생각했고 그것들에 '봉쇄물-관세 대상'이라는 도장을 찍었다. 2년간의 소송 끝에 그 사건은 예술가에게 유리하게 해결되었다. David Lewis, *Constantin Brancusi* (London: Academy Editions, 1974), p. 13; 이 사건에 대한 가장 완전한 설명은 [Carola Viedion-Welcker, *Constantin Brancusi*, tr. M. Jolas and A. Leroy (New York: George Braziller, 1959), pp. 212-19.]에 나온다.
7) *Biographia*, II, 6.
8) Wallace Stevens, *The Man with the Blue Guitar* (New York: Knopf, 1952), p. 28.
9) (New York: Harcourt Brace, 1949), pp.15 ff.
10) P. W. Bridgman, *The Logic of Modern Physics* (New York: Macmillan, 1927), p. 5; P.W. Bridgman, "Operational Analysis," in *Reflections of a Physicist*, p. 5 and passim. Cf. Phillipp Frank, *Modern Science and Its Philosophy* (Cambridge, Mass.: Harvard University Press, 1959), p. 44; Alfred J. Ayer, ed. *Logical Positivism* (Glencoe, VII: Free Press, 1959); Alfred J. Ayer, *Language, Truth, and Logic*, 2d ed. (London: Gollancz, 1946); B. F. Skinner, *Verbal Behavior* (New York: Appleton-Century-Crofts, 1957). See review by Noam Chomsky, *Language*, 35 (1959), pp. 26-58, reprinted in J. A. Fodor and J. A. Katz, eds., (Englewood Cliffs, N.J.: Prentice-Hall, 1964), pp. 547 ff.
11) Ferdinand de Saussure, *Cours de linguistique générale*, ed. C. Bally and A. Sechehaye (Paris: Payot, 1916), Introduction, chap. 4; and Tullio de Mauro, Introduction to 1976 edition, p. v. Cf. Leonard Bloomfield, *Language*(New

York: Holt, Rinehart & Winston, 1933).
12) Noam Chomsky, *Aspects of the Theory of Syntax* (Cambridge, Mass.: M.I.T. Press, 1965); Noam Chomsky, *Language and Mind* (New York: Harcourt, Brace & World, 1968); John Lyons, ed., *New Horizons in Linguistics* (London, Penguin Books, 1970); Jerrold J. Katz, *The Philosophy of Language* (New York: Haper & Row, 1966).
13) Eric Wanner, "Do We Understand Sentences from the Outside-In or from the Inside-Out?" *Daedalus*, 102 (Summer 1973), 164. See also Ragnar Rommetveit, *Words, Meanings, and Messages* (New York: Academic Press, 1968), p. 29 and passim; George A. Miller, E. Galanter and K. H. Pribram, *Plans and the Structure of Behavior* (New York, Holt, Reinhart & Winston, 1960).
14) Charles E. Osgood, George J. Suci, and Percy H. Tannenbaum, *The Measurement of Meaning* (Urbana: University of Illinois Press, 1957).
15) Rommetveit, p. 167; see also H. Werner and B. Kaplan, *Symbol Formation* (New Work: Wiley, 1963).
16) L. S. Vygotsky, *Thought and Language*, ed. and tr. Eugenia Hanfmann and Gertrude Vakar (Cambridge, Mass.: M. I. T. Press, 1962), pp. 8, 40, 124 ff.; Jean Piaget, *The Language and thought of the Child*, tr. Marjorie Gabar (New York: Humanities Press [1926]).
17) William James, *The Principles of Psychology* (New York: Henry Holt, 1890), I, 284-86; *Radical Empiricism* (New York: Longmans Green, 1912), pp. 10, 11, 145. See also, Dewey, "Reflex Arc" (supra fn. 9, chap. 2) and Bentley, *Inquiry*, p. 242; David J. Mostofsky, ed., *Attention: Contemporary Theory and Analysis* (New York: Appleton-Century-Crofts, 1971), pp. 62-63, 72-74; and Eleanor and James Gibson, "The Senses as Information-seeking Systems," *Times Literary Supplement*, 23 June 1971, p. 711; Jerome Bruner, *On Knowing: Essays for the Left Hand* (Cambridge, Mass.: Harvard University Press, 1962), p. 6: "Selectivity is the rule and a nervous system, in Lord Adrian's phrase, is as much an editorial hierarchy as it is a system for carrying signals."
18) W. K. Wimsatt, Jr., "The Affective Fallacy," *The Verbal Icon* (New York: Noonday Press, 1958), p. 21.
19) W. H. Auden, "In Memory of W. B. Yeats," *Collected Poems* (New York:

Random House, 1945), p. 48.

4. 시적 재현Evoking a Poem

1) S. T. Coleridge, *Biographia Literaria*, ed. J. Shawcross (London: Oxford University Press, 1907), I, 202. See also, *Miscellanous Criticism*, ed. Thomas M〉 Raysor (London: Constable and Co., 1936), pp. 42-43.
2) See, e.g., Rudolf Arnheim et al., Poets at *Work* (New York: Harcourt Brace, 1948); Virginia Woolf, *A Writer's Diary*, ed. Leonard Woolk (New York: Harcourt, Brace Jovanovich, 1954), and Virginia Woolf, *The Pargiters*, ed. and with an Introduction by Mitchell A. Leaska (New York Public Library and Readex Books, 1977), a study of "the artist at work."
3) George A. Miller, E. Galanter, and K. H. Pribram, *Plans and the Structure of Behavior* (New York: Henry Holt, 1960).
4) *Miscellaneous Criticism*, p. 89; *Shakespearean Criticism*, ed. Thomas Middleton Raysor (London: Constable and Co., 1930), I, 233; II, 170-71.
5) See Louise M. Rosenblatt, *Literature as Exploration*, 4th ed. (New York: Modern Language Associaion, 1983), chap. 6.
6) Willam Empson, *Seven Types of Ambiguity* (London: Chatto & Windus, 1930), p. 3; *Shakespeare's Songs and Poems*, ed. Edward Hubler (New York: McGraw-Hill, 1959).
7) Shirley Jackson, *The Lottery* (New York: Farrar, 1949), p. 1.
8) Kenneth S. Goodman, "Psycholinguistic Universals in the Reading Process," in Frank Smith, ed. *Psycholinguistics and Reading* (New York: Holt, Rinehart and Winston, 1973), pp. 23-27.

케네스 구드만 박사와 예타 구드만 박사는 인쇄된 단어에 대한 반응들을 다루는 전략을 개발하기 위해서 각각을 개별적으로 돕는 수단으로서 어린이들의 "실수"의 본질을 분석하는 방법을 개발하는데 지도적인 역할을 해왔다.

자신의 논의가 무의식적인 독서 활동에 집중되는 것을 알고 구드만 박사는 "독자는 문학적인 소재들에 내재하는 매우 다른 제한점들에 적응하는 전략이 필요하나" 이 점을 개발하지 않는다"라고 간략하게 기술하였다. 한 가지 중요한 차이점은 물론 무의식적으로 표출되는 유사한 단어들을 대치하는 것이 심미적인 독서 활동에서는 매우 다르게 다루어져야 한다는 것이다. "이해"라는 인식은 변화한다.

9) *The Poems of Emily Dickinson*, ed. Thomas H. Johnson (Cambridge, Mass.: Harvard University Press, 1958), I, 358.
10) 파리에 대한 태도들이 갖는 중요성에 관하여 내가 알아낸 것은 *Explicator*(1961년 9월)에 들어있는 의사 교환에 의해서 더욱 강조된다. 캐롤라인 호그는 다음과 같은 논쟁의 글을 제시하였다.
    여기 이 시에서는 드라마의 중심 인물이 영광스러운 퇴장을 할 것이라 기대하고 있다. 글은 그런 방향으로 전개되어 간다. 그러나 클라이맥스의 순간에 … 파리 한 마리.
    1966년 4월(13권 35호)에 한 해설에서 게르하르트 프리드리히가 파리에서 부패와 타락을 연상한 것은 얼마나 적절한 것이었는지. 그리고 내 생각에 1956년 1월 (14권, 22호)에서 존 치아르디는 파리를 "세상에서의 마지막 키스"이며 그걸 에밀리 디킨슨이 너무나 사랑했던 작은 생물 중의 하나라고 말하다니 얼마나 잘못된 것이었는지. 에밀리가 검정 파리를 그런 식으로 생각했을 리가 없다. 그녀는 노련한 가정주부였고, 가정주부들은 모두 검정 파리를 싫어한다. 그것은 닿는 것은 무엇이든 오염시킨다. 그의 알들이 구더기들이다. 독수리만큼이나 더럽다.
11) *Psychology*, I, 225, 276 ff(이후에 이어지는 내용).
12) A. C. Bradley, *Shakespearean Tragedy* (New York: Macmillan, 1952), p. 317.

5. 텍스트: 개방성과 제한성The Text: Openness and Constraint

1) Edward Sapir, *Language* (New York: Harcourt Brace, 1921), p. 41.
2) Morris Bishop, *New Yorker*, 26 Oct. 1946, p. 34.
3) Samuel A. Levine, *Clinical Heart Disease* (Philadelphia: W. B. Saunders Co., 1958), p. 103.
4) Colin Cherry, *On Human Communication* (New York: Wiley, 1957), pp. 273-76.
5) Jerry A. Fodor and Jerrold J. Katz, eds., *The Structure of Language* (Englewood Cliffs, N.J.: Prentice-Hall, 1964), pp. 483-89.
6) Charles C. Fries, *The Structure of English* (New York: Harcourt, Brace and World, 1952), p. 70.
7) Roland Gross, "Found Poetry," in *Page 2*, ed. Francis Brown (New York: Holt, Rinehart and Winston), p. 157.
8) *Essays in Criticism*, 2d ser. (London: Macmillan, 1915), "Wordsworth," pp.

157-58; "The Study of Poetry," p. 17.

9) *Seven Types of Ambiguity* (London: Chatto and Windus, 1930), p. 103.

10) *Shakespear's Sonnets*, ed. A. L. Rowse (New York: Harper and Row, 1964), p. 148.

11) Rowse, p. 149.

12) Kenneth S. Goodman, in Frank Smith, *Psycholinguistics and Reading* (New York: Holt, Rinehart and Winston, 1973), p. 25. 프랭크 스미스는 심지어 그것을 좀 더 직접적으로 서술한다. 즉 "1. 단지 읽기 이해력에 필요한 정보의 작은 부분이 인쇄된 지면에서 나온다. 2. 이해력은 개별적인 단어들의 동일시에 선행한다. 3. 독서는 음성 언어를 해독하는 것이 아니다." (p. v).

13) *Encyclopedia of Poetry and Poetics*, ed. Alex Preminger (Princeton University Press, 1965), "Form," pp. 286-88, by G. N. G. Orsini; "Structure," pp. 812-13, by Martin Steinmann, Jr.

14) Clive Bell, *Art* (New York: Stokes, 1914).

15) *Biographia*, II, 10. See John Dewey, *Art as Experience* (New York: Minton Balch and Co., 1934), chap. 6, "Substance and Form"; A. C. Bradley, "Poetry for Poetry's Sake," in *Oxford Lectures on Poetry* (Oxford: Clarendon Press, 1909).

16) "모든 소설에서 작품은 작가와 독자로 나뉘어 있다. 그러나 작가는 자신의 등장인물을 만들어 내는 것과 마찬가지의 방법으로 독자를 만들어낸다. 말하자면 작가가 독자를 아프게 할 때, 독자를 다르게 할 때, 작가는 아무 일도 하지 않는 것이다. Henry James, *Views and Reviews*, "The Novels of George Eliot" (Boston: Ball, 1908), p. 18 (originally published in *Atlantic Monthly* [Aug. 1866])

17) Alain Robbe-Grillet, *For a New Novel*, tr. R. Howard (New York: Grove Press, 1966).

18) I. A. Richards, *Philosophy of Rhetoric* (New York: Oxford University, 1936), pp. 89-112; *Princeton Encyclopedia*, "Metaphor"; Rene Wellek and Austin Warren, *Theory of Literature* (New York: Harcourt Brace, 1949), chap. 15; Philip Wheelwright, *The Burning Fountain* (Bloomington: Indiana University Press, 1954); Max Black, "Metaphor" *Proceedings of the Aristotelian Society*, NS 55 (1955), reprinted in *Models and Metaphors* (Ithaca, N. Y.: Cornell University Press, 1962).

19) *Principles of Literary Criticism* (London: Kegan Paul, Trench, Trubner, 1934),

p. 240; see also, W. B. Stanford, *Greek Metaphor* (Oxford: Blackwell, 1936), p. 101.

20) Ragnar Rommetveit, Words, *Meanings, and Messages* (New York: Academic Press, 1968) pp. 30, 80-81. Cf. Dan Sperber, *Rethinking Symbolism*, tr. Alice L. Morton (Cambridge University Press, 1975), which came to my attention after the above pages were written.

21) *Practical Criticism*, p. 216.

22) Laurence Perrine, "The Importance of Tone in the Interpretation of Literature," *College English* (Feb. 1963), 395.

23) William Blake, *Poems*, ed. W. H. Stevenson (London: Longman, 1971), pp. 216-17.

24) E. g., Mark Schorer, *William Blake: The Politics of Vision* (New York: Henry Holt, 1946), p. 242; Kathleen Raine, *Blake and Tradition* (Princeton University Press, 1968), I, 200.

25) Fredson Bowers, "Textual Criticism and the Literary Critic," in *Bibliography, Text, and Editing* (Charlottesville: University Press of Virginia, 1975), pp. 320-21.

6. 시의 본질에 대한 탐색The Quest for "The Poem Itself"

1) T. S. Eliot, *Selected Essays*, new ed. (Harcourt, Brace, 1950), p. 11.

2) Eliot, pp. 124-25.

3) Rene Wellek and Austin Warren, *Theory of Literature*, 3d ed. (New York: Harcourt Brace and World, 1956), p. 146. All further references to this work appear in the text.

4) Roman Ingarden, *The Literary Work of Art*, tr. George G. Grabowicz (Chicago, Ill.: Northwestern University Press, 1973); "Phenomenological Aesthetics," *Journal of Aesthetics and Art Criticism*, 33, No. 3 (Spring 1975), 260, 1969년 암스테르담에서 발표되었고 1970년 폴란드에서 처음 출판되었음.

5) (New Haven, Conn.: Yale University Press, 1967), p. 1. All further references to this work appear in the text.

6) In W. K. Wimsatt, Jr., *The Verbal Icon* (New York: Noonday Press, 1958), pp. 5-18.

7) Banesh Hoffmann, *Albert Einstein* (New York: Viking, 1972); Marston Morse, "Mathematics, the Arts, and Freedom," *Thought*, 34 (Spring, 1959); Norwood Russell Hanson, *Patterns of Discovery* (Cambridge University Press, 1958); Henri Poincare, *The Foundations of Science*, tr. G. B. Halstead (New York: Science Press, 1913), chap. 9, "Science and Hypothesis"; Anthony Storr, *The Dynamics of Creation* (New York: Athenaeu, 1972), p. 67; Thomas S. Kuhn, *The Structure of Scientific Revolutions*, 2d ed. (Universithy of Chicago Press, 1970); Stephen E. Toulmin, *Human Understanding* (Princeton University Press, 1972).

8) Gottlob Frege, "Ueber Sinn und Bedeutung: A Translation by Max Black," *Philosophical Review*, 57, No. 3 (May 1948), 215 ff.

9) Essays in Criticism, 2, No. 1 (Jan. 1952): "The Critical Forum," "'Intention' and Blake's *Jerusalem*," pp. 105-14 (John Wain, pp. 105-6, 110-11; F. W. Bateson, pp. 106-10, 113-14; W. W. Robson, pp. 111-13); F. W. Bateson, *English Poetry* (London: Longmans, 1950), p. 7.

10) See Kathleen Raine, *Black and Tradition* (Princeton University Press), I, 274-77; Mona Wilson, *The Life of William Blake* (New York: Cooper Square Publishers, 1969), pp. 159 ff.; David Erdman, *Prophet Against Empire* (Princeton University Press, 1954), pp. vii, viii, 367-68.

11) 이 인용은 브룩스의 "구조의 원칙으로서 아이러니(Irony as a Principle of Structure)"와 베이트손의 『영국 시(*English Poetry*)』에서 따온 것임. "Irony as a Principle of Structure," in M. D. Zabel, ed., *Literary Opinion in America*, 2nd ed. (New York: Harper, 1951), p. 736; and from Bateson, *English Poetry*, pp. 33, 80-81.

12) *Complete Poems*, ed. Basil Davenport(New York: Holt, Rinehart and Winston, 1965), p. 9.

13) Frank Harris, *Contemporary Portraits* (New York: Macauley Co., 1927), p. 280.

14) Cf. Charles C. Walcutt, "Houseman and the Empire: An Analysis of '1887.'" *College English*, 5, No. 3 (Feb. 1944), 255-58; W. L. Werner, "Housman's '1887'—No Satire," *College English*, 6, No. 3 (Dec. 1944), 165-66; T. S. K. Scott-Craig, Charles C. Walcutt, and Cleanth Brooks in *Explicator* 2 (Mar. 1944) 34-35; Cleanth Brooks, "Alfred Edward Housman," *Anniversary Lectures* (Washington, D. C.: Library of Congress 1959), pp. 48-51.

15) *The Waste Land: A Facsimile and Transcript of the Original Drafts*, ed. Valerie Eliot (New York: Harcourt Brace Jovanovich, 1971).
16) *Reason in Art*, Vol. IV of *The Life of Reason* (New York: Scribner's, 1906), p. 128.
17) Ludwig Wittgenstein, *Philosophical Investigations*, tr. G. E. M. Anscombe (New York: Macmillan, 1953), pp. 31 ff.
18) Clark Griffith, *The Long Shadow: Emily Dickinson's Tragic Poetry* (Princeton University Press, 1964), pp. 135-37.

7. 해석, 평가, 비평Interpretation, Evaluation, Criticism

1) *The Renaissance*, New Library Edition (London, 1910), p. viii.
2) Pater, pp. 124-5.
3) *The Second Common Reader* (Harcourt Brace, 1932), pp. 290-91.
4) See Rosenblatt, *L'Idée de l'art pour l'art*.
5) *On Poetry and Poets* (New York: Noonday Press, 1961), pp. 121, 127.
6) E. G., Valéry Larbaud, "James Joyce," *Nouvelle Revue Française*, 18(1922), 385-405; Stuart Gilbert, *James Joyce's Ulysses* (London: Faber and Faber, 1930); Samuel Beckett et al., *Our Examination Round His Factification for Incamination of Work in Progress* (London: Faber and Faber, 1929). See Richard Ellman, *James Joyce* (New York: Oxford University Press, 1959), chap. 32 passim and pp. 715-16, 730.

   반 세기 이후 『율리시즈』는 여전히 찬사를 보내는 비평가에 의해서 특별한 작품으로 인정될 수 있다. 레오 크누쓰(Leo Knuth)는 "조이스의 언어의 침술(Joyce's Verbal Acupuncture)"[*Ulysses/Fifty Years*, ed. T. F. Staley (Bloomington: Indiana University Press, 1974)]에서, "그러나 마지막 분석에서 『율리시즈』(이것은 『피네건스의 철야』에도 마찬가지로 효력을 발한다.) 읽기는 단지 인간이 만든 것을 연구하는 것이 아니다. 이것은 작가와 대면, 즉 조이스의 자아를 가진 독서 대중과 대결하는 것이다."라고 한다.
7) Saul Bellow, "The Nobel Lecture," *American Scholar* (Summer 1977), pp. 316-25.
8) Cleanth Brooks, "Forward," in R. W. *Stallman, Critiques and Essays in Criticism* (New York: Ronald Press, 1959), p. xx.

9) Niels Bohr, "Discussion with Einstein on Epistemological Problems in Atomic Physics," in *Albert Einstein, Philosopher-Scientist*, ed. Paul A. Schilpp (New York: Harper, 1949), p. 210; Werner Heisenberg, "The Representation of Nature in Contemporary Physics," *Daedalus* (Summer 1958), pp. 95-108.

10) *Practical Criticism*, pp. 13-18.

11) Cf. *Literature as Exploration*, chap. 7 and pp. 292-98.

12) Jack L. Leedy, Ed., *Poetry Therapy* (Philadelphia: J. B. Lippincott, 1969), pp. 88, 103; Caroline Shrodes, "Bibliotherapy: A Theoretical and Clinical Experimental Study," Diss. University of California 1949; but see Frederick Crews, *Out of My System: Psychoanalysis, Ideology, and Critical Method* (New York: Oxford University Press, 1975); Leon Edel, "Psychoanalysis and the 'Creative Arts,'" in Judd Marmor, ed., *Modern Psychoanalysis* (New York: Basic Books, 1968), pp. 626-41.

13) L. N. Tolstoy, *What Is Art?* tr. Aylmer Maude (London: Oxford University Press [1932]).

14) *Appreciations* (London: Macmillan, 1910), p. 38.

15) *L'Idée de l'art pour l'art*, "Conclusion" and passim; *Literature as Exploration*, pp. 24, 42-48.

16) *Biographia*, II, 11; Edgar Allen Poe, "The Poetic Principle," in *Works*, ed. E. C. Stedman and G. E. Woodberry (New York: Scribner's, 1914), VI, 3-4.

17) Meyer Schapiro, "Style," in *Anthropology Today*, ed. Sol Tax (University of Chicago Press, 1962), pp. 278-303; Dell E. Hymes, "Phonological Aspects of Style," in Thomas A. Sebeok, ed., *Style in Language* (New York: Wiley, 1960), pp. 115-16, 130:

내가 아는 한 모든 문체론적인 접근이 공유하는 또 다른 약점은 시인이나 독자의 심리에 관한 시험되지 않은 가설을 하는 것이다. 이러한 가설들 중의 상당한 부분은 언어 예술의 실천가 또는 학생에게 합리적이고 직관적으로 볼 때 정확하다. 그러나 사실 우리는 시의 어느 한 부분에서 사용된 음이 계속되는 부분에서 독자에서 어떤 영향을 미치리라는 것은 알지 못한다. 우리는 소네트에서 반복에 의해서 두드러지는 음에 대해서 "단지 알아차릴 수 있는 차이"는 알지 못한다. 오히려 우리는 시를 분석하고, 해석을 생각하며, 독자의 반응을 요구(또는 지도)한다.

18) *Shakespeare's Imagery and What It Tells Us* (Cambridge University Press, 1936).

19) (New York: Hill and Wang[1951]), p. 8. 이 책에 대한 더 많은 인용이 본 텍스트에 나오고 있다.

20) Thomas A. Sebeok, ed., *Style in Language* (New York: Wiley, 1960), pp. 350-77.

21) Elmer Holenstein, *Roman Jakobson's Approach to Language*, tr. C. Schelbert and T. Schelbert (Bloomington: Indiana University Press, 1974), p. 86.

22) Roman Jakobson and Lawrence Jones, Shakespeare's Verbal Art in "Th'expence of Spirit" (The Hague: Mouton, 1970). 나는 1968년 프린스톤 대학에서 가우스 세미나 강의에서 이것을 토론한 야콥슨의 강의를 듣는 기쁨을 누렸다.

23) Cf. Eric H. Lenneberg, *Biological Foundations of Language* (New York: Wiley, 1967), "Postscript to so-called language relativity," pp. 364-65.

24) .....

25) Frederic Jameson, *The Prison-House of Language* (Princeton University Press, 1972), pp. 139-40.

26) *Literature as Exploration*, pp. 249-71.

27) "Democratic Vistas," in *Prose Works 1892*, ed. Floyd Stovall (New York: New York University Press, 1964), II, 424-25. See Louise M. Rosenblatt, "Whitman's *Democratic Vistas* and the New 'Ethnicity,'" *Yale Review*, 67, No. 2 (Winter 1978), 187-204.

찾아보기

ㅈ

ㅊ

ㅋ

E

ㅍ